DEELDER LACH

Beste Gaston

na 19 jaar mag je

eindelijk lachen ...

11 januari 2009

Robert

J.A. DEELDER

Poëzie

Gloria Satoria (1969)
Dag En Nacht Geopend (1970)
Boe! (1972)
De zwarte jager (1973)
Moderne gedichten (1979)
Sturm und drang (1980)
Junkers 88 (1983)
Portret van Olivia de Havilland (1985)
Interbellum (1987)
Lijf- en andere gedichten (1991)
Euforismen (1991)
Renaissance (1994)
Transeuropa (1995)
Het lot van de eenhoorn (1997)
Bijbelsch (1999)
N.V. Verga (2001)
Zonder dollen (2004)
Vrijwel alle gedichten (2004)

Proza

Schöne Welt *(*1982*)*
Modern passé (1984)
Gemengde gevoelens (1986)
Deelderama (1986)
Drukke dagen (1988)
De t van Vondel (1990)
Jazz (1992)
Geheid Deelder (1994)
De Dikke van Deelder (1997)
(Hol gelach) (1997)
'Angel Eyes' (1998)
Konijnenhok op Overschie (2005)
Swingkoning (2006)

DE BEZIGE BIJ

J.A. Deelder

Deelder lacht

2007
DE BEZIGE BIJ
ROTTERDAM

Omslagontwerp Studio Jan de Boer
Omslagfoto A.M.C. Fok
Vormgeving binnenwerk Peter Verwey, Heemstede
Druk Wöhrmann, Zutphen
ISBN 978 90 234 2261 7
NUR 301

www.debezigebij.nl

Inhoud

'Schöne welt'

1

Fok en ik zouen vier dagen naar Duitschland gaan. Naar Düsseldorf, om een jas te scoren die ik daar de maand tevoren had gespot, doch wegens molmtekort had moeten laten hangen. Een klassejas! Spierwit, soepel nappa. Achthonderdzoveel D-mark, zeg een rug. Ik zat op een heen-en-weertje in D. voor een lezing in een door lokale rijmelaars gedreven gymnastiekzaal met vergunning, onder auspiciën van zowel de plaatselijke Kulturkammer als van de Nederlandse ambassade, dus bepaald geen middag van de straat. En wát een publiek! Vanaf het moment dat ik over den dorpel (dorfel?) stapte, had ik het plat. Al had ik de gansche séance geen woord meer gezegd, dan nog had ik kunnen rekenen op een dankbaar applaus. Doch Deelder sprak wél. Voor de pauze in z'n moerstaal – met als tolk Heinz Edelweiss uit Oostenrijk, die ooit in een vlaag van waanzin Bertus Swaanswijk in het Duitsch vertaalde – en na de thee zelfs in het Duitsch met Rotterdams accent. 'Nacht in Tunesien'... Tolle Geschichte! Zat men eerst nog wat onwennig te grinniken – het was tenslotte Literaturelur – al spoedig was het schateren geblazen, voor velen voor het eerst sinds Stalingrad. Donner und Blitzkrieg! So ein Kerl doch dieser Deelder... 'Ein Mann wie aus einem erstklassigen amerikanischen Gangsterfilm; schmaler Windhundkopf mit angeklatschten Haaren, schwarzes Hemd, schwarze Nadelstreifen auf Taille, markante Schultern. Und eine zupackende, aktive, wirklichkeitsbewältigende Lyrik, die sich wie eine scharfe Dusche auf die Zuhörer richtete...' Astanblaft! Hoor je 't ook eens van een ander. Van Lore Schaumann van de Rijnloods in dit geval – mooi gesproken, Lore, mooi gesproken. Had ene Hitler ook niet wat met windhonden? – een dame in de overgang, die volgens welingelichte kringen nog weken na mijn optreden met een verwezen blik door Düsseldorf's 'bohème' zweefde. Ik lag die middag trouwens tóch goed in de markt bij de wat rijpere vrouw. Zo wier ik in de pauze nog benaderd door een héél fraai Nederlandsachtig pratend exemplaar van tegen de tachtig, dat zich aan mij kenbaar maakte als zijnde een telg uit het literair-antiquarische geslacht Van Lennep. Dat van Jacob, jazeker, van dat uittreksel van 'Ferdinand Huyck' op uw boekenlijst, genau, maar dan wel van de Duitsche tak, dus Vón Lennep, Marischka vón Lennep, die ik – nu we 't toch over haar hebben – nog altijd twee exemplaren van *Proza* moet zenden. Haar adres zit irgendwo in m'n archief op de grond van de zijkamer, of in de uitpuilende kast in datzelfde vertrek, die tevens de gas- en elektriciteitsmeters herbergt. Een vasthoudend type, deze Marischka, die ik slechts van mij af kon schudden door op haar vraag, welke Duitse dichter mijn persoonlijke voorkeur genoot, zonder blikken of blozen te antwoorden: 'Aber Dietrich Eckart, selbstverständlich.' Kortom, een middag op niveau, met als hoogtepunt een prototypisch Duitse vrouw van een jaar of veertig, die, duidelijk vallend in de grotere maatjes, na afloop op mij afgestevend kwam, met het verzoek voor haar een exemplaar van opgemeld *Proza* te signeren. Ik verklaarde mij daartoe bereid, mits zij mij eerst eens uit de doeken deed, hoe zij daar in D. aan dat boek van mij kwam en wat ze ermee moest, als Duitse die geen Hollands sprak? Uit de woordenvloed, die ik hierop over me kreeg uitgestort, maakte ik op, dat zij met een Nederlander was getrouwd, een voortreffelijk man, want een groot liefhebber van mijn werk, met het oog op wiens op handen zijnde verjaardag zij de week tevoren, toen ze voor familiebezoek in ons land verbleef, in – of all places – Alkmaar tot de aanschaf van *Proza* was overgegaan. Waarop ik zonder verlet 'Bij Alkmaar begint de victorie' op het schutblad schreef, wat ik zelf een héééle sterke, om niet te zeggen briljànte vond, en nóg vind, maar goed, over dát bezoek aan Düsseldorf gaat het hier dus níet. Het wordt slechts aangestipt, omdat ik toen, tijdens de wandeling terug naar het wonderwel gespaard gebleven stijlzuivere Derde Rijks-Bahnhof – waar ik prompt bij een kiosk tot ontsteltenis van Edelweiss een *National + Soldatenzeitung* kocht om die vervolgens in een tegenovergelegen Konditorei, waar 1954 nog onverminderd voortwoedde, onder het genot van een gigantisch stuk taart te gaan zitten spellen, tot de trein terug naar het vaderland vertrok – omdat ik toen ineens die jas zag hangen, die ik wegens te geringe draagkracht niet meteen kon laten inpakken, doch die mij ter plekke het plan deed opvatten, mij, zodra Bruin het kon trekken, andermaal D.-waarts te spoeden, teneinde dit hóógst besmettelijke herenmode-artikel alsnog aan m'n garderobe toe te voegen. En dát, geliefde lezer, ging ik met Fok dus doen...

2

Ik stierf intussen van de poen, dus rezen we eerste klas. Een hotel zouen we daar wel boeken. Gewoon, het duurste dat er was. Makkelijk zàt. Maar éérst die jas! Om dan met een gerust hart de rest van het geld in de pittoreske, geheel uit horecaf bestaande 'Altstadt' over de balk te smijten. In Düsseldorf de parvenu uithangen, kon het poëtischer? We waren helemaal in the mood. Fok zag er opzienbarend uit in een creatie van zwart plastic. M'n 'angeklatschte Haare' glommen. Omstanders toonden zich persoonlijk aangesproken. Vooral de dames kregen het te kwaad. Deerniswekkende wezens, tot op het bot benepen. Verbitterd voorthobbelend naast kleine NSB'ers. Bange wezels, knechten. Gebukt onder de last van levensverzekeringen, verlaagde plafonds en kinderen. In smalle beurzen het loon van de angst. O, zeker, het waren beste mensen. Hadden een goed hart. Het moest alleen gekookt op hun rug hangen. Ottóóó! Ik voelde me krent, daar deed geen medemensch wat aan af. Ik had de vorige avond nog gescored, want het leven zonder speed was het leven niet. Ik wist de twee zakjes wit kristallijn poeder veilig onder de Pierrots Spéciales in het zwartblikken doosje Dannemann Brasil, in het handige zakje aan de binnenzijde van het linkervoorpand van m'n colbert. Ik voelde even of het er nog zat. Vlak voor we vertrokken had ik het ene zakje thuis al danig aangesproken – ik had meteen de helft maar genomen – want je wist nooit wanneer er weer een gelegenheid kwam. Beter opbranden dan uitdoven, luidde het devies, en nog steeds. 't Was goeie. Tot Utrecht zat ik suizebollend met m'n linkerbroekzak in m'n rechteroog te loeren. Ik zweefde enige centimeters boven de bank. Hoewel er niets gebeurde ging alles razendsnel. Fok keek met een ongelovig gezicht naar het voorbijflitsende landschap, als twijfelde ze gedurig aan de echtheid van het bestaan. Waren wij dat werkelijk, die daar zaten, op weg naar het land van Adolf en Eva, Kraft durch Freude und de kasteelroman? Ik wist alleen dat we in Utrecht moesten overstappen. Op de 'Rheingold Expresse', het betere werk. We hadden een kwartier de tijd. Mooie gelegenheid om even geld te wisselen. De lokettist bevingerde argwanend de stapel meiers die ik onder z'n ruitje doorschoof. 'D-marken graag,' vroegde ik hem toe, met een stiletto achteloos m'n nagels schoonmakend. Het zweet brak hem uit. Van de warmte kon het niet wezen, want je tochtte hier binnen uit je hemd. Ik keek om me heen. Tof statión. Die architect moesten ze ook de doodstraf geven. Als ik goed geïnformeerd was, wouen ze die wezenloos in Rotterdam op het Doelenplein loslaten, dat ineens te open en te leeg zou zijn, zo midden in de stad. Alsof een plein ooit vol of dicht kon wezen! Màfketels. Schòutekezen. Met hun gezelligheids-syndroom... Alles moest ge-zel-lug zijn. Gezellig uit, gezellig thuis, gezellig terrasje, gezellig pleintje... En dát met 1984 voor de deur! Bijgoochems! Plèinvrees hadden ze; pleinvrees of een ton zwart op een Zwitserse bank, met de complimenten van de project-ontwikkelaar. Ge-zèl-lug hoor! Moest ik dan toch nog in de polletiek? M'n naam zat snor. 'J.A. Deelder' werd 'JA Deelder'. 'JA Deelder' bekte even goed als 'Heil Hitler', zo niet beter. En wat dachau d'rvan? Na de SA en de WA, de JA?! Hier werd m'n gedachtenvlucht door de komst van de 'Rheingold' onderbroken. Onder de wachtenden op het perron brak prompt de pleuris uit. Zeulend met tragische koffers dreigde men elkaar, in een verwoede poging om allemaal door één deur de trein in te komen, onder de voet te lopen. Er werd geduwd, getrokken en geplet. Reisleiders trachtten vergeefs de rust te herstellen. Een ieder scheen bevreesd de trein zonder zich te zien vertrekken. Eindbestemming Rüdesheim, waar ik ooit nog in een slechtverlicht portiek door een Belgische was afgetrokken. We liepen de wagons langs, op zoek naar de eerste klas. Achter menig raam werd slag geleverd, wie wáár moest zitten en wie niet. Bij andere namen uitwuivers, op hun tenen, de laatste instructies in ontvangst, betreffende voedering en bewassing der aan hun zorgen toevertrouwde huisdieren en/of kamerplanten. Op een enkele oud-ϟϟ'er na bleek de eerste klas geheel verlaten. We zochten een comfortabele 'Raucher' uit en lieten ons tegenover mekaar aan het geopende raam met een blasé gezicht in de kussens zakken. Standsverschil moest er zijn. Met doffe slagen werden de portieren dichtgeworpen. Een fluitsignaal snerpte en met lichte schokken zette de 'Rheingold' zich in beweging, richting Arnhem en de Teutoonsche grens. Boven m'n hoofd bungelde een blaadje aan een touwtje van het bagagerek. Ik pakte het. *Schöne Welt* luidde het in moderne letters op het omslag boven een weinig opwindende foto van een Mercedes, ergens voor een huis in het duister hart van Donker Duitschland. Uitgegeven door de Bundesbahn. Aha! De Duitse pendant van *Tussen de rails*, Neêrland's vervelendste periodiek? Ik bladerde het in. Jawèl hoor, alleen nóg vervelender. M'n kop eraf als het niet zo was! Die Moffen maakten het te dol. Daarbij vergeleken waren Belzen fijnbesnaard! Vanaf de overkant schoot Fok haar 'Canon' op me af voor de eerste van een serie – naar wat later zouden blijken – historische opnamen, waarvan er een op de cover van *Moderne gedichten* belandde, terwijl een andere – 'J.A. Deelder aan den Duitschen grens' – in het Letterkundig Museum te Den Haag voor het nageslacht wordt bewaard. Doch laat ons niet op de gebeurtenissen vooruitlopen. Ik hing de *Schöne Welt* weer op haar plaats en verdiepte me in *De Telegraaf*, blij dat ik Hollander was...

3

In Arnhem kwamen de petten aan boord. Laatste stop op vaderlandsche grond. Verder oostwaarts scheen de lucht bezwangerd. Het Duitsche zwerk. Het hing er nog steeds, na al die jaren. Onheil. Dreiging. Aberglauben. De 'Rheingold' ijlde door niemandsland. Het wachten was op de autoriteiten. Ze kwamen getweeën, Grenzpolizei. Een jonge en een ouwe, Heinz Eins und Heinz Zwei. De blik, die ze wisselden alvorens binnen te treden, beloofde weinig goeds. Eins rukte de deur zowat uit z'n verband. Een fanatiekeling naar 't zich liet aanzien. Ik gaf hem m'n pas. Op z'n gezicht lag een trek van dierlijke argwaan. Heinz Zwei bleef op de gang staan en hield me van onder de klep zijner hoera-pet met kwaadaardige varkensoogjes in de gaten. Had ik wat van 'm àn dan? Er ging een rood lampie bij me branden; ik was voorlopig nog niet van ze af. 'Ihr Gepäck?' vroeg Eins, doelend op m'n koffertje in het bagagerek. Ik knikte. Hij dook er als een gier op af. Uiterlijk bleef ik onbewogen, doch inwendig wenste ik hem alle ziektes toe, waarvoor de mens in de loop der eeuwen vatbaar gebleken was. Naast twee paar sokken, een overhemd, anderhalve onderbroek en drie volle potten briljantine, diepte Eins – o krotenkoker die ik was! – uit een tussenvak een ietwat geblakerde lepel op, waar al in geen jaren meer mee gegeten was. 's Morgens had ik nog in dubio gestaan. Wel meenemen? Niet meenemen? In een vlaag van misplaatste zorgeloosheid had ik besloten van wel. Nou zag ik wat ervan kwam! Eins toonde het stuk bestek aan z'n collega, likte er even aan en sloot vervolgens ijlings het raam. Zwei betrad op zijn beurt de coupé en schoof met een onheilspellende dreun de deur achter zich dicht. Nu werd het menens... 'Ziehen Sie die Jacke aus!' snauwde Eins op een toon, die me van geluidsdocumenten uit de bezettingstijd bekend voorkwam. Ik keek hem aan of hij me een oneerbaar voorstel had gedaan. 'Jacke aus?' stamelde ik verbouwereerd. 'Aber...' 'Ziehen Sie die Jacke aus, sonst tun wir 's,' viel Zwei z'n jeugdige collega bij. Ze stonden te popelen om de daad bij het woord te voegen. 'Schon gut, schon gut,' moest ik hen teleurstellen en trok m'n jasje uit. Und jetzt? Eins beduidde me dat ik m'n mouwen op moest rollen. Ik protesteerde nog wel, maar de overtuiging ontbrak. 'Ik rolde de mouwen van m'n overhemd elk twee slagen op. 'Ganz hoch!' blafte Eins en greep naar m'n arm. Ik stapte snel achteruit, waardoor hij in het niets kwam te graaien. Met moeite kon hij z'n evenwicht bewaren. M'n populariteit daalde. Ik rolde m'n mouwen verder op en hield m'n armen onder z'n neus. 'Ken je 't zien zo, halve zool, of moet ik ze effe bij het raam houe?' vroeg ik in Algemeen Beschaafd Rotterdams. Fok bleek plotsklaps ernstig verkouden. De gezagsdienaars keken me vragend aan. 'Of ie stront lust?' verklaarde ik nader, maar hun onbegrip scheen nog te groeien. Ik haalde m'n schouders op en keek naar Fok, die maar niet uitgesnoten kwam. Tranen liepen over haar wangen. Gewichtig boog Eins zich over m'n arm. Zwei nam de andere. Ik beriep me op het vermogen, me buiten mezelf te kunnen terugtrekken, opdat ik het tafereeltje met gepaste distantie kon gadeslaan, als betrof het een ander. Een vermogen, van welks bestaan Eins noch Zwei ook maar de geringste Ahnung had. Wat ik zag – twee geüniformeerde heren die ingespannen naar de ontblote armen van een derde, níet geüniformeerde heer stonden te turen, in het bijzijn ener dame die uitgebreid haar neus zat te snuiten in een eersteklas coupé van een rijdende trein – deed sterk denken aan het absurde theater in z'n glorietijd, welke indruk nog eens werd versterkt door de twee woorden die één der geüniformeerden met een grafstem tot de man in burger richtte: 'Spritzen Sie?' Ik dacht dan ook dat Eins een dolletje maakte, maar niets was minder waar. 'Spritzen Sie?' herhaalde Zwei de vraag, met een gezicht of hij een scheet stond tegen te houen. Addenooie! Ze noemden het écht zo! Zeien ze nóg dat Moffen geen gevoel voor humor hadden! Lachend bekende ik. M'n armen spraken voor zich. Als een gek begon Eins de coupé om te spitten. Hij moest en zou die kilo horse, die ik ongetwijfeld ergens had verstopt, vinden of hij heette voortaan Meier! Verspilde energie, maar maak dat zo'n gozer maar eens wijs. Ineens was ie pleite. Zeker op het schijthuis kijken. Zwei zette de naspeuringen voort. Fok's bagage was clean, maar toen hij naar m'n jasje greep, werd de toestand kritiek. Wat kon ik doen? Het 'Horst Wessellied' aanheffen? Voor zo'n rigoureuze maatregel leek het me nog te vroeg. Zwei hield met één hand m'n jasje omhoog, terwijl hij met de andere m'n zakken doorzocht. Hij haalde alles uitgebreid tevoorschijn en stalde het uit op de bank. Alles, behalve die kraagspiegel – zwart, met een doodshoofd in zilverdraad – van de ϟϟ-Totenkopfverbände, die ik op zak had. Die liet ie lekker zitten, alsof ie op de tàst al wist wat het was. Alte Kamerade? Oorlogsverleden? Onverdroten zocht hij voort. Hij werd warmer en warmer. Ik trouwens ook. Maar nèt toen hij aan hét zakje dreigde te beginnen, kwam Eins de coupé weer binnengestormd. Hij eiste meteen alle aandacht op. Zwei scheen m'n jasje prompt te vergeten. Het hing er wat verloren bij, vlak voor m'n neus. Het vroeg erom aangepakt te worden. God zegen de greep! In een flits had ik het aan. 'n Vanzelfsprekend gebaar. Zó vanzelfsprekend, dat niemand iets merkte. Ze lulden gewoon door. Blijkbaar beschouwde Zwei het onderzoek meteen als afgesloten. Aan m'n broekzakken kwam hij helemaal niet toe, zodat naast de dope óók het springmes dat ik bij me had aan z'n aandacht ontsnapte. Een vreemde manier van doen, of liever gezegd van laten, voor een politieman. Er hadden er om minder de zak gehad. Niet dat ik me illusies maakte. Die lepel gaf voldoende grond me uit de trein te halen. Bij grondige visitatie – alles uit behalve het licht! – kwam een en ander tóch wel boven water. Maar op z'n minst bezorgde ik de heren nog een onaangename verrassing met dat mes... We minderden vaart. Even later gleden we het station van Emmerich binnen. Eins beduidde ons, hem te volgen. Bij het verlaten van de coupé duwde ik Zwei nog even nadrukkelijk die kraagspiegel onder z'n neus. 'Schön was?' zei ik met een mierzoete glimlach. 'Jaja, schon gut, ja,' mompelde Zwei ineens opvallend haastig. Onder veel bekijks werden we afgevoerd...

4

De grenspost verkeerde in staat van alarm. Eins moest al in de trein contact hebben gehad. De techniek stond voor niets meer vandaag de dag. Speciaal voor Fok had men een pot uit de stad laten komen, zo'n 'Grijze Muis', om met of zonder rubber handschoen haar geheime holten te doorzoeken. Ik op mijn beurt volgde Zwei door een gang naar een deur, die toegang gaf tot een kaal vertrek, waar alleen een tafel tegen de muur onder het hooggeplaatste raam geschoven stond. Een reeds lang dode plant in de vensterbank moest voor wat sfeer zorgen. Boven een wasbak, in de hoek rechts naast de deur, lekte een kraan. Met een ruk sloot Zwei het gordijn, dat ooit rood was geweest. Op de gang naderden voetstappen. Eins, die kennelijk rapport had uitgebracht, kwam ons in de looppas achterop. Met een daverende knal trok hij de deur in het slot. 's Mans gedrag begon me danig de keel uit te hangen. Als ik aan één slag mensen een hekel had, waren het dienstkloppers! Slijmen naar boven en trappen naar beneden. Eins leek me een prototype. 'Ausziehen!' commandeerde hij, van z'n tenen op z'n hakken wippend, als een Engelse agent. 'Nackt!' deed Zwei ook een duit in het zakje. Ik gooide m'n colbert op tafel en begon m'n overhemd los te knopen. Nog vóór ik het uit had, liet Zwei een triomfantelijk 'Ach sóóóó...' horen. Verheugd hield hij de beide zakjes tegen het licht. Even later volgde m'n spike, die in aluminiumfolie verpakt ergens in de voering van m'n jasje zat. Eins begreep er niets meer van. Je hoorde hem denken... Waarom had Zwei in de trein niks gevonden, toen hij me gefouilleerd had? Verwijtend keek hij naar z'n collega. Ik maakte intussen m'n overhemd weer vast. Ze hadden immers wat ze zochten? Eins dacht er anders over. 'Weitermachen!' beet hij me toe. 'Schnell!' 'Krijg een kop als een ulevel,' siste ik tussen m'n tanden. Wat had ik hem graag een uurtje voor z'n muil geslagen! Alvorens m'n broek te laten zakken, haalde ik m'n mes eruit en gooide het met een achteloos boogje op tafel. Bingóóóó!!! De verrassing had niet groter kunnen zijn! Eins kreeg ter plekke een hartverzakking. Ik zag alle bloed uit z'n gezicht wegtrekken. Hij realiseerde zich ineens, dat hij en z'n maat al die tijd aan míjn genade overgeleverd waren geweest. Hij keerde zich woedend tot Zwei. Had die me nou wél of níet gefouilleerd?! En zo ja, hoe verklaarde hij dan, dat zowel dope als mes hem waren ontgaan?! Zwei haalde z'n schouders op. Wat maakte het uit? Ze hadden het nou toch? Het liefst had hij het hele incident zo snel mogelijk vergeten. Maar Eins liet het er niet bij zitten. Hier had hij jaren op gewacht; z'n oudere collega te betrappen op nalatigheid! In niet mis te verstane termen veegde hij Zwei de mantel uit. Deze gebaarde naar mij, maar Eins scheen hem niet te begrijpen. Ik genoot met volle teugen van de verwarring die ik gesticht had. Op m'n dooie gemak kleedde ik me verder uit. Het laatst deed ik m'n sjaaltje af. Eins scheen nog steeds niet bedaard. Het werd bepaald genânt. Ik schraapte m'n keel. Met een ruk keek hij om. Hij liet z'n blikken langzaam over m'n lichaam gaan. Van boven tot onder en van onder weer terug. Het puntje van z'n tong schoot langs z'n lippen. Je wist niks van mij, maar volgens mij wastie nog ruig ook! Hij haalde een zaklantaarn tevoorschijn en ging een paar meter achter mij staan. Op zijn aanwijzing boog ik me voorover en trok met m'n handen m'n billen vaneen. Met de lantaarn scheen Eins in m'n reet, die niets onwettigs bleek te bevatten. Toen ging hij driftig z'n handen staan wassen... Ja, het leven was prachtig; als je er maar oog voor had!

5

Bij terugkeer in het bureel bleek een man in burger ons op te wachten. De kit! Het droop aan alle kanten van hem af. Inspecteur Vlijmscherp in eigen persoon. Ze gingen er dus echt werk van maken. Kripo-werk! Dalijk zat ik hier nog in de bak. Die Moffen waren bloedlink op verdovende drugs, dat wist een kind. Een jaar voor elke gram was niks... De rus informeerde bij Eins naar de grootte van de vangst. Haast beschaamd toonde deze hem beide zakjes. Het smoel van de stille werd op slag een stuk langer. Was dàt alles? Hadden ze daarvoor zo'n drukte gemaakt? Donnerwetter! Alsof ie niks beters te doen had! Hij keek naar mij met een blik vol verwijt. Alsof ìk hem gebeld had! Ik vroeg me trouwens af waar Fok zat? Zo lang duurde zo'n inwendig onderzoek toch niet? Ik liep naar de deur om op de gang te kijken. 'Setzen Sie sich!' hoorde ik achter mij een barse stem. Ik liep gewoon door. Hadden ze het tegen mij? Hadden ze het tegen m'n reet óók. Op de gang geen spoor van Fok. Ik draaide me om. 'Setzen Sie sich,' sommeerde Vlijmscherp mij ten tweeden male. Ik dankte hem vriendelijk voor z'n aanbod, maar zei dat ik niet moe was. Even bleef hij als een goudvis naar adem staan happen. Toen knapte er iets... 'SETZEN SIE SICH!' brulde hij buiten zichzelf van woede, 'sonst...' 'Sonst was?' kwam ik ineens fel uit m'n kraag, ziek van al die dreigementen. 'Ich bleib stehen, hören Sie, sté-hen! Ist doch nicht verboten, oder? Sie machen gar kein Eindruck mit Ihrem Geschrei. Vierzigfünfundvierzig ist längst vorbei. Also, ich bleib stehen. Punkt aus.' Met open mond staarde Vlijmscherp mij aan. Zo veel gebrek aan eerbied voor het wettig gezag ging zijn voorstellingsvermogen te boven. Hij keek het bureau rond, op zoek naar steun. Hij wist niet welke houding hij aan moest nemen. Ten slotte besloot hij zèlf maar te gaan zitten. Eins stond klaar me in mekaar te timmeren, maar net op tijd kwam Fok het vertrek binnen, 'Canon' schietklaar op haar buik. Ze was in afwachting van mij buiten maar wat gaan fotograferen. De heren reageerden nogal schichtig. Ze maakten afwerende gebaren richting camera en riepen om het hardst dat binnen fotograferen ten strengste verboden was. Ze zaten behoorlijk met Fok in hun maag. Hoe kon zo'n charmante verschijning zich afgeven met lage sujetten als ik? Waarom reisde ze niet met de volgende trein gewoon verder naar D.? Op haar was immers niets gevonden? O, wat was men plots begaan met haar, die in zulk slecht gezelschap was geraakt! Jaja. Met Fok uit de buurt zouen ze me straffeloos total loss kunnen slaan, begrieddewool Tjaard? Maar geen haar op Foks hoofd die eraan dacht me te verlaten, dus Eins kon die gummiknuppel gerust laten zitten... Intussen had iemand het gerucht verspreid dat ik te bezichtigen was, want achter alle deuren van het gebouw doken nieuwsgierigen op om mij kortere of langere tijd van veilige afstand aan te gapen, als had ik twee hoofden of een ander opzienbarend lichaamsgebrek. Ter afwikkeling van de zaak moest eerst – zij het voorlopig – de aard der op mij aangetroffen stoffen worden bepaald. Daartoe diepte Zwei uit een bureaula een soort scheikundedoos voor beginners op, 'Der kleine Chemiker' of zo. De rest ging er in een kring omheen staan. Ik ertussen. Tenslotte ging het mìj aan. De stemming kreeg zowaar iets joligs, als op school bij de eerste natuurkundeproeven... De doos bleek drie flesjes met kleurloze vloeistof en een porseleinen mengplateautje met verzonken bakjes te bevatten. Met een mesje schepte Zwei wat speed uit het door mij reeds aangebroken zakje en verdeelde die over drie bakjes. Vervolgens voegde hij er uit elk van de drie flesjes wat vloeistof aan toe. Tot twee keer toe zonder merkbaar gevolg, doch in het derde geval kleurde het mengsel plotsklaps fel oranje. 'Aha! Amphetamin!' reageerde men in koor. Ik knikte instemmend naar de gezichten rondom, die zich haastten een andere kant op te kijken. Zwei pakte het tweede zakje. Voor mij stond de uitslag bij voorbaat al vast. Oránje, daar in beide zakjes hetzelfde zat. Wie schetst evenwel m'n verbazing, toen ditmaal al met het tweede flesje resultaat werd geboekt?! En wàt voor resultaat!? In plaats van oranje werd het mengsel knàlblauw! 'Ach so,' leefde Vlijmscherp hoorbaar op, 'Kokain!' Ik ontkende in alle toonaarden en weet de onverwachte reactie aan foutief handelen van Zwei of aan de ondeugdelijke werking van het toegepaste preparaat. Daarop werd de proef herhaald. Met hetzelfde resultaat: bewijsstuk a werd oranje, bewijsstuk b blauw. 'Also dóch Kokain,' stelde Vlijmscherp nog eens nadrukkelijk vast. Ik hield m'n poot stijf van niet en zei dat ik maar op één manier te overtuigen was... door er zèlf wat van te gebruiken! Zo hadden ze het nog niet bekeken. Vlijmscherp verbrak als eerste de pijnlijke stilte die na mijn woorden was ingetreden. 'Sie sind verrückt,' vertolkte hij de heersende mening. 'Setzen Sie sich!'

6

Puntje bij paaltje werd ik na betaling van vijfhonderd mark 'Sicherstellung', met een groot stempel 'Zurückgewiesen' in m'n pas, over de grens gezet. Die vijfhonderd mark staken de heren zéker niet in eigen zak, zoals ik schamper suggereerde; neen, ze liepen vooruit op de boete waartoe ik te zijner tijd bij verstek door de rechter zou worden veroordeeld, aldus Vlijmscherp. Betaalde ik niet goedschiks, dan zou men niet aarzelen het vereiste bedrag met geweld te incasseren. Héél graag zelfs. Zonder geld was ik zonder pardon achter de tralies gezet, want ik moest wèl weten dat ik hier níet in Nederland zat, waar alles maar mocht of werd goedgepraat. Grif telde ik vijf lappen neer. Geen prijs ging te hoog voor de vrijheid. Na nog een trits formaliteiten te hebben vervuld, werd ik – met Fok vrijwillig aan m'n zij – op de trein terug naar Arnhem gezet, onder persoonlijk escorte eens marechaussees, die men tevens m'n mes ter hand had gesteld, in de hoop dat ik dáárvoor bij terugkeer in het vaderland óók nog eens een prent aan m'n reet zou krijgen. De marechaussee beloofde plechtig er alles aan te zullen doen, dus dat was een hele geruststelling. En ja hoor! Koud in Arnhem bleek onder het scheefhangend staatsieportret van koningin en prins het lemmet van mijn overal vrij te verkrijgen mes weliswaar niet langer dan wettelijk toegestaan, maar dan toch zeker te smàl. Eiste de wet bij een lengte van meer dan 7 cm. doch minder dan 9 cm. een minimum breedte van 15 mm.; het mijne mat slechts 141/2 mm., zoals ik met eigen ogen kon vaststellen. Op mijn opmerking, dat die halve millimeter waarschijnlijk door een keertje slijpen was verdwenen, kreeg ik te horen, dat ik dat dan maar beter achterwege had kunnen laten, daar het me nou toch gauw op een meier zou komen te staan. Inderdaad! Holland op z'n smalst! Al met al stond ik diezelfde avond weer op Rotterdam Centraal, achthonderd gulden lichter, zonder zelfs maar in de búúrt van die jas te zijn geweest. Toen bij navraag óók nog bleek, dat m'n contact me per abuis wel dégelijk een gram coke als speed had verstrekt, voelde ik een rilling door m'n aderen trekken, want stel je voor, dat ik voor m'n vertrek nou eens de helft van dat ándere zakje in één keer de bloedbaan had binnengejaagd...?! Schöne Welt! Dan had ik Gouda nog geeneens gehaald!

Een Korte Weg Tot Succes

1

B. was een harde werker, nauwgezet en ijverig, maar waar het aan lag, al sloeg je hem dood, nooit scheen hij hogerop te komen. Ondertussen schoten anderen hem voorbij. Waarom?

Op een avond, toen hij thuis wat in een tijdschrift zat te bladeren, viel z'n oog op een annonce van het Nationaal Instituut. Daarin werd uiteengezet, dat het kostbaarste bezit van de mens zijn Persoonlijkheid was en dat het onderwijs al minstens dertig jaar het gebrek aankleefde, dat het de ontwikkeling daarvan verwaarloosde, naarmate het die van het Verstand bevorderde. Dit in wetenschappelijke kringen algemeen erkend en in de wereld van de Daad alom gevoeld feit, was voor de Heer Dalmeijer aanleiding tot het stichten van het Nationaal Instituut. Voor dit Instituut was de taak weggelegd tot het vormen van mensen van de Daad, tot voorgangers en leiders, tot ontwerpers en uitvoerders van grootse werken.

B. vond dit alles heel interessant, maar kon het waar zijn? Hoe konden een paar uur studie in verloren ogenblikken iemand maken tot bedrijfsleider, secretaris, chef-de-bureau of zelfs tot directeur? Hoe kon een per post gegeven cursus van dit Instituut onderwijzers, leraren bij het Middelbaar Onderwijs, ja professoren ertoe brengen te schrijven: 'Sinds ik Uw Cursus heb gevolgd, ben ik een ander mens geworden, en de jongens houden van mij...'?

Ongelovig schudde B. z'n hoofd. Zoiets was onmogelijk. Maar... wat was dát?

'Zend nevenstaande bon ingevuld op en U ontvangt kosteloos onze brochure "Een Korte Weg Tot Succes".'

Dat klonk al een stuk beter, vond B. Misschien zat er dan toch wat in, in dat Nationaal Instituut. In elk geval de moeite van het onderzoeken waard. Hij zou die brochure eens aanvragen. Hij zou er direct om schrijven. En dat deed B. dan ook.

2

Achttien maanden zijn verlopen sinds B. de brochure heeft aangevraagd. Hij vond daarin tal van bewijzen voor hetgeen in de annonce beweerd werd. Hij won persoonlijk advies in van de Directeur van het Instituut, die hem daartoe een 'Vragenlijst' zond, die hij slechts had in te vullen en terug te sturen, waarna de Directeur hem feilloos had gewezen op de dingen, die hem tot dan toe verhinderd hadden een positie van enig gewicht in te nemen.

Maar hij ging vérder. Rekening houdend met de wensen van B. ontwierp hij voor deze een cursus, welke hem langs de zekerste en kortste weg zou voeren tot het doel waarnaar hij streefde: een eigen DKW!

B. begon partij te trekken van verloren ogenblikken, die hij benutte voor ernstige studie, welke hij veel opwekkender bevond te zijn, dan al wat hem totdien onder ogen was gekomen. Reeds na enkele maanden was het zijn omgeving opgevallen, hoezeer hij in zijn voordeel veranderd was. Uit onderscheiding vielen hem bijzondere opdrachten ten deel, die hij energiek en vol zelfvertrouwen, tot grote tevredenheid van zijn Chefs, in korte tijd ten uitvoer bracht. In die achttien maanden was zijn salaris víer maal verhoogd zonder dat hij er zelf om hoefde te vragen!

En toen kwam die gedenkwaardige dag in zijn leven, waarop de Patroon hem bij zich geroepen had. Wat deze nu precies tegen hem zei, behoeft hier niet te worden herhaald, maar nog diezelfde avond kon B. vol gerechtvaardigde trots tot zijn vrouw zeggen: 'Ik ben per heden lid geworden van de NSB!'

Niks tegen Kees zeggen

Mevrouw Van Dam wil net aan de bedden beginnen, als er gebeld wordt. Twee keer zelfs. Ze vraagt zich af wie het zijn kan. Alleen Kees belde twee keer, maar die zat op kantoor. Ze loopt de trap af, de gang door en opent de deur.

Op de stoep staat een man. Een colporteur? Maar waar is z'n tas? Hij draagt een lange, ouwerwetse regenjas. Op z'n hoofd een slappe deukhoed van onbestemde kleur. Door dikke brillenglazen kijkt hij haar vragend aan. Hij groet beleefd.

'Dag mevrouw, het klinkt misschien raar, maar zou ik alstublieft even van uw toilet gebruik mogen maken, als ik u niet ontrief?'

Mevrouw Van Dam is verrast. Een dergelijk verzoek had ze niet verwacht. Ze aarzelt.

'Ehhh...'

De vreemdeling kijkt haar dringend aan, iets door z'n knieën gezakt. Kennelijk heeft hij hoge nood. Wat moest ze ermee? Je hoorde vandaag de dag al zoveel raars. Als Kees het zou horen...

'Mevrouw, alstublieft?'

's Mans toon is nu ronduit smekend geworden. Hij speelt geen komedie. Stel je voor, dalijk deed hij het nog op haar schone stoep! Mevrouw van Dam houdt de deur verder open. Ze maakt een vaag gebaar.

'Gaat uw gang. Eerste deur rechts.'

'Dank u zeer, mevrouw. Dank u zeer.'

Hij haast zich naar binnen. Mevrouw Van Dam sluit de deur en loopt de voorkamer in. Eigenlijk heeft ze nu al spijt dat ze die kerel heeft binnengelaten. Als Kees het zou weten... Lang kon het niet duren, hoewel, wist zij veel waarvoor die vent haar toilet nodig had? Kees deed er wel eens een uur over. Dan las hij de krant. Ze kijkt op de klok. Tien uur. Kees zou wel aan de koffie zitten. Ze aait de poes en kijkt naar buiten.

Daar ging zij van De Bruin. Wat zag ze eruit! Die haalde vast de nieuwe aardappelen niet meer, zou Kees zeggen, die grapjas. Wat had die kerel lang werk. Of leek het maar zo? Misschien wel hardlijvig. O gelukkig, hij trok door.

Ze loopt naar de kamerdeur, klaar om de vreemdeling uit te laten. Als de overburen maar niks zagen, of zij van De Bruin. Stel je voor dat Kees... Waar bleef die vrijer nou? Hij had toch al lang doorgetrokken? Was hij er een die eerst doortrok en dan pas z'n broek ophaalde of andersom?

Mevrouw Van Dam kan niet nalaten te glimlachen. Als Kees het zou weten... Ze moest zich schamen! Een vreemde kerel in huis, alleen met haar. Je hoorde toch al zoveel raars.

Plotsklaps wordt mevrouw Van Dam bevangen door een vreemd verlangen. Ze kijkt in de spiegel boven de schoorsteenmantel. Wat zou ze ervan vinden als die vent haar straks verkrachtte? Ze kon zich de tijd niet heugen dat ze met Kees... Kees was niet zo'n held op dat gebied. Haar hand glijdt over haar borsten. Haar wangen kleuren rood van opwinding.

Met een schok komt mevrouw Van Dam tot zichzelf. Ze wordt kwaad op de vreemdeling op haar toilet. Dan wordt ze bang. Waar bleef die man? Zou er wat loos zijn? Een hartaanval? Echt wat voor haar. Wat zou Kees tekeergaan...

Ze luistert ingespannen. Geen teken van leven te bespeuren. Ze hoort alleen het water in de stortbak nog wat nadruppelen. Nu slaat de schrik haar pas goed om het hart.

Ze haalt een mes uit het dressoir en loopt op haar tenen naar het toilet. Ze legt haar oor tegen de deur, klopt, en loert vervolgens door het kiertje tussen deur en deurpost. Niks. Ze aarzelt. Zou ze...? Dan neemt ze een besluit.

Ze steekt het mes door de kier en licht het haakje eraf. Ze opent de deur. Ze slaat haar handen voor haar gezicht. Het mes valt op de stenen vloer. Ze schrikt nog eens extra van het gekletter.

Op de grond voor de wc ligt de jas van de man in een slordige hoop. In de wc ligt z'n bril. Het water kringelt eromheen. Van de man geen spoor.

Weer rinkelt de bel. Haar hart staat stil. En nog een keer. Ze loopt naar de deur.

Op de stoep staat dezelfde man van zo-even. Zonder jas en zonder bril. Hij blikt met saamgeknepen ogen naar mevrouw Van Dam omhoog.

'Dag mevrouw, daar ben ik weer. Als ik mij niet vergis heb ik m'n jas en m'n bril hier laten liggen.'

Ze staart de man verbijsterd aan. Ze gebaart naar de gang. De man gaat naar binnen. Drie tellen later is hij weer terug, bril op, jas aan. Hij licht z'n hoed voor haar.

'Neem me niet kwalijk als ik u tot last ben geweest, mevrouw. Nogmaals dank en tot genoegen.'

Met stomheid geslagen kijkt mevrouw Van Dam de man na. In haar hoofd roert zich maar één gedachte...

'Niks tegen Kees zeggen... Niks tegen Kees zeggen...'

Het Mirakel van Mosterd

1

In een dunbevolkte streek, in het diepe Zuiden des lands, ligt Mosterd. Het leven gaat er sinds jaar en dag onopgemerkt z'n gang. Tot op zekere dag de burgemeester van Mosterd, de edelachtbare heer Dressoir, in een voltallige raadsvergadering, de volgende verklaring aflegt...

'Lotgenoten! Er is mij vannacht een wonder geschied. Terwijl ik nog wat lag te lezen in het voorvaderlijk bed, dat ik sinds de dood van mijn zuster zaliger met niets of niemand meer hoef te delen, verscheen buiten op het balkon plots een lichtende gedaante, die zich, zonder daartoe eerst deur of venster te openen, toegang verschafte tot mijn sober slaapvertrek. Ik lag verstijfd van schrik, zoals u zult begrijpen, maar al spoedig verkeerde die schrik in oeverloze blijheid, toen de aanvankelijk zo angstaanjagende verschijning zich deed kennen als die Immerdurende Bron van Bijstand, de Enige Echte Onbevlekt Ontvangen Moeder Gods, de Heilige Maagd Maria!

Het zal u duidelijk zijn, lotgenoten, dat Onze Duizendvoudige Genade, dat Heerlijk Licht Onzer Ziel, niet zo maar voor de lol aan mij verscheen. O zeker niet. Onze Lieve Vrouwe kwam tot mij als Waarachtig Postbode des Heeren, met een Boodschap voor de ganse waereld.

Na mijn sponde tot op enkele tientallen centimeters te zijn genaderd, overhandigde de Fontein der Zuiverheid, die Barmhartigste Onder De Vrouwen, mij een telegram. Wil één uwer nóg groter bewijs voor het feit, dat de Heilige Moederkerk wel dégelijk met Haar tijd meegaat?

Op het moment dat mijn van ontroering heftig trillende rechterhand zich om het Heerlijk Document sloot, verdween de Ongerepte met een zacht piepend geluid in het Niets. In gebed verzonken bleef ik achter. Eerst na geruime tijd waagde ik het erop, het Hemelse Telegram te openen. Het luidde als volgt...

– SCHAPEN VAN MOSTERD STOP VERHERRLICH HEMELSCHE GLORIE STOP BOUW GROSZSTE ZWEMBAD TER WERELD STOP DAS HEILIGE NASS BAD STOP LAAT ALLEN SICH VAN ZONDEN REINIGEN STOP VERKONDIG DE WERELD DAS MIRAKEL VON MOSTERD STOP IN NAAM VAN VATER STOP ZOON STOP UND HEILIGE GEIST STOP AMEN STOP –'

In één klap staat Mosterd op de kaart.

2

Drie dagen na het Mirakel keert Mosterds zielenherder, pastoor Doem, uit Rome terug en toont het door het Vaticaan als Waarlijk Wonder erkende Hemelse Telegram voor het eerst aan het publiek. Het Zalige Document zal met toestemming van de Heilige Vader Himself gehuisvest worden in de Tabernakel op het Hoogaltaar van de plaatselijke Sint Soda-kerk. Vanaf dat moment geldt Mosterd als een bonafide bede- of liever nog badevaartplaats en vooruitziende leden van het Katholieke Aannemers Gilde beginnen reeds met de bouw van hotels. Burgemeester Dressoir wordt tot Waarachtige Heraut Gods en Instrument der Voorzienigheid gebombardeerd en maakt als zodanig enkele strak georganiseerde promotietournees. De kerk boekt een aanzienlijke ledenwinst en wereldwijd gaan de tarieven voor het branden ener kaars ter ere van Maria fors de hoogte in. Als een horde uitgehongerde wolven storten de media zich op de gemeente Mosterd. Haar ingezetenen zijn dag in dag uit te zien en te horen op radio en tv, waarbij de Italiaanse televisie de kroon spant met een reportage getiteld 'Nachten van Mosterd', met opnamen van slapende dorpelingen in pittoreske nachtkledij. De minister van Sport en Recreatie, zelf katholiek, verklaart desgevraagd, geen enkel bezwaar te hebben tegen een eventuele bouw van het bijzondere zwembad. Staatsbosbeheer blijkt bereid een geschikt terrein aan de rand van Mosterd voor een symbolisch bedrag af te staan. Bezwaren van verschillende maatschappelijke groeperingen en haar vertegenwoordigers in het Parlement worden weggewuifd onder verwijzing naar de vrijheid van godsdienst en de mogelijk heilzame werking voor de werkgelegenheid in de regio. Een lid van een Gereformeerde Jongeren Groepering verkiest de dood in de vlammen. Een onbekende architect produceert in recordtijd een geheel uitgewerkt bouwplan van hoge kwaliteit. Hij wil zijn naam niet genoemd zien, omdat de plannen naar zijn zeggen rechtstreeks uit de Hemel komen en door hem slechts in alle nederigheid zijn opgetekend. In de pers circuleren geruchten over 'De Man Achter Het Dressoir', maar deze lijken vooralsnog zonder fundering. Vertegenwoordigers van de toch wel ernstig verontruste reformatorische bevolkingsgroepen doen een beroep op Zijne Majesteit de Koning, om de zaak op z'n minst aan een diepgaand onderzoek te onderwerpen. Bij monde van het hoofd van de RVD laat de Vorst weten, weliswaar getroffen te zijn door de onrust onder zijn geloofsgenoten, maar vooralsnog geen aanleiding te zien tot bijzondere maatregelen, te meer niet waar Mosterd beneden de Grote Rivieren is gelegen, in een gebied waar de katholieken, in ruil voor matiging in de rest van het land, vrij zijn in de wijze van uitdraging huns geloofs. Nog diezelfde avond worden de bouwplannen goedgekeurd en ministerieel bekrachtigd per ijlbode naar Mosterd gestuurd, waar ze tegelijk met een Gelukstelegram van de Paus arriveren...

3

Krap drie weken na het Mirakel gaat in Mosterd de eerste spade, vakkundig gehanteerd door de Pauselijk Nuntius, Monseigneur

Berini, de gewijde grond in. Rond de plechtigheid ontstaat andermaal een ware publiciteitsorgie, waardoor men te land, ter zee én in de lucht, waar ook ter wereld, in geuren en kleuren rechtstreeks getuige kan zijn van achtereenvolgens de Inzegening der Spade, het Hanteren der Spade én de daaropvolgende Plechtige Dankmis, op het hoogtepunt waarvan zij die ter communie gaan, in plaats van het Vleesch en Bloed des Heeren, omstebeurt het Heerlijk Telegram ter lezing en betasting krijgen aangeboden. 's Middags vermaakt een uitgelezen gezelschap van wereldse en kerkelijke hoogwaardigheidsbekleders zich op uitnodiging van de Onbekende Architect op het landgoed 'De Toekomst', in de onmiddellijke nabijheid van de bouwplaats. 's Avonds volgt een drukbezochte persconferentie. Burgemeester Dressoir verklaart, als officieel zegsman van het Bouwcollege, dat men van plan is dag en nacht aan de verwezenlijking van de bouwplannen te werken, wat mede mogelijk moet worden gemaakt door de nimmer aflatende geloofsijver, waarmee de kerk in de ontwikkelingslanden bekeerde autochtonen zal weten te bewegen, vrijwillig aan de werkzaamheden deel te nemen. De uitvoer der Wondere Werken zal geschieden onder persoonlijke supervisie van de inmiddels wereldvermaarde Onbekende Architect, wiens anonimiteit moet worden gezien in analogie met die der grote middeleeuwse bouwmeesters en als zodanig gerespecteerd, aldus de burgemeester. De geplande capaciteit van het Heilig Nat Bad bedraagt 10.000 zielen. De bouwplannen voorzien tevens in de volledige accommodatie der badevaartgangers. De financiering van het gigantische project wordt door de Vaticaanse Bank van de Heilige Geest goeddeels buiten de overheidssfeer geregeld. Burgemeester Dressoir spreekt de verwachting uit, dat bij optimale inzet van álle krachten de oplevering van 's werelds grootste zwembad binnen drie maanden een feit kan zijn...

4

(Van de ANP-telex ca. drie maanden later)

– De Plechtige Inwijding van het in minder dan drie maanden tijds voltooide Heilige Nat Bad te Mosterd, met een capaciteit van 10.000 personen algemeen als het grootste zwembad ter wereld beschouwd, moest vandaag voor onbepaalde tijd worden uitgesteld. Volgens doorgaans welingelichte kringen zou het uitstel verband houden met recente berichten, als zou men in Japan zijn gestart met de bouw van een nóg groter zwembad dan het Heilig Nat Bad van Mosterd. Van de zijde van het Bouwcollege werd nog geen officiële reactie vernomen –

5

(Uit een Extra tv-journaal, nog diezelfde avond)

'Goedenavond, dames en heren kijkers en luisteraars. Wij bevinden ons thans in het Operationeel Hoofdkwartier van het Bouwcollege van Mosterd, na een periode van betrekkelijke rust andermaal in het middelpunt van de belangstelling door de plotselinge afgelasting van de Plechtige Inwijding van het in minder dan drie maanden tijds voltooide Heilig Nat Bad alhier, met z'n capaciteit van 10.000 personen algemeen als het grootste zwembad ter wereld beschouwd. Hier naast mij staat de burgemeester van Mosterd, de heer Dressoir, met wiens verklaring aangaande de Miraculeuze Bezorging van het Hemelse Telegram het destijds allemaal begonnen is...

Burgemeester, om meteen maar met de deur in huis te vallen: wat is er waar aan de geruchten, als zou men in Japan zijn begonnen met de bouw van een nóg groter zwembad dan het Heilig Nat Bad van Mosterd?'

'Ehhhh die zijn helaas maar ál te waar, meneer Kleikamp. In Oehoe, in het Noorden van Japan, is men begonnen met de bouw van een zwembad met een geplande capaciteit van 25.000 personen.'

'Juist ja. En wat betekent dit nu voor het Heilig Nat Bad, burgemeester?'

'Ehhhh een heleboel, meneer Kleimans, een hé-le-boel.'

'In welke zin, concreet gesproken?'

'In die zin, dat de Waarachtigheid van Gods Woord, zoals geopenbaard in het Heerlijk Telegram, hier rechtstreeks op de tocht kwam te staan. Het Bouwcollege heeft zich na ontvangst van de berichten uit Japan onverwijld in verbinding gesteld met het Vaticaan. De vraag was natuurlijk: uitbreiden of niet?? Het Heerlijk Telegram gewaagt ondubbelzinnig van het grootste zwembad ter wereld, maar behoort de heidense wereld óók tot de wereld??? Wij vonden van wel, maar waar stond in dezen de Heilige Stoel?'

'En?'

'Achter ons, meneer Kleikerk, vierkant achter ons.'

'Dus?'

'Gaan we uitbreiden tot 50.000 zielen.'

'Brengt dit geen onoverkomelijke problemen met zich mee?'

'Met hulp van Boven is niets onoverkomelijk, meneer Kleiboer.'

'Wie draaien er op voor de bijkomende kosten?'

'Er wordt voor ons gezorgd, meneer Kleikous.'

'Juist. En wanneer gaan de uitbreidingswerkzaamheden van start, burgemeester?'

'Vannacht nog, meneer Kleibonk, vannacht nog.'

'Dank u wel, burgemeester, en nu terug naar de studio in Bussum.'

6

(Van de ANP-telex, weer drie maanden later)

– Persbureau Nieuw China maakt bekend, dat men bij de stad Ja Nee, in de provincie La Waai in de Chinese Volksrepubliek, is begonnen met de bouw van een zwembad met een geplande capaciteit van 100.000 personen. Daarmee zal dit Zwembad van de Rode Zegen, zoals de officiële naam zal luiden, de grootste badinrichting ter wereld worden. Tienduizenden vrijwilligers zijn bij de verwezenlijking van dit project betrokken, dat bedoeld is als een postuum eerbetoon aan wijlen Voorzitter Mao, bij zijn leven bekend als een hartstochtelijk zwemmer –

(Enkele koppen uit de avondbladen van die dag)

MOSTERD OF MAONAISE?
MOSTERD NA MAO(L)TIJD
JA MOSTERD NEE MOSTERD
RODE ZEGEN OF HEILIG NAT
Wall Street Onrustig

7

(Uit een vraaggesprek met burgemeester Dressoir, drie dagen later)

(–) zou het verraad betekenen van alles, wat ons heilig is, als we het nu af zouden laten weten. Het gaat om de geloofwaardigheid van die Ene Almachtige God, Die ons zwart op wit heeft opgedragen, het grootste zwembad ter wereld te bouwen híér in Mosterd en niks te China! Een Wonder Gods laat zich niet met voeten treden en zéker niet met Chinese! Wat zullen we nou (–)

(–) honderdduizend? Het grootste ter wereld? Laat me niet lachen! Eenmaal voltooid zal het Heilig Nat Bad van Mosterd een capaciteit kennen van een kwart miljoen badevaartgangers! Twee-hon-derd-vijf-tig-dui-zend!! We weten Rome tot in hoogste instantie achter ons, terwijl ook de wereldlijke autoriteiten alle medewerking hebben toegezegd. Gods Woord laat nu eenmaal niet met zich spotten (–)

(–) mocht één of andere hoogmoedswaanzinnige dictator in het Midden-Oosten het in z'n betheedoekte kop halen, een nóg groter zwembad te bouwen, dan zullen we wéér uitbreiden! En mocht, weet ik veel, de krankzinnige Keizer van Kwakioetl het voor de gelijktijdige bewassing van zijn voltallige harem nodig achten, een nóg groter zwembad te bouwen, dan zullen we wéér uitbreiden!! Ja, en mocht zelfs de door de vlooien gekgepikte Maharadja van Yoghurt het ten gerieve van zijn bejaarde olifanten of kamelen of voor mijn part z'n nijlpaarden of wurgslangen noodzakelijk vinden, z'n hele land in een zwembad te veranderen, dan zullen we wéér uitbreiden (–)

8

(Van de ANP-telex drie dagen later)

– Rectificatie aangaande Zwembad van de Rode Zegen bij Ja Nee in La Waai in Chinese Volksrepubliek: geplande capaciteit geen 100.000 maar 500.000 personen. Herhaling: geen 100.000 maar 500.000 personen –

9

(Officiële verklaring van het Bouwcollege van Mosterd, gezonden aan alle persbureaus ter wereld en op de buis in een wereldwijde uitzending afgelegd door pastoor Doem, die de in coma geraakte burgemeester Dressoir als zegsman vervangt)

– Gezien de recente ontwikkelingen in de Chinese Volksrepubliek, alwaar men bij Ja Nee in de provincie La Waai is begonnen met de bouw van een Zwembad van de Rode Zegen met een geplande capaciteit van 500.000 personen, hebben de betrokkenen bij de bouw van het Heilig Nat Bad van Mosterd na ampele overweging besloten, de capaciteit van deze laatste inrichting te vergroten tot één miljoen (1.000.000) zielen.

De ligging van de reeds voltooide delen, alsmede die der nog in aanbouw verkerende, lieten slechts één mogelijkheid tot verdere uitbreiding over: de gemeente Mosterd zelf. Na langdurig interlokaal topoverleg zijn álle betrokkenen unaniem tot de slotsom gekomen, dat NIETS de Wil des Heeren in de weg mag staan, dus zéker niet die ene bouwvallige kerk, die drie-en-dertig kroegen en dat ene, nimmer afgebouwde kippenhok, tezamen de gemeente Mosterd vormend. Voor de plaatselijke bevolking zullen tijdig de nodige voorzieningen getroffen worden. Vanuit Rome werd de toezegging ontvangen, dat het aantal vrijwilligers uit de ontwikkelingslanden op korte termijn vertienvoudigd zal worden. De Onbekende Architect, wiens plannen zich als een waar Godsgeschenk keer op keer moeiteloos aan de gewijzigde omstandigheden aan laten passen, schat dat de totale verbouwing ongeveer drie jaar zal duren. Het Heerlijk Telegram, tot op heden gehuisvest in de thans ten dode gedoemde Sint Sodakerk van Mosterd, zal tijdelijk worden ondergebracht ónder de Heilige Stoel Zelve in de Sixtijnse Kapel te Rome, om straks een definitief onderkomen te vinden in de bij het Heilig Nat Bad te bouwen Basiliek van het Heerlijk Telegram.

Badevaartgangers worden dringend verzocht uit de buurt van de bouwplaats te blijven. De door het Vaticaan beschikbaar gestelde detachementen van de Zwitserse Garde hebben bevel om alle onbevoegden zonder pardon aan de degen te rijgen. Zij, die zich te zijner tijd van zonden willen reinigen door de Zevenvoudige Dompeling in het Heilige Nat, dienen zich te wenden tot de herder hunner parochie of de Groepscommandant der Inquisitie in zijn of haar woon- of verblijfplaats.

Deze verklaring zal voorlopig het laatste nieuws over en rond het Mirakel van Mosterd zijn, opdat een ieder zich in stilte en ootmoed door daadwerkelijke arbeid of door gebed kan zetten tot de Voleinding van Gods Wil. Mogen zij, die middelerwijl met de bouw van een nóg groter zwembad dan het Heilig Nat Bad van Mosterd mochten beginnen, vervloekt zijn tot in het 38e geslacht. In de naam van de Vader, de Zoon en de Neef van de Nicht van de Heilige Geest. Amen –

10

(Drie jaar later)

De schier onafzienbare watervlakte wordt slechts gebroken door een betonnen staketsel, dat in het bleke schijnsel van de maan omhoogsteekt naar de sterren. Bij nadere beschouwing blijkt het hier om een reusachtige duikplank te gaan, waarvan de 'hoge' minstens honderd meter boven de roerloze waterspiegel ligt.

Allerwegen heerst diepe rust. Nergens in de wijde omtrek valt enig teken van leven te bespeuren. Aan de vooravond van z'n Plechtige Inwijding door o.a. zeven kardinalen lijkt het in drie jaar tijds voltooide Heilig Nat Bad van Mosterd, met een capaciteit van 1.000.000 personen algemeen als het grootste zwembad ter wereld beschouwd, van God en alleman verlaten.

Maar......wat is dát???

Op de 'hoge' staat plots een uit het niets verschenen, van top tot teen in 't zwart gehulde gedaante, die met gespreide armen ten hemel geheven naar het einde van de plank geschreden komt en vanaf die plek met holle grafstem de volgende woorden over het water de nacht in laat galmen...

'Achtunk! Achtunk! Es spricht Anonymusz, Architekt von Wunder! Iek schwören beim Bart von Mefistofelemonusz das es ja morgen losgehen wird! Wenn hier die Million im Wasser sind, dann ist Zeit für richtige Wunder! Dann wird sich das Wasser, secula seculorum, verwandeln in Schwefel und Salzsäure! Klapatschschshhhh! Eine Million katholische Juden zum Teufel! Sieg heil! Und nach die katholische Juden kommen die reformierte Juden! Zum Wohl! Und dann die evangelische Juden! Kaputt! Und nach die evangelische Juden die buddhistische Juden! Patschbum! Und die islamitische Juden! Punkt aus! Und nach die islamitische Juden die jüdische Juden! Hahaaaa! Und dann die arische Juden! Hoera! Die ganze Welt zum Teufel! Das machen wir, Anonymusz, Architekt von Wunder!'

Na deze onheilspellende woorden duikt de spookachtige verschijning met een perfect uitgevoerde driedubbele Neurenberger achtersteboven in het Heilige Nat. Zonder dattie spat!

Het volgende moment is alles weer precies zoals het was. De maan, de stilte, het rimpelloze water. Alsof er niets is gebeurd. Alsof er niets te gebeuren staat...

Nog slechts luttele uren vooraleer het Mirakel van Mosterd z'n onafwendbare voleinding tegemoet zal gaan. In de naam van de Vader, de Zoon en de Heilige Enzovoorts... Amen.

Het noorden vinden zonder kompas

In de wachtkamer zat nog maar één mede-patiënt. Een oudere man, met een bril, misschien een notaris. Hij keek zwijgend voor zich uit, terwijl hij peinzend aan z'n lip trok. Er waren al twee patiënten voor ons geholpen en nog hadden we geen woord gewisseld. Ik besloot dan ook de bepaald drukkende stilte te verbreken.

'Wat is het nieuws toch triest tegenwoordig,' begon ik, terwijl ik m'n krant dichtvouwde. 'Alweer een overstroming. En als er geen rampen zijn, dan is er wel wat anders...'

Hij keek mij aan en glimlachte. 'Groei of verdwijn, dat is het motto van deze tijd. Er is altijd nog een goede kans voor hen, die zich met hart en ziel wijden aan één groot, onwankelbaar doel; voor hen, die niet alleen hoge idealen koesteren, doch ook bereid zijn ernaar te leven; voor hen, die nimmer twijfelen aan hun succes, hoe ook de weg is, welke zij gaan moeten. Wat de wereld nodig heeft, zijn mensen die zo'n graad van zelfbeheersing hebben bereikt, dat zij zonder uit hun middelpunt te geraken de onaangenaamste dingen verdragen kunnen. Toen het Westen des lands in de barre winter van '44 op '45 gebukt ging onder honger, koude en terreur, wisten de oude, beproefde medewerkers van het tijdschrift *Denksport* – zij het met welhaast bóvenmenselijke inspanning – toch een groot aantal puzzels, problemen en kruiswoordraadsels samen te stellen. Zelf was ik in die tijd bezig met het haken van een trouwjurk voor m'n dochter. Op zichzelf misschien niet zo bijzonder, maar wél, dat de twee meter lange sleep en de bolero met mouwtjes geheel gehaakt waren uit 1770 rondjes. Het patroon voor die rondjes had ik zelf ontworpen en het maken van die jurk kostte me anderhalf jaar. Wijs mij de man, die vasthoudt als anderen loslaten; die sterk staat, naarmate anderen verslappen; die doorgaat waar anderen terugdeinzen – en ik zeg u, dat dát de man is die ten slotte overwint. Wie weet en weet dat hij weet is een meester. Wie weet en niet weet dat hij weet, heeft een meester nodig. Wie niet weet en weet dat hij niet weet, heeft liefde nodig. En wie niet weet en niet weet dat hij niet weet, die is verloren. Wat zich afspeelt in uw geest, zal vroeg of laat bewaarheid worden. Elke handeling heeft z'n invloed en bepaalt ten slotte het lot – ziedáár de wet des levens! De bewuste mens houdt het oog niet naar binnen gericht, doch naar buiten, naar de oneindige peripherie. Het Noorden te vinden zonder kompas, dat is wat hem voor ogen zweeft! Maar, laten we niet afdwalen... Hoe staat het intussen met de geurigheid van de gagel? Om die te ervaren moet u op een zomerdag maar eens terugkomen, als de struiken volzitten met stijve, grijsgroene blaadjes. Wie dan, in de schemering op een tuinbank gezeten, de geluidloze vlucht van de vleermuizen gadeslaat, komt ongemerkt sterk onder de indruk van het geheimzinnige gedrag dezer diertjes. Genoeg om te weten, dat de gagel niet alleen is gediend van vochtige grond, doch ook van de uiterste kalkarmoede, zodat u hem niet hoeft te zoeken in de duinen bezuiden Bergen. Voor de geleerden is Spitsbergen een waar paradijs. Glaciologen kunnen er nog levende gletsjers bestuderen en fossielen zijn er in overvloed. Onlangs nog vonden paleonthologen er een Kiaeraspis, een prehistorische vis, die hier meer dan driehonderdmiljoen jaar geleden voorkwam en die zó prachtig bleek versteend, dat zelfs de hersens, de ogen, de zenuwen en de fijnst vertakte bloedvaten vrijwel ongeschonden bleven bewaard. Dan zijn er nog de dode werelden, de donkere sterren. Onzichtbare ijskoude massa's, wier aanwezigheid alleen valt af te leiden uit hun aantrekkingskracht. Het is best mogelijk dat een dergelijke ster de aarde uit dit zonnestelsel wegrukt en met zich meevoert, de ruimte in, waar de stralen van de zon niet kunnen doordringen. Ga daarom zitten in een diepe stoel, b.v. een clubfauteuil, aanvankelijk met lage schoenen of pantoffels aan, later zonder, en oefen gedurig het op-en-neer bewegen der benen, waarbij men de voeten, vlak langs elkaar, in een halve cirkel om elkaar heenslaat. Dit zal in het begin veel moeite kosten, doch kan bij flink doorzetten spoedig worden aangeleerd en vormt dan een belangrijke steun bij het ontwikkelen van een voortstuwende, wrikkende beenbeweging. Hoe kan een frisdrank ons verkwikken, als de zon brandt en de dorst groot is! Hoe kan een kruivig glas bier ons doen opleven, als de keel droog is en de rijsttafel heet! Hoe kan een nog jonge Bordeaux ons verlichten en ons veel voor de toekomst beloven, als hij tot volwassenheid gerijpt zal zijn! Gaat het u niet snel genoeg, krab dan nooit met een mesje de rijp van het koellichaam, maar zet er een ijslaatje in met heet water. Wat niet in de koelkast kan? De stoptrein uit Amersfoort. Het klinkt misschien gek, maar het is een feit. Maar laat ik me eerst even voorstellen. W. Kreukniet is de naam, oud-accountant en oud-leraar in het Boekhouden en de Staathuishoudkunde te Rotterdam. Die Buchhaltung wird in der Masze mehr an Bedeutung im Berufsleben der Völker gewinnen, je mehr es gelingt durch wissenschaftliche Pflege der Buchhaltung deren Wesen zu erklären und deren Formen zu verbessern! Natuurlijk zijn er mensen bij die zullen zeggen: alles goed en wel, maar is onze zegsman wel betrouwbaar? Men spreke in die gevallen wat luider en houde de telefoon dicht bij de mond. Klop de slagroom bijna stijf, meng de mayonaise erdoor, het citroensap of de witte wijn, de ketchup, de cognac, de sherry en de peper. In gevallen waarin het reglement niet voorziet beslist het Bestuur. Kortom: een interessant fonds dat meer verdient dan de tachtig gulden die de Amsterdamse effectenbeurs ervoor wil geven. Maar laat ons thans terugkeren tot onze zwermende korf, waar de bijen reeds het vertreksein gaven zonder op het eind mijner beschouwing te wachten. O jeugd, ga voort met moed; de weg is vrij! Nog één tip: vermijd zo veel mogelijk het zitten op een bontmantel...'

En met deze woorden verliet hij de wachtkamer, mij alleen achterlatend met de vraag, hoeveel koeien men kan houden per hectare groenland.

De vurige gesel

Alan Beckwith, door honger gedreven, wil zelfmoord plegen. Hij wendt zich tot bendeleider Andrew North, een ambtenaar in Congo, die net op het punt staat zijn jonge vrouw Ann te verlaten voor een korte expeditie ter bestraffing van een stamhoofd, dat geweigerd heeft belasting te betalen. Terzelfder tijd keert Jimmy Madden, een jong bacterioloog, die juist met groot succes een pestbacil bestreden heeft, uit Afrika in Londen terug, waar hij zich onverwijld begeeft naar het huis van Sir Lawrence, niet wetende dat deze met een jacht in de Stille Zuidzee is vergaan en op een klein koraaleiland, als enige overlevende van de ramp, al meer dan tien jaar vergeefs op een schip zit te wachten. In gezelschap van zijn dochter Edith maakt de reder Caswell Towers op de vrachtzoeker 'Markwell', waarop Judson Peters kapitein is, de overtocht van China naar Amerika, waar Stella Beresford, de verloofde van Sterling Elliot, substituut-officier in een van de districten van New York, eveneens met haar vader op weg is om nader kennis te maken met de pikante geheimen van de grote stad. Een zwarte bediende, Ndudu, zal over haar waken. Intussen zwerven Jo Hawkes en Tom Jimson, twee gezworen kameraden, nietsvermoedend door de woestijn, op zoek naar recepten voor de bereiding van kleurstoffen, waarvan alleen de Indianen de geheimen nog kennen. De 'man-met-het-hart-van-steen' is Ben Harper. Hun vriendschap wordt op een zware proef gesteld, als ze verliefd worden op hetzelfde meisje, Nellie West van de Box W.-hoeve bij Cobb's Coulee, die niet weet wie ze tot man moet kiezen, waarop ze besluiten om het meisje te vechten. Het resterende bedrag valt toe aan North. Na tweeëntwintig dagen ontdekt deze een stoomschip, dat alsmaar op dezelfde plaats blijft. Het lijkt ergens van zijn trossen geslagen en naar zee gedreven te zijn. Afgemat van het onophoudelijk zoeken naar de weg zien ze eindelijk de dag aanbreken. Beckwith stemt toe, maar moet na dertien maanden uit het leven verdwijnen. Moreton zal hem als zijn secretaris begeleiden. Vlak voor het afscheid vraagt Ben Ophelia tot vrouw, waarop ze besluiten het stil te houden. Een aan cocaïne verslaafd individu echter, Braddon genaamd, is ongezien getuige van het afscheid en van Dulcie's dood. In een apotheek vindt hij het geraamte van een bediende achter een lessenaar. Hij eigent zich diens kostbaarheden toe en vat het plan op om Stella geld af te persen, daar hij op grond van bittere ontgoocheling door de trouweloosheid van zijn moeder een vrouwenhater geworden is. De dokter en de notaris zitten ook in het complot. Moreton en Bancroft zijn geneigd om Lady Merrivale met de misdaad in verband te brengen, maar Serge, een beroemd detective, schijnt van haar onschuld overtuigd. De sheriff wil Jo Hawkes in hechtenis nemen, wat op het nippertje door Nellie West verhinderd wordt, waarna Hawkes, hoewel door hitte gefolterd, weigert zich over te geven, als hij door de sheriff en zijn mannen in een canyon belegerd wordt. Wel biedt hij aan een levensverzekering van $ 100.000,- af te sluiten. De polis komt op naam van Beverly Ames, met wie hij op aanwijzing van North moet trouwen. Als hij het kasteel wil verlaten, wordt hij geroepen door George Merrivale, die door een ruggenmergziekte aan bed is gekluisterd. Zijn mededelingen kloppen met die van Sybil en Stephen. Het moet een dwerg geweest zijn. Na enige tijd komt een man in een bruin pak om wat brandewijn vragen, daar hij zich niet lekker voelt. Freddy en de dikke heer keren terug. Enkele dagen later wordt er weer iemand vermoord. Serge ondervraagt Tabitha's zuster Lilian, maar zij brengt hem ook geen stap verder. Tot overmaat van ramp jaagt een nachtelijke spookverschijning de inlandse arbeiders op de vlucht, als gevolg waarvan Evangeline die middag haar verloving verbreekt. Nadat de moeder van Cedric uit wraak heeft getracht om Minnie van diefstal te beschuldigen, brengt zij een bezoek aan de woning van Sir Leslie Trentham. Daar blijken haar ware naam en beroep. Geboeid door haar portret besluit Newman het meisje te volgen. Terug in Engeland wordt hij per auto het water in gereden. Hij vraagt daarop de weg aan Jimmy, die op een naburig weiland aan het werk is. Het huwelijk wordt voltrokken en het jonge paar betrekt de flat die North gehuurd heeft. Ondertussen probeert men op het laboratorium nog steeds de bacillen te doden. De zaak komt voor de rechter en Yves lijkt schuldig. 's Nachts staat Lady Merrivale in droef gepeins op het terras. Plotsklaps verschijnt Serge, die van plan was de nacht in de bibliotheek door te brengen. Om besmetting te voorkomen knipt hij onmiddellijk de top van zijn vinger af. Nellie West ontdekt dat Jimson helemaal niet door Hawkes is vermoord, maar zélf wel een bandiet heeft gedood, een valsspeler, wiens lijk zij aantreft in het verlaten mijndorp Chloride. De man lijkt tijdens het lezen van de krant door de dood overvallen. De enige uitweg is zich bij de cavalerie van Stuart te voegen. Dominee Verzicht blijkt bereid om te helpen. Samen met Moreton gaat hij, met de gewonde jongen in zijn armen, op zoek naar een dokter. In een restaurant worden ze aangesproken door een Franse dame, een kennis van Aubusson, die hun een sigaret aanbiedt. Prins gaat er niet op in. De politie krijgt bericht, dat het buisje in handen is van Sturrilow's moordenaar, die tevens directeur is van een veteranenhospitaal. Jenny maakt kennis met het leven op zaal 14. Marion Cortlett, telg uit een oud doch achteruitgegaan geslacht, gaat uit rijden en verdwaalt. Langs een privélijn vraagt de minister-president om nadere gegevens. Op een film die in Amsterdam is opgenomen om de paniekstemming weer te geven en die in Londen wordt vertoond, ziet Valerie de vrouw met de elegante gang weer terug. Na drie jaar eenzaam wachten is zij erop uitgetrokken om haar geluk te vinden. Na een lange stilte valt er een schot. Als Serge, Moreton en Bancroft die avond op hun hotelkamer bijeen zitten, wordt Serge opgebeld door Horver, Sir Lawrence's andere assistent, die óók al verliefd is op Valerie, met de boodschap dat Tabitha vergiftigd is. Yves en zijn vrouw worden prompt protestant. Beckwith ontvangt $ 20.000,- in contanten, doch verliest kort daarop zijn evenwicht en verdwijnt eveneens in de gloeiende massa...

Stront & Co.

1

De dag dat de Oude Stront stierf, leek het einde der mensheid nabij. Een mensheid, die door o.a. 33 nucleaire vergissingen uit minder dan een miljoen zielen bestond, in geïsoleerde groepen van verschillende grootte verspreid over een planeet, door radioactieve straling grotendeels onbewoonbaar.

De belangrijkste concentraties van menselijk leven waren te vinden in de oude subway-tunnels van eens zo machtige metropolen als Berlijn, New York en Rotterdam, waar men zich in leven hield met het enig eetbare dat nog voorhanden was: de eigen uitwerpselen.

In de loop der chaotische tijden waren vele menselijke eigenschappen verloren gegaan. De zucht naar geld echter was gebleven. Vandaar dat vrijwel niemand z'n eigen stront rechtstreeks at, maar het voor geld doorverkocht aan de meestbiedende vertegenwoordiger van de strontverwerkende industrie. Daar werd de ruwe grondstof op streng geheime wijze opgewerkt om daarna weer aan de consument te worden gesleten.

Van meet af aan was Stront & Co. – een solide familiebedrijf – één der groten uit de levensmiddelenbranche, immer garant voor een voedzaam product. Maar pas toen de nu legendarische Oude Stront de leiding kreeg, groeide de firma uit tot de motor die de wereld draaien deed.

Behalve aan de Oude Stront was de enorme vlucht van het bedrijf mede te danken aan het feit, dat men na jarenlange research in het laboratorium van Stront & Co. een mengsmering van stront en nog wat wist samen te stellen, waardoor het mogelijk werd een aantal antieke duikboten in de vaart te brengen – de eerste met succes bekroonde poging tot herstel der intercontinentale verbindingen.

Deze monopolie-positie werd door de Oude Stront – geniaal organisator als hij was – volledig uitgebuit. Binnen een jaar was alle concurrentie van de markt verdreven en stond Stront & Co. gelijk met Leven, terwijl de Oude Stront God was, Die alles wist en alles kon. Geboren leider en begenadigd redenaar tilde hij het mensdom keer op keer over fataal lijkende inzinkingen heen en hij schroomde niet, daar waar stront aan de knikker was, zèlf te verschijnen in al Zijn Glorie, daartoe door z'n Miraculeuze Onderzeeërs in staat gesteld.

Zo werd de Oude Stront de Hoeder der Mensen, Vleesgeworden Vader van Allen, zonder Wie leven niet mogelijk was. Vijftig lange jaren duurde zijn bewind, hetgeen de goddelijke image nog eens extra versterkte, aangezien de gemiddelde levensduur hooguit veertig jaar bedroeg.

Toen hij dan ook ten langen leste de geest gaf, stortte voor meer dan één generatie de wereld ineen. Allerwegen verloor men de moed. Overal liet men de hoop varen. De dag dat de Oude Stront stierf, leek het einde der mensheid nabij...

2

Betekende het verscheiden van de Oude Stront een zware klap voor de mensheid; voor de omzet van Stront & Co. betekende het een doodsklap, hetgeen vooral Co. maar matig beviel. Co. was nog jong en hij wilde wat bereiken in het leven. Als het zo doorging zou er heel snel niks meer te bereiken zijn en dat nu wilde Co. tot elke prijs vermijden. Hij zette zich in de vacante zetel des Ouden Stronts en bezon zich uitvoerig op de te nemen maatregelen.

Teneinde de omzetten van Stront & Co. weer terug te brengen op het peil van de dagen vóór de dood van de Oude Stront en liefst nòg hoger, diende de eetlust en meer algemeen gezien de levenslust der vertwijfelde mensheid te worden opgewekt. Het was daarom zaak de mensen te voorzien van nieuwe Hoop, want Hoop deed leven. Hoop op A, Hoop op B, Hoop op Hoop... Het zou hem een zorg wezen! Eenmaal gevestigd in de harten der mensen zou nieuwe Hoop in no time de apathische strontmarkt openbreken, zoveel was zeker! Het verkopen van gloednieuwe Hoop op leven, echter, zou, gezien de diepte van de put waarin het mensdom zich bevond, veel te veel tijd kosten. Het was kòrt dag. Reeds pleegde men zelfmoord per dozijn en duizenden liepen met plannen.

Co. besloot dan ook de heersende geestesgesteldheid te zijnen nutte aan te wenden en de mensen Hoop op Dood te schenken. Geef de mensen wát ze willen en het zijn – tijdelijk – tevreden mensen. Co. bombardeerde zichzelf te dien einde tot de Zoon des Ouden Stronts en begon overal het op handen zijnde Einde te prediken.

Dit Einde zou precies één jaar na de dood des Ouden Stronts plaatsgrijpen, aldus Co., op Vrijdag de dertiende, vijf vóór drie, synchroon met het Stervensuur. Het tussenliggende jaar diende ter voorbereiding, zowel voor de mensen aan deze, als voor de Oude Stront aan gene zijde van het graf. Dit met het oog op de Loutering vóór het Weerzien, want dát zou het Einde betekenen... het Weerzien met Hem, die ze liefhadden en omgekeerd. Dat allen zich blijmoedig de ziel zouden zuiveren. Zelfmoordenaars en pessimisten wachtte slechts een eeuwig dolen in het duister, waar zij die de Grote Boodschap bevestigden per volgend jaar met Hem in het Paradijs zouden zijn.

Het ging erin als stront.

3

Gedurende het Louteringsjaar stegen de omzetten van Stront & Co. tot nooit gekende hoogten. De toenemende vraag naar levensmiddelen en de verhoogde productie van grondstoffen, die daarmee ònverbrekelijk was verbonden, ging van Stront & Co.-zijde gepaard aan een gelijktijdige uitbreiding van het assortiment eindproducten. Waren die tot dan toe beperkt gebleven tot de elementaire levensbehoeften – ter instandhouding van de soort en daarmee basta – in de loop van dit Laatste Jaar werden er enkele nieuwe producten op de markt gebracht, die eerder thuishoorden in de categorie der 'Genotmiddelen'. Hun succes overtrof Co.'s stoutste verwachtingen.

Zo dronk de ganse wereld, een week na eerste aflevering, reeds 'Vino Stronto', een verrassend smakelijke licht-alcoholische drank op basis van gefermenteerde voedselresten. Zo mogelijk nóg groter ingang vond het product dat kort daarop onder de kernachtige naam 'Shit' op de markt kwam. Het betrof hier verschillende, door Stront & Co.'s onvolprezen onderzeeërs uit verre streken aangevoerde, gedroogde strontsoorten, die men kon roken in een pijp of – als sigaret – gerold in wc-papier.

De veraangenaming des levens, die de consumptie dezer artikelen met zich meebracht, bleef niet zonder gevolgen voor de geestesgesteldheid der mensheid. Voor het eerst sinds eeuwen kwam de glimlach uit de kast en stukje bij beetje moest het harteloze egoïsme, dat tot dan toe gebruikelijk was geweest, wijken. Allen werden tot broeders en zusters, op weg naar hun Vader, en allen waren gelijk. Geheel naar de letter van de Grote Boodschap verwachtte men blijmoedig de Jongste Dag.

4

Naarmate het Einde naderde en de stemming onder de mensen steeg, groeide het plan, de Allerlaatste Week te maken tot een groot festijn. Het programma vermeldde de meest uiteenlopende activiteiten. Van de Wereldkampioenschappen Diarrhee tot en met poephappen en stoelgaan voor gehandicapten. Een ware roes maakte zich van het mensdom meester, waaraan de consumptie van grote hoeveelheden 'Shit' en 'Vino Stronto' zeker niet vreemd was. De vraag naar deze producten overtrof bij vlagen het aanbod, hoewel de Stront & Co.-molens 25 uur per etmaal maalden.

Hoger en hoger laaide het levensvuur en overal waar Co. verscheen werd hij als Zoon des Ouden Stronts en Brenger van de Grote Boodschap door geestdriftige scharen omstuwd. De aubaden waren niet van de lucht en menig dankwoord moest in tijdnood onuitgesproken blijven. Zo leefde men toe naar de Allerlaatste Week en toen die eenmaal was aangebroken werden overal de laatste nog resterende remmen losgegooid. De mensheid dook onder in een zee van warme vreugde en de dagen vlogen in een reeks niet van elkaar te onderscheiden geluksdromen voorbij. Voor men het wist was het zover en vond men elkaar, moe maar voldaan, terug op de morgen van de Jongste Dag.

De uren tot het Einde verliepen in alle rust. De laatste flessen 'Vino Stronto' werden uitgeschonken en de geur van 'Shit' vulde de lucht. De mensen bespraken de dingen die achter hen lagen en dachten aan wat hun nog te wachten stond. Toen het eenmaal tien voor drie was en menigeen zich pas werkelijk realiseerde, dat het over vijf minuten allemaal afgelopen zou zijn, viel men elkander in de armen en in veler achterhoofd roerde zich de gedachte, dat het toch eigenlijk wel jammer was...

Klokslag vijf voor drie daalde overal waar leven was een doodse stilte.

5

Drie uur precies verschijnt Co. aan een verbaasd publiek. Zijn stem davert door de gewelven...

'Broeders en zusters! Het Einde is beëindigd, we kunnen opnieuw beginnen. Vergeet de Oude Stront nimmer, maar laat leven en welzijn niet van de doden afhangen. Wat geschied is, is geschiedenis. Ik schonk u nieuwe Hoop. Hoop op het Einde, Hoop op het Weerzien. Maar het Einde blijkt een nieuw Begin en het Weerzien zal een weerzien met de Zon zijn. Té lang reeds hebben we gezucht in deze Onderwereld. Alles zullen we trotseren – stormen, monsters en stralingsgevaar – om wederom in het

Licht te kunnen leven. Broeders en zusters! NAAR BOVEN!!!

Co. wacht gespannen op de reacties. Krijgt hij gehoor of zal men hem stenigen? De stilte duurt eeuwen. Dan klinkt er een stem. 'Naar bóven! Naar bóven!'

De ban is gebroken. Spoedig galmt het uit duizenden kelen. 'Naar bóven! Naar bóven! Naar bóven!!'

Co. herademt. Hij heeft het pleit gewonnen. Toch blijkt zijn laatste woord in deze zaak nog niet gesproken. Tijdens een luwte in de bijvalsstormen richt hij zich andermaal tot het publiek...

'Broeders en zusters! Denkt om uw ogen! Donkere brillen te koop bij de uitgang! Denkt om uw ogen! Denkt om uw ogen!'

Even later klinkt uit de richting van de uitgang het vrolijk gerinkel van kassa's. Co. wrijft zich vergenoegd in z'n handen. Sommige mensen doen alles voor geld, zelfs de mensheid redden.

De Pyramide van Wijsheid

1

Professor Wijsheid zet de wereld op z'n kop, als hij beweert te weten, hoe hij LEVEND HET HIERNAMAALS KAN BETREDEN! Allerwegen breekt de pleuris uit, vooral in wetenschappelijke kringen. Ook in de religieuze sector komt de klap hard aan. Wie de eminente dwarsligger niet voor gek verklaart, roept hel en verdoemenis over hem af. Maar Wijsheid laat zich er niet door van de wijsheid brengen.

Hij onthult reeds te beschikken over het vervoermiddel om t.z.t. de reis mee te aanvaarden: de Pyramide van Wijsheid. Dit pyramidale voertuig wijkt belangrijk af van andere voertuigen tot op heden aan het menselijk brein ontsproten. Het heeft n.l. géén motor. De werking berust, aldus Wijsheid, op het principe der onveranderlijke beweging. Het verplaatst zich dan ook niet; veeleer verdwijnt het ter plekke in het niets. Niet zomaar overal, doch slechts op één plaats: de jùiste plaats.

'En waar is die dan wel, als ik vragen mag?'

'Op de Grote Pyramide in Egypte.'

'Die van Cheops bedoelt u?'

'Zo staat zij inderdaad bij de meesten bekend, ja.'

'En waarom zou zij dat niet?'

'Omdat het niet klopt.'

'Het was Cheops toch die de kolos liet bouwen om zich er later in te laten begraven?'

'Nonsens! Toen Cheops de troon besteeg, stond de Grote Pyramide al duizend jaar waar ze nu nog staat, in het hart van de wereld.'

'Nooit van gehoord.'

'Dan bent u niet de enige.'

‘Waarom juist de Grote Pyramide?’

‘Alles eindigt in een punt.’

‘Ja, maar de punt van de Grote Pyramide wordt al sinds mensenheugenis vermist!’

‘Daarom juist.’

2

Volgens Wijsheid is de Grote Pyramide geen monument, maar een instrument. Geen praalgraf ten gerieve van een dode koning, doch een accumulator van levende krachten, met behulp waarvan zij die haar geheimen kennen een wereld van wonderen kunnen betreden. Een vervoermiddel, kortom, om aan de stof te ontstijgen en door tijd en ruimte naar een nieuwe dimensie te reizen zonder daarvoor eerst te hoeven sterven. Dat het instrument ooit werkte mag blijken uit de verdwenen top.

En wat wil nu het geval? Het geval wil, dat de Pyramide van Wijsheid exact dezelfde afmetingen heeft als die sinds mensenheugenis vermiste top.

‘U bedoelt...?’

‘Inderdaad nee.’

Alles eindigt in een punt.

‘De of hèt punt?’

‘Beide.’

Hier wijst Wijsheid op de Bijbel en citeert: ‘Zie, ik deel u een geheimenis mede. Gij zult wel niet allen ontslapen, maar gij zult allen veranderd worden in de punt des tijds.’ (I Cor. 15:51-52)

De Grote Pyramide is die punt. De belichaming tevens van het snijpunt der evenwijdige lijnen van Einstein, in het oneindige. Alles eindigt in een punt, óók het oneindige. Dáárachter wacht ons het Hiernamaals, voorbij het snijpunt van de tijd. En aangezien in het oneindige geen afstanden gelden, maakt het niets uit of dat snijpunt nu vlakbij de aarde ligt of ergens in de eindeloze verten. Alleen voor ons maakt het wat uit. Door het bouwen van een pyramide bepaalt men het snijpunt en brengt men het Hiernamaals binnen handbereik. Trekt men de zijden van een pyramide in gedachten door voorbij de top, dan blijkt er op die pyramide, op z'n top, nog een tweede te staan, wier zijden op hun beurt tot in het oneindige doorlopen. Voilà, het Hiernamaals!

'Met andere woorden, zet de Pyramide van Wijsheid op de Grote Pyramide en... pfffffft?!'

'Pfffffft ja.'

'En terug?'

'Hemui.'

'Pardon?'

'Hemui. Egyptisch voor onzin.'

3

Verplaatsen wij ons thans in gedachten naar Egypte. Ondanks hevige tegenwerking heeft professor Wijsheid toch z'n zin gekregen. Met een helikopter is de Pyramide van Wijsheid op de Grote Pyramide gezet.

Rond het aldus vervolledigde bouwwerk heeft zich een enorme menigte geschaard, die elke dag verder aangroeit. De plaatselijke middenstand beleeft een gouden tijd. De waterprijs stijgt tot nimmer tevoren bereikt peil. De spanning evenzo.

Niemand weet wanneer precies, als er al wat geschiedt. Professor Wijsheid laat zich al die tijd maar één keer zien. Kort voor hij de Pyramide van Wijsheid van binnenuit afsluit met een top van zuiver goud, door een zwarte diamant bekroond, steekt hij even z'n hoofd door het gat en wendt zijn blik beurtelings in de vier windrichtingen, gelijk de zijden van de Grote Pyramide.

Dagen en nachten gaan voorbij zonder dat er iets bijzonders valt te melden. Maar dan op een nacht neemt men vreemde verschijnselen waar. Rond Wijsheids nieuwe top verschijnt een stralenkrans, terwijl uit het binnenste van de steenkolos een geluid lijkt te komen, dat geleidelijk in frequentie stijgt, als bij een gigantische bromtol. Men twijfelt geen moment: het Uur der Wijsheid is gekomen!

De teleurstelling is groot, als na verloop van tijd het geluid in sterkte afneemt, tot de pyramide tenslotte weer zwijgt, en het aureool rond de top uitdooft. Ontgoocheld kruipt men in z'n slaapzak. Maar bij het krieken van de morgen gaat de roep door het kamp: 'Zie! Het is volbracht!'

Ieders blik richt zich naar boven, waar de Grote Pyramide zich scherp aftekent tegen de wolkenloze hemel. Het vertrouwde beeld heeft zich hersteld. De top ontbreekt! De Pyramide van Wijsheid is pleiten!

Bij navraag blijkt niemand iets te hebben gezien. Het moet in een ondeelbaar moment zijn geschied. Desalniettemin niettegenstaande is het bewijs geleverd. De Pyramide van Wijsheid werkt!

Meneer Van Dalen wacht op antwoord

Vergeer: 'Mijne heren, laten we de zaak nog eens rustig bekijken. Je hebt je bekisting gemaakt en je vult hem met beton. Dan kan je niet meer zien wat je gedaan hebt.'

De Roover: 'D'r zullen best methodes komen om dat te kunnen controleren.'

Pronk: 'Je maakt de kist doorzichtig of zo.'

De Roover: 'Neem maar van mij aan dat we binnenkort met geluid zullen doormeten.'

Den Hoedt: 'Volgens mij moeten we heel ergens anders naar toe.'

Vergeer: 'Zoals?'

Den Hoedt: 'Volgens mij valt er niks door te meten.'

De Roover: 'Hoe weet je dan wanneer ie d'r af kan?'

Den Hoedt: 'Volgens mij moet je 'm gewoon laten zitten.'

De Roover: 'Wie? Die kist? Nóóit van z'n leven.'

Pronk: 'Meenemen die kist!'

Den Hoedt: 'Maar wat is dan het voordeel?'

Pronk: 'Ehhh... '

Den Hoedt: 'Dus toch maar laten zitten dan?'

De Roover: 'Helemaal niet.'

Den Hoedt: 'Maar waaróm dan niet?'

De Roover: 'Omdat het dan weer vééls te ingewikkeld wordt, want dan wil die ineens een zus-profieltje en de volgende een zó...'

Pronk: 'Ja, en Jantje moet een rooie en Pietje een groene.'

Den Hoedt: 'Helemaal niet nodig. Je kan er dan toch wat omheen plaatsen, als afbouw?'

De Roover: 'O jee, je kan zovéél. Maar waar blijft dan je voordeel?'

Pronk: 'Nergens.'

Den Hoedt: 'O nee? Als je de zaak laat zitten, ga je anders meteen de verhardingstijd bekorten. Het volgende element kan er dan gelijk bovenop. Die kist hebbie toch niet meer nodig.'

Vergeer: 'Mijne heren, de zaak is simpel. Als het nou duurder is om 'm eraf te halen dan om 'm te laten zitten...'

Pronk: 'Dan halen we 'm d'r toch lekker áf! En dan nog wat... Het is natuurlijk niet zo slim om in het begin al wat te plaatsen, dat later in het zicht blijft. Dus gooi d'r nou maar rustig een gipsplaatje omheen.'

Den Hoedt: 'Zie je wel?'

De Roover: 'Wat?'

Den Hoedt: 'M'n horloge staat stil.'

Operatie Stonehenge

1

Na drie jaar uitstel moest ik in dienst. Bij de Technische Troepen in Grave, al sloeg ik geen spijker recht in een muur. Grave... Waar lag dat? Ik keek in de atlas. Ik besloot onder te duiken.

Een weeklang bivakkeerde ik bij vrienden. Ik smeedde een plan. Ik zou op de occulte toer gaan.

Aan een ketting uit een Britse plee deed ik vier amuletten. Een ruwblikken kruis, een vogelbot, een plastic 'shrunken head' en een kreeftenschaar. Die hing ik om m'n nek.

Op m'n trui naaide ik een cirkelvormig ornament van namaakfiligrain, oorspronkelijk bedoeld als sjaalklem, met een doorsnee van tien centimeter. In een rood, gehaakt boodschappennetje deed ik al m'n boeken over hekserij en geestenbezwering, vijf in getal, plus een studie over de Führer, een boek van De Sade en 'Howl' van Allen Ginsberg.

Het netje bond ik vast aan de rest van de bagage die ik mee zou nemen, een army surplus-slaapzak, die gezien z'n uiterlijk de Slag bij Nieuwpoort nog had meegemaakt. Vervolgens stak ik in een doorzichtig plastic hulsje, naast oproep en paspoort, een opruiend geschrift van eigen hand en een in Engeland uit een tijdschrift geknipt zwart-wit fotootje van Stonehenge.

Bij een drogist op de Binnenweg kocht ik ten slotte het geheime wapen, dat de ganse operatie tot triomf moest maken – een hoestmiddel, 'romilar' genaamd, waarover de vreemdste verhalen de ronde deden. Je moest ze alle twintig tegelijk innemen, wist ik alleen. Ik was daartoe van harte bereid.

's Maandagsmorgens besloot ik m'n vertrek tot 's middags uit te stellen. Om twee uur zat ik in de trein naar Den Bosch, een week later dan m'n oproep luidde. Ik was in vol ornaat. Ondanks de drukte kwam er niemand naast me zitten. Ik wierp een laatste blik op Rotterdam.

Halverwege Den Bosch stond ik op en ging naar het toilet. Ik slikte de twintig romilars en gooide het doosje door het gat. Ik keek in de spiegel en knikte bemoedigend. Operatie Stonehenge was een onherroepelijk stadium ingegaan.

2

In Den Bosch stond de trein naar Nijmegen al klaar. Ik merkte nog geen moer van de romilar. M'n vervoer liep tot Wijchen. Van daar naar Grave gaapte een gat. Een week eerder was de hele lichting natuurlijk met wagens van het station gehaald. Kwam tijd, kwam raad. Ik vond een plaatsje bij het raam. De trein vertrok.

M'n mede-passagiers waren merendeels scholieren. Met stomheid geslagen gaapten ze me aan, als was ik zojuist van Mars in hun midden neergedaald. Sommigen kwamen wel vier keer langs. Ik deed of ik spastisch was. Pas in de volgende wagon weerklonk hun opgewonden commentaar. Ze spraken koeterwaals.

We stopten om de haverklap op uitgestorven plattelandsstations. Even kwam er enig leven. Mensen stapten in en uit. Ik beklaagde hun lot. Gedoemd hier te blijven, tussen koeien en gras, waar de wereld met kranten zat dichtgeplakt. Er voer een huivering over mijn leden. Langs de rand van mijn blikveld roerde zich wat.

Naarmate we vorderden vervreemdde ik meer. Pas toen ik voor de derde keer vergeefs naar m'n hoofd greep, naar de te kleine hoed of pet die ik níet ophad, begreep ik dat de romilar in werking getreden was. Ik ging er eens goed voor zitten. Het kon me niet gek genoeg worden.

In snel tempo raakte het hek van de dam. Buiten leek het landschap wel een ansichtkaart, die in stijgende vaart langs het raam werd gedraaid. Koeien graasden roerloos, met geheven staart. Langs de grenzen van m'n gezichtsveld werd ik een razend bewegen gewaar. Lijnen doorschoten een kantelend verschiet onder voortdurend wisselen van perspectief, als werd ik in een reusachtige zweefmolen rondgeslingerd. Ik klampte me vast aan de bank, die onder me bonkte en stampte, vanwege de middelpuntvliedende kracht. De rijgeluiden van de trein vloeiden met flarden conversatie samen tot een hels kabaal, dat spoedig allesoverheersend was. Een oorverdovend geloei, alsof ik op zee in een vliegende storm zat.

De oervloed! De oervloed!

Ik verloor ieder begrip van ruimte en tijd. Ik trad buiten mezelf. Héél duidelijk kon ik mezelf zien zitten, door het raam van de trein, van buiten naar binnen! Het loeien werd kraken, het kraken knarsen. Ik hoorde de wereld om z'n as heendraaien.

Een man met een pet bracht me terug tot mezelf. Ik viste m'n kaartje volkomen verfomfaaid uit een van de honderd zakken in m'n spijkerjack. Langzaam maar zeker daalde de trein. Ik keek uit het raam. Haarscherp zag ik Stonehenge tegen de lucht afgetekend staan.

3

Ten prooi aan totale zintuigelijke verwarring wist ik de trein toch op het juiste station te verlaten. De oervloed bedaarde en maakte plaats voor een stilte, die zichtbaar als nevel de dingen omgaf. Op goed geluk vond ik de uitgang.

Voor het station lag een plein, dat van god en alleman verlaten was. Ik keek om me heen naar een bus, maar ik kon zelfs geen halte ontdekken. Hoe kwam ik uit dit gat naar Grave? Ik besloot de politie in te schakelen.

Als door een onzichtbare hand geleid stevende ik recht op het politiebureau af. De deur stond uitnodigend open. Ik walste naar binnen, stoned als ik was. De eerste de beste deur die ik zag wierp ik open. Drie man verstarden tussen zitten en opstaan. Twee van de drie grepen koppel en pet en kozen het hazenpad.

‘Zeker versterking halen,’ opperde ik luid en kletste met kracht m’n papieren op tafel. Vanuit een ooghoek zag ik een papiertje neerdwarrelen. Stonehenge! Als een stuka dook ik erop af en nog voor het de grond raakte had ik het te pakken.

Oom agent sloeg mijn bewegingen met argusogen gade. Ik wees op de tafel.

‘Ik moet in dienst, in Grave, maar hoe kom ik daar? Kan u dat regelen?’

Ik voelde me ineens heel moe. Ik liep naar een stoel, maar zag de weg versperd door oom agent, die me met zachte dwang het vertrek uit werkte. Met z’n duim wees hij over z’n schouder door het raam naar buiten.

‘Kijk es wat een weertje. Wacht maar buiten, da’s gezond. Ze komen je straks wel halen.’

Ik richtte mijn schreden naar een enorme eik, die midden op het plein in een verwilderd grasperk stond. Halverwege keek ik om. Ik zag de agent met de telefoon aan z’n oor voor het raam staan. Ik zwaaide. Hij wist niet hoe gauw hij zich om moest draaien. Ik schoot in de lach. Hij kon m’n zak opblazen!

4

Ik wist niet hoe lang ik al onder die boom zat, toen een poepgroen voertuig het plein opreed en voor het politiebureau tot stilstand kwam. Een militair ging naar binnen en kwam er vrijwel onmiddellijk weer uit, in gezelschap van de agent, die in mijn richting gebaarde.

Ik kwam overeind, schouderde m’n slaapzak en slenterde op het duo toe. Met overdreven zwier hield de chauffeur het portier voor me open. Ik meende een nauw verhulde glimlach op z’n gezicht te ontwaren. De deur ging achter mij op slot. Hij checkte de achterdeur van het Volkswagenbusje, zei de agent gedag en klom in de wagen. Hij startte de motor en scheurde vol gas het plein af, richting Grave.

Ik zweeg als het graf. Over het land daalde de eerste schemer van de avond. De chauffeur probeerde m'n blik te vangen, maar ik deed alsof ik niets zag. Ik spaarde m'n woorden liever voor straks, als ik de commandant tegenover me had. Ik begon zowaar naar het treffen te verlangen.

Ik was in een kalme gemoedstoestand geraakt na de eerste verwarrende werking van de romilar. Tussen mij en de wereld lag een groeiende afstand, die slechts van míjn kant af te overbruggen was en die me het gevoel gaf dat ik onkwetsbaar was. Wie deed me wat?

'En? Hoe voel je je nou als soldaat?' verbrak de chauffeur het stilzwijgen. Ik keek hem aan of hij dacht dat ik gek was. Ik haalde m'n schouders op. Hij knikte begrijpend.

'Je hoeft niks te zeggen, maar neem dit van me aan: als het niet gaat kom je er altijd wel uit.'

Ik nam zijn woorden voor kennisgeving aan. Als hij me uit m'n tent wou lokken, kwam hij van een kouwe kermis thuis. Ik zat niet in een tent.

We gingen naar rechts. Militaire weg. Verderop lag een hek met een slagboom. Er stond een wachthuisje voor. We minderden vaart. De schildwacht beduidde ons door te rijden. Als vanzelf ging de slagboom omhoog.

'Hier komen zondags de meissies naar je kijken,' zei de chauffeur langs z'n neus weg en schakelde op.

5

Door twee man werd ik voor de commandant gebracht. Hij bleek niet als enige ter verwelkoming aanwezig. Het ganse kader scheen present. Naar schatting vijftien officieren stonden in verspreide groepjes door het vertrek, dat tevens diende als opslagplaats voor dozen vol gloeilampen en zware betonnen voetstukken voor dranghekken of tuinparasols. De gesprekken verstomden.

Na van de eerste schrik te zijn bekomen begon de commandant te schreeuwen, dat ik naar de kapper moest want op zo'n kop als ik had zou het wel krioelen van de luis. Doch de kapper bleek al weg en niet van zins om terug te keren. Morgenochtend was ik de eerste.

Ik viel meteen maar met de deur in huis en deelde mee, dat men wat mij betrof de kapper kon vergeten, daar ik op religieuze gronden nooit mijn haar zou offeren. De commandant ontplofte.

Hij braakte een stroom van verwensingen over mij uit, die slechts stopte, doordat hij zich in zijn woede verslikte en losbrak in een verscheurende hoestbui. Achter z'n rug lachten z'n adjudanten besmuikt.

Op verzoek van een lange, koloniaal getinte kapitein ging ik nader in op het religieuze aspect van de zaak, al was ik, zo haastte ik mij te verklaren, op dit terrein aan een strenge zwijgplicht onderworpen. Ik vertelde dat ik het jaar daarvoor in Engeland was ingewijd in de Geheimen van Stonehenge en dientengevolge met hart en ziel de Duistere Krachten toegedaan dewelke mij en mijn broeders in tal van gedaanten waren geopenbaard. De attributen om m'n nek dienden ter volvoering van inktzwarte riten, waarover ik, dat sprak vanzelf, verder met geen woord mocht reppen. Ook de lengte van mijn haar hield hiermee verband, in die zin dat ik onkwetsbaar was, zolang de cirkel bleef gesloten. Vandaar dat een bezoek aan de kapper onmogelijk was, al had ik an sich op het leger niks tegen. De Wrake van Stonehenge zou vreselijk zijn. Of ze 't al dan niet geloofden, maakte niets uit; zolang ik het maar deed!

Als klap op de vuurpijl toonde ik hun het fotootje van Stonehenge, met de opmerking dat dít het medium was middels welk ik op gezette tijden met de Almacht in verbinding trad. Irgendwo omnibus lucifer rex! Ik had gezegd.

6

Per gesloten ambulance reisde ik de volgende dag in gezelschap van een heimweeklant naar Vught, waar de districtspsychiater zat. De romilar was uitgewerkt, zodat ik in het uur der waarheid op eigen kracht was aangewezen.

We waren niet de enigen waaraan een steekie los was. Hele volksstammen vulden de wachtkamer en doodden de tijd met slapen, lezen en eindeloos geklaverjas. Ik liep wat rond in de omgeving en ontdekte dat het hospitaal op korte afstand was omringd met prikkeldraad. Dit en de lage barakken, waarin het lazaret gevestigd was, deden, gezien de locatie, de vraag rijzen, of ik me soms bevond in een restant van het eertijds door de moffen gestichte concentratiekamp?

Het was diep in de middag voor ik aan de beurt kwam. De dokter bleek een jonge vent, die niet of nauwelijks in de Geheimen van Stonehenge geïnteresseerd was. Ik speelde open kaart met hem.

Twee jaar dienst op het moment dat zich net enige lijn in mijn leven begon af te tekenen, zou mij zó ernstig ontwrichten, dat ik nog jaren daarna ongelukkig zou zijn en geen kans zou zien mij een plaats in de maatschappij te verwerven. Dat kon de bedoeling niet zijn van de dienstplicht, waar ik niet tegen, maar ook niet geschikt voor was.

Beroepshalve kwam hij met tegenwerpingen in de geest van de mogelijke heilzame werking der discipline en van het groepsleven, juíst op jongens zoals ik, wier gedrag en karakter niet aan de gangbare normen beantwoordden. Ik repliceerde dat ik m'n eigen normen wilde stellen en dat ik maar één leven had en dat de kans dat die heilzame werking van hem verkeerd uitpakte m.i. véél te groot was, maar dat het uiteindelijk zíjn verantwoordelijkheid was om mij al dan niet in het ongeluk te storten.

Kribbig merkte hij toen op, dat hij na jaren studie ook niet voor z'n lol in dienst zat en waarom hij wel en ik niet? Ik zei dat ik dat ook niet wist, maar wél, dat het voor hem nóóit een reden mocht zijn om mij níet ongeschikt te verklaren!

Gespannen wachtte ik op z'n reactie. Hij keek mij enige tijd zwijgend aan. Toen verscheen er een glimlach op z'n gezicht.

'Daar heb je gelijk in,' gaf hij toe. Ik had het pleit gewonnen!

7

Terug in Grave meldde ik mij bij de medische dienst, evenals de heimweeklant gewapend met een grote bruine envelop van de DP, bestemd voor de dienstdoende arts. De heimweeklant werd na kennisname van de inhoud naar de ziekenboeg verwezen, waar hij een bed mocht uitzoeken om in te wachten op de oproep zich voor uitkeuring naar Den Haag te begeven, wat wel een week à tien dagen zou aanlopen.

In de overtuiging dat mij hetzelfde lot beschoren was, maakte ik aanstalten om hem te volgen, doch ik werd teruggeroepen door de dokter, die mij met nauw verholen weerzin berichtte, dat ik op uitdrukkelijk bevel van de commandant onverwijld moest maken dat ik wegkwam. Een vrij vervoertje Rotterdam lag al bij de administratie op mij te wachten. Jongens zoals ik hoorden hier niet thuis, aldus de dokter.

Ik begaf mij met bonzend hart naar de administratie. Dit was te mooi om waar te zijn! Vierentwintig uur in militaire dienst, geen uniform, geen helm en nog immer in bezit van al m'n haren, baard en snor... een absoluut record!

Met moeite de neiging tot zang en dans onderdrukkend nam ik mijn vrij vervoertje in ontvangst en spoedde mij over het lege kazerneplein naar de poort. Vlak voor ik de vrijheid in stapte hoorde ik achter me plotsklaps een groot misbaar. Omkijkend zag ik een horde rekruten in veel te grote overalls en met vechtpetten tot over hun oren door de kantinedeur naar buiten stormen. Zij schreeuwden verwensingen aan mijn adres en schenen werkelijk te denken, dat niet zíj, maar ík de lul waren/was.

Achteruitlopend ging ik al wuivend de poort door en stak de weg over naar de aldaar geplaatste bushalte. Vijf minuten later was ik zingend op weg naar Den Bosch en de trein terug naar Rotjeknar. Operatie Stonehenge was een volledig succes geworden.

Rust in Zweden

L.S.

Namens de Stichting 'Rust in Zweden' ben ik zo vrij U de vraag te stellen: 'Weet U wat U te wachten staat?' Tien tegen één, dat U de pijp uitgaat! 'Ja, kunst,' zult U opmerken, 'de pijp uit gaan we allemaal. Zwart, wit, lang, kort, man, vrouw, arm, rijk...' U heeft daarin natuurlijk volkomen gelijk, geliefde lezer. De dood gaat aan niemands deur voorbij en dat is mooi en dat is prachtig, maar niet waar het in deze om gaat. De uitdrukking 'de pijp uitgaan' werd door mij zo-even namens 'Rust in Zweden' in de meest letterlijke zin gebezigd, waar U haar op Uw beurt overdrachtelijk heeft opgevat. Waar ik op doel, geliefde lezer, is het hiertelande steeds dreigender wordend crematiegevaar! Neemt U als min of meer vanzelfsprekend aan, straks na overlijden ter aarde te worden besteld, geliefde lezer, dan kon U nog raar op Uw neus kijken, want tegen die tijd is begraven worden helemaal niet meer normaal. Crematie wél daarentegen! Was het tot voor kort nog zo, dat men, zo men de wens koesterde om na zijn dood te worden verast, daartoe nog tijdens zijn leven een uitdrukkelijke verklaring diende te tekenen; thans kan men eerder spreken van het tegendeel. Veranderde inzichten op gebied van hygiëne en volksgezondheidszorg, doch bóvenal een nijpend ruimtetekort, hebben ertoe geleid, geliefde lezer, dat het accent bij de lijkbezorging steeds meer op de lijkverbranding is komen te liggen, terwijl de teraardebestelling steeds minder vanzelfsprekend wordt toegepast. Telde ons land nauwelijks één generatie geleden nog maar één crematorium, te weten dat in Westerveld bij Velzen; vandaag de dag staat elke zichzelf respecterende gemeente een dergelijke inrichting ter beschikking, geliefde lezer, in vrijwel alle gevallen met overheidsgelden gebouwd. Terzelfdertijd ziet of hoort men de bezwaren, die bij de bevolking vrij algemeen tegen de lijkverbranding leefden hedentendage zelden meer verwoord, waarmee zonder twijfel het veranderde standpunt der kerken in verband dient gebracht. Luidde dit in een zéér nabij verleden nog ondubbelzinnig tégen de lijkverbranding, geliefde lezer, het huidige wordt gekenmerkt door een tweeslachtigheid, die tekenend genoemd mag worden voor de danig verzwakte positie van de kerken in ons land, die hun greep op de mensheid onherroepelijk verloren hebben en in de turbulente draaikolk van deze tijd gereduceerd blijken tot relikwieën, fossiele resten uit voorgoed vervlogen eeuwen. Dit alles heeft tot een situatie geleid, geliefde lezer, waarin men na overlijden wordt verast, tenzij daartegen door de nabestaanden, al dan niet in opdracht der overledene handelende, expliciet bezwaar wordt gemaakt, of de overledene tijdens zijn of haar leven, hetzij mondeling, hetzij schriftelijk, in het bijzijn van twee of meer volledig toerekeningsvatbare getuigen, van zijn of haar voorkeur begraven te worden heeft blijk gegeven. In die gevallen zal men geneigd zijn hieraan gevolg te geven, vooropgesteld dat er toereikende fondsen bestaan, waarmee de steeds stijgende begrafeniskosten bestreden kunnen worden. Want dáár zit 'm de kneep, geliefde lezer! Als de huidige tendens in de sector der lijkbezorging zich in dezelfde richting voortzet, waar het alle schijn van heeft, dan zullen het binnen afzienbare tijd nog slechts de àllerrijksten zijn, die zich een begrafenis kunnen veroorloven, niet in het minst vanwege de fabelachtig hoge grondprijzen in verband met de aanschaf van een daartoe onontbeerlijk graf, geliefde lezer. Om van een praalgraf of mausoleum maar te zwijgen! Heeft men geen geld, dan gaat men de pijp uit, of men wil of niet, geliefde lezer, daar komt het op neer! Ziedaar Uw voorland en dat terwijl bij menigeen nog steeds gevoelens van onbehagen leven ten aanzien van de lijkverbranding, of zie ik dat verkeerd? Het is geenszins de bedoeling U te verontrusten, geliefde lezer. Integendeel zelfs. Namens 'Rust in Zweden' wil ik U erop wijzen, dat U NIET MACHTELOOS BENT tegen het crematiegevaar, ook al heeft U geen geld! Voelt U zich door dit gevaar bedreigd, geliefde lezer, wordt dan lid van onze Stichting 'Rust in Zweden' en verzekert U nu reeds voor een redelijke prijs van Uw laatste rustplaats op een van de door onze Stichting in het gelijknamige land beheerde elysische velden van vrede en rust. Wie nevenstaande bon invult en opstuurt naar ons hoofdkantoor, ontvangt gratis en voor niets onze *adembenemende* catalogus, die U in prachtige kleuren een keuze biedt uit de verschillende mogelijkheden om na een werkzaam leven Uw moede hoofd met een gerust hart te kunnen neerleggen, temidden van Zweden's indrukwekkende natuur. Heeft U Uw keuze bepaald, bespreek die dan van mens tot mens met een van onze speciale medewerk(st)ers, die U twee weken na ontvangst der catalogus bij U thuis kunt begroeten. U zult in hem of haar veeleer een vriend of vriendin treffen dan een gladde mooipra(a)t(st)er, die slechts oog heeft voor het commerciële aspect van deze zaak, hoe interessant dat op zichzelf ook mag zijn, geliefde lezer, met name voor U! Hier dieper op in te gaan, zou thans te ver voeren. In onze catalogus zult U alle facetten tot in de kleinste details belicht vinden en op eventuele vragen die nog resten, geliefde lezer, zal onze speciale medewerk(st)er U zonder twijfel een méér dan bevredigend antwoord kunnen geven. Waar het allereerst om gaat, geliefde lezer, is de vraag of U zich bedreigd voelt door het crematiegevaar en of U aan dit gevaar wenst te ontkomen? Luidt Uw antwoord ja, wordt dan lid van 'Rust in Zweden' en verzekert U zodoende van Uw laatste rustplaats in dit per traditie van oorlogsgevaar gevrijwaarde Scandinavische land met de hoogste levensstandaard van Europa! Geliefde lezer: RUST IN ZWEDEN!

Namens de Stichting,
w.g. L. Jongeneel
(secretaris)

Monumentenzorg

Driemaal bezocht ik Berlijn, voormalige hoofdstad van het Derde Rijk. Twee keer als optredend dichter en eenmaal voor NEON om er te filmen. Wie herinnert zich mij niet? Enkeldiep in versgevallen sneeuw met een spuitbus voor De Muur, waarop in zwarte verf BETER MAF DAN MOF, op de achtergrond de stemmen van de Comedian Harmonists, zoetgevooisde zwanenzangers van de Weimar-republiek... 'Jah jaah jaaah Träne/sind heute sehr modern...' Vier heren met een scheiding in het midden. Of zes, daar wil ik afwezen. Wie opschiet kan er nog eentje in de 'Zwiebelfisch' zien zitten, Berlijns café voor addestiekelingen. Ik kan het ook niet helpen dat die kroeg zo heet, maar daar zat die vrijer elke nacht, een originele Comedian Harmonist. Zomer '78 was dat, toen ik voor BILT in Berlijn zat. Ik heb het de laatste keer niet meer gecheckt, dus het kan zijn dattie de pijp uit is, penachus, in de tussentijd. Heeftie pech gehad. Wie ik ook zag in Berlijn en die beslist niet dood is was Ted Joans, the one and only. Op eigen uitnodiging liftend uit Parijs gekomen om mee te doen aan BILT, de Berliner Internationale Literatur Tage, met dezelfde talk als waar hij ooit in '58 mee begon... 'Jazz is my religion, man, jazz is my religion...' Ted Joans is een pro. Hustler pur sang. Geen cultuurbons is tegen z'n babbel bestand. De een na de ander lult hij ze plat. De festivalleiders, de stichtingsbestuurders, de penningmeesters. Of anders hun vrouw wel. Ook deze expeditie bleef niet zonder resultaat, want het laatste dat ik on the grapevine over Joans vernam was, dattie op kosten van de stad een jaarlang in Berlijn zat. Ottóóó! Immer gerade aus! 'k Heb schijt aan Ted Joans, maar toevallig schreeftie wel het enige gedicht over Parker dat swingt, 'Bird lives'. Daar kunnen ze van mij de Verzamelde Werken van – pak weg – Neruda voor houen, die er als doorgewinterd stalinist geen been in zag om hand- en spandienst te verlenen aan Alain Delon, toen die achter Trotzky aan zat. Maar laten we niet afdwalen. Het staat er nog steeds op, op De Muur... BETER MAF DAN MOF. En niet alleen dáárop, want hoeveel keer ik het sindsdien al niet op goedvaderlandse pleemuren ben tegengekomen! Typisch voorbeeld van een bij het schrijven reeds klassieke regel. Alleen Blokker vond het niks, maar die is dan ook katholiek. Geworden. Reisleiders en touroperators zij er hierbij op gewezen, dat de bewuste regel te bewonderen valt op het stuk Muur dat de Marienplatz begrenst, in het hart van het roerige Kreuzberg, rechts (gezicht Muur) van het voormalige klooster annex ziekenhuis, thans Künstlerhaus Bethanien, waar zich destijds ook de lezingen in het kader van BILT voltrokken. Het kraakwezen tierde reeds welig in die dagen. Daar kunnen de Hollandse poëten van meepraten! Immers, de ter opening van het festival geplande Nederlandse avond werd door het Kreuzberger Kraak Kollektief volledig versteerd, waartegen, naar verluidde, alleen vredesduif Simon V. zich mettervuist teweer stelde, terwijl de rest in allerijl een goed heenkomen zocht. Tot mijn eeuwige spijt heb ik dit spektakel gemist, daar ik als enige Nederlander die níet die avond op het programma stond, in afwachting van een expresse-zending van vitaal belang uit het vaderland, in ons tijdelijk onderkomen aan de Wannsee in slaap gesukkeld was, waaruit ik weliswaar door de komst van de post met het begeerde artikel werd opgeschrikt, zodat ik tien minuten later reeds als herbóren, per taxi richting Kreuzberg zoefde, maar te laat, zo bleek, toen ik energiek en vol plannen ter plekke verscheen. De strijd was net gestreden. Er heerste diepe verontwaardiging in het Nederlandse kamp. De dichter K. stond te trillen als een espenblad. Verbeten klampte hij zich vast aan zijn Verzameld Werk. Hij riep met overslaande stem dat het een schande was, dat zúlk geteisem hem uitgerekend in Berrrlijn het woord ontnomen had! 'n Linkse actie? Tsa! Het mocht wat! Gajes was het, tuig van de richel dat in niets van het schuim uit Hitler's bruine horden verschilde. Het voorstel van de leiding de rampzalig verlopen avond nog enigszins te redden door elders in de stad te lezen, werd zonder pardon van tafel geveegd. Wàt lezen? Niks lezen! Geen wóórd zou men hier meer uit Nederlandse mond vernemen! Het liefst was men zo weer op de trein terug gestapt, aldus K. die kennelijk ook voor de anderen sprak... In wanhoop wendde de organisator zich af. Donnerwetter! Alsof hij die krakers had besteld! Hij was toch evenzeer de dupe als zij? Waarom nu tegen hèm al dat misbaar, terwijl hij ze zo-even niet gehoord had?! Een goede vraag, doch reeds was de Nederlandse ploeg, met K. voorop, op zoek naar de jenever... Ik bleef zitten waar ik zat. K. kon me nog meer vertellen. Kouwe drukte achteraf, nu het gevaar geweken was, tegen een mede-gedupeerde, was geen kunst. Dat deed me denken aan die gozer die een beuk krijgt van de schillenboer. 'En?' vraagt z'n maat, 'hebbie teruggeslagen?' 'Nee, dat niet, maar ik heb dat páárd een teringschop gegeven!!' Ik zei dan ook dat K. niet namens mij sprak. Al stond ik die avond dan niet op het programma; ik was best bereid om elders in de stad te lezen, zo de zaak daarmee gediend was. Collaboratie? Landverraad? Ze konden m'n rug op en m'n buik weer af! In m'n binnenzak zat toevallig een Duitse vertaling van 'Nacht in Tunesië' – van ene Mrozek en geen eens zo slecht – die ik bij mijn overhaaste vertrek uit Wannsee schijnbaar zonder reden bij me gestoken had. Alsof ik de loop van de avond voorzíen had! Even later scheurden we met plankgas en gillende banden door de macabere straten van Berrrlijn. Zo was dat, ACTION! Geen gezeik! Ik had geen idee waarheen ik op weg was. Sportpalast? Reichskanzlei?? Na een jaar of wat kwamen we voor een architectonische miskleun anno 1963 tot stilstand. 'Akademie der Künste', beweerde een bord bij de ingang. Door kilometers gang bereikten we met holle hoorspelstap een zaal vol Duitse intellectuelen. Ik stond op springen. Ik lustte ze rauw... Door het middenpad marcheerde ik op het podium af. Achter een tafel hokte een groepje slechtgeklede heren bij elkaar. Ze waren rijkelijk van snorren en baarden voorzien, terwijl er één zelfs aan een stronthoorn zat te lurken. Deutsche Kollegen! Kon niet missen! Die vrijer met die pijp was volgens mij die... Günther Gas ehhh Gràs ja. Ze waren in discussie met de zaal verwikkeld. Discussie! Ook dát nog! Dat kon nog uren duren... Als ik dáárop moest wachten, ging ik liever de stad in! Aber nein, natürlich nicht, dat werd al geregeld, ik kon er sofort tegenaan... En inderdaad! Middenin een gloedvol betoog van Gras over de zegeningen van het democratisch socialisme in het licht van het huidige tijdsgewricht, werd z'n microfoon weggedraaid. Ik zag het bloed van woede naar z'n kop stijgen. Hij werd knalrood, geheel in overeenstemming met z'n politieke overtuiging. Tot in het diepst van z'n wezen gekrenkt zocht hij z'n plaats achter de tafel weer op. Met een kort woord werd ik ingeleid. Gras zat uiterst links naar me te loeren. Hadden blikken kunnen doden, ik was ter plekke lawaaie gegaan. En dàt terwijl ik die man nog nooit wat had gedaan, zelfs niet gelézen! De inleider was klaar. Ik voelde of m'n haar goed zat. Onder doodse stilte trad ik uit de coulissen en liep op het spreekgestoelte af. Ik was van top tot teen in het zwart, een zwaar besmette tint daar in die streken. Ik trok de microfoon van de standaard en ging middenop het podium staan. Ik zou ze eens een poepie laten ruiken! Ik haalde m'n tekst te voorschijn en streek de bladen glad. Over de rand van het papier blikte ik zwijgend de zaal in. Je kon de spanning vóelen stijgen... Op het juiste moment stak ik van wal... 'Nacht in Tunesien...' In het Duits met Rotterdams accent... 'Er war vierzig Jahre alt, Journalist, etwas klein geraten, hatte Veranlagung zum Dickwerden, war also Junggeselle und Depressionen ausgesetzt. Auf das energische Drängen seiner usw. usw.' Het ging erin als Krupp! Zó'n tragedie op zó'n langs-de-neus-weg toon verwoord, waarbij nog gelachen mocht worden óók...?! Zoiets hadden ze nog nooit gehoord. Ik kreeg een daverend applaus. Alleen Gras klapte niet mee. Zwaar trekkend aan z'n pijp legde hij geërgerd een rookgordijn. In de coulissen werd ik opgewacht. Een korte gedrongen man stapte met uitgestoken hand op me af. 'Ik ben Mrozek,' zei hij lachend, "k zat toevallig in de zaal......' En dát bedoel ik nou! Sta ik ergens in een kroeg, komt er een gozer binnen met twee van die lyceumchicks, weetjewel, plooirok, Clarks en een rol naar binnen. Afijn, ik zie ze kijken en met mekaar mozelen, over mij, want ineens komt die gozer op me af met zo'n gezicht van 'wie-is-tie-danwel?' Of ik die dichter ben? Ja hoezo? Of ik dan maar even een gedicht wil zeggen... Nou vooruit, omdattie het zo vriendelijk vraagt, maar ik hou het kort... Zeg ik tegen die vrijer, zomaar, zonder bijbedoeling, zeg ik: 'De verzekering WEKT de schade...' Zie ik hem helemaal wit wegtrekken en als een speer gaattie pleite, zonder een woord te zeggen – je hebt van die eigenááárdige mensen... Tien minuten later – ik ben die hele gozer al vergeten – staattie ineens weer voor m'n neus. Ja en ik zal wel denken, rare snuiter, die loopt zo maar weg en zo, maar ik moet dan weten dat ik zo-even voor hem de hele wereld op z'n kop heb gezet, want HIJ WERKT TOEVALLIG BIJ EEN VERZEKERINGSMAATSCHAPPIJ!!! Ik wou maar zeggen... Tóeval? Tóeval ? We hadden vroeger thuis een hond, maar die kennen we al. Terug naar Berrrlijn dus... Heavy stad. Zwáár heavy. Liep ik stoned als een kruk in de Kantstrasse, zag ik links en rechts de swastika's tussen de bomen hangen! Wat zegt u? Géén bomen in de Kantstrasse? Kan je nagaan, hóe stoned! Maar zonder dolle... Keek ik beter, waren ze weg. Liep ik door, eindje verder, vanuit m'n ooghoeken... hingen ze weer! Van die lange rooie banieren, door de wind traag heen en weer bewogen. Ik zag ook steeds gebouwen die er niet stonden, althans hun contouren. Waarschijnlijk hadden ze er ooit gestaan, in vooroorlogse tijden. Alles liet immers een schaduw na, echo van een vroeger bestaan... Hier hélemáál! Het verleden kwam hier binnen handbereik. Misschien lag het aan mij, maar ik verwachtte hem elk moment de hoek om te zien komen. In die zwarte Mercedes, waar geen eind aan kwam en die ik in een tent op de Grote Markt van Delft ooit met eigen ogen had aanschouwd, ja zelfs had áángeraakt! KOMT DAT ZIEN! KOMT DAT ZIEN! DE AUTO VAN HITLER! ECHT AUTHENTIEK! M'n vader en ik als een speer naar binnen. De auto van Hitler, die mocht je niet missen! Ik was een jaar of negen, tien... Wàt een wagen, die Mercedes! Zwaargepantserd als een tank wastie evengoed in staat er bij dreigend gevaar met een noodgang van meer dan 200 km per uur vandoor te gaan, maakte niet uit hoeveel gasten erin zaten, acht, twaalf... Een wonder van technisch vernuft! Ter illustratie werd de moterkap opengezet. Verbaasd hapten de mensen naar adem. Een enórme machine blonk ons tegemoet! 'Speciaal ontworpen, dubbel vermogen,' aldus de man die erbij scheen te horen en die ons tevens het verhoginkje toonde waarop Hitler had gestaan en de ramen van kogelvrij glas die mitrailleursalvo's konden weerstaan, en die verder nog een vloed van interessante gegevens over ons uitstortte. En o, dat gevoel dat mij beving, toen ik daar bij die auto stond en m'n hand langs het glanzende spatbord liet glijden! Een gevoel van spijt om wat ik had gemist... De Oorlog, die links en rechts z'n sporen had nagelaten, waar je je als tot een magneet toe voelde aangetrokken, met een onverklaarbare opwinding net onder de oppervlakte, zodat je je hart in je keel voelde kloppen, elke keer als je een bunker betrad. Een duister verlangen, tegen beter weten in, dat zich niet of nauwelijks in woorden liet vangen. Verwondering ook, dat iemand met zó'n auto die oorlog nog kon verliezen! Gemengde gevoelens streden om voorrang, zowel in Delft als in Berrrlijn. De schim van de oorlog hing over de stad. Elk ogenblik konden sirenes gaan loeien... 'Achtung! Achtung! Hier ist der Befehlsstand der I. Flak Division Berlin. Die gemeldeten Bomberverbände befinden sich im Raum Hannover-Braunschweig. Wir kommen wieder...' Reken maar dat ze hier wat op hun taas hadden gehad! Dag en nacht doelwit van bombardementen. Overdag door de Yanken, 's nachts door de Engelsen. De Luftwaffe machteloos aan de grond, inclusief haar laatste troef, de Me 262 'Schwalbe', voorbode van een supersonisch tijdperk. Vliegtuigen zat, maar geen druppel benzine! De doodenkele keer dat ze hóóguit een kwartier de lucht in konden, zaaiden de wonderjagers dood en verderf in de vijandelijke bomeskaders. Maar het was een te verwaarlozen druppel op een withete plaat. De Geallieerden bleven komen. In alles dat vloog. Negen van de tien keer ontmoetten ze alleen maar Flak. De batterijen schoten tot de lopen roodgloeiend stonden. Het maakte niet uit. Het tij viel niet te keren. De Nazi's kregen op hun dak wat ze er zelf over hadden afgeroepen, maar dan nog tien keer erger. Stelselmatig werd Duitsland van de kaart geveegd. Elke stad van enige omvang, die binnen het bereik van de bommenwerpers lag, kreeg ervan langs. Pats! Boem! Krak! Platgooien die handel! Makkelijk zat. Terug naar het Stenen Tijdperk, Berrrlijn voorop! En net toen ze dachten dat ze alles gehad hadden, kwamen de Russen het nog eens dunnetjes overdoen... Met tienduizend kanonnen en Stalin-orgels in een ring om de stad zorgden ze voor een óór-ver-do-vend slotakkoord van Wagner's 'Götterdämmerung', die in de laatste uren van het Derde Rijk, ondanks neerregenende granaten, in een zwaargeschonden Philharmonie, voor een talrijk publiek onder Furtwängler werd uitgevoerd. Bis zum Verrecken! Avondkleding gewenst... Gevoel voor dramatiek kon je ze niet ontzeggen, die Nazzi's, zoals de vader van een klasgenoot op de lagere school altijd zei, dezelfde man die onveranderlijk van 'faksjisten' sprak, veelal gecombineerd met het predikaat 'vuile'. Bij de Dodenherdenking, die elk jaar op 4 Mei bij het kruis in het plantsoen vlak voor ons huis gehouden werd, liep hij steevast voorop met een krans waar een olifant u tegen zei. Hij was bij het Verzet geweest en bij de AJC, waaraan hij een haast ziekelijke voorliefde voor lopen in het algemeen en marcheren in het bijzonder had overgehouen. Ieder jaar liep hij mee in de Vierdaagse. Hij viel haast voorover van de medailles. Sinds hij zich met al z'n krachten had geworpen op de beoefening van nóg een variant van het lopen, t.w. het z.g. 'snelwandelen', werd hij door iedereen 'Zatopek' genoemd, naar de Tsjechische 'Locomotief' die indertijd furore maakte. Z'n zoon die bij mij in de klas zat aardde in het geheel niet naar z'n vader. Integendeel. Hij deed z'n bijnaam 'Slome' alle eer aan. Maar laten we niet afdwalen. We hadden het over Berrrlijn en niet over de – overigens onbezorgde – jeugd van den aucteur, al dient gezegd dat Berlijn in die dagen een veelgehoord begrip was en in brede kring als toekomstige oorzaak van een Derde Wereldoorlog werd gezien. De Muur kende men weliswaar nog niet, maar het IJzeren Gordijn zoveel te beter, waarachter – dat wist een kind – Stalin ìngemeen naar ons zat te grinniken. God, wat een opluchting was dàt, toen die in '53 eindelijk de moord stak. Wij kinderen liepen te dansen op straat. Hoi hoi hoi! Stalin was dood! Hoe oud waren we helemaal? Acht, negen jaar. Wat wisten we van Stalin af? Geen reet, inderdaad nee, alleen dat de wereld zonder hem een stuk beter af was! Zo zat dat. Maar van de doden niks dan goeds. Op z'n minst was de heer Stalin een wilskrachtig man, die onder verre van ideale omstandigheden toch ettelijke miljoenen partij- en landgenoten over de kling had weten te jagen. Niet voor niets was hij de enige van z'n tegenstanders die Hitler serieus nam. En terecht, want wie hadden de Moffen uiteindelijk de das omgedaan? Wie wonnen de Slag om Berrrlijn? Ten eerste de Russen, vervolgens de Russen en – last but not least – de Russen. Niks Amerikanen! Niks Engelsen! Spieski Ruski! Kroznja plens! En verder geen gezeik... Toen de kruitdamp enigszins was opgetrokken, bleek Berlijns infrastructuur ingrijpend gewijzigd. Er stond geen steen meer op de andere! Zo ook in Tiergarten, de voormalige diplomatieke wijk van Berlijn, waar alle ambassades stonden van de landen die betrekkingen onderhielden met het Derde Rijk. Voor 1939 dus vrijwel allemáál. De wereld stond bij Hitler op de stoep. Vliegen rond de stroop van diens 'Wirtschaftswunder'. Als bij toverslag was in Duitsland de crisis voorbij. Hitler gaf iedereen werk. De juiste man op het juiste moment. Hij mocht dan erbarmelijk schreeuwen; de Duitsers aten uit z'n hand. De Redder des Vaderlands! Hij gaf het Lot een dynamische wending... De Olympische Spelen van '36 namen bij velen de laatste twijfels weg. Natuurlijk zaten er scherpe kantjes aan het regime, maar waar gehakt werd vielen spaanders en zachte heelmeesters maakten stinkende wonden. Het bolsjewistische spook was in elk geval voorgoed bezworen en onder ons gezegd en gezwegen: wat kon ons die paar Joden nou eigenlijk schelen? Nee, die Hitler was zo gek nog niet. Daar viel best wat mee te regelen. Het ging om de toekomst, mijne heren...... Jaja, dat hadden ze gemerkt. Van al die ambassades bleven er maar drie min of meer overeind. Drie van de hoeveel? Dertig? Vijftig? Geef ik je te raden welke drie, van welke landen......? DIE VAN ITALIË, SPANJE EN JAPAN!!! Uitgerekend Hitlers bondgenoten! Over toeval gesproken... Anno 1980 stonden ze er nog steeds. In verschillende staat van verval. Bij de Italianen heerste zelfs bedrijvigheid in een van de vleugels van het gebouw. Hun Consulaat-Generaal bleek er gevestigd. Het dak zag zwart van de antennes. De meeste ramen en deuren waren dichtgemetseld. Granaatinslagen in muren en dak. Door sommige gaten groeiden bomen naar buiten. Onkruid overwoekerde de oprijlaan, waar eens de zwarte limousines met CD-kentekens af- en aangleden. Vergane glorie in stijlzuivere Derde Rijks-bouwtrant. Bij de Spanjolen brandde licht in het sousterrain. De voorgevel was nog vrijwel intact. Erachter een bouwval met weggevaagd dak. Ik klopte nadrukkelijk op de voordeur, waarop nog vaag een huisnummer te lezen was... Nr. 11... Ik had het kunnen weten! Stel je voor dat de deur zo open zou gaan en binnen zou alles nog gaaf blijken te zijn, geheel als in 1940?? Maar als enige reactie zagen we het licht uitgaan. Op hetzelfde moment sprong voor de deur een straatlantaren aan, de enige die ik in de wijde omtrek kon ontdekken. Straatverlichting die nog werkte, terwijl de straat allang verdwenen was? Op klaarlichte dag?? Rätselhaft... De Japanse legatie leek van buiten nog het minst beschadigd. Boven de ingang, in goud, het symbool van de Rijzende Zon. Banzaï Nippon! In het voorbijgaan kon ik door de openstaande voordeur, dwars door het gebouw, door de openstaande achterdeur de zon naar binnen zien schijnen. Een desolaat doorkijkje. Er voer een huivering over mijn leden. De sfeer was met een mes te snijen. Hield iemand mij vanachter zo'n dichtgemetseld raam in de gaten? Wat speelde zich af in de keldergewelven?? Strijklicht viel langs blinde muren. Camera's snorden. Wat een béélden ging dit opleveren! Achter mij begon een auto ongeduldig te claxonneren. Of ik hier wou blijven wonen? Met moeite scheurde ik mij los van de aanblik der ruïnes. Toonbeeld van verlatenheid. Door de achterruit van de wegrijdende auto bleef ik filmen tot de film op was. Monumentenzorg. Net als in Delft een schrijnend besef te laat te zijn geboren... We sloegen linksaf, rechtsaf en belandden in een straat, die zelfs de grootste optimist tot manische depressie bracht. Volgens de kaart was het de Stauffenbergstrasse, vroeger bekend als de Bendlerstrasse. Op de hoek, bezaaid met kogelgaten, een hoog, onverbiddelijk ogend gebouw, dat blijkens een bord naast de poort de Dienst Volksgezondheid onderdak bood. Mijn vermoeden dat het hier het voormalige Hoofdkwartier van de Wehrmacht betrof, werd bevestigd door een nietszeggend beeld van een man in z'n blote reet, dat op minder dan ware grootte op de binnenplaats stond. Opgericht ter nagedachtenis van Claus Graf Schenk von Stauffenberg, die op dezelfde plek, in de late avond van 20 Juli 1944, na het mislukken van z'n aanslag op Hitler, bij het schijnsel van de koplampen van een legerwagen, met drie medestanders was neergeknald. Een genadedood vergeleken bij die der overige samenzweerders, die met pianosnaren aan vleeshaken werden opgehangen, onder het koel registrerende oog van een filmcamera, die iedere stuiptrekking en elke doodsgrimas der gedoemden meedogenloos vastlegde, ten behoeve van een speciale film die voortaan elke avond met groot genoegen door Hitler aan enkele bevoorrechte gasten werd vertoond. Hitler hield van film. Maar wat dat beeld nou met Stauffenberg te maken had mocht Joost weten. Als symbool voor het Duitse verzet in het algemeen was het in z'n nietszeggendheid perfect gekozen, maar Stauffenberg? Nee. Die moest zich dan maar troosten met de straat die ze naar hem genoemd hadden. Geen slechte score voor een mislukte aanslag! Dat diezelfde Stauffenberg mede aanleiding gaf tot het voortijdig kappen met NEON weet niemand en dat laten we lekker zo, want als ik dáárover in details ga treden, kan op gegeven moment alleen de heer Menten het nog maar volgen en dat ware àl te elitair. Als ik zeg dat naast Stauffenberg ook de verschrikkelijke Roland Freisler van het Volksgerichtshof ermee te maken had, alsmede de Nachwuchs der Rote Armee Fraktion, dan moet je met je klompen kunnen aanvoelen hóe gevoelig deze kwestie lag. De oubazen van de VPRO begrepen er in ieder geval geen tering van, hetgeen leidde tot coupures in beeld en geluid van 'Monumentenzorg' alias 'Wochenend und Sonnenschein', onze Berrrlijn-bijdrage aan NEON 7, voor ons het sein ermee te nokken, want zó lagen de zaken natuurlijk wèl: WIJ en niet ZIJ hebben besloten het verder voor gezien te houden. Dit dus even for the record, daar mij bij herhaling is gebleken dat hieromtrent in den lande misvattingen leven. Maar laten we niet afdwalen... Toeristieke must in West-Berlijn is een bezoek aan het z.g. Muurmuseum oftewel het Gruwelkabinet van Dr. Hildebrand. Het is gevestigd in een krakkemikkelig, niet geheel van instortingsgevaar gevrijwaard optrekje, op een steenworp afstands van het legendarische Checkpoint Charlie. Op twee verdiepinkjes vindt men de Koude Oorlog er breed uitgemeten. Kaarten, foto's, dia's en maquettes, statistieken, documenten, cijfers en citaten bewijzen nog eens ten overvloede wat wij als rechtgeaarde Westerlingen van kindsbeen af al zeker weten: dat het allemaal de schuld is van de Russen en die vuile kommeniste! Geen zee gaat Hildebrand te hoog om de vijand zwart te maken. Soms verliest hij de verhoudingen danig uit het oog. Zo doet de bewering, als zouden zich onder de Oost-Duitse partijbonzen tal van voormalige Nazi's verschuilen, op z'n zachtst gezegd merkwaardig aan, komend uit de hoek van Hildebrand & Co., waar het vuur van de Duitsche Eenwording en Lotsverbondenheid op Nationale Grondslag sinds jaar en dag met fakkeloptochten en volksgedans van Heimatvertriebenen uit Sudetenland en Warthegau wordt brandend gehouden. De pot verwijt de ketel dattie bruin ziet in dit geval. Verreweg het leukst is de Afdeling Vluchten en Aanverwante Artikelen. Een wáár loflied op 's menschens doorzettings- en improvisatievermogen! Je kan het zo gek niet verzinnen of het blijkt wel eens gebruikt bij al dan niet geslaagde pogingen den Heilsstaat te ontvluchten. Een in schaarse vrije uren geheel tot tank verbouwde vooroorlogse DKW – Das Krankenhaus Wartet – is met kogelgaten en al nog een der minst bijzondere stukken uit de collectie-Hildebrand. Weinig subtiel is ook de vanwege z'n omvang slechts in fotografische vorm aanwezige autobus, die op zekere nacht onder het motto 'Boem is

Ho, Plons is Water' met vastgezet stuur en een steen op het gas door De Muur heen kwam knallen. Die steen ligt er wel, in een glazen vitrine... Van meer raffinement getuigt de barokke radio-grammofoon-combinatie anno 1947 – met extra speakers voor de kinderen – waarin volgens bijgeleverd commentaar een heel gezin over de grens is gesmokkeld. Gedurfd mag ook de kinderwagen heten, waarin twéé volwassen mensen vermomd als één baby ons consumptieparadijs wisten te bereiken. Of wat te denken van twaalf man in een elektrisch noodaggregaat, van wie één met hooikoorts, zodat er maar elf heelhuids in het Westen aankwamen? Eén van de topstukken is zonder twijfel een in huisvlijt vervaardigde kruising van een oudmodisch zwempak met een harnas en een éénmansduikboot, compleet met schnorkel en voortstuwingsmechanisme, waarmee de constructeur na twaalf jaar knutselen en drie mislukte pogingen via Wannsee en Spree aan de greep van de bolsjewisten wist te ontkomen. Dan zijn er natuurlijk de tunnels. In alle soorten en maten. Van té korte, die na jaren graven middenin het mijnenveld uitkwamen en té nauwe, waardoor vluchten boven de 50 kilo onmogelijk was, tot en met tunnels met elektrisch licht en warm en koud stromend water, waardoor hele stráten de wijk hebben genomen, en tunnels, die rechtstreeks naar Australië voerden. Daar het tonen van een tunnel in natura, vooral op een eerste etage, op technische problemen stuit, moet men het op deze afdeling voornamelijk doen met enig zwaar onderbelicht foto-materiaal, een doorgeroeste emmer en een kolenschop, maar wie daarop let is een kniesoor. Tot de meer recente aanwinsten van het museum behoort, iets verderop, een zelfgebreide luchtballon met mandje, waarmee kort tevoren twee families de grens over zijn komen waaien. Klapstuk van de veiling blijft evenwel het minuscule scootmobieltje, van een type dat bij ons begin jaren zestig in een vlaag van populariteit menigeen een voortijdig graf heeft bereid, met op de plaats van de verstekeling een pop. Een pop, waaraan vanwege een nijpend ruimtetekort de benen ontbreken. Wat zegt u? Vluchten naar het Westen? Geen probleem. Alleen wèl even eerst die beentjes laten amputeren! Een gering offer voor de vrijheid, nietwaar? Bovendien zijn de prothesen in het Vrije Westen niet of nauwelijks van echt te onderscheiden, waar in het Oostblok nog veelal van eerlijk hout gebruik wordt gemaakt... Bonk stap... bonk stap...... bonk stap. Oost-Berlijn is een ramp. Wie anders zegt is gek of geestelijk gestoord. De mensen lopen als muizen op straat. Hélemaal grijs! Wie z'n stem verheft of een danspasje waagt, vindt aller oog op zich gericht. Ook het stilstaan op straat zonder aanwijsbare reden en het nadrukkelijk wijzen naar bouwwerken komen de anonimiteit niet ten goede. Want als er één ding taboe is in Oost-Berlijn, is het òpvallen. Wie opvalt is verdacht of van God los, al kan deze laatste er niet op àl te grote aanhang rekenen. Helemáál dood is Hij er zeker niet, want wij passeerden wel degelijk enige kerken, waarvan minstens één in vol bedrijf, althans de klokken beierden. Ik vraag me af of er één plaats ter wereld bestaat waar klokgelui onheilspellender klinkt dan in Oost-Berlijn op een winterse zaterdagmiddag bij invallend duister en noordoosten wind. West-Berlijn misschien? Maar over het Opperwezen gesproken... Waar ik de hele tijd maar aan moest denken in Oost-Berlijn, zal u niet willen geloven, dat was de NCRV! Ik begrijp dat ik een eventuele carrière als quizmaster bij deze omroep nu verder wel op m'n buik kan schrijven, maar wat waar is is waar. Er hing iets in de Oost-Berlijnse lucht dat zich alleen maar liet omschrijven als zijnde 'NCRV'. En dan doel ik op dat unieke merk fatsoensrakkerij dat ons sinds jaar en dag uit de programma's der Nederlandsche Christelijke Radio-Vereeniging tegemoet slaat. Vroeger op de radio al, toen er nog geen televisie was... Johan Bodegraven met zijn tot zelfmoord drijvende positivisme of de wurgende nationaal-christelijke blijmoedigheid van een serie als 'De Jeugd Vliegt Uit' van Jaap Grafkuil of een andere tijdens de oorlog zwaar foute figuur en wat dacht u van het kranige ensemble 'Vrij en Blij' onder leiding van mandolinevirtuoos Wessel Dekker? Wat een tijden, wat een tijden... En later, op de televisie, het droogkomische talent van professor ahh I. ahh A. ahh Diepenhorst, toekomstig bewindsman van ahh Onderwijs en ahh Wetenschappen in het kabinet-Boterbies, met z'n 'ahh dan ziet u ahh links van mij ahh dat is dan ahh voor de ahh kijkers ahh ràchts', van dàt gemaakt dus, al zal ik de eerste zijn om toe te geven dat Tanja Koen een lekker wijf was, of ahh niet soms? Kortom: NCRV. Van alle kanten kwam het op me af in Oost-Berlijn. Dus dàt was nou het resultaat van jarenlang marxistisch leninistisch staatsbestel... SPITSBURGERIJ VAN GEREFORMEERDEN HUIZE!!! Een natie van tot op het bot benepen dienstkloppers, die het schemeren nog massaal beleden of in grauwe keukens bij het ochtendkrieken met speciaal daartoe dienende bruinbakelieten apparaatjes uit 1930 hun al tien of meer keren gebruikte scheermesjes zaten bij te slijpen, in de hoop zo een lovende aantekening op hun graskaart te verwerven en – wie wist – later wel het recht om mee te dingen naar het felbegeerde predikaat van 's lands Grootste Muggenzifter, met de daaraan verbonden, geheel verzorgde, driedaagse reis voor twee personen naar het graf van Walter Ulbricht en/of Otto Grotewohl. O vloek van het gansch gelijkgeschakelde bestaan! Van de wieg tot het graf door de Staat bevaderd en bewaakt in toenemende walm van pruttelende tweetaktmotoren van Trawanten en Wachtkamers, de op historisch materialistische leest geschoeide statussymbolen met levertijden van vijf jaar tot levenslang. Alles en iedereen grijs. Grijs, grijs en nog eens grijs. Róód? Vergeet het maar. Oók grijs, geheel conform het van overheidswege gepropageerde gelijkheidsideaal, waarvan zangkoren in verenigingsverband met snaarbegeleiding gewag maken in troosteloos ogende jeugdherbergen met oorlogsverleden of modern bedoelde, de claustrofobie bevorderende partijlokalen of bij gelegenheid zelfs buiten, in stadions, op handgeschoren voetbalvelden, onder het rhythmisch omhoog werpen van knotsen en/of hoepels. Gesundes Leben, frohes Schaffen... Vendelzwaaien, Blauwe Knoop... Arbeid adelt, sluit de rijen... Waar hadden we dat meer gehoord? Aan werk geen gebrek in de DDR. O jee, werk zat. Alleen jammer dat dat het enige was. En kit! Kit bij de vleet. Ik schat dat minstens de helft van alle mensen die ik zag in Oost-Berlijn kit was.

Al dan niet geheim, in uniform of burgerpot. De andere helft was informant. Voor etalages van al jaren geleden gesloten zaken langdurig de leegte beglurend of opvallend onopvallend met kranten manipulerend, dan wel verdekt opgesteld in portieken van door mitrailleurvuur aangevreten huurkazernes of achter voetstukken van standbeelden van door de Staat als echt erkende historische figuren hun ongetwijfeld verkeerde bevindingen in de microfoons hunner degelijke doch zwáár verouderde walkie-talkies lispelend. Hun uniformen stamden rechtstreeks uit het Derde Rijk. Ouwe voorraad. Oorlogsbuit. Van Pettemans & Co. De blik in hun ogen had iets benards, alsof ze op te kleine laarzen liepen, bij opkomende diarree. Nee, voor hun lol stonden ze er niet. Voor lul misschien? Het straatbeeld had veel van een rouwkamer na sluitingstijd. Geen levende ziel in velden of wegen. Liet staan een die uit het gareel wou treden. Aan het verkeer viel ook niet veel te regelen. Eens in het half uur kwam er een tweedehands koffiemolen voorbij, met een vaartje dat ver beneden de toegestane 27,5 km lag. Drie wachtende auto's voor een stoplicht was veel en dan was er nog een driewieler bij óók. Niettemin verkeerde de kit constant in verhoogde staat van paraatheid. Voor de inbraakbestrijding kon het ook niet wezen, want inbrekers waren er niet, daar nergens genoeg te halen viel om het lonend te maken. Zakkenrollers idem dito. Eén ding moest je ze nageven: ze hadden de boel aardig onder controle. Ik maakte me sterk dat er nog geen hond tegen een boom durfde te zeiken. Als er al honden waren, want onder ons gezegd en gezwegen had ik er nog geen een gezien. Dus ook geen hondendrollen, inderdaad nee, om een sterk argument van de Oost-Duitsland-lobby te noemen. Tegelijk met iedere vorm van leven was elke ongerechtigheid van straat geveegd. Tenminste, waar wij liepen. Geruchten wilden dat elders in de stad, in sloppen en stegen, de handel in zesdehands auto's floreerde, alsmede natuurlijk het zwarte geldwisselwezen en ik kon me nog herinneren, hoe we in Rotterdam eens een zomerlang waren doodgegooid met slechte trips tegen afbraakprijzen, afkomstig uit Oost-Berlijn. 'k Mag doodvallen als het niet waar was! Maar verder allemaal keurige mensen in Oost-Berlijn. Kéu-ri-ge mensen. Brave burgers altegaar die bij het verlaten van een vertrek nimmer verzuimden het licht uit te doen. Het was opvallend hoe weinig licht er brandde voor zo'n grote stad en dat dan nog op halve kracht. Te zamen met de ietwat onwezenlijke stilte die er heerste zorgde dit voor een sfeer, die aan de vroege jaren vijftig herinnerde. Kalte Zeiten! Reken maar! Korea, Stalin en de Rosenbergs; ons land in de greep van Beel en Vader Drees. Communisten hadden het zwaar in die dagen. Ze kregen van alles de schuld. Nu dient gezegd, dat ze daar zelf van harte aan meewerkten met hun weinig toeschietelijke houding en schichtig samenzweerderig gedrag. Communisten schenen mensen van een ander ras, in te grote grauwe jassen, die niet konden of mochten lachen, met tobberige of bazige vrouwen en eenzelfde blik in hun ogen als de Oost-Berlijnse kit zie boven. En tóch schepten ze op een of andere manier genoegen in hun lot. Voor mijn gevoel werd het ganse communisme belichaamd door de naam van een hunner voorlieden, t.w. Gortzak! Een naam die boekdelen sprak. Een naam ook die me tot op de dag van vandaag kouwe rillingen bezorgt. Gòrt zàk! Brrrr... Gortzak plus NCRV geeft Oost-Berlijn, ziedaar een en ander tot eenvoudige formule teruggebracht. Een absolute ramp dus. Niet dat het er niet mooi zou zijn; het is er pràchtig. Vooral met de gedachte in je achterhoofd dat je weer terugkan. Ben je gedoemd er te wonen, ben je de lul. En niet zo'n klein beetje! Kunnen de huren er nóg zo laag zijn, mag het theaterleven er nóg zo bloeien; tóch staat er die Muur waar je niet overheen kan. Met dat theaterleven komen ze in bepaalde kringen in Holland altijd aankakken. Met het theaterleven en de volledige werkgelegenheid. Alsof dàt de hoogste vervulling van ons aards bestaan is...... wèrk! En dat theaterleven draait natuurlijk weer op die Brecht uit. Het kan niet vervelender! Wat wordt die man toch zwaar overschat. Te pas en te onpas komen ze met die Brecht opdraven. Saloncommunisten! Halve zolen uit de middenstand! Brecht zus en Brecht zo, maar Willem van Iependael nog nooit gelezen. Ik noem maar een zijstraat...... 'Het valt best mee in de Oostzone,' hoor je ze geregeld beweren, de partijvoorzitsters, de buitenlandspecialisten, de raadsleden, die nog nooit een arbeider van dichtbij hebben gezien, laat staan geroken. Het valt helemáál niet mee in de Oostzone! Het was er nog véél erger dan ik had verwacht! Zaterdagavond in een miljoenenstad en geen ene moer te doen, maar dan ook geen ene! Ja, een laf foxtrotje in het Paleis van de Revolutie op de Alexanderplatz, of hoe die tegenwoordig heten mag, op de gedempte tonen van een lek bioscooporgel met gas- en rempedaal, bespeeld door een onechte broer van wijlen Cor Steyn, pardon, Menéér Cor Steyn. De tragische aanblik van vrouwen die met elkaar dansten in zondagse jurken, de mannen met een sapje langs de kant. Daar had je het mooi mee gehad. Althans, volgens onze contactman achter het IJzeren Gordijn en die kon het weten, want die speelde zelf in beatgroep 'The Rukkers', die naar verluidde nogal prominent was in die contreien. Als er één op de hoogte was van het stedelijk vermaaksplezier was hij het wel. Nou er was geen zàk te doen, alles zo dood als een pier, inclusief het theaterleven... Na heel lang denken kwam hij met een volksdansavondje op de proppen van de Jonge Pioniers, de officiële Jeugdstorm van de Partij, ergens een half uur rijden uit het centrum, dat zeker wel tot elf uur zou duren, maar waar wij als niet-leden Westerlingen toch niet in mochten, daar wij de zes weken van tevoren in twaalfvoud aan te vragen toestemming der bevoegde instanties ontbeerden. Speelde er dan echt helemaal nergens een bandje, al was het maar een fanfare? Nee, nergens, dat konden we gerust van hem aannemen... Nou, dan maar een gewone kroeg, want we stierven intussen van de dorst. Een kroeg? Ja, een kroeg, een Kneipe sozusagen, of waren die ook al verboden? Nou verboden niet, maar het werd van hogerhand niet aangemoedigd, wat op hetzelfde neerkwam. Na lang speuren stuitten we uiteindelijk op een als banketbakkerij gecamoufleerd horecafbedrijf, waar voorin driftig met taarten werd gegoocheld, terwijl achterin kon worden ingenomen. Hier leerden we Tom Lebe kennen. 'Das ist englisch', verklaarde hij trots. Hij trok de rest van de avond met ons op, wat goed uitkwam, daar ons andere contact toch maar besloot om naar het volksdansen te gaan. Tom lulde ons achter mekaar het restaurant van de plaatselijke Euromast binnen, ondanks een rij van zeker vijftig wachtenden, die voor ons waren. Ik vond het nog het vreemdst dat géén van de vijftig ook maar lelijk naar ons keek, toen we met voorrang de trap op werden geloodst. Er werd zelfs begripvol geglimlacht! Tom wees de uitnodiging een hapje met ons mee te eten vriendelijk doch beslist van de hand. Hij zou over een uur beneden wel op ons wachten. Hij wou duidelijk niet op al te intieme voet met ons worden gesignaleerd, al zei hij het zo niet. Bang voor de kit? Toen we vele flessen champagne later, zo tegen twaalven, afscheid van hem namen en zagen, hoe de tranen over z'n wangen rolden, wisten we niks beters te doen dan hem D-marken in z'n zak te proppen. En wèg reden we... pàtsers die we waren! Terug naar de poel des verderfs die West-Berlijn heet, waar Simon V., voorzover hij 't al niet was, definitief onsterfelijk is geworden. Het geschiedde op de laatste dag van ons verblijf in BILT-verband. Tien uur 's avonds ging de trein. In Bethanien werd nog wat heen-en-weer geluld over het achter ons liggende dichtersfestijn. Er was voedsel, er was drank – vrouwen had ik er al die tijd al niet kunnen ontdekken – en in een kamer apart stond een tv. Rond zeker tijdstip begaven wij Hollanders ons en masse naar dit vertrek, teneinde middels satelliet en andere elektrieke toverij rechtstreeks in kleur getuige te zijn van de finale van het Wereldkampioenschap Voetballen 1978 tussen gastland Argentinië en ons eigen Hup Holland Hup. Reken maar dat er wat door ons heen ging, toen daar in het verre Buenos Aires die plaatboef van een Videla het Wilhelmus om z'n oren kreeg! Door mij in elk geval wèl, daar ik met twee trips achter m'n kiezen voor het beeldscherm zat, die net aardig begonnen door te zetten. Van die donkerpaarse, nee geen sterretjes maar pyramidetjes uit de reisapotheek van V. himself, dus absoluut geen nagenaste... Zelden kwam het voetbalspel mij zinlediger voor dan die keer in Berrrlijn. Aanvankelijk kon ik er helemáál geen touw aan vastknopen, omdat de bal, van man tot man gaand, kleurige sporen trok over het scherm, dat in no time met een hecht netwerk was bedekt dat de gebeurtenissen in het veld volledig aan mijn oog onttrok. Na enige tijd echter verdween dit verschijnsel vanzelf en kreeg ik helder zicht op de strijd in de Argentijnse heksenketel. God, wat heb ik gelachen! Vooral het vaderlandse spel kwam onweerstaanbaar komisch op mij over, wat ik niet onder stoelen of banken stak. Dit werd mij niet door iedereen in dank afgenomen. Met name een niet tot ons gezelschap behorende cineast, die speciaal voor die finale uit het niets was opgedoken en die ik in organen voor lijders aan filmverdwazing herhaaldelijk als de 'Nederlandse Fellini' te boek had zien staan, scheen zich danig aan mij te ergeren. De man, die ongeveer een meter lang was, hing van meet af aan tegenover de rest van het gezelschap – dat werkelijk geen éne pepernoot verstand van voetballen had – de deskundige uit, waarbij hij zich niet ontzag aan verscheidene spelers van Oranje met hun voornamen te refereren, alsof hij er dagelijks bij over de vloer kwam. U kent die types wel... Een bijgoochem, wiens relatie met die spelers – zó hij ze al kende – beperkt bleef tot het betalen hunner verteringen in openbare gelegenheden. Een halve zool, die na anderhalf seizoen Ajax dacht het zelf te hebben uitgevonden. De man was bij mij aan het goede adres. Ik kwam al dertig jaar op het Kasteel, waar ik Rinus 'De Rots' nog in actie had gezien en Wim Landman gelijk met de lat in de lucht had zien hangen. Wou híj mij wat over voetballen vertellen dan? Hij kon beter een looie pijp praten gaan leren! Ondertussen gingen de Argentijnen, zowel binnen als buiten de lijnen, als beesten tekeer. Het honderdduizendkoppige publiek was merendeels kortschedelig met hier en daar specimen van het blonde, blauwogige Herrenras, zoals dat ooit de leidende kringen in Berlijn voor de geest had gestaan. De volgepakte tribunes golfden op en neer op het rhythme van de hartslag waarvan de ganse kosmos doordrongen scheen en die bij nader inzien de mijne was. Het gebrul uit tienduizenden kelen nam geen moment in hevigheid af en leek als een muur om het veld heen te staan. De toeschouwers maakten er geen geheim van dat ze de thuisclub het liefst met machetes en tweedehands Schmeissers gewapend hadden gezien, geheel in de stijl der inheemse Doodseskaders, de plaatselijke variant op de in Duitschland geboortige Freikorpora. Maar zonder ging het óók. Binnen de kortste keren lag Schrijvers voor munt. Gewoon bij nummer één beginnen, had Videla gezegd. Het zag er ernstig uit. Zou ik het dan toch nog beleven Doesburg onder de lat te zien staan, verzuchtte ik luid uit de grond van m'n hart. Fellini liet een misprijzend gesnuif horen. Dóesburg?! Hoe kwam ik dáár nou bij? Die had toch niet genoeg klasse in huis? Ik voelde een rood waas in mij opstijgen. Aardige clubkeeper, die Doesburg, maar daar was alles mee gezegd, aldus Fellini. Nee, dan de man die daar het veld op kwam. Dàt was and.... O God! Jan Jongbloed! Dan konden we het verder wel vergeten! Dat was net een blinde die z'n hond kwijt was! Een nationale ramp! Alleen die achterlijke trui al die die man aan had...! Fellini voelde zich persoonlijk aangesproken. Niet alleen dat Jan Jongbloed een vriend van hem was; hij was ook een goed mens en de enige keeper van wereldniveau die we hadden in Holland. Bij Jan gingen spelinzicht, lef en reactievermogen gepaard aan een originele aanpak. Waar vond je dat nog vandaag de dag? Bij Dóesburg?? Fellini lachte schamper. Hij moest zo lachen alstie begraven werd! Misschien kon die Jongbloed goed zozzeltjes vangen, maar met keepen had het niks te maken... Zozzeltjes? Zozzeltjes? Wat waren dàt nou weer? Ja, wist ìk veel?! Hij had er nog nooit één gevangen!! Ach, wat wist ik ervan? Jongbloed was de juiste man. Eén van de groten uit het keepersvak. Een geweldenaar! Een kanjer! Een ware gigant! Een doelman die niet te passeren was... Hij had het nog niet gezegd, of de Argentijnen scoorden. Ik was het plotsklaps volledig met hem eens... Wàt een keeper! Wàt een klasse! For-mi-da-bel!! Zo was er geen tweede te vinden in Holland. Hadden ze gezien hoe wáánzinnig subtiel hij zo-even die bal doorliet?! Wàt een stijl! Wàt een souplesse! Daar kon Doesburg niet aan tippen! Die had die bal gewoon gehouen! Wat had je dááraan? Nee, Fellini had volkomen gelijk. Die Jongbloed was een kei! Kijk! Kijk! Met een beetje goeie wil ging daar de tweede al... Oéoéoéoéoéhh!! Wat scheelde het? Mooi dat Jan er geen klauw naar uitstak, naar die bal. Dat was natuurlijk die originele aanpak van hem, wist ik ook wel. Net als dàt, dat was geen slechte uittrap, welneen. Dat deed Jan expres om de tegenstander in verwarring te brengen. Tactíek! Tactíek! Wij kenners zagen dat meteen. Dat het niet werkte kon Jan niet helpen. Die Argentijnen waren gewoon te bot om dergelijke subtiliteiten te herkennen. Paarlen voor de zwijnen hè? Wij kenners zagen dat meteen. Maar stéèngoeie keeper hoor, die Jan! Als ik er nóg aan dacht, hoe wéérgaloos hij zo-even die bal liet gaan! Fellini was het liefst ter plekke door de grond gezakt. En ik begón pas! Wat zag ik daar? Rep aan de bal? Dat moest in de krant! Aardige gozer onder lijn 5! Zeker ook een vriend van hem? Die Rep schoot nog geen gat in een natte krant! Hij zou die bal wel weer aan een tegenstander geven, dat deedtie al jaren en met succes... Alsof hij m'n woorden had gehoord plaatste Rep op dat moment de bal met een geslepen hakje voor de voeten van de Argentijnse linksachter, die het leder zonder zelfs maar dankjewel te zeggen lóeihard richting Jongbloed knalde. Nou? Wat had ik ze gezegd? Zo kwamen we d'r wel! Het werd steeds drukker op de Nederlandse helft. Holland speelde als een krant. Hoe we in die finale waren beland, was één der grote raadselen van deze eeuw. Gelukkig maar dat we die Jongbloed hadden. Met Jan in het hok kon ons niks gebeuren toch? Als ik er nog aan dacht hoe hij zo-even die bál...! Fellini zat vreemd met z'n linkeroog te knipperen. Hij kon m'n bloed wel drinken. Wie ik? Hoezo? Ik wist van niks. Volgens mij kregen we een wissel. Inderdaad. Wildschut maakte plaats voor de 57-jarige Suurbier, de grootste schaver van Europa. Die zou ons wel even verder aan het gas helpen! Fellini leefde hoorbaar op. Willem erin? Dan waren we gered! Toevallig óók een goeie vriend van hem. En een keilebak! Die had hem al een vermogen gekost. Maar geen kwaad woord over Willem, Willem was een prima back... Prima back ja. Dattie in de loop van z'n bloedige carrière al minstens twintig man voorgoed ongelukkig had geschopt, kon je hèm niet kwalijk nemen. Zo luidde z'n opdracht. Had de Sfinx niet gezegd dat voetbal oorlog was? Hèhè, eindelijk zei ik wat verstandigs. Fellini wreef zich in z'n handen. Oórlog werd het en niet anders! Met Willem erin konden we lachen. Die schopte die stinkfascisten achter mekaar in de kreukels! Korte metten maakte Willem... Vuile stinkfascisten... Dan moestie eerst wèl bij ze in de buurt zien te komen. Voorlopig werd Willem door die stinkfascisten aan alle kanten voorbij gelopen. Of was dat ook tactiek soms? Fellini hield zich niet meer in. Of ik m'n bek een keer wou houen? Het had nu lang genoeg geduurd! De anderen schoten hem te hulp... Even was het leuk geweest, maar ik moest niet aan de gang blijven. Ik zat per slot m'n eigen land maar neer te halen. Het leek verdomd net of ik het leuk vond!? Wat kregen we nou? M'n eigen land neerhalen? En dat zeien zíj, die voor de wedstrijd om het hardst hadden lopen roepen dat dat vaderlandslievende gedoe hun gestolen kon worden en dat voetbal in het algemeen en het lot van Oranje in het bijzonder hen volkomen siberisch lieten...!?! Inderdaad, dat was ook zo, nog steeds, maar dat lag tóch even anders dan het leuk vinden, zoals ik, dat je eigen landgenoten van die stinkfascisten verloren. Ozo! Ondertussen was de bal met veel kunst- en vliegwerk in het Argentijnse doelgebied beland. Zeker tien spelers uit beide kampen stoven er gretig op af. Er ontstond een scrimmage op enkele meters van het Argentijnse doel. Een gevaarlijke situatie die best eens op de gelijkmaker uit kon draaien. Zelfs Fellini had het door. Hij begon zenuwachtig op en neer te wippen en slaakte onverstaanbare kreten richting beeldscherm. 'Jajajajajaaiaiaiaiaiakakaka! Krak!' of iets in die geest. Plotseling stuiterde de bal uit de kluwen spelers pal voor de voeten van de vrijstaande Rep, die voor het inlepelen had. Hij háálde uit...... en toen gebeurde het... Simon V., die als enige geen tv keek, kwam plotsklaps zwáár trippend het vertrek binnenwapperen en trok met een bevallig gebaar... plop!... de stekker eruit! 'Adem even in, adem even uit/Adam Eva in, Adam Eva uit!' reciteerde hij luidkeels uit eigen werk, als een aangeschoten reiger de ruimte rondfladderend. Ik dacht dat ik het besterven zou! Gódallemàchtig! Wàt een timing!! Er leek een eeuwigheid voorbij te gaan. Alsof de wereld stilgevallen was... Toen zette de reactie in. Ik zag Fellini's babyface verkrampen tot een afzichtelijk masker. Met een dierlijke grauw, diep uit z'n keel, sprong hij V. naar diens strot, die hij ter plekke had afgebeten als niet de anderen hem weg hadden getrokken. 'De stekker, klootzak! De stekker erin! Anders bega ik een ongeluk!!' krijste hij stampvoetend. Maar niemand die aanstalten maakte, dus was hij genoodzaakt het zelf te doen... Ik keek er in het geheel niet van op, toen bleek dat Rep ook deze kans had verknald. Het tegendeel zou mij veel meer hebben verbaasd. Fellini verviel in een broeierig zwijgen. Je hóórde hem denken... Als die lange sladood van een V. die stekker er niét had uitgetrokken, was het wèl een doelpunt geworden!! Diep in de tweede helft, toen Nederland zowaar gelijk wist te maken, fleurde hij nog even op. Maar niet voor lang. De definitieve knock-out volgde, toen uitgerekend z'n twee beste vrienden in Oranje, Wim Suurbier en Jan Jongbloed, eendrachtig blunderend, in volmaakte samenwerking de Argentijnen de winnende treffer cadeau deden. De wereld stortte rond hem in. Als een gebroken man verliet hij het pand. 'De groeten aan Jan,' wou ik hem nog naroepen, maar op het laatste moment slikte ik m'n woorden in. Ik liet m'n blikken door het raam naar buiten dwalen. Het zag er sprookjesachtig uit. Perzische tapijten bedekten de straten en mat glansde De Muur in het schemeruur. Een níet onfraai bouwwerk, voor wie het 'an sich' beschouwde. Een kúnstwerk, zou je je zelfs in kunnen denken, als je niet beter geweten had. Van diezelfde gozer die de Rijksdag in wou laten pakken en die dat gigantische laken dwars door Californië had laten spannen.... Christo heette die, althans zo liet ie zich noemen. Van oorsprong wastie een Roemeen. Of Joegoslaaf. In elk geval een Balkannees. Of Balkanees? Balkéés zelfs? Of Balkanner? Balkáák? Baldakijn? Balkon...?? In elk geval geboren in een van die landen, waar vroeger nog allerlei vorsten het voor het zeggen hadden, doch die in of na de oorlog stuk voor stuk achter het IJzeren Gordijn waren beland. Ik realiseerde me ineens dat achter die Muur daar een wereld begon die in Wladiwostok pas weer ophield. In een flits zag ik beelden van eindeloze steppen, van woeste gebergten en dichte bossen, van moerassen en meren, van steden en dorpen, van rivieren en schepen, tractors en fabrieksschoorstenen, van kolenmijnen en wuivend graan, van eenzame wegen en emplacementen, van kranen, krachtcentrales en van mensen, ontelbare mensen die allemaal hetzelfde deden: léven! Net als wij aan déze kant dat deden. Alles leefde! Ik keek om me heen. De stoelen, de tafels, de asbakken, de lampen... Zelfs De Muur zag ik bewegen! De dans der atomen was óveral! Ik schoot in de lach. En dan te bedenken dat het nog steeds oorlog was. En dat dat zo blijven zou tot de vrede getekend was. En dat dat nooit gebeuren zou omdat daarmee de Geallieerde aanwezigheid in de stad op losse schroeven kwam. Vandaar dat men het al die tijd maar bij een wapenstilstand gelaten had; de vijandelijkheden konden ieder moment worden hervat. Berrrlijn was en bleef een bezette stad! Toch had die permanent voorlopige toestand één geruststellende kant: zolang de Tweede Wereldoorlog niet was afgelopen, kon de Derde niet van start! Het vertrekuur was ongemerkt nader gekropen. In een gammele Vau-Weh werden we naar het station gebracht. Bahnhof Wahnsinn, waar we eerder waren uitgestapt. De radio gaf frontberichten door. Elk ogenblik konden de sirenes gaan loeien... 'Achtung! Achtung! Wir kommen wieder...' De wind woei flarden marsmuziek naar binnen...

Gemengde gevoelens

I

U bevindt zich thans in een roman. Natuurlijk zijn er mensen bij die willen weten wat dat is, een roman?

Slaan we Van Dale erop na, in mijn geval een door vererving verkregen, in afleveringen verschenen, exemplaar van de editie van 1947, dan zien we, dat een roman van oorsprong een verhaal in verzen was, in het Romaans, de volkstaal van Frankrijk, tijdens de Middeleeuwen.

Tevens blijkt dat ook een episch gedicht uit diezelfde Middeleeuwen, dat gewag maakt van de avonturen van edele ridders, roman heet, waarbij we onderscheid kunnen maken tussen Frankische, Keltische en Oosterse romans (b.v. 'Karel ende Elegast', 'Perceval' en 'Hoe m'n opoe tandjes kreeg').

Dan is er de roman, in de zin van een in prozastijl geschreven, verdicht, verhaal, waarin de protagonist (dat is de held van een roman) tot vervelens toe met een paal in z'n broek loopt, maar hem op cruciale momenten met geen tíen paarden omhoog kan krijgen of – het andere uiterste – álles neukt waar een gat in zit, kippen, bejaarden en lijken incluis, en zich de rest van het boek, dat vaak té dik is, af ligt te rukken met z'n neus in het kruis van z'n moeders onderbroek, of dat laat doen door bij voorkeur in kerkenraden zitting hebbende neven of achterneven in loodzwaar jaeger en met uit inteelt verkregen lichamelijke en/of geestelijke gebreken, hetzij buiten, onder de blote hemel, in wuivende rietkragen of al dan niet in bloei staande boomgaarden, hetzij binnen, in benauwde, de claustrofobie bevorderende, alkoven of tussenkamers, tijdens stroef verlopende, steevast op rampen uitdraaiende, familiebijeenkomsten op verjaardagen of – nóg mooier – bij de teraardebestelling van één of meer dierbaren van de hoofdpersoon.

Er zijn boeiende, sentimentele, interessante en vervelende romans; historische en psychologische romans (die op hún beurt óók weer boeiend, sentimenteel, interessant of vervelend kunnen zijn); er zijn sleutelromans, bekentenisromans, feitenromans, zedenromans, toekomstromans, oorlogsromans, avonturenromans, detectiveromans, familieromans, schelmenromans, streekromans, doktersromans, dames- en kasteelromans. Beeldromans vormen een genre apart.

Daarmee zijn we er nog niet. Volgens Van Dale kan ook een avontuurlijk gebeuren of een reeks van avonturen roman worden genoemd, ja zelfs een liefdesavontuur of -geschiedenis mag als zodanig worden gekenschetst. Althans, in 1947 mocht dat.

Niet zo maar een jaartal, 1947. Toevallig (Toeval? Toeval? We hadden vroeger thuis een hónd etc.) dateren mijn eerste herinneringen uit dat jaar. Nóóit zal ik vergeten, hoe ik na enig inleidend geklier aan het portier, op een brug in Schiedam... páts... uit de rijdende Opel Kadett 1937 van m'n vader pletterde en m'n sleutelbeen brak en hoe ik later, thuis, op de huiskamertafel gezeten, met m'n benen over de rand, werd verbonden door een dokter die een militair uniform aan had, wat bij navraag bleek te kloppen, daar de desbetreffende arts, volgens betrouwbare bron, nog diezèlfde week naar Indië vertrok voor de Eerste Politionele Actie van juni 1947, hetgeen ik definitief bevestigd zag, achterop een foto van mezelf als kleuter met m'n rechterarm in een draagverband, waarop in m'n moeders hand 'Zomer 1947' geschreven stond. Ik was toen tweeënhalf.

Evenmin vergeet ik wat ik zag, achter de rug van diegene die anno 1947 een foto van mij nam, staande voor Modemagazijn Gerzon (thans onderkomen van de Nederlandsche Credietbank), een parmantig kereltje van twee turven hoog, met een al even parmantig jasje aan en een nog véél parmantiger petje op z'n taas, of eigenlijk meer een baretje of alpinoachtig hoofddekseltje dan een petje, waarbij ik toch in de eerste plaats moet denken aan iets met een klep, hoe klein ook, zoals bij een welpenpetje, waarover later trouwens meer, maar laten we niet afdwalen; daar stond ik dus voor Gerzon, op nog natte stoeptegels – kennelijk had het pas geregend, een veel voorkomend verschijnsel in die dagen – opgewekt en met een grenzeloos vertrouwen in de toekomst naar het vogeltje te lachen, een bode van de Nieuwe Tijd, die onherroepelijk was losgebroken, maar wat je níet ziet op die foto is wat ík zag op het moment dat die foto van mij genomen werd, achter de rug van degene die die foto van mij nam... HET GAT! De gigantische leegte van Rotterdams verdwenen hart...

Een Coolsingel met zes gebouwen. Stadhuis, Postkantoor, hotel Atlanta, beurs, Erasmushuis, Robaver, Rotterdamsch Nieuwsblad – goed, zéven dan – en een halve Bijenkorf, modern passé in gele steen.

Ergens in de verte voor mij lag dan nog Station DP, dat als een wit gebouw in m'n herinnering voortleeft, en dichterbij de Schouwburg aan de Aert van Nesstraat die, gebouwd met puin van Het Bombardement, net dat jaar geopend was en als kern van het nieuw te bouwen hart van Rotterdam doelwit van excursies was voor het gemeentepersoneel en die in 1984 genadeloos tegen de vlakte ging om plaats te maken voor een nieuw theater, waarvan alleen de foyer al méér bezoekers zal kunnen bevatten dan er ooit de Schouwburg van binnen zagen, en tussen Schouwburg en DP in, ergens ter hoogte van waar nu de tram rijdt, tussen Bouwcentrum en Doelen door, óók al wit en in zuivere 'oceanliner'-stijl, de bioscoop Lutusca van Tuschinski, een noodvoorziening uit de oorlog, die evengoed tot in 1960 dienst heeft gedaan (en waar als laatste film maanden achtereen Cecil B. DeMille's 'Tien Geboden' werd gedraaid), net zoals de laatste noodwinkel uit de oorlogstijd, op de Nieuwe Binnenweg, waarin zich het 'Electrorama' gevestigd had, pas eind jaren zeventig moest wijken voor een met weidse bewoordingen als 'winkelarcade' aangeduide architectonische miskleun van Van Vaaghuizen & Meut, u weet wel, van die door frisse groene erkertjes ontsierde pandjes met van die kleine raampjes en van die boogjes waar je onderdoor kan lopen, die boven de tweede verdieping plotsklaps lijken afgezaagd, of nee, nóg beter, gescalpéérd. Neonknusse volkshuisvesting die zich als een snel om zich heen grijpend eczeem over het stadsgezicht uitbreidt en die een voorlopig dieptepunt lijkt te hebben bereikt in de bebouwing van de voormalige Heliport, vanwaar de Sabena eind jaren vijftig haastige zakenlieden met helikopters naar Brussel vloog (en vice versa), maar waar thans eigentijdse varianten van het Volendammer klompenhok in Noord-Dietsche baksteenbouw en de per traditie nogal zuinig bemeten Barnevelder kippenren, in z.g. 'clusters' rond autovreemde woonerven geplaatst, zo'n volkómen-van-de-pot-gepleurde kneuterigheid belichamen, dat de verantwoordelijke architect in elk ander land onmiddellijk de doodstraf zou hebben gehad i.p.v. interviews in progressieve weekbladen, waarin de zwaarbehaarde, in een door de tand des tijds niet ongemoeid gelaten, geitenwollen hansop gehulde bouwmeester, tien jaar na dato, in volstrekt achterhaald, partijgetrouw, zachte-sectorjargon, nog eens tegen het fallische karakter van het nieuwe Shell-gebouw op het Hofplein meent te moeten ageren om het vervolgens te bestaan, z'n eigen, tot diepe droefheid stemmende, Blut-und-Boden-optrekjes te bestempelen, als zijnde wapens tot verweer van de mensch in zijn strijd tegen het monolithisch multinationaal machtsvertoon van het wereldwijd vertakte Grootkapitaal. En daar zouen we dan de óórlog mee moeten winnen...?!

Achter mij, de andere kant op, richting Maas, torende anno '47, eenzaam, als een voorpost der beschaving, Europa's éérste wolkenkrabber omhoog; het wonderwel gespaard gebleven Witte Huis, vlak naast de Brug, die in 1940, door een handvol Mariniers verdedigd, zó'n onoverkomelijke hindernis bleek voor de Duitschers, dat er rigoureus moest worden ingegrepen, hetgeen op 14 mei 1940 geschiedde... Dorniers en Heinkels boven de stad... pats, boem, krak... in ene klap het hele centrum plat, waarvan de geblakerde resten van de Sint Laurens, ergens tussen Witte Huis en Stadhuis in, de stille getuigen waren; een Sint Laurens die ik bij mijn leven nog nóóit uit de steigers heb gezien, symbool bij uitstek van Rotterdams herstel, veel meer dan Zadkine, in de volksmond 'Jan Gat', óók een symbool, maar veeleer van de verwoesting van de stad dan van het herstel; een stad waarover Japie Valkhoff ooit dichtte: 'Kilometers in het rond/gaan de palen in de grond/Dat kan alleen in Rot-ter-dá-ám!'

Trouwens, over de Dikke Van Dale gesproken... Die maakt het op z'n zachtst gezegd 'van eieren', waar hij, ter verduidelijking van een der betekenissen van het woord 'leven', als voorbeeld meent te moeten geven: 'Rotterdam is een stad vol leven en beweging...' In 1947!

Rotterdam was toen een maanlandschap met kraters vol stilstaand water, waarover een kille wind joeg en waar je slechts bij hóge uitzondering wat te maken had. En zo is het nog jááaaren gebleven, want je stampt nu eenmaal sneller een gebouw uit de grond, dan dat de mensen er zich in thuisvoelen. Dát was er loos met Rotterdam, neem maar van mij aan. Ik kan het weten; tenslotte ben ik ouwer dan de stad waarin ik woon...

2

Verplaatsen wij ons thans in gedachten naar Golgotha... Tromgeroffel... Hoorngeschal... Widescreen... Full colour... Cecil B. DeMille...

In kikkerperspectief, dus van onderaf opgenomen (sinds Leni Riefenstahl weten we hóé indrukwekkend dat kan wezen), zo – páts – die drie kruizen de hemel in... Oooo wat indrukwekkend!

Aan het linkerkruis, voor de kijker rechts, Manus Olie. Aan het rechterkruis, voor de kijker links, Gerrit de St... St... Stotteraar. In het midden J. van Nazareth.

Beneden allemaal mensen. Romeinen... Petrus... Paulus... Johannes... Maria... En nóg een Maria... En nóg een Maria en nóg een Maria en nóg een Maria... Magdalena! Al die knakkers uit die Bijbel lopen daar rond. Herodes... Pilatus... Pás! Zwart van de mensen daar op Golgotha.

Op gegeven moment klinkt van het middelste kruis een zwakke stem: 'Pe-trus... Pé-ee-trus...'

‘O, de Heere roept,’ denkt Petrus en wil naar het middelste kruis lopen, maar daar staan die Romeinen met die lansen... KLOINKKK...!!! Hij kan er niet doorheen komen en druipt weer af.

Even later, ten tweeden male, en het is duidelijk te horen dat ’s Heeren krachten het snel begeven...

‘Pééee-eee-trus... Pééee...’

Petrus gooit zich opnieuw in de clinch met die Romeinen. Twee, vier, zes, acht, tíen Romeinen moeten eraan te pas komen, want Petrus is beresterk, zoals bekend, maar tien Romeinen blijken toch wat te veel van het goede en Petrus moet weer afdruipen.

Even later, ten derden male, en het is overduidelijk het laatste dat de Heer op deze aardkloot te melden heeft...

‘Pééeee-trchchrrrgggll kuch...’

Petrus wordt door een schier bovenmenschelijke kracht bevangen, werpt zich op die Romeinen en knókken en knókken... arm eraf, poot eraf, maar hij komt erdoorheen, hinkt op het ene been dat hij nog over heeft naar het kruis, valt op z’n ene knie...

‘Ja Heer?’

‘Ik kan van hieraf je huis zien,’ zegt Jezus en steekt de moord.

Op hetzelfde moment gaat overal ter wereld het licht uit, of aan, al naar gelang de plaatselijke tijd, en weer aan, of uit, ten teken dat de Heere, na een geduldig gedragen lijden, het tijdige voor het eeuwige heeft verwisseld. In menige tempel scheurt het behang, pardon, het vóórhang...

In New York, Berrrlijn (voormalige hoofdstad van het Derde Rijk), Rome, Rio, Zuften, Weeps en Rotterdam gaat op volstrekt willekeurige plaatsen spontaan de telefoon. Aardbevingen, hongersnoden, vloedgolven en pestilentiën teisteren nabije melkwegstelsels. Atlantis herrijst uit het Uddelermeer. Gedempte explosies in de binnenste aardlagen. Langzaam rijdende files tussen Sodom en Gomorrha en voor de Brienenoordbrug. Allerwegen komen autochtonen tegen de vermeerderde belastingdruk in opstand. Ten koste van de kleine spaarder voorkomt men een run op de banken. Zwitserland verdwijnt voorgoed in z’n eigen schuilkelders. Bankroete speculanten werpen zich links en rechts uit de vensters hunner wolkenkrabbers en slaan in de diepte tegen het wegdek te pletter. Raketten bestormen de Hemelpoort...

Op toppen van bergen bestrijden vele sekten elkaar het recht op het Laatste Oordeel. Diepgaand onderzoek brengt verbanden aan het licht tussen slepende ziektes en de medisch-farmaceutische industrie. Zoals gewoonlijk wankelt het kabinet, maar zegt het vallen nog tot nader order uit te stellen, daar menige bewindsman zich op kosten van de gemeenschap in Honoloeloe door plaatselijke deskundigen het boutscheften en plompzakken voor gevorderden laat uitleggen, terwijl een tópzware delegatie uit de financieel-economische gevarendriehoek in voormalige gebiedsdelen overzee de slavenhandel nieuw leven tracht in te blazen, op kosten van diezelfde gemeenschap, die intussen al door Debiele Eenheden in voetbalstadions samengedreven door Speciale Rituele Slachtverbanden met pianosnaren aan vleeshaken wordt opgehangen, ter sanering van 's lands schuldenlast met het oog op het terugdringen van het financieringstekort, dat zoals gebruikelijk ook dit jaar weer met minstens de helft van het grondwaterpeil van voorgaande jaren zal stijgen.

Het Zweedse Rode Kruis zendt een compleet ziekenhuis met 80 bedden, terwijl van vele anderen blijkt dat ze gebruikte postzegels opsparen voor het Steunfonds van de Vrouwenbond. De Voorzitter van het Productschap voor Pluimvee en Eieren, de heer Dopje, verklaart de toekomst – althans op langere termijn – met een zeker optimisme tegemoet te zien en verlaat vervolgens, feestelijk verlicht, als eerste mens op eigen kracht de dampkring. Het vendelzwaaien herleeft en veroorzaakt met name benéden de Grote Rivieren zó veel wind, dat een studiegroep de mogelijkheden tot alternatieve energiewinning bestudeert.

In het leven van 63% van de bevolking brengt de dood van J. van Nazareth echter geen enkele verandering teweeg, zodat het gekanker onverminderd voortgaat en grote delen van het land uit louter verveling in brand vliegen en de rest voor de derde keer die dag aan een hartaanval sterft. De werkloosheidscijfers zijn tot boven elk menselijk bevattingsvermogen gestegen, doch leveren geen direct gevaar op voor de toestand van algehele gewichtloosheid. Rotterdam verklaart zich bij monde van de Nachtburgemeester eenzijdig onafhankelijk en sluit de oliekraan. Nederland verzinkt in het Niet...

3

Hoewel de rol van de fietsenstalling en de Solex in mijn leven enerzijds niet moet worden overdreven, mag deze anderzijds niet worden onderschat. Zo neukte ik voor het eerst in een fietsenstalling met een meisje van dansles, dat ook een Solex bereed. Het was in de winter dat ik zestien moest worden en ijzig koud. De dansschool waar het allemaal begon bestaat nog steeds. Het ene jaar was ik er zelf op les geweest; het jaar daarop werd ik vanwege mijn niet geringe danskunst, alsmede een chronisch tekort aan heren, ter assistentie genood.

Zo'n assistentschap op dansles bracht grote voordelen met zich mee op het vlak van het z.g. 'wijven versieren'. Ik was daar nooit zo bedreven in. Ik zat altijd vol verbazing te kijken, hoe anderen dat deden, een 'wijf versieren'. Ik vroeg me af, waar ze de nonsens vandaan haalden, die bij zulke gelegenheden steevast werd uitgekraamd. Ik kon dat helemaal niet. Ik was in wezen heel verlegen. Ik heb dat later overwonnen, maar in de grond was ik een verlegen jongen.

Als assistent op dansles kreeg je echter een reeks van níét te missen kansen geboden, die ik op een paar na, of eigenlijk maar op één na, tóch nog wist te verknallen, al scoorde ik in dat ene geval meteen wel dubbel, in díé zin, dat ik genoodzaakt was mij eerst enige tijd met de hartsvriendin van de door mij zozeer begeerde in te laten, achteraf bezien natuurlijk de kortste en zekerste weg naar het hart van die zozeer begeerde, maar door mij indertijd zéker niet als zodanig onderkend en betreden. Ik werd ertoe gedwongen, omdat een of andere zwáár over het paard getilde kwal van een gozer, die véél te bijdehand was voor z'n leeftijd, aan haar uit m'n dromen bleef plakken en niemand anders kans gaf om nader tot haar te komen, tijdens beoefening van tango, chachacha of jive. Ze had donker, lang, sluik haar en gaf in haar kledij ook duidelijk blijk van een grote voorkeur voor zwart, dus hélemaal mijn idee. Die vriendin was blond en hield het meer op donkerblauw. Ze mocht er wezen, maar was het lang niet helemaal. En neuken deed ze óók niet, hoorde ik later.

Hoe alles nou uiteindelijk z'n beslag kreeg, is me ontschoten, maar het eindigde ermee, dat ík met mijn donkere schone ging schuiven en die kwal met die vriendin bleef opgescheept. Ik was in de zevende hemel. Ze kon haar ogen wat mij betrof niet zwaar genoeg opmaken en dat dééd ze! Met mascara, oogschaduw, wenkbrauwpotlood en zelfs met houtskool, breidde ze ze tot twee keer hun ware grootte uit. Een rásechte 'femme fatale'! Dat ze enkele jaren ouder bleek te zijn dan ik, maakte haar alleen nog maar fataler in mijn ogen. En niet alleen in de mijne. Allerwegen baarde ze opzien in de kringen waarin ik verkeerde om van die daarbuiten maar te zwijgen...

Trots als een pauw nam ik haar mee naar feesten, die een ware rage waren in die dagen. We leefden rond 1960. Iedereen gaf feesten, had dat net gedaan of stond op het punt dat te doen. We dansten op muziek van Mulligan en Miles Davis en rookten dikke, Franse sigaretten. We waanden ons de nieuwe existentialisten, die zich niet lieten naaien door de welvaartsstaat. (Eén dezer tot legende geworden feesten werd gegeven door de Academie van Beeldende Kunsten in de kelders van het toen al in staat van afbraak verkerende, voormalige Lutusca-theater, waar zich tonelen afspeelden waarvan de ouders der betrokkenen zelfs niet hadden dúrven dromen en waar ik voor het eerst de zoetige geur van de marihuana opsnoof, al mocht ik mij nog niet tot het selecte gezelschap rekenen, dat zich aan het feitelijk gebruik van het intrigerende kruid overgaf...)

De meisjes op school zagen mijn verovering totaal niet zitten. Díé haalden ineens een woord uit de kast, dat ik jáaaren daarvoor mijn moeder al had horen bezigen, ter kenschetsing van bepaalde bevolkingsgroepen, t.w. het woord 'ordinair'. Groen van jaloezie wendden ze zich nuffig van mij af, als ik hen aansprak.

Ineens had ik geméne ogen, volgens Joke Losgeld, die zich enige tijd in mijn belangstelling had mogen verheugen, doch op wier – inderdaad méér dan gemiddelde – tieten ik allang was uitgekeken en die van een nadere bestudering van haar onderlichaam niets wilde weten, zodat ik haar als hopeloos geval terzijde had geschoven... Geméne ogen? Ik? Ik was bijziende, toegegeven, maar geméne ogen? Niks geméner dan anderen... Nee, Joke Losgeld kon de pot op, met haar grote tieten én haar onderlichaam, want ik zag haar voorlopig nog niet op het idee komen om zittend achterop de Solex, onder m'n jas door, m'n lul uit m'n broek te halen en me midden in de stad op klaarlichte dag af te gaan zitten trekken. Als dát 'ordinair' was, lustte ik er wel páp van!

De eerste keer dat ik haar thuisbracht, na een avondje slijpen in een lokale jazzclub, met van die visnetten en druipkaarsen in chiantiflessen en van die platenhoezen ietwat schuin, artistiek, tegen de muur geplakt, bleef het nog bij wat gevinger in de portiek van haar ouderlijk huis in een keurige voorstad van Rotterdam, maar de avond daarna, of anders wel die dáárna, voerde ze mij aan m'n hand met zich mee, over een in duisternis gehuld pad, langs de tegenoverliggende huizenrij, naar een zo mogelijk nóg donkerder loods of schuur, die voor een gedeelte van de straat als fietsenstalling dienst deed.

Daar, te midden van de Mobylettes en de Berini's, de Gazelles en de Benzo's, halfliggend, half staand, geheel gekleed en met de voortdurende kans te worden betrapt, bedreef ik voor het eerst de liefde. Ik zal er verder niet over uitweiden, aannemende dat een ieder vertrouwd is met het plegen van de daad, maar ik voelde me een héle piet, toen ik na afloop op de fiets naar huis reed. Ik floot een opgewekte jazzdeun, 'Bernie's Tune' of 'Groovin' High', en van de kou was ik me nauwelijks bewust.

Pas toen ik thuis voor de deur stond, ontdekte ik dat ik m'n sleutels kwijt was. Op hetzelfde moment hoorde ik in m'n geest ineens héél duidelijk het geluid van metaal op steen. In die fietsenstalling, vlak vóór ik vóór het zingen de kerk uit moest. M'n sleutels! Ik wist het zeker. Wat kon ik doen? Geen haar op m'n hoofd die eraan dacht m'n ouders uit hun bed te bellen. Je moest geen slapende honden wakker maken. Nee, ik moest terug of ik wilde of niet...

De kou sloeg dubbel toe. Als een ijspegel kwam ik aan. Met moeite vond ik de stalling terug. Bij het licht van m'n aansteker zag ik ze liggen, m'n sleutels. Midden in m'n eigen geil!

Soms, in de eenzaamheid van een verregende middag, denk ik nog wel eens aan haar, met wie ik het voor het eerst heb gedaan. Dan vraag ik mij af, wat er van haar geworden zal zijn in het huidige tijdsgewricht, maar eigenlijk weet ik het al...

Ze is ongetwijfeld getrouwd met een brave man, die goed z'n brood verdient. Niet buitensporig goed, dat óók weer niet, maar toch goed genoeg om het hun koters aan niets te laten ontbreken. En zo hoort het ook.

We deden het ook vaak op de trap, schuin opwaarts tegen de treden aan, terwijl haar moeder regelmatig boven in het trapgat verscheen om te informeren, wat we daar in vredesnaam zo lang in het donker deden? Toch stak ze nóóit het licht aan...

4

Vroeg men mij, wat ik wou worden, luidde m'n antwoord: 'Rijkestinkerd...' Niks geen melkboer of politie; rijkestinkerd en daarmee uit. Een roeping die vandaag de dag nog niets aan charme heeft ingeboet.

Hoe anders verging het een vriendje van mij, dat, van katholieken huize zijnde, z'n aanvankelijk streven om Heilige Vader te worden in Rome – alwaar we dan allemaal gratis en voor niets bij hem hadden mogen logeren – drastisch diende bij te stellen, toen bleek, dat er in dat geval niet getrouwd kon worden, een bezigheid die hem om duistere redenen nogal scheen te bekoren.

Een strikt persoonlijke zaak, dit laatste, waarin ik mij geen oordeel zal aanmatigen. Ieder z'n meug, zei de boer en neukte z'n varken...

Rijkestinkerd zijn en/of worden staat daarentegen nog kaarsrecht overeind als ideaal. Ik probeer het de laatste tijd dan ook met mijn dichterschap te combineren. Op het eerste gezicht lijkt dit een tegenstrijdigheid. Dichters zijn immers nooit rijk? Misschien zijn er bij, die stinken, maar ríjk? Dichters zijn per traditie zo arm als de neten en ook op generlei wijze in het aardse slijk geïnteresseerd. Ze leven van de wind of hóóguit van de liefde en bevinden zich daar wel bij, zo wil het de mythe.

Dit nu is een beeld van de dichter, geliefde lezer, dat in het huidige tijdsgewricht slaat als kut op Dirk. Een fossiel uit tijden vol vliegende tering, toen dichters nog in groepsverband aan de absint te gronde gingen en allerwegen stoom victorie kraaide en een Belg de saxofoon uitvond; dagen van syfilis en smachtend verlangen, van imperialisme en kinderarbeid, toen hier te lande nog algemeen de gewoonte gold om met de kippen op stok te gaan, en in uren van schaars daglicht godsdienstwaan het zwerk verduisterde, en man en vrouw elkander alleen binnen het huwelijk en dan nog slechts gehéél gekleed en in het holst van de nacht geacht werden te beklimmen, in het zondige besef van de zwakheid des vlezes, en God, Vaderland en Oranje nog als onbetwiste Drievuldigheid aan Hollands hemelen stonden en de onwetendheid in brede kring tot deugd verheven was. U kunt gerust van mij aannemen, geliefde lezer, dat het toenmalige beeld van de dichter anno thans niet meer opgaat. Ik kan het weten; tenslotte ben ik zélf een dichter, al meent een handjevol onevenwichtige, mijlen van het volle leven verkerende, door haaruitval en voortijdige zaadlozing geteisterde, bleekscheten uit jury- en kritiekwezen, met een voortdurende neiging tot dik worden en een natuurlijke aanleg tot het kweken van aambeien in de grotere maten, zulks bij herhaling te moeten betwijfelen. De waarheid zal ook hén achterhalen, waarop ze plotsklaps van de ene dag op de andere zullen beweren nimmer aan mijn poëtische gaven getwijfeld te hebben, nee, stérker nog, deze juist te allen tijde te hebben erkend en geprezen om vervolgens hunne schuld af te wentelen op de schouders van weerloze, door ruggenmergsziekten aan bed gekluisterde, collegae, in de ijdele hoop ons met diergelijk lafhartig geschipper om de tuin te kunnen leiden. Ha! Doch ter zake...

Wat moeten we nu precies onder een rijkestinkerd verstaan? Als kind had ik daar uitgesproken ideeën over.

De échte, originele, rijkestinkerd was in het bezit van minstens twéé auto's, of automobielen liever gezegd, dewelke beide moeiteloos in de categorie der 'Grote Sleeën' vielen. Eentje met een open dak, stuurversnelling en van die witte banden, het liefst rood gespoten, hoewel dat geen absolute vereiste was; de andere glanzend zwart en met een koetswerk waarin je als kind royaal rechtop kon staan, voorzien van klapstoeltjes tegenover de achterbank; die zich geruisloos voorspoedden langs 's Heeren wegen, naar geheime bestemmingen, ver voorbij den einder... Alle twee Amerikanen, vanzelfsprekend, daar Amerika onverbrekelijk met rijkdom scheen verbonden en nog algemeen als Land van Belofte gold, waar de dollars op straat voor het oprapen lagen, voor zover die niet meteen al met goud waren geplaveid, en iedereen miljonair was of bezig het te worden of anders op de elektrische stoel belandde, wat óók benijdenswaardig was; land van Lucky Strike en Cola, klapkauwgum en Cadillacs, waar Stan Kenton uit draagbare radio's knalde...

Voorts verdiende een rijkestinkerd minimaal tienduizend gulden per jaar, een voor kinderbegrippen astronomisch bedrag, dat nauwelijks voorstelbaar was. Dúízend gulden was al moeilijk te bevatten.

Nooit zal ik de dag vergeten, waarop ik m'n eerste 'duizendje' aanschouwde, op een caféterras, met binnen een zigeunerstrijkje en de geur van bitterballen. M'n eigen vader bleek er altijd één op zak te hebben voor als er wat gebeuren mocht, onderweg. Ook tóén was het al groen. Alleen groter dan het huidige en een stuk indrukwekkender. Geld had iets heroïsch in die dagen. Daar moest om gevóchten worden! Bloed, zweet en tranen eiste het.

Wiens tronie er nou op zo'n duizendje stond, is me ontschoten, maar Erasmus prijkte op de meier... (Voor alle zekerheid: een meier is honderd gulden, ook wel mud of mudje genoemd en sinds enige tijd ook snip. Verder kennen we vanouds het geeltje voor een biljet van vijfentwintig gulden en het joetje, ook wel joet of joeterik genoemd, voor een tientje. Recentelijk zijn er biljetten van vijftig en tweehonderdvijftig gulden in omloop gebracht, in de volksmond bekend als resp. bijtje en vuurtoren. De biljetten van vijf gulden spraken tot op heden niet genoeg tot de volksverbeelding om zich een bijnaam te verwerven, al gooit het sporadisch te horen 'vondeling' m.i. hoge ogen...)

Er waren ook briefjes van twintig in omloop. Ze waren wat smaller dan de andere coupures en van een onbestemd groenbruinige kleur en vertoonden ongetwijfeld óók het ponum van een of andere gereformeerde moordenaar uit onze roemruchte historie. Dan had je verder nog biljetten van een piek en een knaak, de eerste oranjeachtig bruin, de laatste blauwaangelopen grijs of grijsuitgeslagen blauw.

Maar die rug was duidelijk zo gróén als gras. Net zo groen als die van thans. De term 'rooie rug' is mij altijd ontgaan. Róód? Dan was ik zeker kleurendoof? Een kwestie die tot op de dag van vandaag om opheldering vraagt.

Waar komt dat 'rooie rug' vandaan? Hoe dient dit geduid? Waren de duizendjes in een nóg verder verleden wél rood? Of misschien maar aan één kant? Of moeten we het meer symbolisch opvatten? In de zin van ál die rooie ruggen van lompenproleten, waarover die duizendjes werden en worden verdiend? Een scala van mogelijkheden breidt zich in dezen voor ons uit. Feit blijft, dat de term 'rooie rug' in het hedendaagse pecuniaire taalgebruik zelden meer gebezigd wordt. Hij is in z'n delen uiteengevallen. Het is óf een rooie (eventueel roodje) óf een rug.

Ruggen kan je niet genóég hebben. Het leven is zwaar om van het lot maar te zwijgen en vele ruggen dragen licht, zou een oud Chinees spreekwoord kunnen luiden. Niet dat dit er een is, maar het zóú kunnen...

De vraag is natuurlijk, hoe je aan die ruggen komt? Wat moet je ervoor doen? Hoe ver kan je gaan?

Het zij verre van mij om in dezen de moraalfilosoof uit te hangen. Dat laat ik liever over aan mensen die ervoor geleerd hebben of die zich anderszins geroepen voelen hun medemensen de les te lezen. Mij interesseert het hoegenaamd geen hól wat anderen uitvreten. Je moet maar doen wat je niet laten kan. Een ieder trekke z'n eigen grens. Of niet...

Eén ding staat vast: in dienst van een ander kan je die ruggen wel vergeten, want díé jat je baas!

Dús...?

Eígen baas!

Eigen baas of koppelbaas!

Géén zétbaas!

Niet van de Russen en niet van de Amerikanen, om het meteen maar even rond te breien. 't Is alleen jammer, dat we het laatste al zíjn. Al véértig jaar! Zetbaas van Amerika... Mijn héle leven! In ruil voor hun oude jukeboxen en een stel overjarige straaljagers hebben we onze ziel aan onze 'Bevrijders' verkocht. Dat het de Russen waren geweest, die de Duitschers aan het Oostfront beslissend versloegen, daar hoorde je nooit iemand over. De oorlog was gewonnen door de Engelsen en de Amerikanen, in nauw overleg met de Prinses Irene Brigade! Ozo! Wie anders zei was een vuile kommenist, die nodig diende opgesloten...

Zo kwam ons lot in handen van Amerika. We werden zétbaas in onze eigen zaak en dat zijn we tot nu toe gebleven en we zullen dat voorlopig nog wel even blijven óók. Uiteindelijk hebben we niks te zeggen. Dat zie je met die kruiskroketten! Al zien we die in meerderheid niet zitten; we krijgen ze tóch! Wát zeg ik? Kríjgen?! We moeten er nog voor betalen óók! Maar zélf op de knop drukken... ho maar! Dat doen die Yanken wel voor ons, als het zover komt. En wanneer is als? Wie bepaalt dat dan? Een stelletje triggerhappy morele herbewapenaars, dat de laatste tijd beslissend van de pot lijkt gepleurd; een oliedom volk dat van z'n gezond niet af weet, maar dat zich vér boven de rest van de mensheid verheven waant en dit ook dagelijks laat merken. Geen Amerikaan die niet vindt dat de evolutie in de Amerikaan z'n voorlopig hoogtepunt gevonden heeft. Dat God in Amerika woont, weten we nu zo langzamerhand wel en van mij magtie er blíjven, maar nu menen ze ook met behulp van de meest geavanceerde afluister- en peilapparatuur de exácte verblijfplaats van den Booze te hebben bepaald, die ergens – waar anders? – áchter het IJzeren Gordijn als een spin in zijn godslasterlijk web zou zitten. Een welhaast mythisch begrip, dat IJzeren Gordijn, dat algemeen aan Churchill wordt toegeschreven – die het bij z'n leven ook nimmer heeft ontkend – maar dat in werkelijkheid door niemand anders dan Joseph Goebbels gelanceerd werd, in één van z'n laatste artikelen in 'Das Reich' van april 1945, getiteld: 'Het jaar 2000'. Nou Churchill weer! Natuurlijk had Goebbels het op zíjn beurt ook weer gejat, van doemdenker-par-excellence Oswald Spengler, die het vér voor 1930 al niet meer zag zitten, getuige het loodzware maar invloedrijke werkje 'Der Untergang des Abendlandes', maar dat waren dan in elk geval nog Moffen onder mekaar. Die Churchill had er helemaal geen reet mee te maken!

Het is Amerika's van God gegeven taak om den Booze uit te roken en van de aardkloot te verdrijven. Geen Amerikaan die daaraan twijfelt. Dat maakt hen tot een lévensgevaarlijk volk, dat alleszins bereid is en méér dan in staat, de Oude Wereld tot heil van de Nieuwe op te offeren. Zo lang hun 'Land of the Brave' maar buiten schot blijft. Of die kruiskroketten het dóén, is de vraag, maar één ding staat als een paal boven water: Amerika halen ze nóóit! Terwijl het toch eens tijd wordt, dat ze daar eens wat op d'rlui domme taas krijgen!

Dús...?

ZELF RAKETTEN MAKEN! Tenslotte zijn ze hier ook uitgevonden. Nou ja, hier in de buurt dan. Al maken we er maar twéé. Eentje gericht op Amerika en eentje op Rusland, met één knop in het midden. Dan waren we weer baas in eigen huis. We mogen van de Russen dan weinig te verwachten hebben; van Amerika nóg minder. In de ogen van Amerika fungeert Europa slechts als het toekomstig slagveld voor hun Heilige Oorlog tegen het Rode Spook. Of zijn er écht nog mensen die geloven, dat Amerika niet van plan is de lont in het kruitvat te steken??? Als er ooit een nieuwe Hitler opstaat, zal het daar zijn, aan de Overkant. Met de moderne massamedia op zijn hand, zal zijn succes nog véle malen groter zijn dan dat van z'n voorganger destijds in Duitschland en dat was al niet gering, als je al die sympathisanten buiten de Rijksgrenzen meerekent.

'Hitler? Hitler was gek!' klinkt thans van alle kanten. 'En hij niet alleen!'

Ja hoor! Hitler gek, Goebbels gek, Göring gek, Speer gek... Nou vergéét het maar! Ze waren juist niet gek en dát is wat alles zo gruwelijk maakt! Er lopen geen honderd en op een gegeven moment zelfs twééhonderd miljoen mensen achter een gek aan. Tenzij iedereen gek was. En als iedereen gek is op een enkeling na, dan is die enkeling gek en niet iedereen. Zó zit dat.

Hitler afdoen als een gek, dat is pas écht een belediging voor ál die slachtoffers die hij gemaakt heeft en de zekerste weg tot zijn hernieuwde heerschappij. Want laten we toch niet vergeten, dat het maar zóóóó ontzzzettend weinig heeft gescheeld, of HIJ had aan het langste eind getrokken en dan was ZIJN waarheid nu de ONZE geweest. Jodelahitler!

5

Ik stond met Hitler voor het raam. Het uitzicht was overweldigend.

Ik was niet z'n enige gast. Steeds meer bezoekers betraden het vertrek, onder wie tal van prominenten.

Goebbels, Göring, Ribbentrop, Speer... Ik had het gevoel of ik ze al jááren kende. En zij mij.

Met Hitler kon ik het uitstekend vinden. Ik noemde hem Arie. Hij hing aan m'n lippen. God mag weten wat ik tegen hem zei, maar leuk was het wel, want Hitler kwam niet meer bíj.

Intussen raakte de kamer steeds voller. Er werd stevig ingenomen. Hitler bleek helemaal geen geheelonthouder. Hij dronk voor twee. De stemming steeg.

Buiten was het donker geworden. In de verte zagen we een auto aankomen.

Het volgende moment zat ik zelf in die auto. In de verte lag het helverlichte huis. Daar moest ik zijn. Ik wees. De chauffeur droeg het uniform van de ᛋᛋ. Hij was doofstom. Het huis kwam snel naderbij.

Vervolgens zat ik weer binnen in de overvolle kamer met Hitler in een boek te bladeren. Het ging over racewagens. Hij wist er álles van. Tot in de kleinste details. Verbijsterend.

Goebbels kwam vragen of we die mop van Sam en Moos al kenden, maar hij wist zelf niet meer welke. De gemoederen raakten danig verhit. Spanningen tussen de gasten onderling werden steeds manifester. Men kon elkaars bloed wel drinken. Göring en Ribbentrop raakten slaags op het toilet. Hitler genoot.

Ineens was het klaarlichte dag. Ik stond met Hitler buiten op het terras. Uit het huis kwam een dwergachtige, geheel met camera's omhangen man op ons af, die ons uit alle standen begon te fotograferen. Uit het huis klonk meerstemmig gezang.

Vervolgens stond ik weer binnen voor het raam en zag mezelf met Hitler op het terras staan. Er was verder niemand meer in de kamer. Buiten zag ik de zon ondergaan. Besneeuwde bergen bloedrood in de laatste stralen.

Plotseling kreeg ik sterk het gevoel dat ik door iemand werd gadegeslagen. Ik keek over m'n schouder. Bormann kwam half achter een gordijn vandaan en knipoogde naar me. Hij wees naar boven. Het plafond vertoonde een snel groter wordende, bloedrode plek.

Het volgende moment stond ik boven op de gang voor een gesloten deur. Ik klopte. De deur ging langzaam open.

Binnen was het aardedonker. Ik kon de aanwezigheid van iets of iemand in het duister voelen. M'n naam werd afgeroepen.

Zonder aarzelen stapte ik over de drempel. Meteen ging het licht aan.

Hitler stond voor de spiegel. Met een jurk aan. Hij lachte verleidelijk.

Vervolgens waren we weer beneden in de kamer met het grote raam. Ik zei dat ik weg moest naar Leiden of Delft. Optreden voor de studenten. Hitler liet me persoonlijk uit. Vlak voor hij de deur achter me sloot, zei hij op samenzweerderstoon: 'Kijk je uit, ouwe spekjood. We houen je in de gaten...'

Ik schoot in de lach. De deur viel achter me in 't slot. Ik stond midden in het gewoel van een grote stad...

6

Mensen die nog immer geen touw aan dit boek kunnen vastknopen, raad ik aan het weg te schenken aan zending of missie, al naar gelang hunne denominatie, of anders – altijd welkom – aan het Rode Kruis, voor onze jongens in de Oost of in Korea, die ommers altoos met rode oortjes zitten te popelen om van de laatste ontwikkelingen aan het literaire thuisfront op de hoogte te worden gesteld. Lukt ook dát niet, dan valt er altijd nog wel ergens een bedlegerig familielid te bedenken of iemand in een ijzeren long, die geen verweer heeft.

Anderen, die er wellicht nog mínder van begrijpen, maar desondanks dóór willen zetten, moeten de stoelriemen nog maar wat vaster aansnoeren, want de verwarring wordt met het woord groter. De sprong in het duister, het zwarte gat, de oerplof en de kromming van de ruimte – ziedáár de grenzen van ons voorstellingsvermogen. En dan nóg luidt het devies: lijkt het bepaald, blijkt het verlegd. Binnen de perken zijn de mogelijkheden even onbeperkt als daarbuiten.

Alles goed en wel, zullen de sceptici thans opmerken, maar is onze zegsman wel betrouwbaar?

Men spreke in die gevallen wat luider en houde de telefoon

dicht bij de mond. In gevallen, waarin het Reglement niet voorziet, beslist het Bestuur. Een waterdichte procedure, die het huidige bestand van voortgaande verloedering zal vrijwaren en ongewenste elementen met wortel en tak tegen de vangrail van Duitschlands autobanen te pletter doen slaan, indachtig het aloude adagium: 'Boem is ho, plons is water en plop een pistool met geluiddemper...'

Ware ik een latinist, ik zou terstond een passend citaat van Leukoplast of Valium III uit de kast rukken, maar ik ben geen latinist – en ik zou haast willen opmerken: 'Gelukkig niet!' – dus is het maar beter in dezen rustig door te gaan met ademhalen, wat niet alleen de levenskansen aanmerkelijk vergroot, doch ook de mogelijkheden tot tweestemmig jodelen aan de basis met partner naar keuze in het kader van de wijkgedachte merkbaar verruimt, wat menigeen tot vreugd zal stemmen, in verband met het oog op de gezamenlijke beoefening der volkskunst in ál hare vormen, onder de bezielende leiding van Ir. Paardenlul, die zijn sporen op dit gebied ruimschoots heeft verdiend, toen hij in een weliswaar voorbij, maar toch nog alleszins recent, verleden, als Buitengewoon Bijzonder Gevolmachtigde van den Leider voor Volks- en Sfeerverlichting, diepgaand onderzoek heeft doen verrichten naar de folkloristische eigenaardigheden van het gemummificeerde deel van de bevolking, welk onderzoek vanwege de tijdsomstandigheden – helaas – voortijdig moest worden gestaakt.

Boutscheften, bosneuken, glasblazen en duivenmelken; koorzingen, kaartleggen, beffen en jazzballetten. Raaskallen, bloemschikken, witten, behangen, snelwandelen, zeepzieden en niet-te-vreten-brood-bakken. Bierbrouwen, krootkoken, padvinden, snorkweken, mondschilderen, pletten, gifmengen, houthakken; krikken, ketsen, trekken, stoten, knippen, scheren, schillen, dozen. Spinnen, weven, breien en plakken, kleien, vlechten, pappen en nathouen. Pijpen, pezen, jenzen en plompzakken, blokfluiten, tandhakken, xoelapepelen en stoethaspelen. Figuurzagen, poephappen, kantklossen, grafdelven, eerlijk hout, arbeidsvreugd, volksvlijt en wijktoneel.

Zie daar een greep uit de vele activiteiten waarmee de gemeenschapsmens zich onledig kan houden om in den wedren met Vader Tijd des duivels gaarkeuken een oor aan te naaien. Men kan het zo gek niet verzinnen of het kan. Ook als het níét kan. Op z'n minst is het bespreekbaar. In de wijk, in de groep, in de raad of in het gehakt, maakt niet uit, zolang het maar onduidelijk blijft. De vreselijkste aberraties worden als alledaags voorgesteld en tijdens zwáár gesubsidieerd buurtoverleg op woonerf en langs kerkenpad door vroegoude gedragsevaluanten te pas en te onpas ter tafel geworpen, waarna eensluidend advies aan de desbetreffende minister wordt uitgebracht, deze of gene afwijking uit de criminele sfeer te halen en in het ziekenfondspakket op te nemen. Prachtig werk, dat niet genoeg kan worden toegejuicht, maar intussen staat de necrofiele medemensch nog immer in z'n dooie eentje op die tochtige kerkhoven in die maaien te wroeten. Rara, hoe kan dat? Is hier sprake van een laatste taboe?

Ik zou elke weldenkende, goedwillende, gematigd vooruitstrevende, autobezitter in dit land dan ook willen vragen: wie zijn wij om onze necrofiele medemensch nog langer het recht te ontzeggen, zich op menswaardige wijze te verlustigen en vergrijpen aan de vormeloze vetklompen, waartoe de stoffelijke resten onzer dierbaren gedoemd zijn te verworden, zo zij begraven blijven in zuurstofarme, door tal van chemische gifstoffen ontwijde, aarde, dewelke het natuurlijke ontbindingsproces transformeert tot één van vetklontering en vervorming, in die zin, dat de overledene, in stede van te vergaan, eerder de neiging zal vertonen de vorm van de kist aan te nemen, waarin hij of zij ter aarde werd besteld, en in het voorbijgaan gemakkelijk voor een ietwat uit z'n krachten gegroeide zurezult kan worden aangezien, wat op zichzelf nog geen ramp hoeft te betekenen, doch waartegen van de zijde van het bonafide zurezultwezen ernstig bezwaar wordt aangetekend, terwijl de necrofiele medemensch het bij een eventuele voortzetting van deze tendens in de lijkbezorging helemáál wel kan vergeten, daar van niemand kan worden verwacht, zich op tóch al door weinig comfort gekenmerkte begraafplaatsen in vleselijke gemeenschap te begeven met een ietwat uit z'n krachten gegroeide zurezult, die daarenboven óók nog eens een keertje niet aftrekbaar is van de belasting! Houdt men de necrofiele medemensch voor abnormaal of beide?

Het antwoord op bovengestelde, retorisch bedoelde, vraag, doet niet ter zake, daar een retorische vraag geen antwoord behoeft en zelfs al zou er dus eentje bestaan, mag dit níét – en ik herhaal – níét worden gegeven, op straffe van de z.g. 'jodeldood', waarbij men in roestige ijzers vastgeklonken in de afwatering van een hoofdriool van een middelgrote gemeente moet luisteren naar de vocale excursies van Olga Lawine, tot de dood erop volgt, gedurende welke periode de veroordeelde zich niet mag verschonen en geen toespraken mag houden of anderszins verbaal in actie komen, op straffe van diezelfde jodeldood, die in dat geval dus dubbel wordt voltrokken, met dien verstande, dat een naast familielid of erfgenaam de plaats van de veroordeelde na diens overlijden overneemt, terwijl bij tussentijds overlijden van Olga Lawine – bij de door haar te leveren fysieke inspanningen op haar leeftijd zeker niet denkbeeldig – in éigen kring naar vervanging moet worden gezocht, wat als een vrijwel onmogelijke opgave moet worden beschouwd, daar mevrouw Lawines talent in dit specifieke genre volstrekt uniek mag heten, hetgeen tot dramatische gevolgen kan leiden, waar de veroordeelde, in casu diens vervanger, door de rechter in gebreke gesteld, persoonlijk een keuze zal moeten maken uit het assortiment beulsgereedschappen van het plaatselijke filiaal der Inquisitie, w.o. een nog in experimenteel stadium verkerende 'mergtrekker', benevens gebruikelijker verdelgingsinstrumenten als het rad, het rooster, het uitbeenblok en een tweedehands 'IJzeren Maagd', waarmede vervolgens de gansche familie van de veroordeelde, tot in de derde graad, inclusief het aangetrouwde gedeelte, alsmede de veroordeelde, in casu diens plaatsvervanger, zelve, onder het meerstemmig reciteren van lang verloren gewaande recepten ter bereiding van zurezult, ter dood wordt gebracht, voorwaar een bloederig karwei, gepaard gaand met veel geach en gewee, dat opgestegen tot Zijn Hemelsche Gewelven het Opperwezen licht in toorn kan doen ontsteken, in welk geval we het hier beneden allemaal wel kunnen schudden en we van d'aardbodem zullen zijn weggevaagd, vooraleer de haan zelfs maar één keer heeft kunnen kraaien en Erasmus maar één bladzijde omslaan van het kloeke boek – onze nimmer falende, geestelijke, aspirine – dat hij door d'eeuwen heen, zonder ooit één klacht te uiten, ja zelfs met een glimlach op het gelaat, heeft getorst en nóg torst en vermoedelijk nog wel even zal blijven torsen óók, ongeacht ons al-dan-niet-latinist-zijn-met-necrofiele-neigingen en daar ben ik toevallig helemaal vóór!

Een mening waarin ik niet alleen sta, want precies zó denkt de wereldwijd miskende, laat-gothische, wijsgeer Pilatus Pats erover, waar hij opmerkt: 'Die Buchhaltung wird in der Maße mehr an Bedeutung im Berufsleben der Völker gewinnen je mehr es gelingt durch wissenschaftliche Pflege der Buchhaltung deren Wesen zu erklären und deren Formen zu verbessern, aber dasselbe kann vom kleinen Mädchen nicht gesagt werden', wat in een extra schril licht komt te staan, als men weet dat Pats in 1492, ter gelegenheid van de ontdekking van Amerika, wegens het plegen van valsheid in geschrifte met minderjarige kinderen, op de boekenafdeling van de Bijenkorf met gloeiende tangen uit mekaar is gerukt...

7

In 1890 ontmoette Schleich de Pool Stanislaus Przybyszewsky. Deze geniaal begaafde, meeslepend Chopin spelende, dichter, die het Medisch College van Waldeyer volgde, liet hem z'n prachtige dictaten zien, waarin buitengewóón fraaie details van zenuwknoopstructuren voorkwamen.

Na deze enige tijd te hebben bestudeerd, sprong Schleich plotseling op en bulderde: 'Stanislaus! De neuroglia is een snarendemper! Een elektrische sordine! Een weerstandsregelaar!'

De Pool keek hem verbijsterd aan en ook voor de lezer zal Schleichs triomfantelijke uitbarsting niet terstond begrijpelijk zijn.

'Zeg het nog eens?'

Doch reeds was Schleich naar z'n kliniek gesneld, waar proeven op het EIGEN lichaam hem bewezen, dat zijn raadselachtige stelling júíst was: hij had de LOKALE ANESTHESIE, de PLAATSELIJKE VERDOVING ontdekt!

Dat Schleich zich in de jaren die volgden deed gelden als een gróót en graag gebruiker van de cocaïne, mag in dit verband niet onvermeld blijven. Evenmin het feit, dat hij de humor als de hóógste uiting van de menselijke geest beschouwde. Geen genie zonder gevoel voor humor, aldus Schleich en hij had gelijk.

Het is met de humor maar matig gesteld. Je hoeft maar iets als 'gordelroos' te zeggen of 'komkommer' en iedereen ligt blauw. Waaróm? Wat valt er in godsnaam om een komkommer te lachen? De komkommer is van nature diep doordrongen van de ernst des levens. Gevoel voor humor is hem ten enenmale vreemd. En ik kan daar in zíjn geval héél ver in meegaan. Ik benijd de komkommer helemaal niet in het huidige tijdsgewricht. Sta mij toe in het kort de werking van de komkommer uit te leggen...

Bij een 4-cilinder-komkommer moet de verdelernok 532 vier keer contact maken tijdens twee omwentelingen. Het tandwieltje 1825 heeft dan ook twee keer zoveel tanden als het tandwiel 1590. De primaire stroom gaat door de schroef 467 naar het geïsoleerde contactstuk 433. In dit contactstuk is de lange contactschroef 435 geklemd en wanneer het contact 455, dat zich in de onderbrekerhefboom bevindt, door de druk van de veer 460 tegen de contactschroef 435 aan staat, wordt de primaire stroom door het kooltje 464 aan de komkommermassa afgegeven en kan de stroom terugkeren naar het begin van de primaire wikkeling. Zodra echter de onderbrekerhefboom 451 de onderbrekernokken 232 raakt, worden de contactpunten van elkaar gerukt en de secundaire stroom opgewekt. Deze gaat dan van de secundaire wikkeling naar de sleepring 348 door de komkommerdraad. Van de sleepring wordt de stroom vervolgens afgenomen door het sleepkooltje 111 en gaat dan verder door de stroomverbindingsbuis 674, het sleepkooltje 108, door de verdeleras 1837, naar de stroomverdeler en wordt door het sleepkooltje 532 beurtelings aan een der segmenten s afgegeven. De klemschroef 524 wordt dan door een kabel verbonden met de schakelaar en deze weer door een andere kabel met de massa van de komkommer.

Met andere woorden: de komkommer heeft het zwaar. Véél zwaarder dan men zou vermoeden. En om dan óók nog eens een keer bij het minste of geringste te worden uitgelachen... ik kan me voorstellen dat het de komkommer niet voor de mensch inneemt.

De aardappel idem dito. Het is bepaald geen wonder, dat onder aardappelen een gezond wantrouwen jegens het mensdom heerscht. Onze behandeling van deze telg uit de ietwat sinistere familie der Nachtschaden laat nogal wat te wensen over, vanuit de aardappel geredeneerd. Ik zal u niet vermoeien met een verhandeling over de innerlijke werking van de aardappel, maar neem maar van mij aan, dat de komkommer erbij in het niet zinkt!

Tot de naaste familie van de aardappel behoren, naast paprika en tomaat, de Datura stramonium of Doornappel, de Atropa Belladonna of het Wolfskruid en de Hyoscyamus niger oftewel het Bilzekruid. Alle drie staan in de 'Geïllustreerde Flora van Nederland' (Handleiding voor het bepalen van de naam der in Nederland in het wild groeiende en verbouwde gewassen en van een groot aantal sierplanten – Met meer dan zesduizend figuurtjes – door E. Heimans, H.W. Heinsius en Jac. P. Thijsse. Negentiende druk. Bewerkt door Prof. Dr. J. Heimans, met medewerking van J.H. Kern, Dr. G. Kruseman Jr. en Th. J. Reichgelt / W. Versluys N.V. – 1956 – Amsterdam-Djakarta) als 'zéér vergiftig' te boek, een uitstekende garantie voor de intoxicerende werking dezer gewassen. Wie bewijzen wil, weet sedert Schleich, dat proeven op het EIGEN lichaam daartoe de geëigende weg zijn...

Geheel in zíjn geest onderwierpen wij van het Gezelschap ons regelmatig aan medisch-farmaceutische experimenten, waarvan de uitkomst op z'n zachtst gezegd onzeker was. Dáárover maakten we ons geen zorgen. Ons kon immers niks gebeuren!

We aarzelden dan ook geen moment, toen we bij geruchte vernamen van de wonderbare werking van Astma-sigaretten, althans van het vulsel daarvan. Astma-sigaretten werden indertijd door lijders aan die kwaal gerookt tégen de benauwdheid. Ik weet dat het eigenaardig klinkt, maar het blijft een feit.

Astma-sigaretten waren bij elke drogist en apotheek zonder recept verkrijgbaar. Voor een luttel bedrag kreeg je een doos met honderd lege sigarettenhulzen plus een in cellofaan verpakt baaltje vulsel, dat als twee druppels water op weed leek, doch in werkelijkheid stramonium was. Daarvan diende thee gezet, volgens de geruchten, waarin met geen woord van de dosering werd gerept. Voor alle zekerheid pleurden we alles erin. Een week eerder hadden we nog met het zaad van de Klimmende Winde zitten etteren, waar je ook high van zou worden, maar de algemene indruk was dat we er te weinig van hadden gebruikt en dát nu wilden we deze keer tot elke prijs vermijden. Dus... páts... die hele baal erin, kokend water erop en stevig laten trekken, die handel. We waren benieuwd...

Qua sterkte liet het brouwsel niets te wensen over. Het bleek een inktzwarte concoctie geworden, waar een walm van afsloeg, die rechtstreeks uit de putten van Lovecraft leek te komen. Een échte heksendrank, versch uit de Hel!

Verschillende gegadigden zagen alsnog van deelname af, toen ze het bocht onder hun neus kregen geschoven. Een enkeling ging zelfs spontaan over z'n nek. Ik liet het spul afkoelen, kneep m'n neus dicht en sloeg in één keer een tot de rand gevuld colaglas achterover. Nu was het verder alleen nog maar een kwestie van binnenhouen. Het wachten begon...

Er verstreek een kwartier. Een half uur. Drie kwartier... Je wist niks van míj, maar ik merkte nog geen móér! Het zou wel weer een zeperd blijken, net als de vorige keer. Al die sterke verhalen over tuinkruiden met hallucinatoire werking... Flauwekul! Een úúr was er nu al om en ik voelde nog steeds geen... nou ja, misschien alleen een beetje onrustig gevoel, waar geen mens op zat te wachten.

Weer een half uur later was dit onrustige gevoel in ongekende mate verhevigd. De lucht in de kamer, die al maar groter scheen te worden, verkeerde in heftige beroering. Draaikolken, slorpingen, plotsklapse verschietingen van perspectief. Er was geen twijfel mogelijk: het zat te komen!

Ik brandde van nieuwsgierigheid. Bang was ik geen moment. Voor angst had ik geen tijd. Er gebeurden ineens tienduizend dingen tegelijk en allemaal door toedoen van mij. Ik zag de muziek in flarden uit de speakers komen. En dát terwijl er geen plaat werd gedraaid! Een koortsachtige stemming leek in kleverige draden door de ruimte gespannen, die intussen al de lengte van een flinke straat had bereikt en in de verte om een hoek uit het gezicht verdween.

Rondom weerklonk een hevig geraas. Een gonzend gegier of gierend gegons, als daalden er een miljoen metalen horzels op ons neer. De ganse kosmos scheen ervan doordrongen. Een geluid dat níét van deze wereld was en ál het andere overstemde of in zich opslorpte.

Het werd snel gekker. Of ik. Het effect was hetzelfde. Ik raakte in diep gesprek met de kachel, die niet op z'n achterhoofd bleek gevallen en alles van metafysische dichtkunst tijdens het interbellum af wist. Het begon al te schemeren. In halfduistere hoeken huisden gedrochten. En wat deden die tafels daar aan het plafond?!

Tussen meubelstukken heen en weer geslingerd stapte ik voortdurend in gaten vol niets. De vloer werd onder m'n voeten vandaan gezaagd...

Na enkele eeuwen in toenemende verwarring bijeen te hebben gezeten, besloten we het steeds sinisterder ogende vertrek te verlaten en een café te bezoeken. Wat was dat overigens... een café?? En nu we 't er tóch over hadden... wáár???

Buiten leek het pas écht te gaan werken. Ik kon alle kanten tegelijk op kijken. Straten vol rokende bomen, lantarens met ogen en oren. En dáár! Nee dáár!! Wat liep daar aan de overkant?! Die gozer met die staart!? Té laat... nou verdweendie in dat gat... Wélk gat? Waar was ik in verzeild geraakt??

Ik knielde neer en legde m'n oor te luisteren. Uit het binnenste van Moeder Aarde werd ik een vreselijk kraken gewaar. Spontaan sprongen links en rechts de barsten in het wegdek, dat hedenavond volledig uit tassen bleek te bestaan. Schooltassen, aktentassen, damestassen, boodschappentassen... Niks dan tassen, zo ver het oog reikte en dat wás me toch ver!

Vervolgens zag ik plotsklaps als bij toverslag tientallen standbeelden applaudisserend uit de riolen oprijzen. De riolen waar het krioelde, krioelde. Broedplaats van demonen en monsters uit boze dromen.

M'n reisgenoten veranderden voor m'n ogen in dolle honden en die op hún beurt weer in kikkers en padden en slangen, terwijl vanuit lugubere portieken en gangen van in verregaande staat van ontbinding verkerende huurpanden, tandeloze, door vreeswekkende aandoeningen geteisterde, vrouwen obsceen naar mij gebaarden en geluidloos lachende dwergen in verschrikkelijke kelders met bijlen op elkaar inhakten.

Even later kon ik mezelf, als betrof het een ander, dwars door de gevel heen bedoeld café zien betreden, waar net de Mismaaktenbond haar jaarlijkse orgie bleek te houden en onnoemelijke gruwelijkheden de toiletten bezet hielden, die afgrijselijk stonken naar de bloeddoorlopen ontlasting van eeuwenlang wanbeheer en het bedienend personeel in tongen sprak van vreemde planeten en dito consumpties ronddeelde, die ik met geen mogelijkheid door m'n keel kon krijgen, waarop ik geheel buiten m'n weten weer op straat aanlandde, waar ik op messcherp verlichte kruispunten, miljoenen auto's ten spijt, de Koning van Venus mocht begroeten en allerwegen hoofden en handen en andere lichaamsdelen door ramen en deuren naar buiten zag groeien en links en rechts hersenschimmen zacht piepend ten hemel stegen of juist daaruit neerdaalden, in zacht door de wind heen en weer waaiende sluiers, alle tentakels paraat en bewapend en uit stapvoets voorbijkruipende lijkwagens de ijzingwekkende lach van waanzinnigen schalde en de Man van het Licht met onfeilbaar gevoel voor timing de nu toch wel ernstig op m'n zenuwen werkende scene in afwisselend rood, groen, geel en blauw flitslicht zette, terwijl ik met infrarode ogen als hete messen door de boter kilometers verderop het visioen van een toekomstig Rotterdam trillend in de nacht zag rijzen en in een nadrukkelijk vóóroorlogsche telefooncel, extatisch knagend op de resten van een late wandelaar, de Lévende Dood zich..........................NEXT!!!

8

Alsof het allemaal niks kost... Het ene hoofdstuk is nog niet af of het volgende dient zich al aan. Rusteloos ijlen we voort, bij invallend duister en noordoostenwind, langs spelonken en kloven, waaruit gedempt rumoer opklinkt. Beurtelings horen we wiegeliederen en het gehuil van krankzinnigen; woorden van grenzeloze tederheid en het gevloek van dieven en moordenaars; liefdeszuchten en doodskreten; mystieke lofzangen en het gebrul van woedende menigten. Zingen zo de engelen? Of zijn het de verdoemden? Rondom de silhouetten van een bar en eenzaam hooggebergte, met steile, nooit bedwongen, rotswanden en eeuwig besneeuwde, deels in nevelen gehulde, door geen mensenvoet betreden, toppen. 'Immer weiter! Immer weiter!' roept de stem van ons gemoed en we geven gehoor, hoewel we door vragen worden bestormd...

Welke getallen staan in geen der figuren? Welke getallen staan alleen in de rechthoek? Welke getallen staan in de rechthoek en het vierkant, maar niet in een der andere figuren? Welke getallen staan in de rechthoek en de cirkel, maar niet in een der andere figuren? Welke getallen staan in de rechthoek, de cirkel en het vierkant, maar niet in een der andere figuren? Welke getallen staan in de rechthoek, de cirkel, de zeshoek en het vierkant, maar niet in de driehoek? Welke getallen staan in de rechthoek en de driehoek, maar niet in een der andere figuren? Welke getallen staan in de rechthoek, de driehoek en de cirkel, maar niet in een der andere figuren? Welke getallen staan in de rechthoek, de driehoek en de zeshoek, maar niet in een der andere figuren? Welke getallen staan in de rechthoek, de driehoek en het vierkant, maar niet in een der andere figuren? Welke getallen staan in de rechthoek, de driehoek, de cirkel en het vierkant, maar niet in de zeshoek? Welke getallen staan in de rechthoek, de driehoek, de zeshoek en de cirkel, maar niet in het vierkant? Welke getallen staan in de rechthoek, de driehoek, de zeshoek en het vierkant, maar niet in de cirkel? Welke getallen staan in het vierkant en de driehoek, maar niet in een der andere figuren? Welke getallen staan in het vierkant, de driehoek en de zeshoek, maar niet in een der andere figuren? Welke getallen staan in het vierkant, de driehoek en de cirkel, maar niet in een der andere figuren? Welke getallen staan in het vierkant, de driehoek, de zeshoek en de cirkel, maar niet in de rechthoek? Welke getallen staan in het vierkant en de zeshoek, maar niet in een der andere figuren? Welke getallen staan in het vierkant, de zeshoek en de cirkel, maar niet in een der andere figuren? Welke getallen staan in het vierkant en de cirkel, maar niet in een der andere figuren? Welke getallen staan in de rechthoek en de zeshoek, maar niet in een der andere figuren? Welke getallen staan uitsluitend in het vierkant? Welke getallen staan uitsluitend in de driehoek? Welke getallen staan uitsluitend in de zeshoek? Welke getallen staan in de zeshoek en de driehoek, maar niet in een der andere figuren? Welke getallen staan in de zeshoek en de cirkel, maar niet in een der andere figuren? Welke getallen staan in de zeshoek, de cirkel en de driehoek, maar niet in een der andere figuren? Welke getallen staan in de zeshoek, de cirkel en de rechthoek, maar niet in een der andere figuren? Welke getallen staan uitsluitend in de cirkel? Welke getallen staan in de cirkel en de driehoek, maar niet in een der andere figuren? Welke getallen staan in alle figuren?

Allemaal vragen die de kern van het bestaan raken, maar waarop we het antwoord schuldig blijven. Denkt niet, dat gij het weet, gij die aan den oorsprong hebt gestaan, de klaterende bron hebt gehoord en het kabbelende beekje hebt zien voortspoeden door de zonnige dalen! Eerst wanneer gij door de nauwe rotsspleten geklommen zijt en den stroom niet verloren hebt; eerst wanneer gij door de vlakten zijt gegaan en gezien hebt, hoe de stroom zich verbreedde tot een rivier, waarop vloten zeilden; eerst wanneer gij de vlakten achter u gelaten hebt en aan den onpeilbaren oceaan gekomen zijt; eerst wanneer gij zijt uitgevaren op die wijde zee en uw schatten hebt geworpen in haar donkere diepten; eerst dán, en niet eerder, weet gij het!

Dat óók de Ouden het reeds kenden, mag blijken uit hunne geschriften, waaruit tevens valt af te leiden, dat het opzuigen van rook van brandende kruiden door holle buizen voor geneeskrachtige doeleinden destijds de gewoonste zaak van de wereld was. Niet dat het een wat met het ander heeft te maken, althans niet bij míjn weten, maar ik kan u verzekeren dat er meer tussen hemel en aarde rondzweeft dan het menselijk brein kan bevatten en met dát in het achterhoofd zetten we onze speurtocht voort langs de grens van het bestaan, in de hoop straks verderop, achter gindse haarspeldbocht, het thans nog aan ons oog onttrokken, zwáárbeslagen, venster aan te treffen, waardoor het bij gunstige planetenstand, onder het uitspreken van bepaalde formules, mogelijk moet zijn, een glimp van het Ware op te vangen, tenminste volgens de overleveringen, die ons uit grijze tijden gewerden, toen maatconfectie nog een vrome wensch was en het Woord in de buitengewesten nog te vuur en te zwaard verkondigd moest worden en menige koene ridder bij het uitoefenen van zijn plicht in een hinderlaag werd gelokt om vervolgens door héle volksstammen, in het struweel, onder het slaken van woeste kreten, in z'n hol te worden genaaid en naar streng bewaakt recept tot een voedzame paté verwerkt, terwijl ook de levensomstandigheden in het algemeen verre van ideaal te noemen waren en arm en rijk gelijkelijk aan pest en cholera te gronde gingen en het Spook van de Opera constant over d'aarde waarde en het Laatste Oordeel elk moment van start kon gaan en het mensdom in diepe duisternis verkeerde en met vreselijke zweren overdekt zijns weegs ging door sloppen en stegen van stilaan tot gruis verpuinende steden, waar monsters zonder waarde een genadeloze terreur uitoefenden en het dagelijks leven zich afspeelde in de schaduw van het schavot, waarop de koppen onophoudelijk rolden, in naam van de Gerechtigheid, die in werkelijkheid allang de wijk had genomen naar veiliger oorden als de componistenbuurt, waar 1950 nog onverminderd voortwoekerde en de geschiedenis zich op enkele meters boven de grond als een vertraagde film ontrolde, in de beklemmende leegte van straten en pleinen, aan wanhopige mannen in witte overhemden voor ramen van erkers in voorkamers, die wachtten op de verlossende bommenwerpers, die ééns moesten komen, de wurgende zondagsrust nog benadrukt door het kwaadaardig geritsel der buren, het suizen in de waterleidingbuizen en het religieus bevlogen neuriën hunner langzaam in waanzin wegzinkende vrouwen, die zich soms bij volle maan, rond het middernachtelijk uur, onverwachts voor expressetreinen wierpen of op afgelegen wegkruisingen door trawanten van den Booze lieten bekennen of gemeenschap zochten met schimmige gedaanten met slappe hoeden en lange lederen jassen in de heilloze portieken van een twijfelachtig oorlogsverleden...

Ziedáár de tragiek van onze verscheurde existentie! Autokerkhof, wijsgeer, banáán. Om maar te zwijgen van de man, die met gezwollen enkels in het ziekenhuis belandde en bij nader onderzoek 258 voorwerpen in z'n maag bleek te hebben, w.o. een stuk metaal van 1360 gram, 26 sleutels, 3 rozenkransen, 16 kerkelijke penningen, een armband, een collier, 3 tangen, 4 nagelknippers, 39 nagelvijltjes en 88 verschillende munten. En dan nog klagen over het eten óók!

De persoonlijke vrijheid is een gróót goed, geliefde lezer, en kan zich geen kráchtiger voorstander wensen dan ondergetekende, maarrr – en ik herhaal – maarrr... er zíjn grenzen. 'Alles eindigt in een punt, óók het oneindige', om met de jong gestorven denker Blafhoest (1944-1947) te spreken. Waar het op slaat mag Joost weten, maar het hééft ermee te maken! De Dood gaat aan niemands deur voorbij en dat is mooi en dat is prachtig. Magere Hein maakt ons allen aan elkaar gelijk. Rijk, arm, zwart, blank, man, vrouw (dat schijnt tegenwoordig óók al een probleem te zijn), links, rechts, baas, knecht, ik, jij, wij, zij... We gaan allemaal de pijp uit en alléén! De Dood is de enige wáre democraat. Niks te D'66! En nu we 't er tóch over hebben...

Er zijn een vader en een zoon en die vader ligt op sterven en die gelooft héél sterk in een leven na de dood. Reïncarnatie of zo. Hij móét natuurlijk wel, maar goed... Die zoon die moet daar niks van hebben, die vindt dat allemaal maar flauwekul. Maar ja, tenslotte ligt die vader op sterven, dus sluiten ze op diens sterfbed een deal...

Die vader belooft, dat hij, als hij eenmaal dood zal zijn, álles in het werk zal stellen om een bewijs te leveren van zijn gelijk. Die zoon belooft, dat hij, hoewel hij er zelf niet in gelooft, toch moeite zal doen om in contact te treden met die vader.

Afijn, die vader gaat de pijp uit en die zoon gaat inderdaad een paar keer naar zo'n seance en ja hoor, op zekere dag... PA!

'Ha die pa! Té gek! En hoe is het ermee?'

'Nou zoon, maak je over mij geen zorgen, want ik zit helemaal gebeiteld. 's Morgens om acht uur word ik wakker gemaakt, krijg ik een beetje onbespoten rauwkost, lekker neuken en weer slapen... 's Middags om één uur word ik weer wakker gemaakt, beetje onbespoten rauwkost, lekker neuken en weer slapen... En geloof me of niet, maar 's avonds om zes uur word ik wéér wakker gemaakt, wéér een beetje onbespoten rauwkost, lekker neuken en weer slapen...'

'Ja, maar pa, waar zit je dan?'

'In een konijnenhok op Overschie!'

Waarmee we weer terug zijn op de plaats, waar ik in de barre winter van '44 op '45, toen het westen des lands gebukt ging onder honger, koude en terreur en de oude, beproefde, medewerkers van het tijdschrift 'Denksport' – zij het met welhaast bovenménschelijke inspanning – toch een groot aantal puzzels, problemen en kruiswoordraadsels wisten samen te stellen, ter wereld kwam. Over verbánd gesproken…!

9

Ik ging bij Hitler op bezoek. Hij woonde bij me in de straat. Ik zat geheel in het verband.

De deur stond aan. Ik belde evengoed. Héél duidelijk zag ik 'A. Hitler' op het naambordje staan.

Men gaf geen gehoor. Ik besloot zó naar binnen te gaan. Zodra ik over de drempel stapte, wist ik dat er wat mis was. Er hing een onheilspellende stilte in huis.

Ik besteeg een trap. De treden kraakten oorverdovend. Ik keek bij herhaling achterom. Ik durfde te zweren dat ik gevolgd werd. Er was niemand te zien.

Het volgende moment liep ik op een gang. Links en rechts deuren. Tientallen deuren. De vloer kraakte minstens zo erg als de traptreden. Misschien nog wel erger.

Vervolgens liep ik nog steeds op die gang, maar nu met m'n schoenen bij de veters samengebonden om m'n nek. Het maakte in het kraken niets uit. Het ging door merg en been. In de verte meende ik vaag een zwak schijnsel te ontwaren. Daar moest ik heen. Ik versnelde m'n pas. Het werd merkbaar warmer.

Nog steeds liep ik op diezelfde, oneindige, gang. Alleen een stuk sneller, daar de vloer een lopende band geworden was, zoals we die van Schiphol kennen. In plaats van gekraak klonk gezoem. Links en rechts nog immer deuren. Hónderden deuren ondertussen. Dichte deuren. Het schijnsel werd sterker. De temperatuur steeg met de meter.

Al lopende rolde ik voort. Dichter en dichter naderde ik het schijnsel. Het zweet brak me uit. Ik trok het verband los, waarmee ik omwikkeld was. Eronder bleek ik volledig gekleed. Zo rolde ik voort. Er was geen terug, zelfs al had ik gewild.

Pal voor een deur, waar door kieren een vurig schijnsel naar buiten drong, hield ik stil. De hitte was ondraaglijk. Heel langzaam begon de deur te wijken. Terzelfder tijd voelde ik mij door een onzichtbare kracht richting drempel gedrongen. Ik werd door de warmte bevangen. Achter de deur lag een laaiende oven.

Ineens zag ik Hitler midden in de vlammen op een stoel zitten. Hij was geheel verkoold, maar niettemin springlevend. Ik zag z'n ogen glinsteren. Hij keek me recht in het gezicht.

Steeds dichter werd ik naar het vuur gedrongen. Ik had geen verweer. Ik was reddeloos verloren.

Op het moment dat ik over de drempel heen in de vlammen dreigde te storten, sprong Hitler plots als door een slang gebeten overeind en schopte – páts! – de deur in m'n gezicht dicht.

Ik stond meteen weer buiten voor de deur. M'n vinger nog op de bel. Héél duidelijk zag ik 'A. Hitler' op het naambordje staan. De deur stond aan.

Ondanks een frisse wind voelde ik het zweet op m'n voorhoofd parelen. Met de mouw van m'n colbert wiste ik het af. Er zat een sterke brandlucht aan...

10

Dag dokter. Is het al erg als er rook uitkomt?'

'Ligt eraan.'

'Waaraan?'

'Hoe de wind staat.'

'En dat is alles?'

'Vindt u 't niet genoeg zo?'

'Ik had er meer van verwacht.'

'Ik zal u een receptje geven.'

'Graag dokter.'

'Alstublieft. Ga met God.'

'Met de Solex, mag dat ook?'

'In uw geval wel, ja.'
'Waarom in míjn geval wel?'
'Een Solex rookt óók! Volgende...'
'Ik heb nog één vraag, dokter.'
'Ik luister...'
'Waarom wacht een necrofiel altijd zes weken voor ie een lijk neukt?'
'Pardon?'
'Ik vroeg: waarom wacht een necrofiel altijd zes weken voor ie een lijk neukt?'
'Dan kannie 'm overal in steken. Wist u dat niet?'
'Een mens is nooit te oud om te leren. Dag dokter.'
'Nee, niet daardoor. Dat is de gifkast. Die deur daar!'
'Ik dacht...'
'Doen we allemaal wel eens. Niks om u zorgen over te maken.'
'O gelukkig maar. Ik dacht...'
'Je moet er alleen géén gewoonte van maken. Wie volgt!'
'Dag dokter.'
'Wat zijn de klachten?'
'Klachten?'
'Ja. Wat zijn de klachten?'
'Ik heb geen klachten.'
'Waarom zit u hier dan?'
'Ik wil wel gaan staan.'
'Zo bedoel ik het niet.'
'Hoe dan wel?'
'Als u geen klachten heeft, wat doet u hier dan?'
'Als ik dát wist zat ik hier niet!'
'Daar zit wat in. Wat doen we eraan?'
'Waaraan?'
'Aan het feit dat u geen klachten heeft.'
'Klachten maken?'
'Een goed idee. Wat zal het zijn?'
'Wat heeft u zoal?'
'Wat dacht u van een gapende wonde aan het achterhoofd?'

'Mmmmmm...'
'Of een pracht van een slagaderlijke bloeding?'
'Mmmmmm...'
'Een scheur in de maagwand?'
'Mmmmmm...'
'Buikvliesontsteking?'
'Mmmmmm...'
'Bloedvergiftiging?'
'Ligt eraan.'
'Waaraan?'
'Hoeveel het gaat kosten?'
'Voor niks gaat de zon op.'
'Doet u dat dan maar.'
'Ik zit hier niet om vliegen te vangen.'
'Ik óók niet.'
'Ik dacht dat u niet wist wat u hier deed?'
'Maar wél wat níét!'
'U kan me nog meer vertellen!'
'Met alle plezier. Er ligt een kannibaal in het ziekenhuis...'
'Welk ziekenhuis?'
'Het Epidemisch Ziekenhuis.'
'Juist. En toen?'

'Er ligt een kannibaal in het Epidemisch Ziekenhuis dus, komt die zuster langs, wattie eten wil? Geef mij maar een stuk arm, zegt die kannibaal. O.K. Etenstijd, hij een stuk arm. Geen probleem. Lijken zat in dat ziekenhuis... Volgende dag, zelfde laken een pak. Zuster komt langs, wattie eten wil? Geef mij maar een stuk arm, zegt die kannibaal weer. O.K. Etenstijd, híj weer een stuk arm; de ene dag gebraden, de andere dag gekookt... Dat gaat een aantal dagen goed zo, maar intussen komen er nieuwe patiënten bij, ook bij die kannibaal op zaal en op zekere dag komt die zuster weer vragen wat ze eten willen. Jij zeker weer een stuk arm, zegt ze tegen die kannibaal. Nee, zegtie, geef mij maar een stokbrood... Stokbrood? Stokbrood? Ben je van je geloof af? Nee, maar naast me ligt een nieuwe met een open ruggetje, ken ik lekker soppen...'

'Juist. Ik zal u een receptje geven.'

'Geef maar hier. Ik vul het zelf wel in. Dag dokter.'

'Volgende patiënt!'

'Herr Doktor Spoit?'

'Spuit ja. Wat zijn de klachten?'

'Gestapo!'

'Veel rust houden maar en vooral geen...'

'Mitkommen bitte.'

'Was denken Sie mal?'

'Denkmal? Wo?'

'Immer gerade aus...'

'Witz?'

'Zum Todlachen!'

'Von Witzleben?'

'Bis zum Verrecken...'

'Links um die Ecke?'

'Tot jullie gas ruiken.'

'Was?'

'Gás!'

'Und dann?'

'Abspritzen! Die ganze Bande!'

'Jawohl Herr Doktor!'

'Und schnell!'

'Sofort. Heil...'

'Wie volgt?'

'Dokter, dokter! Hierheen! Snel!'

'Riep u, juffrouw Schijtlijster?'

'Ja dokter. Komt u snel. De volgende patiënt is onwel geworden!'

'Uitstekelbaars! Hoe zieker hoe beter! Ik kom eraan!'

'Opschieten dokter, anders is het te laat!'

'Hier ben ik al. Zo meneer, wat zijn de klachten?'

'AAAAAAAAAAAAARRRRRRRRRRRGGGGGGGGGHHHHHHHKKK-KKKKGGGGGGGGLLLLL!'

'Ik zal u een receptje geven.'

'Té laat! De patiënt is dood.'

'Ach wat sneu! Gooi 'm maar in de diepvries, Schijtlijster. Altijd makkelijk voor als die kannibaal langs komt... Volg...'

'Dit was écht de allerlaatste, dokter.'

'Is het werkelijk? Klee jij je dan maar uit, Schijtlijster, dan zal ik je een béúrt geven, zó verschrikkelijk, dat je zeven dagen olie pist en acht dagen nadruppelt...'

'Ooooooo dokter... Maar wel eerst vastspijkeren hè?'

'Vanzelfsprekend! Lángzaam vastspijkeren zelfs!'

'Ooooooo dokter...'

'Nee, niet dáártegen! Dat is de gifkast. Díe deur daar, Schijtlijster!'

'Oooooooo dokter!'

'Klaar, Schijtlijster? Zuigen maar!'

'Mmmmmmmmmmphh!'

'Daar komt nummertje één!'

(BENG! BENG! BENG! BENG! BENG! BENG!)

'Aaaaaaaaaaaaaaahhh! Oeoeoeoeoeoeoeoeoehhh! Auauauauauauau!'

'Langzaam genoeg zo, Schijtlijster?'

'Mmmmmmmmmmphh...'

'En nummertje twéé!'

(BENG! BENG! BENG! BENG! BENG! BENG!)

'Oeoeoeoeoeoehhh! Auauauauauauaua! Aaaaaaaaaaaaaaaaaaaaahhh!!'

'En nummertje drie!'

(BENG! BENG! BENG! BENG! BENG! BENG!) Etc. etc.

11

Verlaat thans deze roman...

EXIT

De val van de Rots

In 1957 waren SPARTA (Schop Poten Armen en Ribben Tot Appelmoes) en DOS (Door Overspel Sterk) de runners-up in de vaderlandse voetbalcompetitie. De wedstrijd Sparta-DOS was dan ook een sleutelwedstrijd.

Beide teams waren als geen andere aan elkaar gewaagd. In de Utrechtse gelederen deden mensen als Bogaers en Van der Linden week in week uit van zich spreken met briljant spel in voorhoede en middenlinie, terwijl de geel-zwarte defensie als de minstgepasseerde in het betaalde voetbal gold, waarmee de aanwezigheid van de z.g. Zwarte Panter, Frans de Munck, in het Utrechtse doel veel, zo niet alles, te maken had. De z.g. Zwarte Panter, omdat er voor ons Spartanen maar één echte bestond en dat was Landman, die sinds de komst van het beroepsvoetbal voor Scheveningen Holland Sport uitkwam.

Landman is de enige keeper, die ik ooit gelijk met de lat in de lucht zag hangen. Op een terugspeelbal van Rinus de Rots, die de gewoonte had z'n eigen keeper tot de moeilijkste reddingen van de wedstrijd te verplichten. Samen met de Rots vormde de Zwarte Panter het 'Gouden Blok' van Sparta, dat menige voorhoede te machtig was. Voor '54 was Landman de beste keeper van het land, al zag hij om redenen van extra-sportieve aard z'n gerechte plaats in Oranje altijd ingenomen door Stormvogel Piet Kraak, een lijnkeeper-in-het-kwadraat, die inderdaad met drieduimsspijkers op de doellijn vastgenageld scheen en, àls hij ooit eens van de grond kwam om het 'bruine monster' de verkeerde kant op te stompen, het ganse land dat aan de radio gekluisterd lag, te land, ter zee èn in de lucht, een acute hartstilstand bezorgde, terwijl men het tot ver voorbij Soestdijk in al z'n voegen hoorde kraken. Maar Kraak mocht aan de wieg van nóg zoveel vijandelijke treffers staan, nóóit hoefde hij het veld te ruimen voor Zwarte Panter Landman, één van de grote raadselen van een tijd, toen iedereen nog amateur was en Karel Lotsy – sportbons-bij-de-gratie-Gods en geestverwant van Willem Vogt, dus ook niet echt fout in de oorlog, maar niet heus, doch zand erover – het Nederlands Elftal nog tot in de rust van interlandwedstrijden met z'n donderspeeches bleef vervolgen, zonder ook maar één nederlaag te kunnen voorkomen, een enkel gelijkspel tegen Luxemburg daargelaten.

Die tijden waren thans voorgoed vervlogen. Sinds z'n terugkeer uit Duitsland – waar hij ook nog een blauwe maandag voor de filmcamera's had gestaan – was De Munck voor het publiek de Zwarte Panter geworden, terwijl Landman steeds meer in vergetelheid was geraakt. Anno 1957 gold De Munck als onze beste doelman aller tijden en al deed hij míj de èchte Panter nooit vergeten, in het doel van DOS vormde hij een geduchte sta-in-de-weg.

Toch zou ook híj die middag een Spartaanse zege niet kunnen verhinderen. Tegen dit Sparta, dat in topvorm verkeerde, was niemand bestand. Club na club had al in het zand gebeten en nu was het de beurt van DOS om door de Rots en z'n mannen te worden ingemaakt. Want anders dan Landman stond de Rots nog immer pàl voor Sparta in de branding van vijandelijke aanvalsgolven, die week in week uit op zijn schokbetonnen onverzettelijkheid te pletter sloegen.

IJzeren Rinus – zoals de Rots al werd genoemd toen Israel nog met de knepen van de luiers in z'n reet liep – was een begrip op de vaderlandse voetbalvelden. Een levende legende, die zich anno 1957 al ruimschoots van de onsterfelijkheid verzekerd wist, al was het alleen maar vanwege de bikkelharde duels, die hij als spil van Oranje had uitgevochten met Rik Coppens, een Antwerpse visboer en tevens middenvoor van Beerschot en de Rode Duivels.

Over de Rots deden tal van verhalen de ronde. Zo was hij ooit eens naar een crematie geweest, in die dagen iets bijzonders, en toen men hem vroeg wat hij ervan vond, luidde z'n antwoord:

'Heel gezellig, maar het was gek, alleen m'n vrouw en ik dansten...'

Wie Rinus gemeen durfde noemen, kon een stoot voor z'n kanis krijgen. Rinus was de goedheid zelve. Je moest alleen niet tegen hem óp lopen! De eerste Utrechter die hem voorbij kon komen moest nog geboren worden.

De verwachtingen waren hooggespannen. Het Kasteel was een week voor de wedstrijd al uitverkocht. Voor de poorten deed de zwarte handel goeie zaken. Staanplaatsen gingen grif voor het vijfvoudige van de hand. Een dichte menigte verdrong zich voor de hekken, voor de ramen van de huizen in de omtrek zag het zwart van de mensen, ja, hier en daar stonden ze zelfs op de daken. Het weer was prima, de stemming opperbest. Kwinkslagen vlogen over en weer en hadden allemaal hetzelfde onderwerp: Hollywood's Absolute Tietenkoningin Jayne Mansfield, wie Sparta bereid had gevonden de aftrap te verrichten.

De ster verbleef in Rotterdam om de opvarenden van het vliegdekschip 'Tarawa' te vermaken, dat tussen Park- en Wilhelminakade op de Maas voor anker was gegaan. Wie nu precies op het idee gekomen was om Miss Mansfield's aanwezigheid tot nut van Sparta uit te buiten, was de vraag, maar volgens mij zat coach Dennis Neville erachter, die van enige tam-tam rond z'n ploeg zeker niet afkerig was. Wie het ook was, het bleek een gouden vondst, die zéér tot de verbeelding van het voetbalpubliek sprak, dat daar in alle toonaarden blijk van gaf.

Speculaties aangaande de echtheid van Miss Mansfield's uitbundige anatomie beheersten de gesprekken op de jongenstribune, waar de sceptici verre de overhand leken te hebben. Schuimrubber en chirurgisch ingrijpen dan wel 'oppompen' werden veelvuldig als mogelijkheden geopperd om de massa te misleiden. Een massa die zich maar wat graag een rad voor ogen liet draaien, of dat nu de tieten van Jayne Mansfield betrof of de financiële manipulaties van de 'hoge heren' of de machinaties op het wereldpolitieke vlak. De mensen vroegen erom besodemieterd te worden en dat werden ze dan ook, aldus de cultuurpessimisten onder de dichtopeengepakte menigte. Een enkeling ging zelfs zo ver te beweren dat we straks een imitatie-Jayne Mansfield te zien zouen krijgen, omdat de echte zich voor d'r verdriet nog niet in Rotterdam zou laten betrappen, wat hem prompt op bedreigingen met zwaar lichamelijk letsel kwam te staan.

Over het veld schalde een vertrouwde stem... 'Hallo, hallo, hallo, hallo... hier hoort u Sparta Radio! Vanmiddag ontvangen we DOS, een ploeg die niet met zich laat sollen. Het zal erom spannen. Dat de beste moge winnen. Ik geef u nu de opstellingen van beide elftallen...' Volgden de opstellingen.

Geen wóórd over Jayne Mansfield! Ging het hele feest niet door? Was het allemaal maar bluf geweest? Een lokkertje voor het publiek? De ploegen kwamen het veld al op om zich in te trappen. Geen spoor van Jayne Mansfield! Of toch?

Op het officiële gedeelte van de Overdekte liet zich te midden van een dichte kluit bestuursleden af en toe een blonde suikerspin ontwaren, die zich in de onverdeelde aandacht van de heren mocht verheugen. Dat moest ze zijn, Jayne Mansfield, de vrouw met de grootste tieten ter wereld!

Want écht of vals, de gróótste waren het! Miss Mansfield's bovenwijdte lag ruim boven een meter. De ploegen stopten met inschieten en stelden zich voor de Overdekte in het gelid op. De kluit bestuursleden zette zich als één man in beweging en daalde met de suikerspin in z'n midden de trap af naar de begane grond. Een hekje zwaaide open en onder donderende ovaties betrad Jayne Mansfield licht vooroverhellend het veld, waar ze door de Rots als aanvoerder van Sparta met een galante handkus werd verwelkomd.

De blonde vamp beantwoordde de begroeting op een wijze die van haar verwacht mocht worden. Ze nam de Rots ogenblikkelijk in de houdgreep, tot grote hilariteit van het publiek. 'Hahaha! Mot je kijke! Rinus sta met een paal in z'n broek,' gnuifde de jongenstribune, 'astie nou de bal nog maar ken vinde!'

De Rots maakte zich los uit de omarming en stelde de Spartaspelers aan de filmster voor. Daarna kwamen de spelers van DOS.

Vervolgens werd er, nog steeds aan de zijlijn, getosst. Sparta won. De Rots koos zodanig dat ze de tweede helft richting Kasteel zouden spelen. Dat bracht per traditie geluk. De elftallen stelden zich ieder op eigen helft op, de bal ging op de middenstip en onder gejuich van de tribunes begaf Jayne Mansfield zich, geëscorteerd door de Rots, in de richting van de middencirkel.

Het was duidelijk dat er van Miss Mansfield's bovenwijdte geen centimeter gelogen was. Haar gemoed stak royaal voor de punten van haar schoenen uit, terwijl toch het modebeeld dat seizoen extreem lange schoenpunten dicteerde. Dientengevolge en nog extra versterkt door het hoge-hakken-effect leek Hare Majesteit de Tietenkoningin zich in een hoek van 60° over het veld te bewegen.

In de middencirkel aangekomen, slaagde ze erin de bal, gehinderd door haar nauwe kokerrok, met een bevallig puntertje de verkeerde kant op te schoppen, waarna ze door de Rots weer naar de zijlijn werd geleid, waar het Sparta-bestuur haar en bloc stond op te wachten. Vervolgens werd er, met de Rots terug op z'n plaats, opnieuw en ditmaal correct afgetrapt. De wedstrijd was begonnen. We gingen er eens goed voor staan. DOS was de bal gelijk al kwijt. Sparta nam de aanval over. Vlot ging het leer van man tot man. Er kwam geen Utrechter aan te pas. We keken veelbetekenend naar de DOS-supporters om ons heen... Kijk, zó dee je dat nou, voetballen...

Sparta speelde zelfverzekerd. De jongens waren in een winning mood. De Kanaries werden van het kastje naar de muur gestuurd. We hieven onze strijdkreet aan...

'We hebben een S! We hebben een P! We hebben een A! We hebben een R! We hebben een T! We hebben een A! We hebben SPARTAAAAAA!!! Citroen! Citroen! Sparta kampioen! Beschuit! Beschuit! En DOS dat gaat eruit!'

PATS! De Munck, van top tot teen in 't zwart en met een elastiekje in z'n haar, moest gestrekt naar de benedenhoek op een schuiver van Van Ede. Corner op rechts. Een kolfje naar de hand van de Oude Schicht, meester van de inswinger.

De bal kwam hoog voor doel en draaide bij de tweede paal verraderlijk de doelmond in. De Munck greep mis, maar een van de Utrechtse verdedigers bracht op de doellijn koppend redding. De bal kwam voor de voeten van Van der Gijp die hard en laag inknalde. In een flits lag De Munck er bovenop, sneller dan het blote oog kon volgen. Applaus voor De Munck. De man had klasse.

Het zou de Utrechters niet baten. Het Sparta-offensief hield aan. De aanvallen rolden onstuitbaar op het DOS-doel af. Van Ede rushte langs de lijn, omspeelde z'n man en passte loepzuiver op de aanstormende Verhoeven, die een vreselijke loeier in gedachten had. Buiten bereik van De Munck scheerde het projectiel de lat. Vijf centimeter lager en die bal had gehangen! De Munck stond te kijken oftie water zag branden.

De Spartanen roken hun kans. Ze gooiden er nog een schepje bovenop. De druk op het Utrechtse doel nam toe. De geel-zwarte defensie kraakte. Met wilde, verre trappen probeerde men lucht te verschaffen, maar de bal werd door de Rots per kerende post geretourneerd. Het tempo was móórdend. Een doelpunt kòn niet uitblijven.

Na een minuut of twintig was het raak. Bosselaar kreeg de bal op links, dreef er razendsnel mee naar binnen, gaf twee, drie Utrechters het nakijken en verscheen toen vrij voor doel. Op zijn harde, klimmende schot had De Munck geen verweer. De bal klom zwiepend in het net. Eén-nul voor Sparta! We schreeuwden onze kelen schor. De DOS-supporters zwegen bedremmeld. Massaal weerklonk de Sparta Marsch... 'Rood-wit is onze glorie / Rood-wit zit ons in 't bloed / Bij neerlaag of victorie / In voor- of tegenspoed / Rood-wit gaat nooit verloren / En jaren nog hierna / Zul-lèn wij laten hó-oren / SP... AR...TA! (2X)...'

Er leek geen vuiltje aan de lucht. Twee-nul was slechts een kwestie van tijd. De Kanaries waren rijp voor de kill. Maar dat bleek schijn. Het doelpunt van Sparta bracht een ommekeer teweeg. De Utrechters werden erdoor getransformeerd en een ontketend DOS liet Sparta gedurende de rest van de wedstrijd àlle hoeken van z'n eigen veld zien. Van der Linden bleek plotseling ongrijpbaar en wervelde keer op keer door een als verlamd toekijkende Sparta-verdediging heen. Voor de ogen van een sprakeloos publiek reduceerde hij de stoere Rots tot een zielig hoopje grind. Het was om meelij mee te krijgen. Als beginnelingen werden de Spartanen van het veld geveegd. De Utrechters scoorden uit alle standen... Eén-één... Eén-twee... Eén-drie... Eén-vier...

Ook na de rust had Sparta geen verweer, al spéélden ze toen richting Kasteel! DOS scoorde vrolijk voort... Eén-vijf... Eén-zes... Eén-zeven... Toen pas hield de doelpuntenregen op. De vernedering was compleet. Een 7-1 scheur in eigen huis! Ontluisterd verlieten de Spartanen het veld, de Rots als laatste. Bij het hek keek hij nog één keer achterom, naar het omgeploegde strijdperk. Er ging een steek door m'n hart, toen ik de grimas op z'n gezicht zag. Was het m'n verbeelding of stond de Rots daar écht te janken?!?

Stilletjes daalde ik de tribune af en keerde door de Spaansepolder huiswaarts. Ik had een einde aan een tijdperk zien maken.

De Rots was gevallen en niet zo zacht óók. De echo's dreunden nog na in m'n hoofd. De wereld scheen veranderd. Zoals gisteren zou het nooit meer worden. Het was een historische dag.

De Rots speelde het seizoen nog uit, geen schaduw meer van vroeger. Onbedreigd werden de Kanaries kampioen.

Het jaar daarop was de Rots uit de Sparta-gelederen verdwenen. Ter vervanging had men Schilder aangekocht, voormalig spil van Volendam, die in de lucht alleen met helikopters te bestrijden was. Een tón had Sparta voor hem neergeteld. De ganse sportpers sprak er schande van. Een tón voor een voetballer! Waar moest dat heen? Was dat nog sport? Besefte Sparta wel waar het mee bezig was? Sparta diende op de enig juiste wijze van repliek door met groot vertoon van macht de kampioenskroon van de Utrechtse Kanaries over te nemen. De beslissing viel tegen DWS in het Olympisch Stadion. DWS nog met Boskamp in de gelederen.

Sparta behaalde een afgetekende 4-2 zege en al moest Verhoeven met een gebroken been van het veld worden gedragen, het mocht de pret niet drukken: Sparta was de nieuwe kampioen!

In feeststemming reden we terug naar Rotterdam, dat intussen geheel op z'n kop bleek te staan. Op de Coolsingel stond een hossende menigte de kampioenen op te wachten, die nog diezelfde middag door de burgemeester op het stadhuis werden ontvangen. Daarna volgde een rijtoer door de feestende stad, per diligence, die speciaal voor de gelegenheid van stal werd gehaald.

Getooid met een rood plastic hoedje met witte band, waarop in rooie letters 'Sparta Kampioen!' te lezen stond, holde ik onvermoeibaar met m'n helden op. Voor het Groothandelsgebouw kwam de koets piepend en krakend tot stilstand. Ik zag het hele elftal – op Verhoeven na – als één man overeind komen, het glas geheven in de richting van het balkon-terras van Café-Restaurant Engels. Daar verhief zich, scherp afgetekend in het late licht van de middagzon, de massieve gedaante van Rinus de Rots, die eveneens met geheven glas hulde bracht aan het elftal, dat hij zo lang had aangevoerd en dat nu zonder hem bereikt had wat mèt hem onbereikbaar gebleven was.

Rondom verstomde het feestgedruis en even leek de wereld stil te vallen. Toen zette de koets zich weer in beweging en werden de feestelijkheden hervat. Alleen bleef de Rots op het balkon van Engels achter. Met een brok in m'n keel vervolgde ik m'n weg.

Het was de laatste keer dat Rinus Terlouw, Sparta's Rots-in-de-Branding, in de openbaarheid trad. Hij heeft nooit meer een voet binnen de Kasteelpoort gezet.

Met Jayne Mansfield liep het tragisch af. Tien jaar na die rampzalige Sparta-DOS, die zij had afgetrapt, werd ze bij een autocrash door het glas van de voorruit onthoofd. Daar doe je met grote tieten ook niks tegen...

Kiespijnbestrijding

In de barre winter van '44 op '45, toen het Westen des lands gebukt ging onder honger, koude en terreur en de oude, beproefde medewerkers van het tijdschrift 'Denksport' – zij het met welhaast bovenmènschelijke inspanning – toch een groot aantal puzzels, problemen en kruiswoordraadsels wisten samen te stellen, werd ik geboren. Geruchten, als zou ik uit een schutting zijn gezaagd, zijn in zoverre waar, dat ook dàt in de Hongerwinter is geschied, op 24 november 1944, 's avonds om half acht. 'k Vergeet het nóóit...

Buiten de Mof, die op Teutoonse wijze z'n woede koelde over de voor hem verloren oorlog; binnen al die Hollanders, die bij het schijnsel ener carbidlamp in hun broek zaten te schijten of, zo men van de honger geen ontlasting had, wat regelmatig voorkwam in die dagen, gebeden opzonden naar ons aller God, Die, naar later is komen vast te staan, óók al fout was in de oorlog en derhalve níet ontvankelijk. Barre tijden, die niet nalieten hun stempel te drukken op diegenen die erin ter wereld kwamen. Een hele generatie is erdoor getekend, zowel naar lichaam als naar geest. Talloze mijner leeftijdgenoten vielen ten prooi aan de rachitis, oftewel de Engelse ziekte, ondermijnd door kalkgebrek. Hoge ruggen, kippenborsten en kromme benen van zowel het X- als het O-type floreerden hevig in die dagen. In mijn geval uitte zich dit kalktekort in een slecht gebit. Aanvankelijk niet, want dan heb je nog geen tanden, maar met het melkgebit was het meteen al stevig mis om van het blijvende gebit maar te zwijgen. Ik zie mezelf nóg in pyjama, huilend van de kiespijn, in het holst van de nacht, op handen en voeten de trap opkruipen naar de tandarts, die me met een diabolische grijns op z'n kaken handenwrijvend stond op te wachten... 'Kom maar boven...! Kom maar boven...!'

Achter me m'n vader en m'n moeder die de terugweg afsneden en de tandarts als een bondgenoot begroetten. En ik maar roepen op m'n lange, lange tocht naar boven... 'Geen spuitje! Geen spuitje!' Ik ben deze specifieke angst in later jaren ruimschoots te boven gekomen, in tegenstelling tot m'n afkeer van de tandarts, die oudtestamentische vormen aannam.

Een verschijnsel dat hier mede debet aan moet worden geacht, zo het er niet volledig verantwoordelijk voor was, was de z.g. schooltandarts, die in de jaren dat ik de lagere school bezocht een waar schrikbewind uitoefende. De onze was een ouwe tang van een jaar of vijf-en-zestig, die twéé brillen over elkaar heen droeg en in alles boorde behalve de kies die behandeling vergde. Je tong, je tandvlees, je gehemelte... niks was veilig voor dat wijf, dat ik uit de grond van m'n hart leerde haten. Het was een bezoeking die ieder half jaar over je werd afgeroepen in het kader van de nationale strijd tegen het tandbederf. Als ik alleen die zwáár opgemaakte en als één der eersten van plastic oorknoppen voorziene assistente maar met die kaarten – van een eigenaardig zuurstokachtig rose dat je van huisuit nóóit met de tandarts in verband zou hebben gebracht – over de gang zag lopen, werd ik bevangen door een wilde paniek. Vluchten wilde ik dan, vluchten, zo ver mogelijk van school en schooltandarts vandaan, want je wist dat je beurt zou komen. En o dat loeder nam mij iedere keer wel zo verschrikkelijk te grazen! Vijf, zes gaten waren niks bij mij. Die deed ze in ene keer. Dan kwam je een paar kilo zwaarder in de klas terug, je kiezen vol met amalgaam, een of ander vergif waar je vorig jaar nog volop kanker van kon krijgen (ik weet niet hoe het dit jaar is, ik heb de kankercijfers nog niet binnen), maar dat toen zonder enige reserve werd gebruikt. Gelukkig pleurden al die vullingen er na verloop van tijd weer uit, zó goed verstond dat wijf haar vak, maar ondertussen was ik mooi ieder half jaar de lul.

Sommige van mijn vriendjes hadden een groot kruis over hun kaart. Die hoefden niet naar de schooltandarts. O wat heb ik m'n moeder gesoebat en gesmeekt, om óók zo'n kruis over m'n kaart te krijgen, maar m'n moeder gaf geen krimp. Die vond het wel makkelijk zo. 'Anders gaatie helemaal niet,' zal ze wel gedacht hebben en vermoedelijk niet voor niets, maar ondertussen realiseerde ze zich toch niet waartoe ze me veroordeelde.

Een lij-dens-weg!

Boren met verdoving was er in die tijd niet bij. Althans niet bij dat wijf. 'Je kan wel zien dat jij de oorlog niet hebt meegemaakt,' was het enige dat je te horen kreeg. Je zat onveranderlijk te sterven van de pijn. Behalve aan de schooltandarts zelf lag dat ook aan de apparatuur die ze gebruikte. Goed, een tràpboor was het dan wel niet, maar het scheelde verrot weinig. Je kon hem zó met het blote oog – uiterst onregelmatig – rond zien draaien en er zijn gevallen bekend, waarin de boor stil bleef staan en die stóel ronddraaide! Na tien omwentelingen was zo'n boor al bloedheet. Daar brandde ze dan steevast je bek een paar keer mee, want ondanks die twee brillen verrichtte ze haar beulswerk volledig in the blind. Ter koeling beschikte ze over zo'n watersproeier, die je ook wel bij de kapper zag gebruikt om het haar mee te bevochtigen, en als klap op de vuurpijl hanteerde ze dan nog een of ander persluchtpistool om het laatste puin mee te ruimen.

Moet je nagaan! Eerst met die roodgloeiende boor steeds dieper en dieper in je kies, tot ze de bodem raakte... AAAAAAAAAAAAAAHHHHHH!!! Dan zette ze, met die zenuw lekker bloot, die waterspuit erop......... OOOOOOOOOOOOOOH-HHHH!!!

En dan, als toetje, kwam ze nog eens met die blaaspijp op de proppen...... AUAUAUAUAUAUAUAHUAUAUAUAUAU!!!! Wat heb ik geleden! Het was een middeleeuwse marteling, waaraan je je ieder half jaar – voor je èigen bestwil – moest onderwerpen.

(Zat ik laatst te bladeren in de 'Tandheelkundige Studenten-Almanak' van 1936, uitgegeven door de Tandheelkundige Studentenvereeniging 'John Tomes', bij de N.V. Drukkerij v/h L.E. Bosch & Zoon te Utrecht – een mens heeft soms vreemde liefhebberijen – zag ik ineens tussen de advertenties voor o.a. 'Wipla-Protheses

Uit V2A-Staal', 'Meisinger Boren', 'Ash Handgemaakte Extractietangen' en 'Original-Freienstein Injektionsnadeln' een advertentie van de N.V. Almara, alleenvertegenwoordiger van de Duitsche firma Siemens hiertelande, waarin exàct hetzelfde martelwerktuig, waar ik in de jaren vijftig tot gekmakens toe mee gefolterd ben, als het níeuwste-van-het-nieuwste, dat Siemens op tandheelkundig installatie-gebied te bieden had, stond aangeprezen. Het níeuwste-van-het-nieuwste, made in Germany, anno 1935, toen het Nazi-'Wirtschaftswunder' alom diepe indruk maakte en menige excursie van tandheelkundige studenten, blijkens diezelfde Almanak, in Oostelijke richting voerde...

'Van 22 April tot 27 April maakten wij een excursie naar Berlijn, waar gelogeerd werd in Hotel Central... Dinsdag 23 April. 's Ochtends bezoek aan het "Zahnärztliche Institut", waar wij ontvangen werden door Prof. Schröder, die een interessante uiteenzetting gaf over de prothese-leer. Daarna hield Dr. Rehm een voordracht over zijn afdrukmethode. Vervolgens sprak Dr. Kirsten over zijn speciale methode: het vervaardigen van de gegoten kroon. Tot slot werd de chirurgische afdeeling bezocht, welke onder leiding staat van Prof. Axhausen. 's Middags bezochten wij het Anatomisch-Biologisch Instituut en de showrooms van de E.C. "Sanitas". Een rondrit door de stad besloot den eersten dag... Woensdag 24 April. Den geheelen ochtend brachten wij door in het Rudolf Virchow Krankenhaus, waar Dr. Wassmund ons zeer vele interessante patiënten toonde en enkele operaties demonstreerde. Het middageten werd gebruikt in het "Harnackhaus" van de "Kaiser Wilhelm Gesellschaft zur Förderung der Wissenschaften", waar wij werden ontvangen door Frau Carrière-Bellardy. Hierna werd het Anthropologisch Instituut van Prof. Dr. Eugen Fischer bezocht, waar ons eene uiteenzetting werd gegeven over het onderzoek van de overeenkomstige eigenschappen van tweelingen en tevens de beroemde schedelverzameling werd bezichtigd... Donderdag 25 April. 's Ochtends werden wij door een bus gehaald en bezochten eerst de showrooms van de firma Siemens, daarna Siemensstadt en vervolgens 't Siemens-museum en de ijzergieterij. Bij de lunch, die ons aangeboden werd, zat ook aan Dr. Witt, een der leden der Reichszahnärztenführung. Hierna werden wij ontvangen in het Zahnärztenhaus, waar Dr. Bunge een voordracht hield over 't tandheelkundig vereenigingsleven en een rondgang door het geheele gebouw en 't museum werd gemaakt. De middag werd besloten met een thee, aangeboden door de Reichszahnärztenführung en een bezoek aan de tentoonstelling "Das Wunder des Lebens"... Vrijdag 26 April. Prof. Simon liet ons door zijn assistente, Dr. Franzmayer, een demonstratie geven in het maken van orthodontiebandjes zonder soldeernaad. Hierna werd een bezoek gebracht aan de Universiteit Unter den Linden, waar wij begroet werden door den Rector Magnificus en een krans legden bij 't Monument voor de gesneuvelde studenten tijdens den Wereldoorlog. Een autobus bracht ons naar de fabrieken van W. en H., een onderafdeeling der "Deutsche Gold- und Silberscheide Anstalt", waar ons een lunch werd aangeboden en na afloop de fabriek bezichtigd werd. Tot slot der excursie hield Dr. Weski een demonstratie met toelichting bij patiënten over het behandelen van paradentose. Een gezamenlijk eten besloot deze reis... Wij besluiten thans dit verslag met de hoop uit te spreken, dat wij op een groote deelname aan de in Januari te houden excursie naar de Fabrieken der I.G. Farben Industrie, de Fabrieken der fa. Krupp en de Vita tandenfabriek mogen rekenen... DE REISCOMMISSIE.'

Ergo: hóopies foute tandartsen in de oorlog en het zou mij niets verwonderen, als juist díe na de oorlog emplooi als schooltandarts vonden...)

Mijn tandheelkundige lijdensweg – vanaf m'n tiende nog vergerd door het dragen van een beugel met de daaruit voortvloeiende maandelijkse visites aan onze eigen tandarts, die dan misschien geen twee brillen over elkaar heen droeg, maar wel verschrikkelijk uit z'n asem stonk – leidde rechtstreeks tot het besluit om, zodra ik het zelf voor het zeggen zou hebben, nóóit meer één voet bij de tandarts te zetten. En ik weet zeker dat ik niet de enige was die er zo over dacht.

Volgens mij is mijn héle lichting door toedoen van de schooltandarts voorgoed van de tandarts genezen. Voorwaar, een prachtig resultaat in de strijd tegen het tandbederf!

Nooit meer naar de tandarts... Ik heb dat héél lang volgehouden. De in die tijd optredende kiespijnen behandelde ik zelve, met alle daartoe ten dienste staande middelen in de ruimste zin van het woord. Ik kan daar wel een idee van geven, waarbij wij uitgaan van de meest acute variant, t.w. die waarin de kies hol is en de zenuw toegankelijk.

In lichte gevallen kan een watje met alcohol dan al wonderen doen. Men dient er wel op te letten dat de juiste alcohol wordt gebruikt, die welke geschikt is voor inwendig gebruik. Ik wil er nu even afwezen of dat die van 70% is of die van 90%, maar dat merk je snel genoeg.

Bij kiespijnen uit de midden- tot hogere middenklasse kunnen, bij holle kies en toegankelijke zenuw, de z.g. kiespijnwatjes uitkomst brengen, die veelal in Chinese toko's in woon- en/of verblijfplaats verkrijgbaar zijn. Het werkzame bestanddeel in dezen is kruidnagelolie en in primitievere beschavingen zien we dan ook wel, dat er een recht-op-en-nedere kruidnagel in de pijnlijke kies wordt vastgebeten.

Hebben wij te kampen met een waarlijk 'grote' kiespijn, zo een waarbij je je kop het liefst dwars door de muur heen zou rammen om hem vervolgens àf te hakken, zo'n zuigende, nietsontziende, vlijmende, tot vlagen van acute waanzin leidende pijn, dan dienen rigoureuzere bestrijdingsmaatregelen te worden genomen. In die gevallen kan ik uit eigen ervaring, nog steeds bij holle kies en toegankelijke zenuw, een watje gedrenkt in de Tabasco wàrm aanbevelen. Dan zie je die zenuw in jáaaaaaaren niet meer terug! Een lichte rookontwikkeling zal men daarbij gaarne op de koop toe nemen.

Het kan natuurlijk voorkomen, dat de kies níet hol is en de zenuw niet toegankelijk en dat je tóch loopt te sterven van de kiespijn. Wat dan te doen?

In die gevallen zal men geneigd zijn alles te slikken, snuiven, roken en spuiten, waar maar enigerlei pijnstillende werking van verwacht kan worden. Het gevaar voor overdosering is daarbij zeker niet denkbeeldig, in het uiterste geval voerend tot een voortijdig graf, waarin men met aan zekerheid grenzende waarschijnlijkheid langdurig van kiespijn blijft verlost, al wil ik persoonlijk de mogelijkheid van kiespijn nà de dood zeker niet uitsluiten. Zo stierf één van die vijf mummies in Wiewerd (Fr.) honderden jaren geleden aan de gevolgen van een kaakabces – met een minimum aan fantasie toch te zien als, een ietwat uit de klauw gelopen kiespijn – en naar 's mans gelaatsuitdrukking te oordelen ligt hij nog stééds te sterven van de pijn. In de wereld van de kiespijn is alles mogelijk. De enige zekerheid die men heeft is de kiespijn zelf.

Er zijn kiespijnen bij, waartegen geen kruid gewassen blijkt. Kiespijnen, die met elke maatregel die je ter bestrijding mag nemen alleen maar erger worden en nóg erger en nóg erger, tot ze uiteindelijk zó ondragelijk zijn, dat je in een vlaag van verstandsverbijstering zèlf naar de nijptang grijpt. Neen, geliefde lezer, ik overdrijf niet; het is uit het leven eens kiespijnbestrijders gegrepen.

Wàt een mens bereid is allemaal te doorstaan om maar níet naar de tandarts te hoeven, grenst aan het bóvenmenselijke. Want dàt staat vantevoren vast: wát er ook gebeuren mag, je gaat níet naar de tandarts! Dat elke, mogelijk bij de tandarts te lijden pijn volkómen in het niet zinkt bij de folteringen die je moet doorstaan, wanneer je niet gaat, is daarbij geen argument. Kiespijnbestrijden doe je zelf en in de gedachtenwereld van een kiespijnbestrijder komt de tandarts helemaal niet voor!

Edoch, in de hel die kiespijn heet is niets absoluut. Zo wier ik eens geteisterd door de tot nu toe vré-selijk-ste kiespijn uit mijn lange carrière als kiespijnbestrijder. Welke maatregelen ik ook nam, het werd alleen maar erger. M'n wang zwol op tot zodanige proporties, dat ik 'm onder 't lopen in m'n hand moest houden, wilde ik m'n evenwicht niet verliezen. Ik had zoveel Saridon en aanverwante artikelen geslikt, dat mijn hart uiteindelijk nog maar twéé keer per uur sloeg! Als ik ging zijken dreigde ik door de uit de pot opstijgende walmen te worden bedwelmd. Pernis was er niks bij!

En een pijn! Ik werd er gèk van. Op laatst leek zelfs zelfmoord mij als bestrijdingsmaatregel de moeite van het proberen waard. Waar ga je heen in zo'n gemoedstoestand? Naar je moeder! Ik dus ook. Opter verjaardag, dus dat was een leuke verrassing.

Stond ik daar voor de deur met m'n wang in m'n hand, vroeg ze: 'Wat is er met jóu aan de hand?' Alsof dat nog niet duidelijk genoeg was! Ik barstte prompt in snikken uit. De pijn had mij volledig murw gebeukt. Ik voelde me niet meer tot enig verzet in staat. Ik legde mijn lot in m'n moeders hand. Die belde ogenblikkelijk haar tandarts oftie me helpen wou? De hare, want ik had er geen. Ik was al twintig jaar niet meer bij de tandarts geweest en dus niet gesaneerd. Maar dat was geen probleem. Ik kon gelijk komen. En......... ik gíng!

Niet uit eigen beweging, ik had niks te willen, maar omdat m'n moeder me stuurde, net als in de dagen van de schooltandarts. Ik hoefde die man niks meer uit te leggen. Die zag meteen hoe laat het was. Nog vóór ik zat had ik al vier verdovingen te pakken. Vervolgens trok hij er op rij drie kneiters van kiezen bij me uit...... nou, het etter zat tegen het plafond! Ik zal nooit het gezicht van die assistente vergeten, die zo leergierig over mij heen gebogen stond. Die zat... pats... in één klap helemaal onder!

De tandarts schudde verbijsterd z'n hoofd. 'Jongen, hoe heb je 't zó ver kunnen laten komen?'

'Ja, mooi hè?' wist ik nog terug te mompelen, alvorens, nog steeds met m'n wang in m'n hand, het pand te verlaten.

In een roes liep ik terug naar het huis van m'n moeder. Pas halverwege drong het in volle omvang tot me door. Het ondènkbare was geschied! IK WAS NAAR DE TANDARTS GEWEEST!!!

Niet dat het verder wat hielp. In de jaren die volgden verviel m'n gebit gestadig voort. Dan brak er hier wat af, dan pleurde er daar wat uit. Ik lag er niet wakker van. Zolang ik geen kiespijn had, kon het me niet verrotten. Voor mijn part pleurde alles eruit, dan was ik er tenminste van af.

En dan? Wat moest ik dan? Een kunstgebit? Ach, zo'n vaart zou het heus niet lopen. Zolang de schade tot m'n kiezen bleef beperkt en niemand wat zag, had ik niks bij de tandarts te zoeken. Je moest geen slapende honden wakker maken. Zo trachtte ik met alle middelen de wankele status quo in mijn mond te handhaven, tot op zekere dag, volkomen onverwacht, m'n ene voortand afbrak. Daar lag ik óók nog niet wakker van. Je had er tenslotte twee en het bederf moest ergens zichtbaar zijn, argumenteerde ik met mezelf. Goed, ik had een kerkhof in m'n mond. So what? Met een kerkhof viel best te leven. Ik had m'n hele leven al een slecht gebit. Zat ik helemaal niet mee. Hoe meer mensen mij aanraadden wat aan m'n tanden te laten doen, hoe vastbeslotener ik werd het op z'n beloop te laten.

M'n gebit verviel van slecht tot erger. Wortelresten van eerlang weggevreten tanden en kiezen begonnen op te spelen. Om de haverklap werd ik wakker met een gezwollen kakement. Ik grossierde in de abcessen! Een bevriende arts voorzag mij dan van penicilline, terwijl ik met hete baden het moment van doorbreken van het gezwel trachtte te bespoedigen. Want waar je binnen een uur of wat met een dikke bek kon zitten, duurde het minstens een week eer ie zover was geslonken, dat je je weer in de openbaarheid kon begeven. En aangezien het pas begon te slinken nádat het gezwel in kwestie was doorgebroken, was het zaak om dat zo snel mogelijk te doen plaatsvinden. Vandaar die kokend hete baden. Want dat werkt. Kweek maar een abcesje, ga in een kokend heet bad zitten en je zal het merken...

Zo zette ik de kiespijnbestrijding naar eigen inzicht voort. Het was een zorgelijke tijd. De fles Tabasco stond immer binnen handbereik. Intussen kwam de algehele gebitsrevisie steeds meer in de mode. De kronen en bruggen vlogen je links en rechts om de oren. Vrienden en kennissen gingen in steeds groteren getale voor de bijl. Ze moesten vooral doen wat ze niet laten konden, zolang ze maar niet in mijn nabijheid over de vermeend menslievende behandelingsmethoden van hun onderscheidene tandartsen gingen zitten ouweteringhoeren, want daar was ik toevallig helemaal níet van gediend! Niet alleen scheet ik in m'n broek voor de tandarts, ik zou hem ook nooit niet kunnen betalen; daar was ik al te ver voor heen. Voorwaar een argument, dat met het verstrijken van de tijd aan geldigheid won.

Volgens een oud gezegde kost iedere bevalling een tand. In mijn geval klopte dat als een bus, want in de nacht vóór m'n dochter geboren werd, viel ik aan een zware kiespijnaanval ten prooi. Of eigenlijk was het meer een tandpijnaanval, in de oogtand rechts voor naast die ene afgebroken voortand. Ik kon er niks tegen doen. Ik kon die Tabasco nergens kwijt, omdat er geen gat in zat. Het kwam van binnenuit. Een helse pijn. Eruit met dat kreng! Radikale Beseitigung! Ergens in IJsselmonde bleek een tandarts bereid mij te behandelen. Toen ontdekte ik ook meteen waarom die tand een óógtand heette.

Na mij afdoende te hebben gedrogeerd, nam die dokter die tand in die tang, gaf er een ruk aan, draaide 'm een kwartslag en trok 'm er toen pas verder uit. Héél duidelijk voelde ik uit m'n ooghoek iets vertrekken! En geen wonder! De tandarts liet me de tand in kwestie zien. De wortel bleek vele malen langer dan de eigenlijke tand, die zichtbaar is. Gelijk een ijsberg. Aan het eind van de wortel zat een vervaarlijke weerhaak. Vandaar die kwartslag! Ik was blij dat ik het kreng kwijt was, al begon er nu toch wel een substantieel gat te gapen, zo met die halve voortand en die kiezen erachter die ontbraken. Voor m'n gevoel ging het nog net. Je kan van jezelf een hoop hebben. Maar véél gekker moest het niet worden!

De genadeslag viel, toen ik op een dag een krentenbolletje zat te eten met komijnekaas, wat met die anderhalve tand die ik nog had een héél karwei was, en ik ineens...... KRAK!... op zo'n meegebakken steentje beet. Dat kostte me m'n tweede voortand! Toen ik in de spiegel keek schrok ik me ècht de pleuris. Eén héél groot gat, met enkel nog twee kleine stompjes. Het was de druppel die zelfs míjn emmer deed overlopen! Ik begon ook prompt te slissen en te fluiten bij bepaalde klanken en ik wist: zo kon het niet langer! Er moest nu wat gebeuren! Na zware innerlijke strijd besloot ik mijn levensgezellin op haar halfjaarlijkse gang naar de tandarts te vergezellen, voor een zuiver informatief consult. Kijken deed geen zeer tenslotte en ik ging er toch heen met het idee, dat ik het met een noodkroon op die ene tand misschien nog wel een jaar of wat kon rekken. Zolang het ergste gat maar was gedicht... Het pakte anders uit. Dankzij energiek ingrijpen van de tandarts ben ik thans de gelukkige bezitter van een gans gereviseerd boven- èn ondergebit. Kronen, bruggen... the works! En ik zou liegen als ik zei dat ik wat gevoeld had, op de prikken van de verdovingen na. Want boren met verdoving is hedentendage de gewoonste zaak van de wereld, trouwens, die hele apparatuur van zo'n tandarts heeft niets meer te maken met het instrumentarium ten tijde van de schooltandarts. Geen mens bij z'n gezond verstand, die nou nog in die stoel van toen zou klimmen!

Er was mij te verstaan gegeven, dat ik, zodra ik wat voelde, m'n hand op moest steken. Dus ik een keer of zes m'n hand opsteken en elke keer... pats!... had ik weer zo'n spuit te pakken. Op laatst had ik een kop van hier tot Madagaskar!

Zo stoned als een aap liet ik me lekker achteroverzakken, behaaglijk onder die hoogtezon... 'Laat de boeren maar dorsen,' dacht ik bij mezelf en liet het verder met een gerust hart aan die tandarts over. En er daalde een groot gevoel van vrede in mij neer, want eindelijk, na véértig jaar, had ik mij van m'n angst voor de tandarts bevrijd en was voor mij de oorlog pas voorbij.

'The Yellow Rose of Texas'

1

Anders dan de titel doet vermoeden, speelt hiernavolgende historie zich geheel af in en om München, de hoofdstad van Beieren en jarenlang centrum der Hitlerbeweging, dat ook hedenthans nog onderdak blijkt te bieden aan menige verdacht ogende bierbuik uit de Mercedes Benz-klasse en waar wonderwel gespaard gebleven of anders steen voor steen herbouwde architectonische aberraties van nordisch-heldische signatuur de herinnering aan betere tijden levend houden.

Stel u voor: een royaal bemeten hotelkamer vol eerlijk Duitsch hout en met van die typisch Duitsche dekbedden op een naar megalomanie neigend tweepersoonsledikant. De gordijnen zijn dicht. Rechts naast het bed brandt een al evenzeer royaal bemeten schemerlamp. Op het bed liggen verspreid wat papieren, alsmede een ledig zwart koffertje van zéér beslist vóóroorlogsche makelij, waarin men indertijd 78 toeren-platen te vervoeren placht. Vanachter een deur, naast een kast, links van de toegangsdeur, klinken badgeluiden. In een zachtgroen betegelde, van alle gemakken voorziene, ruim geproportioneerde badkamer zit ondergetekende uiteraard geheel ontkleed – in een – alwéér – royaal bemeten, rose bad, met in z'n ene hand een microfoon en met de andere een cassetterecorder bedienend, die naast hem op de badrand is geplaceerd.

Klik!

Geluid...? Loopt!

Camera...? Loopt!

ACTIE!

‘Waarde (klots) luisteraars... Ik bevind mij thans in het bad van kamer 211 op de (klots) tweede verdieping van Hotel Kaiserhof in de (plons) Mozartstrasze te München, de voormalige zetel der Nationaal (klotsklots) Socialistische Duitsche Arbeiders Partij (plons). Natuurlijk zijn er onder u (klots) die willen weten wat ik hier doe? Welnu (klots) ik neem een bad (plons). Maar waarom híer in München, de voormalige zetel der (klots) Nationaal Socialistische Duitsche Arbeiders Partij? Omdat ik er tóch al ben (klots) ter vervaardiging ener radioreportage aangaande het (plons) wel en wee van vaderlandse (klots) exportrozen (plens). Vraag mij niet naar (klots) diepere bedoelingen of achterliggende motieven van deze (plons) onderwerpskeuze; naar alle waarschijnlijkheid betreft het hier een (klots) in een vlaag van waanzin ontstaan idee van één der vaste medewerkers van de (klotsklots) Vrijzinnig Protestante Radio Omroep – wie weet wel van Ds. (klets) Spelberg himself – na lezing van de (plons) onverbiddelijke bestseller van Bertus Eekhoorn, getiteld (klots) ‘Weg met de roos’ of iets van diergelijke strekking, die ik als (klets) énige Nederlander op middelbaar (plons) niveau níet heb gelezen, wat ik onder ons gezegd en (klots) gezwegen nog lang hoop vol te houden. Neen (plons) het is een (klots) gegeven, waarde luisteraars, dat we, in weerwil van zekere reserves in de (plons) privé-sector, als een gegeven moeten aanvaarden (klets). Dus (klots) al is de verleiding nóg zo groot (plens), thans géén ge-Hitler of ge-Braune Haus; het is het (plons) lot van de vaderlandse exportroos dat ons hier in dit (klots) bad heeft doen belanden. Hetgeen niet wegneemt dat ik vurig hoop dat mijn (klots) navorsingen mij zullen voeren naar een bloemenvaas in het (klets) boudoir ener telg, of moet ik zeggen (klots) telge, van de puissant rijke familie Hanfstaengl (klotsplons), u weet wel, van Putzi, de pianistisch begaafde (klots) Hitlerkenner van het eerste uur (plons), maar al te vast kan ik daarop toch niet (klets) rekenen (plons). Als eerste stap zal ik straks na dit (klots) bad contact opnemen met de firma Prohaska (klotsplens), groothandel in (klots) bloemen hierterstede en tevens de geméénste (plens) voetballer die ooit het Oostenrijkse elftal met z'n aanwezigheid onteerde (klotsplons klets)...'

Na deze inleidende woorden volgt een periode van verhevigde badgeluiden, waarna ik gehuld in een handdoek met de naam van het hotel erop (om welke reden ik vast voornemens ben, mij dit stuk textiel aan het eind van mijn verblijf alhier wederrechtelijk toe te eigenen) de stemmig verlichte hotelkamer betreed en neerplof op het gigantische bed om mij vervolgens uitgebreid af te rukken, daarbij mijzelve in een strategisch geplaatste en – hoe kan het anders – royaal bemeten spiegel nauwlettend gadeslaand, waarna ik gedurende een half uur de links naast het bed op een nachtkastje geplaatste telefoon fixeer, die evenwel van geen wijken weet en matzwart voort blijft glanzen.

Ik raadpleeg m'n instructies, memoreer het door mij te draaien nummer van de firma Prohaska en eet het desbetreffende reepje papier daarna haastig op. Je kan in deze branche niet voorzichtig genoeg wezen. De muren hebben oren, Feind Hört Mit, het Englandspiel en meer van dat fraais. Dan draai ik het nummer.

Ik neem mij voor de bel vier keer over te laten gaan. Dat moet voldoende zijn. Doch reeds na de eerste keer wordt er opgenomen, alsof ze al uren naast het toestel hebben zitten wachten...

'Kroznja plens', klinkt het monter aan het andere eind van de lijn. Door m'n hoofd flitsen beelden van de Balkan ten tijde van de Dubbelmonarchie, toen Serven en Bosnaken, Herzegowinezen en Kroaten mekaar vol overgave de strot afsneden en melancholische, doch niettemin opzwepende, vioolklanken de onheilszwangere luchten boven de Hongaarse poesta vulden...

'Tszindt platschllrzt?' klinkt op vragende toon in m'n oor.

'Ja, hallo, grüss Gott, ja, ich bin vom holländischen Radio und ich möchte gern w...'

'Bestrümpftwitz krumplklatsch jao?'

'Ehhhhhh... sehr gut, danke, aber wenn ich jetzt komme sind Sie dann noch da?'

'Kriebl kwäknitz.'

'Also ja? Sie sind noch da?'
'Gritzzzrll kwäk.'
'Ich komme.'
'Strudel.'

Na dit verhelderende gesprek kleed ik mij aan en verlaat de royaal bemeten hotelkamer. In m'n ene hand het geheimzinnig ogende, vóóroorlogsche platenkoffertje, dat als een handschoen om voornoemde microfoon en cassetterecorder past.

In afwachting van een taxi drentel ik in de hal op en neer. Vanachter de balie bekijkt de receptionist mij met beroepsmatige reserve. Mijn lange Van der Waals-jas kraakt.

Voor de deur stopt een taxi in een enorme plas smeltwater. Ik loop er omheen en weet met een sprong het voertuig te bereiken. Ik ga vlak achter de chauffeur zitten, die vragend achterom kijkt. Ik noem het adres van Prohaska.

'Strudlwipsch kloink?' wil de chauffeur van mij weten.

Met een zucht toon ik hem het papier met het adres. 'Ach jao dröschelknirpscht, nicht?'

'Spritz', beaam ik volmondig en zak terug in de kussens. De jacht is begonnen...

2

De taxirit, die door geheel Groot-München lijkt te voeren, benevens door enkele verderaf gelegen randgemeenten, verloopt in alle rust. Ik bezin mij op de te volgen strategie. Hoe pak ik het aan?

Het zou het mooiste zijn als ik één roos in het bijzonder tot zijn of haar eindbestemming kon volgen. Maar wèlke en op welke gronden?

Bij gebrek aan conversatie zet de chauffeur de radio aan. En wat hoor ik daar, voor het eerst in zeker twintig jaar? Mitch Miller's superkraker uit de vijftiger jaren, 'The Yellow Rose of Texas', in de originele versie! Uitgerekend híer, in die Münchense taxi, op weg naar Prohaska, groothandel in bloemen...

Het is een teken dat maar voor één uitleg vatbaar is. Een géle roos moet het worden, wier weg ik tot het bittere eind zal volgen. Je zou door dit soort dingen nog bijna in God gaan geloven. Toeval? Ja, hoor es, ik ga niet nóg eens die hond erbij slepen, die we vroeger thuis hadden en die aan toevallen leed. Toeval bestaat niet, zonder of met hond, dáár komt het op neer. Ik weet in elk geval waar ik naar moet zoeken straks bij Prohaska. Géle rozen, al is het er maar één! Ik ben op het goede spoor.

De taxi kruipt onvermoeibaar voort door alwéér een nieuwe buitenwijk.

'Knotsch strübeling reutlilchen?' verbreekt de chauffeur het stilzwijgen.

'Griebnitzsee Holzhacker Bub'n', mompel ik vanaf de achterbank. Het blijkt wonderwel te werken, want de chauffeur geeft meteen een dot gas en luttele minuten later houden we stil voor een loodsachtige vestiging, die herinneringen oproept aan de tijden toen ik bij Van Gend & Loos of op de groenteveiling werkzaam was.

'Otto Prohaska – Frische Blumen', staat in neon op de gevel. Een beetje talenkennis is nooit weg in deze branche...

3

Bij het betreden van de loods word ik geconfronteerd met drie in stofjas gehulde types, die stuk voor stuk de volmaakte belichaming vormen van Dé Magazijnbediende, zoals we die kennen uit de werken van een Jongeneel, een Klopgeest en een Van Dakschijter.

De oudste van de drie schuift z'n bril op z'n voorhoofd en kijkt me vragend aan. Ik roep iets over Rundfunk en prompt beginnen ze te buigen als een knipmes. Iets te onderdanig naar mijn smaak, maar ala, 's lands wijs 's lands eer; het zal wel met die spreekwoordelijke Beierse gemoedelijkheid te maken hebben. De oudste wenkt me hem te volgen.

Overal bloemen. In alle soorten en maten en in alle kleuren van de regenboog. Er hangt een aangename geur in de loods. Ik kan me moeiteloos een onprettiger werkkring voorstellen dan deze hier bij Prohaska.

M'n gids leidt mij naar achteren, naar een kantoortje, dat met glas van de rest van de loods is afgescheiden. Een stoere stronk in Lederhosen – zonder dolle, ze bestáán! – komt met uitgestoken kolenschoppen op me af, als was ik de Verloren Zoon zelve...

'Herr Stacheldraht', mompelt de magazijnbediende en verdwijnt. Heer Prikkeldraad blijkt een uitgesproken aanhanger van de joviale benadering, wat bij mij steevast een gezond wantrouwen weet te wekken. Ik stel mij vooralsnog gematigd terughoudend op, wat Prikkeldraad geenszins vermag te ontmoedigen.

'Stramml Kruppkwiebl nicht?' informeert hij belangstellend. Ik knik bevestigend, wat hem bovenmatig schijnt te vermaken, want hij begint bulderend te lachen, waarbij hij een volume weet te ontwikkelen, dat mij ernstig doet vrezen voor het ongedeerd voortbestaan van het kantoortje waarin we ons bevinden.

Als hij weer wat is bedaard wijst Prikkeldraad met een royaal gebaar naar de enige stoel die het kantoortje rijk is, naast die achter het bureau waarin hij zelve neerzijgt. Ik steek van wal.

Ik tracht hem zo helder mogelijk uit te leggen wat de bedoeling is, maar halverwege mijn betoog snoert Prikkeldraad me radicaal de mond.

'Swastika knotz', zo meent hij en uit de woordenvloed die ik hierop over mij krijg uitgestort kan ik met gevaar voor eigen leven opmaken, dat hij van alles al volledig op de hoogte is en dat ik op zijn medewerking kan rekenen en dat er de volgende morgen tussen vier en vijf een wagen rechtstreeks uit Aalsmeer wordt verwacht, die óók wat rozen mee zal voeren, al zijn het er niet veel, daar het rozenseizoen allang voorbij is c.q. nog lang niet is begonnen – het ligt er maar aan hóe je het bekijken wilt, nicht? – en dat er vervolgens om uiterlijk half zes een wagen van Prohaska vertrekt, dewelke de verschillende bestellingen van bloemisten uit de omtrek van München zal bezorgen en dat er voor mij een plaats in die wagen is gereserveerd, een wagen die een route zal volgen met als verst verwijderd punt het voormalige Olympische Wintersportoord Garmisch Partenkirchen, alwaar hij – ijs en weder dienende – tegen elven zal arriveren.

Of er ook géle rozen bij zitten, vraag ik aan Prikkeldraad, die onmiddellijk in de administratie duikt. Na enig intensief speurwerk kan hij me meedelen, dat er inderdaad een klant is die een dozijn gele rozen heeft besteld, maar waarom juist géle rozen? Ik vertel hem van 'The Yellow Rose of Texas' in die taxi onderweg en hij knikt vol begrip, al blijkt uit z'n ietwat schichtige blik dat hij nu ècht zeker weet met een – zij het ongevaarlijke – gek te maken te hebben. Niettemin staat hij erop, mij vóór m'n vertrek persoonlijk in het bedrijf rond te leiden.

Gedurende een kwartier voert Prikkeldraad mij mee langs gladiolen, Kaapse viooltjes, begonia's en orchideeën, gedurig technisch commentaar leverend, waarvan het overgrote deel geheel aan mij voorbijgaat, maar waaruit ik wèl begrijp, dat een aanzienlijk contingent van onze nationale bloementrots uit Aalsmeer rechtstreeks uit Zuid-Afrika komt.

Met een méér dan krachtige handdruk neemt Prikkeldraad afscheid van mij, nadat we hebben afgesproken, dat ik de volgende morgen uiterlijk half vijf aanwezig zal zijn, teneinde van aankomst, verwerking èn distributie van de Aalsmeerzending getuige te zijn.

4

Die nacht besluit ik niet naar bed te gaan. Slapen doen we thuis en het Münchense uitgaansleven schreeuwt om inspectie. Het inspecteren van plaatselijke horecaf is een 'on the road' ontstane gewoonte. Waar ik ook kom, in stad, dorp of oord, in binnen- of buitenland, steevast volgt na optreden of voorstelling een inspectietocht langs plaatselijke haarden van vermaak, al dan niet in gezelschap van mijn driekoppige lijfwacht, die goed uit de voeten kan in alle categorieën straatvechten en drank innemen. Om van dopemisbruik maar te zwijgen, want elke keer weer die verdovende drugs kan knap vervelend worden. No dope dus deze reis, voor ingewijden nope.

De flipperkast vormt tijdens die inspectietochten een nimmer aflatende bron van vermaak. Niets mooiers dan het verpletterend verslaan van de medemensch door middel van de schone flipperkunst, mits onderling een gezonde competitiegeest heerst. Bij tijd en wijle komt het voor, dat je je zó met het spel vereenzelvigt dat je naast degene die de bal spéélt óók nog eens een keer die bàl bent, zodat je ongenaakbaar tot fabelachtig hoge scores komt, tot wanhoop van de concurrentie. Dàt zijn momenten waarin je je bóven jezelf voelt uitstijgen en over een zesde zintuig kan beschikken, dat weliswaar in ons allen sluimerend aanwezig is, doch slechts in weinig gevallen operationeel. Speler èn bal tegelijk te zijn, jager èn wild; dàt is de ware vrijheid!

Wij moeten ervoor waken in de zachte sector te belanden, maar ik kan u wel verklappen, dat de consumptie van een zeker soort paddestoelen grotelijks tot het bereiken dezer toestand kan bijdragen. Doch terzake...

Het uitgaansleven, dáár hadden we het over. Het uitgaansleven in het algemeen en dat van München in het bijzonder, de hoofdstad van Beieren en bakermat van de Hitlerbeweging, waarover ik het verder niet zal hebben, maar die ik in het voorbijgaan toch wel even aan wil stippen, gewoon, omdat ik het niet laten kan en we in een vrije wereld leven, wat toen wel even anders lag. Want tegengesteld aan de geruchten, als zou ik wel van de Beweging zijn gecharmeerd, realiseer ik me ten volle dat ik als eerste tegen de muur had gestaan. Wat niet wegneemt dat ik Hitlers capaciteiten onderken.

Dat ik daarmee meteen ook 's mans duivelse bedoelingen zou onderschrijven, is een typisch staaltje van demagogie. Of Hitler een kwade genius was staat toch niet meer ter discussie? Daar gaan we van uit. Edoch, wie z'n naam alleen al noemt, heeft de schijn tegen. Beter is hem te verzwijgen of voor gek verslijten of als mislukkeling ten tonele voeren. Geringschatten van de vijand, dàt is verstandig. In plaats van verboden zou 'Mein Kampf' verplichte kost moeten zijn op onze scholen. Had men het indertijd maar wat beter gelezen, dan had men geweten hoe ver het zou komen. Door het nu nog te verbieden, dwingt men het te blijven circuleren in een schemerige sfeer van illegaliteit, die slechts de òngezonde belangstelling kan bevorderen. Gooi open die beerput in plaats van hem in het geniep te laten voortstinken, dàt is mijn mening omdat ik TEGEN Hitler en consorten ben en wie anders beweert liegt. Dat de man een verpletterende act in huis moet hebben gehad, zal geen zinnig mens bestrijden. Wie dat wel doet èn z'n boek verbiedt, fungeert als wegbereider voor een nieuwe Hitler. Maar over Hitler zou ik het niet hebben. Het uitgaansleven is thans aan de orde.

Welnu, de Münchense horecaf is de moeite van het controleren alleszins waard, alleen níet op maandagavond. Want dat heb ik over het hoofd gezien; dat het vandaag maandag is. Nergens een kip te zien.

In het 'Lenbach Palast', een overdadig opgedirkte dancing in laat-negentiende-eeuwse trant, met namaak Lenbachs rondom tegen het dak en gigantische gedraaide pilaren en een waarlijk monstrueuze kroonluchter, die als het zwaard van Damocles dreigend boven de dansvloer hangt en een overdaad aan 'blacklight', dat ik haat uit de grond van m'n hart, omdat het ieder stofje en pluisje op een zwart pak helwit op doet lichten, alsof je met drie kilo roos op je schouders loopt, die zich ook nimmer binnen één mensenleeftijd laten verwijderen, zitten drie man en een paardenkop, welke laatste zich met enige fantasie als deel uitmakend van het zwakke geslacht laat rubriceren. Op een protserig podium doet een parvenu-orkest geen enkele moeite z'n verveling te verbergen bij het routineus afwerken ener potpourri van meest weerzinwekkende uitingen van zelfbeklag, liefdessmart en zielenpijn voor kleine zelfstandigen met uitbreidingsplannen. Ik drink champagne. Vrijzinnig Protestante. Op de bar een stapel strooibiljetten. Ik pak er een.

Het maakt in barokke lettering gewag van het op handen zijnde 'Fasching', waarmee men het Carnaval bedoelt, een in katholieke contreien vanouds zéér populair volksvermaak, waarbij men ongestraft mekaars vrouwen mag naaien, onder het galmend lallen van schunnige liederen, het liefst óp of ònder het altaar, in het volle zicht van de Heilige Maagd, terwijl men gedurig drank door alle nog vacante lichaamsopeningen naar binnen en/of naar buiten werkt. Kortom: lachen, gieren, brullen, met de beentjes-van-de-vloer, als Dracula of als komkommer, onverstaanbare kreten slakend in donkerbruine dialecten met tussendoor flink kotsen.

De folder spreekt ook van een 'Rosenmontag', volgende week. Het wordt een dolle avond volgens de Directie, die een 'Bombenstimmung' garandeert, niet in het minst vanwege de aanwezigheid van – schrik niet – Andy Rose, sinds jaar en dag al als komiek een begrip bij het carnavalspubliek.

Ik word ineens van diepe droefenis bevangen. Ik voorvoel een treurig einde voor de door mij te volgen roos. Drie late klanten treden binnen. Twee dikke en een dunne. Part-time Münchense penose. Die dunne is het prototype van iemand die voor een kwartje z'n moeder koud zou maken. De anderen dansen naar zijn pijpen.

Vanuit een mondhoek richt de dunne zich tot de barkeeper, die hem kruiperig ter wille is. Ik besluit part-time alsnog door full-time te vervangen. Er hangt ineens een vreemde spanning in de zaak.

De barman stelt zich telefonisch in verbinding met iemand elders in het pand. Hij luistert, knikt en wijst de dunne op een deur ergens achterin de zaak. De dunne wenkt z'n twee maten en gedrieën verdwijnen ze door de aangewezen deur. Met een zorgelijke trek op z'n gezicht kijkt de barkeeper hen na. Werktuigelijk treft hij toebereidselen tot sluiting van de bar. In z'n gedachten is hij ergens anders.

Typisch tijd om weer eens op te rotten. Ik vraag de rekening en betaal. Te voet keer ik terug naar m'n hotel. Ik voel een lichte rilling in mij opkomen. De klok wijst tien voor half drie. Nog twee uur. Hoe komen we die door? Te lezen heb ik niets. Ik besluit nog maar een keertje in het bad te gaan...

5

Als een ander mens betreed ik twee uur later de loods van Prohaska. Een griepvirus heeft genadeloos toegeslagen. M'n stembanden zijn goeddeels onklaar geraakt, be deus zit dicht en voortdurend voel ik de rillingen over m'n rug lopen. Ik voel me zwáár klote. Maar de rozen zijn er, inclusief een dozijn gele!

Ik kies er voor mezelf één uit. Dát is 'The Yellow Rose of Texas'; die moet ik in de gaten houen...

Uit de richting van de toiletten klinkt tweestemmig gezang. Er is iets mee. Als ik beter luister, hoor ik wàt. Het is Nederlands gezang!

'Kijk es in m'n reet of het theewater kookt / Hei fidel die hei fidel die...'

Met m'n microfoon in de aanslag begeef ik mij richting toilet. En ja hoor, voor de wasbak tref ik twee heuse vaderlanders, de chauffeur en de bijrijder van de wagen uit Aalsmeer, die een kwartiertje geleden blijkt gearriveerd. De bijrijder herkent me. 'Jij bent toch die Spartapiet?'

Ik knik en vraag of de rit voorspoedig is geweest. Niet te glad?

Glibberig ja, om niet te zeggen spèk –, maar ach, dat zijn ze wel gewend. Ze gaan ook gelijk weer terug. Even hun kop onder de kraan en dan huppetee, daar gaattie weer, richting Aalsmeer. Tijd is geld in deze branche. Wat moeten ze langer bij die Moffen? Rijen met die bak!

Op de heenweg heeft de een geslapen; terug slaapt de ander. Zo gaat het non-stop door Europa, het stuurwiel in vertrouwde handen. Bij nacht en ontij langs de weg en maar zingen en maar fluiten, de stoere stronken van de autobaan, de koene ridders van de weg, die door Cowboy Gerard zijn bezongen in een sfeer van romantiek, maar wier werkelijkheid we ons niet prozaïsch genoeg kunnen voorstellen.

Ze drogen hun handen, roepen in gebroken Duits nog een obscene grap ten afscheid en twee minuten later trekt hun zware wagen weg... München-Aalsmeer... 'n fluitje van een cent.

Voor de mensen van Prohaska is het intussen aanpakken geblazen. Ze werken zwijgend onder toeziend oog van Prikkeldraad. De pasaangekomen zending moet naar soort en bestemming worden 'uitgesorteerd', zoals dat in het expeditiewezen onveranderlijk heet. Dan worden de bestellingen voor die morgen in volgorde van bezorgen klaargezet. De chauffeur van de bestelwagen laat op zich wachten. Prikkeldraad beent ongedurig heen en weer, een ouwerwets knolhorloge in z'n hand.

'Woblibscher gutverputzerl Scheissbub? Groitzrklatsch!' gromt hij voor zich heen, voor de zoveelste keer het uurwerk raadplegend.

Eén van de magazijnbedienden troont mij tijdens een luwte in de werkzaamheden mee naar een stil hoekje van de loods, waar in een fiks aquarium zonder water zowaar een adolescente python blijkt gehuisvest. Ik tracht het dier onmiddellijk te verleiden tot een exclusief interview voor de VPRO-microfoon, maar hij verblikt noch verbloost.

'Putzi kräbscht zunk kroinklâtscherl drum', merkt de magazijnknecht vertederd op.

'Hartstikke lief, ja, onder lijn 5.'

'Wie bitte?'

'Auf dem Friedhof, sozusagen.'

'Aber...'

Verder komt de magazijnbediende niet. Met een eigenaardige blik in z'n ogen kijkt hij van de slang naar mij en dan weer terug naar de slang. Hóóg tijd dat die chauffeur op komt dagen, anders loopt het hier nog uit de klauw. Ik voel het aan m'n water. Link volk, die Moffen, vooral die magazijnbedienden. Voor je 't weet hebbie zo'n braadworst in je rug...

Van verre wenkt Heer Prikkeldraad. Hij wijst met z'n duim over z'n schouder naar een nu geopende expeditiedeur, waar een bestelwagen voor staat. Kennelijk is het zover. Der Führer hat angetroffen...

6

'Brrrrrrrrrrrrrrrrrrrrrrrrrrrrrrrrrrrrrrrrrrrrrrrrrrrrrrrrrrrrrrrrrrrrrrrrrrr... aarde luis... brrrrrrrrrrrrrrrrrrrrrrrrrrr... kunt horen... brrrrrrrrrrrrrr... op weg... brrrrrrrrrrrrrrrrrrrrrrrrrrrr... pikant detail niet on... brrrrrrrrrrrrrrrrrrrrrbrrrrrrrrrrrrrrrrrrrrrrrrrrrrrrrrrrrrrrrrrrrrrrrrrr Toet! Toet! ıııııııııııııııiiiiiiiiiiiiiiiiiiiiiiiiiiihhhhhhh... scheelde weinig maar we... brrrrrrrrrrrrrrrrrrrbrrrrrrrrrrrrrrrrrrrrrrrrrrrrrrrrrrrrrrrrrrrrrrrrrrrrrrrrrrrrrrr... brave borst... brrrrrrrrrrrrrrrrrrrrrrrrrrrrrrr... vernomen... brrrrrrrrrrr... Yellow Rose of Texas... brrrrrrrrrrrrrrrrrrrrrrrrrrrrrrrrrrrrrrrrrrrrrr... burgemeestersgraf... brrrrrrrrrrrrrrrrrrrrrrrrrr... gehucht... brrrrrrrrrrrrrrrrr... Partenkirchen... brrrrrrrrrrrrrrrrrrrrr... àlle rozen... brrrrrrrrrrrrrrrrrrrrrrrrrrrrrrr... blijken bestemd. Sic transit... brrrrrrrrrrrrrrrrrrrrrrrrrrrrrrrrrrrrrr (wegstervend motorgedruis)...'

('Waarde luisteraars... Zoals u wel kunt horen ben ik met de wagen van Prohaska op weg naar de eerste klant, een bloemist in Starnberg, waarbij als pikant detail niet onvermeld mag blijven dat de maanzieke Ludwig van Beieren samen met z'n zenuwarts in de Starnbergersee is verdronken, een duistere zaak die nooit... (gillende remmen)... Dat scheelde weinig, maar we liggen achter op het schema, vanwege de late komst van de chauffeur, overigens een brave borst, van wie ik ondertussen heb vernomen, dat volgens hem mijn 'Yellow Rose of Texas' gedoemd is te verwelken op een of ander burgemeestersgraf in een onaanzienlijk gehucht in de buurt van Garmisch Partenkirchen, zoals trouwens àlle rozen deze reis voor 'grafwerken' blijken bestemd. Sic transit gloria mundi, oftewel zó vergaat de aardse glorie... (wegstervend motorgedruis)')

7

Het wordt een onvergetelijke tocht. Een race tegen de klok, door het donker en het eerste ochtendgloren, over plaatselijk spekgladde wegen en weggetjes, door de uitlopers van de Beierse Alpen, steeds hoger en hoger de bergen in, waar ik in volmaakte eenzaamheid, als de chauffeur bij een klant binnen is, getuige ben van een zonsopgang, waarbij àl wat ik eerder op dit gebied heb gezien volkomen in het niet zinkt, wanneer nooitgeziene kleuren uit de sneeuw opglinsteren, die ieder woord dat men ter beschrijving mag verzinnen al bij voorbaat te kort doet schieten, zodat slechts een sprakeloos aanschouwen van het wonder rest, dat, hóe kort het in werkelijkheid ook duren mag, voor degene die het ondergaat eeuwen lijkt aan te houden...

Het is op die momenten, waarde luisteraars, dat onze gedachten uitgaan naar de man, die in zijn Adelaarsnest, hóóg op de Obersalzberg boven Berchtesgaden, uittorenend boven de wolken en de nevelen uit het dal, dit wonder keer op keer beleefde en die zich God waande of Wodan voor mijn part en de mystieke krachten van het land dat aan z'n voeten lag in zich op voelde rijzen, terwijl die der hemelen in hem neervoeren, tot beide zich in hem tot een nieuwe en verschrikkelijke kracht versmolten, die niet naar menselijke maat te meten als een allesverterend koud vuur in hem voortwoedde en waartegen geen verweer was... maar over Hitler zou ik het niet hebben.

M'n verkoudheid neemt bij het ijler worden van de lucht in hevigheid toe. Het snot loopt m'n neus uit. Vertwijfeld zoek ik naar een tissue of iets anders om de stroom mee in te dammen. Uiteindelijk reikt de chauffeur me een papieren zakdoekje. Ik kan me niet herinneren ooit eerder zo'n klein gebaar zó op prijs te hebben gesteld!

Vreemd idee trouwens, dat àl die Nederlandse rozen hier voor graven blijken bestemd. Graven van Duitsers, die gezien hun leeftijd volop van de Partei kunnen zijn geweest en mogelijk ook bij ons de beest nog hebben uitgehangen. Persoonlijk associeer ik rozen helemaal niet met de dood. Met de liefde, ja en daarmee tevens met liefdesverdriet, maar met de dood...... néén. Bij grafbloemen denk ik veel eerder aan lelie-achtigen of aronskelken, die geuren verspreiden die té zoet zijn om waar te kunnen zijn en die het bederf al in zich hebben, gelijk ook de smaak van 'Southern Comfort' – een slopende drank die al menige op de rand van de waanzin vertoevende schrijver of schrijfster van broeierige, van incest vergeven, verhalen uit het Diepe Zuiden der Verenigde Staten noodlottig is geworden – iets verdorvens heeft, alsmede de geur van sommige soorten briljantine, zoals 'Rève d'Or' of 'Pompeja' van Pivert. Díe hebben met de dood te maken, de dood als bron van – verboden – genot. Zo niet de roos. Althans niet bij ons. Hier wèl. Hier heeft de roos àlles met de dood te maken, met de Beerdigung, dus ook met dat jarenlange gerot in die grond dat daar onvermijdelijk op volgt. M'n voorgevoel aangaande het treurige lot dat 'The Yellow Rose of Texas' hier te wachten staat heeft mij niet bedrogen. Te vergaan op het graf van een burgemeester van een of ander godvergeten gat, ergens hoog in de Beierse Alpen, lijkt mij voor zo'n prachtige bloem als míjn 'Yellow Rose of Texas' het schoolvoorbeeld van een roemloos einde. Daar doet de wetenschap, dat het hier een – volgens de chauffeur – bij z'n leven bijzonder geliefd burgemeester betreft, niets aan af.

Over twee klanten is het zover. Dan zal mijn 'Yellow Rose of Texas', waarmee ik in die korte tijd toch een bijzondere relatie heb opgebouwd, haar voorlopige bestemming hebben bereikt. In de komende dagen zullen kundige handen haar – wie weet zelfs met liefde – schikken in het grotere verband van een grafkrans of een ander grafgericht bloemstuk, dat in het gunstigste geval, na de begrafenis, op de grafheuvel achterblijft om door weer en wind te worden verteerd, maar óók met kist en al in de groeve kan worden neergelaten en door aardkluiten bedolven. Maar ala, zolang je zelf niet in die kist ligt, valt ook díe gedachte nog wel te verdragen. Eind van deze reportage.

De ziekte van Hedel

Kijk dan, daaro, an de overkant... met die zinksnijer. Krijgie daaro de pleuris van, van dat wijf? Die loop de hele dag maar over Amsterdam te zijke... 'Toen ik nog in Amsterdam zus en toen ik nog in Amsterdam zo...' Krijg ze de tering met ter Amsterdam en de tyfus terbij! Niet da'k wat tege Amsterdammers hep... 't Zijn beste mense, hebben een goed hart... 't Moes alleen gekóók opter rug hange en dan zo laag dat de honde erbij kenne... Dus daar legget nie an. Maar dat wijf krijgie orizineel het leplazerus van... 'Toen ik laatst nog in Amsterdam was...' Had ze een kut op aardgas! Krijg ze de dóódstraf metter Amsterdam! Azzie háár hoor isset daar een paradijs! Waddoe ze hier dan? Míjn een beetje gekmake? Was ze der maar gebleve in plaas van hier het uitzich te bederreve. Hebbie die kop gezien? Eén grote mee-eter! Dat zoiets nog vrij rond mag lope... 't Is een belediging voor het menselijk ras... 'Toen ik nog in Amsterdam...' Achter de rooie gordijne zat zeker! Krijg ze een vet hart metter Amsterdam! Je zal der maar wone an zo'n stinkgrach, waar de hele dag van die platboomde schuite vol Moffe en Amerikane voorbij komme drijve die je je vrete uit je bek zitte te kijke. Ben je lekker mee! Ik gaat liever gewoon dood! Wat stellet nou helemaal voor dan, dat Amsterdam? De hóófstad van Nederland? Wáterhoof zallie bedoele! Stelletje tillers! Amsterdam hèppet! Ja en anders jatte ze 't wel! Leuk hè dazze die Olympische Spele nie gekrege hebbe. God wat hebbik gelache! O wat ware ze der zeker van... Wat? Barcelona? Met al die zakkerollers? Nee, wíj!!! Nou dat hebbe we gezien dan. Vijf van de drie-en-tachtig stemme hadde ze. Víjf! Ken je nagaan wat een bord die gaste voor d'r kop hebbe. Dat ken je geen bord meer noeme. Die lope met een hele bùnker voor d'r taas! Volges mijn worde ze daar met d'r oge in d'r zak gebore. En maar strompele door die zeventiende eeuw. Stelletje krotekokers! Wat vinde die mense d'r eige belangrijk! Ze kenne geen scheet late of hij mot in het hele land geroke worde. Slaat de krante der maar op na. 't Is Amsterdam hier en Amsterdam daar, Amsterdam zus en Amsterdam zó, Amsterdam vóór en Amsterdam na... en dan komp Amstelveen! Azzofter vedder niks gebeur... Azzof de wereld om hunnie draai... Hallo, wie zijn ze dan metter Amsterdam dan? Wat interesseer míjnet nou watter in die grafstad gebeur? Geen ene moer toch zeker? Hoe lang hep dat gezijk over die krakers nie geduurd? Hele bóeke zijn er over volgeschreve! Hier hebbie geen krakers... Wij bouwe gewoon huize! En dan dat gemeut over die ehh... kom hoe heet dat pleurisding? 't Is net een of andere vreselijke aandoening, met zo'n zakkie onder je hart, voor de ontlasting... De Stopera! Bejje dan ook in de war azzie 'n gebouw zó noem? Daar kreegie helemaal de schijterij van... Dan ging het niet door, dan weer wel, dan werd het zóveel duurder dan verwacht, dan zoveel, dan krege die architecte bonje, werd het nog es zoveel duurder dan verwacht, krege die architecte wéér bonje, ging het weer níet door of toch weer wel, werd het nóg es zoveel duurder dan verwacht en nóg es en toen moeset Waterlooplein weer zo nodig van de slopershamer worde gered... Nou, nationale ramp hoor, maar nie heus! Je moes es wete watter híer nie allemaal plat is gegaan zonder datter ooit een haan naar hep gekraaid, moezik me dan nou ineens angesproke voele omdatter daaro een of ander kutpleintje werd afgebroke...? Ziet ik zo bleek dan? Voor mijn part breke ze die hele teringzooi daar af, liever vandaag nog as morrege... Ander geval: het Concertgebouw dreigde in de grond te zakke... Nou, ík zou zegge: Wees blij! Mot je nèt gelove... 't Héle land moes op ze kop, want ONS Concertgebouw moes worde gered. Ovvie maar effe mee wou schokke...? Ja, hiero, me reet! We betale al zàt an die pleurisstad. Héél Amsterdam sta op de monementelijst! Waddachie dat dàt nie kost om al die middeleeuwse optrekkies overend te houwe? Miljàrde! 'k Vinnet mooi hoor, 'k vinnet prachtig, maar van d'r eige cente. De poen die hier wordt verdiend, wordt in De Haag verdeeld en in Amsterdam over de ballek gerot. Of wou je bewere van niet soms? Bij die ehh... kom hoe heet... o ja, die Stopera, daar blijke in ene víjftig miljoen pleite! Daar wor geen eens meer naar gezócht! Is an die strijkstok blijve hange van die bunkerbouwers... Stelletje uitnemers! Lane ze een keer gewoon gaan werreke in plaas van heel de dag zitte te ouwehoere waaro ze nou weer es motte gaan knage... Filepijns? Pekinees? Mafkees? Azzie daar een resterant begin waar de mense d'r vrete uit trogge motte opslurrepe terwijlie der af en toe zo een emmer bier overheen pleur, stane ze nóg in de rij, azzet in de Avenue hep gestaan. Nou, in de Avenue sta je zó hoor! Je geef die Wina Born een veeg in de meterkast en je sta derin, makkelijk zat. Krijge ze de touwtyfus metter Amsterdam, kenne ze pluize...

Stelletje nagenaste! Je zal ze de kos motte geve die met de klei nog achter d'r ore uit Kutjepoep of Reetketelpikkumerschans naar die grafstad komme toegekrope en míjn na een hallef jaar een provensaal durve te noeme, omdattik in Rotterdam ben gebore! Stelletje boere! Rotte ze lekker nader familiegraf metter Amsterdam, die meut voorop metter hondekop... Je zal der maar mee gezegend weze, met zo'n bolus... Azzik zo'n kop had hakte ik 'm àf! Beter géén kop dan zo een... Waddun ramp zeg, dat wijf metter ge-Amsterdam. Rotterdam vin ze maar niks ennet ken ook nooit wat worde ook... Nee, daar hebbe we háar voor nodig, metter grote gezoute zijksluiter! Ze zie deruit of ze in de Eerste Wereldoorlog door een tank is overreje en in de Tweede nog een keer vergast. Ze heppet overleefd omdazze nie wou brande! Opgewarremd lijk! Rotterdam deug van geen kant, maar ondertussen vréét ze der wèl van... En zij niet alleen! 't Hele land vreet ervan! Zonder Rotterdam zouwe allang gezonke zijn... 't Is de kurrek waarop de natie drijf... Maar ze sterreve nog liever dan toe te geve dazze 't zonder Rotterdam wel kenne vergete. Ze legge liever an die reet van Amsterdam te likke... Je ken die tv nie anzette of stane ze weer te kwijle voor dat Paleis op die Dam of op een of ander folkloristisch bruggetje dat bijna van rottigheid in mekaar pleur... Schilderachtig Amsterdam... Cultureel Amsterdam... Amsterdam bij nacht... Joods Amsterdam... Amsterdam in Verzet... Amsterdam lach... Amsterdam huil... Schilderachtig

Amsterdam (herhaling)... Amsterdam zing... Amsterdam fluit... Schemerachtig Amsterdam... Altijd weer datzellefde over-het-paard-getilde-lou-toffe-god-gloeiende-pest-pokke-vol-automatische-gaskamer-breje-tering-touw-tyfus-blaf-kanker-koleertige kùt-Amsterdam! Tot en met de STER-reclame! Maak nie uit wat voor tinnef ze nou weer motte slijte, tien tege één dat je wéér tege die gratebaal van een Carry Tefse an mot kijke, die met die geplemuurde bolus van d'r erges voor zo'n pitteresk trapgeveltje de lolligste thuis sta uit te hange. Op de radio idem dito... Je ken die knop nie omdraaie of stader weer zo'n grensdebiel over die Westerteringtore te galleme... Zak dáár je broek van af, van al die zijkliedjes over dat stink-Y en die graf-Jordaan! Dat is al sinds de dage van die Johnny Jordaan en hoe heet die wandelende Dr. Oetker-pudding met dat hoogpolige tepijt opter taas en die vuurvaste grijns opter melik? Tante Leen, precies! Al sinds de dage van die Johnny Jordaan en die Tante Leen ister een onafgebroke stroom van kwaadaardige gezwellen uit de Alberti-mafia, die óók zo nodig nog hun lepel in die brijpot motte zette! Krijge ze het mond en klauwzeer metter Amsterdam! Wanneer zie je Rotterdam nou op de buis? Alleen asze kenne late zien hoe hier op 4 mei om 8 uur 's avonds de trams gewoon doorrije. Dan krijg Rotterdam nog effe gauw de kat. Nou aster één stad in Nederland is, waar de trams het rècht hebbe om op 4 mei door te rije, dan isset Rotterdam wel, wat zulle we nou hebbe... Toen bij ons die mareniers op de Maasbrugge die Moffe d'r strot afbete, stonde ze in Amsterdam godverdomme metter klauw omhoog langs de weg te kijke wat een mooie auto's die Duitsers toch hadde! O jee, azzie ze nou hoor hebbe ze allemaal Jode op zolder gehad... Waar zijn ze gebleve dan? Kenne ze ellek jaar wel metter schijnheilige kop naar die Dokwerreker lope... Dókwerreker, godbetert! Ze hebbe een have waar al sinds 1312 geen schip meer is geweest! Komediante! Lane ze matrasse in gaan slape bij de Ubica in plaas van de boel in de maling te neme... Pleurt effe gauw op! En wij zeker het Sufferdje leze? Wie zijn ze dan metter Amsterdam dan? En net azzie denk dat je alles gehad hep komter nog es zo'n koeiekut aan je kop zijke... 'Toen ik nog in Amsterdam dit en toen ik nog in Amsterdam dat...' Krijg ze de bombardementskanker metter Amsterdam, ken ze puinruime! Locomotrutfantje... Over geplemuurde bolus gesproke! Astie die smurrie nog es van d'r kop haal, pleur ze in mekaar. Of ùit mekaar... 'Toen ik nog in Amsterdam...' Liep te tippele zeker? Wat een monster, dat wijf... Je zalder as vent maar op motte kruipe?! Misschien wat voor een blinde? Mottie nog nie fijn van reuk weze, want ze stink nog uiter straatje óók nog es een keer. Mooie dooie! Dat zo'n ramp nou uitgerekend hier naast míjn mot komme wone... Waar verdienie 't an hè? 'Toen ik nog in Amsterdam...' Zak ze lekker in de stront metter Amsterdam... Neuzevreugd! Je zalder maar mee gebore worde, met zo'n gok... Erreg hè? Vooral voor die ouders... Dat ken je geen neus meer noeme, da's een vléésboom! Kijk dan, komp ze weer... Eerst die neus, dan een hééééele tijd niks en dan zij pas. Loop ze nou op míjn te spanne? Hebbik wat vander an dan? O ze steek over. Jammer, lijn 5 rij net voorbij. Had ze mooi ondergepast! Niet dan? Ja toch? Krijg ze een druiper metter Amsterdam! Je ken wel zien waar ze vandaan komp met die walle onder d'r oge... Kutklaveraas! En die bewegwijzering deug óók geen tering van! Je ken zoeke, tot je minder dan een ons weeg, maar je zal in héél Amsterdam geen bord vinde waar Rotterdam op sta. De Haag ja, daar vallie over, dáár mot de poen vandaan komme, maar Rotterdam? Vergeetet maar... De tweede stad vannet land, de grootste have ter wereld, de Poort van Europa èn de vrije oliemart sta in onze hoofstad nerges angegeve. Je moe maar net wete dat je eerst richting De Haag op mot en azzie dan geluk hep kommie misschien onderweg nog wel es een bord tege waar Rotterdam op sta. 't Is niet te gelove! Waar is die kut met zijspan nou gebleve? Zo ziet ikter lope, zo is ze pleite... Zeker bij de slager binne... 'Hebbie wat afsnijsel voor me hond, maar nie zo vet, want daar kennik nie tege...' Bleddie hoera! Rotterdam een beetje lope katte? Mot je net bij míjn weze... Eén kwaad woord over Rotjeknar en ik krijgt een rood waas voor me oge... Hebbie der weer... Zwaai ze nou naar míjn? Effe terugzwaaie... Dáág koeiekut! Zak ze in de ongebluste kallek metter Amsterdam... O ’t was nie naar mijn, ik dach al, wat krijge we nou? ’t Was naar dat wijf van Van Dijk... Hep ze een goeie an. Die lul wel metter mee, vuile NSB’er! Die doe niks liever dander eige nest bevuile, dat etter van Van Dijk... Zo’n truttebol uit Amsterdam, die weet nie beter, maar die van Van Dijk, die komp hier nog vandaan óók... Die moeste ze net zo lang inder reet naaie tot ze zeve dage olie pist en ach dage nadruppel...! O kijk ze benne klaar... Nou dag hoor! Ja dàaag...! Komp ze metter puistekop. Azzie ’t míjn vraag hep ze nog een pruik op ook... Ssssssssst! Moe je oplette... Zo buurvrouw, ken je al een beetje wenne in de grote stad?”

‘Het wordt hier nooit...’

‘Geen Amsterdam, nee. Gelukkig niet. Je woon nou in een èchte stad hè...’

‘Enge stad ja. ’k Zal blij zijn als ik terug kan.’

‘Anders ík wel! Azzie ’t haal tenminste.’

‘Waarom zou ik niet?’

‘Kijkie nooit in de spiegel dan?’

‘Hoezo?’

‘Je zie deruit azzeen beschete hemd!’

‘Nou zeg...’

‘Volges míjn hebbie de ziekte van Hedel.’

‘Van wíe?’

'Van Hedel!'

'Nooit van gehoord. Wat is dat dan?'

'Meer haar op je trut dan op je schedel!'

Fiscale betrekkingen

Jaren stond ik op intieme voet met de Belasting. Op de Pluk-mekaal-straat was ik kind aan huis. Maandelijks vervoegde ik mij met een overeengekomen som gelds ten burele van de Heer Ontvanger om een dreigende executie af te wenden en mijn positie als beheerder van m'n eigen voormalige bezittingen – althans voorlopig – veilig te stellen. De boden in de hal groetten mij bij naam en toenaam.

De boden vormen een belangrijke schakel in het belastingproces en het gewicht van een goede relatie met die boden kan hier niet genoeg benadrukt worden. Het zijn de boden, die bepalen hoe lang je moet wachten, daar zíj de behandelend commies III of IV telefonisch van je aanwezigheid op de hoogte stellen, opdat deze je dossier uit het archief kan lichten, alvorens zich met je in de clinch te begeven. Daarnaast is het zonder tussenkomst van de boden ten enenmale onmogelijk om in de doolhof van het Belastingkantoor het juiste loket te vinden, daar dit geen twee keer achtereen hetzelfde blijkt te zijn. Zo lang ik mij kan heugen bevindt zich dat Belastingkantoor al in minder- of verdergevorderde staat van verbouwing en/of reorganisatie. Vroeger, toen ik – zelf nog niet belastingplichtig – m'n vader wel eens vergezelde op diens periodieke visites aan het weinig geliefde gebouw aan de Puntegaalstraat, en vandaag de dag nog immer, altijd was of is men doende van de ene naar de andere hoek te verhuizen of van de andere naar de ene; te nimmer tref je de kassa twee keer op dezelfde plek en slechts bij hoge uitzondering word je meermalen door dezelfde beambte te woord gestaan. En elke keer weer dient een verse kracht uit en te na over het hoe en waarom van je fiscale betrekkingen te worden voorgelicht...

Waarom je geen aangifte doet?

Omdat je geen boekhouding hebt.

Waarom je geen boekhouding hebt?

Omdat je geen boekhouder bent.

Waarom je geen belastingproblemen vreest?

Omdat jíj niet bij de Belasting werkt.

Enzovoorts. Enzoverder.

Dit perpetuum mobile binnen de muren van het zo gedegen ogende Belastingkantoor is volgens mij het gevolg van een bewust gevoerd beleid van hogerhand, dat erop gericht lijkt het bestaan van de belastingplichtige in het algemeen en dat van de belastingambtenaar in het bijzonder te verlevendigen en te voorkomen dat met name deze laatste categorie van ongelukkigen op één en dezelfde plek zal verstenen, vastroesten of wortelschieten. De enigen die men altijd op een vaste stek in de hal kan aantreffen zijn de boden, die als steun en toeverlaat voor de eenvoudige belastingplichtige van grote betekenis kunnen zijn voor diens verdere leven. Begin je al meteen met díe tegen je in het harnas te jagen, dan kan je het verder wel vergeten. Dan word je tot de laatste druppel uitgeknepen. Behandel je de boden als collega-mens, dan kunnen ze zich ontpoppen als bondgenoten in je strijd tegen de fiscale windmolens. Niet dat zíj kunnen verhinderen dat je bloeden moet. Dat is, naast de boden, de tweede zekerheid waarop je in je fiscale betrekkingen kunt bouwen: de wetenschap dat je betalen gaat. Over het precieze hoevéél valt misschien nog te praten, maar dàt je betalen gaat, staat als een paal boven water. Voor de Fiscus is het leven een kwestie van némen. Géven komt in het Belastingwoordenboek niet voor.

Laat ik vooropstellen, dat ik níet tegen het heffen van belastingen ben. De poen moet ergens vandaan komen. Alleen heb je als belastingbetaler zo weinig zicht op de besteding van je belastingcenten. Tien tegen één dat ze voor twijfelachtige doeleinden worden gebruikt, zoals de aanschaf van bij aflevering reeds zwáár verouderde straaljagers of de subsidiëring van directies en commissarissen van bij voorbaat al reddeloos verloren ondernemingen in de stukgoederensector of andere noodlijdende takken van nijverheid en industrie. Voeg daarbij nog het gegeven, dat het grootste gedeelte van de belastingen moet worden opgebracht door de mensen die het het minst kunnen missen – een gegeven waarin tot nog toe geen enkel -isme in politiek of economie ook maar de geringste verandering heeft kunnen brengen en ik zie dat voorlopig niet gebeuren óók – en de basis voor een gezond wantrouwen jegens het huidige belastingstelsel lijkt gelegd. O zeker, ik weet dat niemand aan de lange arm van de Fiscus ontkomt, behalve zij die zich hebben verzekerd van de diensten van een legertje van op staatskosten geschoolde voormalige belastinginspecteurs, dat tegen ruime vergoeding steeds nieuwe constructies weet te bedenken om binnen de mogelijkheden van de wet geheel of gedeeltelijk aan de belastingplicht te ontkomen. Belastingvoordelen genieten slechts zij, die ze niet nodig hebben. Het zou thans te ver voeren hier nader op in te gaan en dat zal de Belastinggids dan ook zeker niet doen, maar ondertussen klopt er mooi geen ene téring van! Doch terzake... Hoe kweek je nu een persoonlijke relatie met de Belasting?

Hoe word je beheerder over je eigen spullen?

Het antwoord luidt simpel: door níets te doen! Wie altijd braaf aangifte doet en de daaropvolgende aanslagen via bank of giro binnen de gestelde termijnen betaalt, kan zo'n intieme relatie met de Fiscus wel op z'n buik schrijven. Die krijgt nooit een mens te zien. Ik deed nimmer aangifte, negeerde ambtshalve aanslagen en deponeerde aanmaningen en dwangbevelen ongelezen in de vuilnisbak. Het initiatief in dezen was tenslotte niet van mij uitgegaan en ik behield me het recht voor om niet op hun avances in te gaan. Ik zag wel wat ervan kwam...

Dat bleek dus in laatste instantie de deurwaarder te zijn, die ik talloze malen te mijnent heb mogen begroeten. Aanvankelijk steeds dezelfde, tot men hen met het oog op een mogelijk ontstaan van té persoonlijke banden tussen deurwaarders en wanbetalers om de drie maanden van wijk deed verwisselen. Hoe komt iemand erop om deurwaarder te worden? Omdat z'n vader het is? Dat schijnt in die branche regelmatig voor te komen, dat de fakkel van vader op zoon wordt doorgegeven. Tradities zijn er om in stand te houden, maar je kan het óók overdrijven.

'Zo m'n jongen, vertel eens, wat wil jij later worden?'

'Deurwaarder, vader, net als jij!'

Of nee, ik bedoel natuurlijk: 'net als ù!' Iemand die later deurwaarder wil worden zegt ù tegen z'n vader, zeker als deze laatste óók deurwaarder is!

Vanzelfsprekend zijn deurwaarders ook mensen. Deurwaarders moeten óók naar de wc. Maar het blijft wel een apart slag mensen. Ze moeten er zijn, naar het schijnt. Ik zou persoonlijk wel zonder kunnen, maar de Belastingdienst niet. Die zit altoos om verse deurwaarders verlegen. Zeker nu het wat slechter gaat. Want dat schijnt zo te zijn. Je hoort het steeds. Vooral in Haagse kringen. Komt door de dollar. En door de olieprijzen. Of die nou stijgen of dalen, voor onze schatkist draait het steevast op een fikse tegenvaller uit, zodat weer een nieuwe bezuinigingsronde moet worden ingezet, vanwege het dreigende financieringstekort dat als een spook door het hoofd onzer bewindslieden waart, uiteraard geheel ten laste van de lagere inkomensgroepen, die wat dat aangaat hiertelande een bevoorrechte positie innemen, en indirect voerend – en dat is dan ook het énige lichtpuntje – tot een ruimere werkgelegenheid in de deurwaarderssector... Met de dollar idem dito. Die bezorgt ons ook al jaren niks dan ellende. Het wordt zo zoetjesaan eens tijd om wat meer richting roebel te gaan denken. Investeren àchter het IJzeren Gordijn, luidt geheel gratis het beleggingsadvies van de Belastinggids, maar laten we niet afdwalen...

Met m'n vaste deurwaarder kon ik het uitstekend vinden. Een opgeruimd man met een aanstekelijke lach en absoluut onkreukbaar, in wiens ogen ik stápelgek was. Zoals alle kunstenaars trouwens. Hij kon het weten omdat z'n beste vriend kunstenaar was. Geen dichter, maar een schilder. Die had ook overal schijt aan. Wij kunstenaars waren van nature asociaal, anders waren we geen echte kunstenaars.

Zolang we maar konden schilderen of dichten, kon de rest wat ons betrof ontploffen. Als we al wat verdienden, werd dat gelijk weer over de balk gesmeten en de Belasting kon de pot op! Hahahahahaha! Maar zo makkelijk was het niet. Er waren nu eenmaal regels in het leven. Als ik geen huur betaalde, werd ik uit m'n huis gezet. Zo luidde de wet. Die wetten waren de regels, waar iedereen zich aan moest houen, of we nou kunstenaar waren of deurwaarder. Zo ook met de Belastingwet. Wie volgens die wet belastingplichtig was moest belasting betalen. Wie in gebreke bleef kreeg met de deurwaarder te maken. Nou, hij wist wel wie die liever over de vloer had! Hahahahahaha!

Hij moest beslag leggen op – in dit geval – mijn aardse bezittingen en die zo nodig in het openbaar verkopen om de Fiscus – althans gedeeltelijk – genoegdoening te schenken. Hij had natuurlijk ook wel gezien dat er bij mij weinig te verkopen was, maar dat nam niet weg, dattie het tóch zou doen, als ik niet als de gesmeerde bliksem naar de Puntegaalstraat zou gaan om een of andere regeling te treffen. Wat voor regeling wistie ook niet, dat lag buiten z'n terrein, maar ik moest er maar van uitgaan, dat altijd overal wel een mouw aan viel te passen. Maar dan moest ik wèl gaan! Deed ik dat niet dan zat ik over twee weken met m'n kont op de planken... Als ik nou hier even wilde tekenen, dan was ik vanaf dat moment beheerder over m'n eigen spullen, die vanaf datzelfde moment ook niet meer van mij waren, maar van de Belastingdienst... 'Meneer Deelder, ik zou zeggen, succes met het dichten en tot de volgende keer!'

Zoals ik al zei: een opgeruimd man en absoluut onkreukbaar. Ik beging ooit de fout – overigens geheel te goeder trouw – om hem een exemplaar van m'n laatstverschenen dichtbundel te offreren. Als door een slang gebeten deinsde hij achteruit. 'O nee, meneer Deelder, dat mag ik niet van u aannemen. Nóóit van m'n leven! Maar ik beloof u dat ik het zal kopen en lezen en dat ik u de volgende keer zal zeggen, wat ik ervan vind. Afgesproken?' En ik zal sterven alstie 't de keer daarop niet gelezen had! Wat vondtie ervan? Moeilijke vraag. Kijk, hij verstond onder gedichten wat anders dan ik. Misschien konnie het zo zeggen...? Hij was in die dingen misschien héél ouwerwets, maar voor zíjn gevoel moesten gedichten rijmen. Aap – slaap, plicht – jicht, bomen – dromen... Maar wie was hij? Ik dacht er kennelijk anders over. Dat was m'n goed recht. Even goeie vrienden. Hij had met z'n vriend, die kunstschilder, ook zo vaak verschil van mening. Wat díe ook af en toe op zo'n doek smeet, daar lustten de honden geen brood van. Tenminste, zijn honden niet! Nou en dat zeidie 'm dan ook, recht voor z'n raap. Niet dat z'n vriend zich er wat van aantrok en dat moest ik ook niet doen. Verschil van mening was heel gezond. Stel je voor dat we overal hetzelfde over dachten? 'Meneer Deelder, ik zou zeggen, succes met het dichten en tot de volgende keer maar weer...!'

Bij een andere gelegenheid stondtie ineens naast m'n bed! Weliswaar om half drie 's middags, maar hij stónd er toch maar... 'Meneer Deelder, niet schrikken, blijf rustig liggen, ik ben het maar, de deurwaarder. Even een beslagje leggen. 'n Routineklusje. Zo gebeurd. Ik weet de weg. 't Is zeker flink laat geworden vannacht? Ach ik weet toch hoe dat gaat met jullie kunstenaars. Jullie maken van de nacht een dag. Dat zie ik bij m'n vriend ook. Als die de geest krijgt gaatie door tottie erbij neervalt. Want die praatjes dat kunstenaars te lui zijn om te werken, daar moeten ze bij mij niet mee aankomen. Ik weet wel beter. Jullie maken misschien andere uren dan iemand die van 9 tot 5 op kantoor zit, maar daarom nog niet minder. Da's eerder andersom! Goed, meneer Deelder ligt om half drie 's middags nog op bed. Nou èn? Wie weet wat u vannacht niet allemaal bij mekaar hebt zitten dichten? Zo is het toch, meneer Deelder? Daarom, blijf rustig liggen. Ik kom er wel uit. Ik ben er tenslotte ingekomen óók! Hahahahaha! Als u alleen hier even wilt tekenen, dan is de Ontvanger ook weer tevreden. U kent het recept. Even naar de Puntegaalstraat om de boel te regelen. Dat zal de eerste keer niet zijn. En ook niet de laatste. Hahahahaha!! Meneer Deelder, ik zou zeggen, welterusten, succes met het dichten en tot de volgende keer maar weer...!'

Nóg sterker maakte ik het mee met een deurwaarder uit de wisselperiode.

Op een vrijdagmiddag werd er rond een uur of drie gebeld. Geheel tégen m'n gewoonte deed ik open, in de veronderstelling dat het een kennis was met wie ik rond dat uur had afgesproken. Beneden aan de trap verscheen een mij onbekende man van middelbare leeftijd in een grijze regenjas en met een naar alle kanten uitpuilende aktentas. Foute boel, wist ik meteen. En ja hoor, de man in kwestie zei van de Belasting te zijn. Oftie gelegen kwam? Een knap eigenaardige vraag voor iemand van de Belasting en hij wachtte m'n antwoord dan ook wijselijk niet af en begon de trap te bestijgen.

Nu wilde het geval dat ik juist herstellende was van een raadselachtige verstoring van m'n waterhuishouding, ten gevolge waarvan m'n rechter gelaatshelft hevig gezwollen was. En al wist ik dat de – overigens volstrekt pijnloze – zwelling op dat moment alweer aan 't slinken was, voor de buitenwacht moet ik een beklagenswaardige aanblik hebben geboden. Ik zag de man dan ook van kleur verschieten, toen hij eenmaal boven aangeland m'n misvormde gezicht in de gaten kreeg. Hij begon zich uit te putten in excuses. Het speet hem bijzonder mij in deze omstandigheden te moeten lastig vallen, maar hij was al zó vaak voor niets aan de deur geweest, dat hij deze gelegenheid liever niet voorbij liet gaan, mede gezien de urgentie van het geval. Hij beloofde het zo kort mogelijk te houden. Ik ging hem voor naar de spaarzaam gemeubileerde woonkamer, waar hij plaatsnam op de bank, die hoorbaar protesteerde. Hij wierp een schattende blik door het vertrek en stak van wal...

Hij zat met een hele stapel aanslagen, die lang geleden al betaald hadden moeten zijn, maar waarop tot nog toe mijnerzijds geen enkele reactie was gevolgd. Het ging om een totaal bedrag van tienduizend gulden. Wat deden we daaraan? Ik zei dat ik welgeteld één geeltje in huis had en dat ik ook in de nabije toekomst geen enkele mogelijkheid zag om een dergelijk bedrag te kunnen voldoen, dus dattie wat mij betrof beslag kon leggen. Dat kon ik er in mijn toestand nog wel bij hebben. Ik tastte even naar m'n dikke wang om m'n woorden kracht bij te zetten.

Hij keek enige tijd zwijgend voor zich uit, terwijl hij peinzend aan z'n lip trok. Hij raadpleegde z'n papieren, keek de kamer nog eens rond, schudde een paar keer meewarig z'n hoofd en nam toen een besluit. Hij was inderdaad gekomen om beslag te leggen, maar gezien de omstandigheden koos hij alsnog voor een andere oplossing. Hij was bereid om de aanslagen als 'niet te incasseren' aan de Ontvanger terug te geven. Daar wou hij de verantwoording wel voor nemen. Alleen bleef-tie dan zitten met één probleem: een aanslag Personele Belasting ad *f* 65,–. Dat zou ie tegenover de Ontvanger met geen mogelijkheid hard kunnen maken, dat ik die niet zou kunnen betalen. Kijk, aanslagen van twee- drieduizend gulden, of hier, van achthonderdzoveel gulden, waren geen probleem. Maar f 65,– kon iederéén betalen!

Ik herhaalde dat ik maar één geeltje had en dat ik daar met de beste wil van de wereld geen *f* 65,– van kon maken, dus dat betalen, althans op dat moment, uitgesloten was...

Juist, dat nam hij gelijk van me aan, maar als hij nou de week daarop terug zou komen, zou ik dan misschien kans zien om die aanslag Personele te voldoen? Het zou alle partijen een hoop moeilijkheden besparen...

Ik zei dat ik m'n uiterste best zou doen en deed hem uitgeleide naar de deur. Met een bezorgde blik op m'n wang verdween hij langs de trap.

De week daarop ging stipt op tijd de bel. Met een meier in m'n hand drukte ik open. Beneden aan de trap vroeg hij gelijk al of het gelukt was? Ik wapperde met de meier. Een zware last gleed van hem af. Op vleugels besteeg hij de trap. Hij nam de meier van me aan, diepte uit z'n portefeuille een joetje en een geeltje wisselgeld op en schreef een betalingsbewijs voor me uit. Met een zwierige haal, die moeilijk met de rest van z'n verschijning te rijmen viel, zette hij z'n handtekening op het document. Vervolgens maakte hij rechtsomkeert en sprak, met z'n voet al op de bovenste trede van de trap, de historische woorden: 'Dag meneer Deelder, bedankt voor de medewerking...'

Alsof ik hèm net tien ruggen cadeau had gedaan!

Met open mond keek ik hem na. Geen twijfel mogelijk... Daar ging een tevreden man!

Ineens zag ik haarscherp hoe de vork aan de steel zat. Die tienduizend gulden waren voor hem niet van belang. Het belangrijkste was, dattie eindelijk van dat dossier van mij af was, waar ie al die tijd mee in z'n maag gezeten had. Daar hadtie die tien ruggen gráág voor overgehad! Zolang de zaak maar geregeld was. Dattie er uiteindelijk nog *f* 65,– uit had weten te slepen, stemde hem dubbel tevreden. Elke gulden was er één!

Ik kon niet anders dan hem gelijk geven. Die *f* 65,– wáren er, die zaten in z'n knip, terwijl ik er van die tienduizend nooit een zou zien. Die bestónden helemaal niet! Zo bekeken trok de Fiscus zelfs hier nog aan het langste eind. Desalniettemin verdroot het mij zeer, toen ik vernam – van alwéér een andere deurwaarder die ik over de vloer kreeg – dat de desbetreffende beambte, kort na zijn ambtshalve bezoeken aan mij, door een slopende ziekte aan bed was gekluisterd, waarvan hij met aan zekerheid grenzende waarschijnlijkheid nooit meer op zou staan.

Wij, van grote dankbaarheid vervuld, zullen zijn nagedachtenis in ere houden...

Canadian Caper

Canada bestaat echt. 'k Zal sterven als het niet waar is! Ik heb er bovenop gestaan. Je kan erop dansen en springen zonder erdoorheen te zakken. Ik had vaste grond onder de voeten. Solid Canadian soil. Ik droomde niet. Ik was klaarwakker. Het was er zes uur vroeger dan bij ons, of misschien zelfs acht, maar het wàs er. Canada bestónd. En dat doet het nog steeds.

Natuurlijk, fundamenteel bestaat iets pas als je het ziet, maar dat wil nog niet zeggen, dat als je het niet meer ziet, dat het dan ook niet meer bestaat. Een koe is een rund, maar alle runderen zijn nog geen koeien. Ik noem maar een zijstraat.

Nee, Canada bestaat en dat moet ik van – pak weg – Noorwegen nog zien. Of van Nieuw-Zeeland.

Ook zo'n onduidelijk geval, Nieuw-Zeeland. Daar kan je met de KLM geen eens komen. Als je dat als criterium neemt voor het al dan niet bestaan van een land – en waarom zou je dat niet; het ene criterium is zo goed als het andere – dan zou Nieuw-Zeeland dus niet bestaan. Niet dat het er wat toe doet. Het zal me persoonlijk een zorg zijn of Nieuw-Zeeland wel of niet bestaat, zolang Canada het maar doet. En dat dóet het! Tot m'n niet geringe verbazing weliswaar, maar het bestaat.

Wat krijg je nou ooit te horen over Canada? Geen ene moer toch? Welke rol speelt Canada in het wereldgebeuren? Ik zou het bij god niet weten. Het enige dat Canada heeft voortgebracht is Oscar Peterson en die telt niet mee, want die is zwart.

Verder valt er niks te melden over Canada. Als er al wat gebeurt, weten ze het verdómd goed verborgen te houden. En dan hebben wíj nog wel een bijzondere relatie met dat land! Vanwege de oorlog. Wij zijn immers door de Canadezen bevrijd. Je kan erover strijden of ze daar goed aan hebben gedaan, maar ze hebben ons bevrijd. Wat ons betrof hadden ze meteen de héle oorlog gewonnen. Geen Canadees die dat ooit heeft tegengesproken! Het heeft jáaaren geduurd, eer we erachter kwamen, dat het de Russen waren, die de Moffen beslissend versloegen in de sneeuwvelden van Oemsk. Niks Canadezen! In geen velden of wegen een Canadees te bekennen...

Trouwens, vergeleken bij dat Oostfront was die hele Invasie, waar altijd zo hoog van is opgegeven, maar een minor operation. Weliswaar een met uitstekende public relations, maar toch een minor operation. Laat staan de bevrijding van Holland! Die was zó minor dat ze 't eerst helemaal waren vergeten. De Russen stonden eerder in Berlijn dan de Canadezen in Rotterdam!

Maar goed, ze hebben ons bevrijd. In de meest letterlijke zin van het woord. Er kwam geen eind aan, aan alle geneuk, genaai, gekrik, gekets, gekees, gekaai, gejens en gedop. Het hele land ging op en neer! En wij maar zingen, uit volle borst: 'Trees heeft een Canadees...!'

Maar nou? Bij het horen van het woord Canada valt er een stilte, zó diep, dat je er hoogtevrees van krijgt. De Grote Canadese Stilte... Geen stilte ter wereld kan eraan tippen. In de vijftiger jaren kwam Canada nog in het nieuws vanwege z'n immigratiepolitiek. Nauwelijks waren die Indianen uitgeroeid of dáár had je de Hollanders! Invasion of the moneysnatchers... Hele scheepsladingen werden er in de leegte gedumpt om – zoals dat heette – een nieuw bestaan op te bouwen. Opgeruimd stond netjes. We hebben zo nog flink wat van die NSB'ers kunnen lozen.

Jaren werd er niets vernomen van ons tweede vaderland. Tot De Gaulle zich persoonlijk met de zaak ging bemoeien. Hij riep een paar keer 'Vive le (of la, daar wil ik afwezen) Québec libre! Vive la France!' en onmiddellijk waren de poppen aan het dansen. Ik meen zelfs dat er een bom ontplofte. Canada bleek plotsklaps het België van Amerika, compleet met taalstrijd en separatisten.

De Gaulle had z'n hielen nog niet gelicht of het rumoer verstomde. De Grote Canadese Stilte keerde weer en zelfs mevrouw Trudeau bleek niet bij machte erdoorheen te breken. Tot op de dag van heden zwijgt Canada onverminderd voort. Het lijkt in z'n eigen leegte verdwenen. Voor hetzelfde geld zou het helemaal niet bestaan. Geen hond die het zou merken... Maar dat doet het dus wèl, bestaan. Dat kunt u gerust van mij aannemen. Er wonen zelfs mènsen. Geen autochtonen, want die zijn over de kling gejaagd, maar verder is er ruime keuze.

Chinezen? Het stérft ervan in Canada. Althans, in de steden. Op het platteland zal je weinig Chinezen vinden, maar dat is bij ons net zo. Je kan erover twisten of we in Holland nog over ècht platteland beschikken, maar ondertussen kom je er geen Chinéés tegen. Die kijken wel uit. Er valt immers geen réét te beleven!

Dus hoopies Chinezen in Canada. En Vietnamezen. Minder dan Chinezen, maar beduidend meer dan Tibetanen, want die zie je dus nergens in Canada. Noch in de steden, noch op het platteland. (En waar wèl, kan je je met recht afvragen? De enige Tibetaan die ik van m'n leven in den vleze mocht aanschouwen – of eigenlijk waren het er drie, als je de twee bodyguards die de eerste vergezelden óók tot dit van oudsher als raadselachtig bestempelde bergvolk kon rekenen, wat gezien hun uiterlijk nauwelijks nog aan speculatie onderhevig was, daar beiden als twee druppels water op hun werkgever geleken, met dien verstande dat deze laatste zwáár boven z'n theewater verkeerde – was Swami Bami van het Tibetaans Begrafenisfonds, op een garden party te zijner ere in de pijnlijk net onderhouden tuin van het riante optrekje van een naar verlichting strevend, beter gesitueerd, Amerikaans echtpaar, ergens in de karbonadenbuurt van het Karmisch Goedgekeurde Buitenlichamelijke Hart van Boeddhistisch Amerika, t.w. Boulder, Colorado, waar ik nog diezelfde avond gedichten voor zou dragen in de Glenn Miller Ballroom van de Universiteit van Colorado, omringd door vitrines met o.m. een trombone die ooit nog door Miller bespeeld was en allerlei foto's, manuscripten en curiosa, die leven en werken van de legendarische orkestleider – althans gedeeltelijk – documenteerden, benevens een 78 toeren-plaat van RCA Victor, met aan één kant de originele Miller-compositie 'Boulder Stomp', ten bewijze dat Glenn Miller ooit aan deze universiteit studeerde en dat zijn nagedachtenis er in ere gehouden werd, wat – hóe sympathiek op zichzelf óók – niet kon verhinderen dat voornoemde Swami Bami zich, gehuld in een íets te krap Brooks Brothers lichtgewicht zomerpak, per gepantserde Mercedes-limousine door Gods Eigen Schepping liet transporteren...) Geen Tibetanen dus in Canada, maar dat zijn zowat de enigen. Voor de rest zit de héle wereld er, als je 't mij vraagt... Chinezen, Vietnamezen, Portugezen, Hagenezen, Russen, Polen, Letten, Joden, Ieren, Schotten, Moffen, Fransozen, Grieken, Spanjolen, een stuk of vijf Belzen, Italiaanders, Yanken, Engelsen, Rotterdammers, Amsterdammers, Zweden, Arabijnen, Pakistanen, de verzamelde Balkan, Urkers, Turken, Oekraïeners, Litauers, Friezen, Drenten, Kirgiezen en Kaninefaten...

Canadezen zie je er eigenlijk nog het minste. Die zitten met z'n allen achter die zeehondjes aan. Of ze zijn houtjes hakken. Alvast voor de winter, want ze denken vooruit. Ze werken zó hard, die Canadezen, dat ze het werk van vandaag gisteren al af hadden. Dus zijn ze maar vast aan dat van morgen begonnen. 'n Optimistisch volk met een onverminderd geloof in de vooruitgang. Hier waart nog een vijftigerjarengeest door de straten. Dat was m'n eerste indruk toen ik Toronto binnenstapte.

Natuurlijk zijn er mensen bij die willen weten wat ik daar te zoeken had?

Welnu, dankzij ragfijne manipulaties onzerzijds, in de marge achter de schermen tussen de bedrijven van letterkundig leven en showbizniz door, had zich voor de Deelder B.V. de mogelijkheid geopend om op kosten van de belastingbetaler voltallig af te reizen richting Canada, teneinde ook dáár haar alleszins prijzenswaardige doelstellingen, in casu het verspreiden van eigentijdse cultuuruitingen, binnen het kader onzer ministerieel bekrachtigde bilateraal-culturele betrekkingen in het algemeen en van de Boulevard of Broken Dreams in het bijzonder, met àlle door haar dienstig geachte middelen en op haar geheel eigen, al haast spreekwoordelijk te noemen, voortvarende wijze na te streven en te bevorderen.

Optreden met andere woorden. In Toronto. Grote stad trouwens. Eén komma drie miljoen inwoners. Zakenstad. Nuchter. Efficiënt. 'n Werkstad met proletarisch accent. De gelijkenis met Rotterdam is snel gevonden.

Nou hebben wij, Rotterdammers, dat vaker. In binnen- of buitenland, in Chicago, Eindhoven of Berlijn, denken wij regelmatig: 'Héeeeee... nèt Rotterdam.'

En zo hoort het ook. ''k Heb u lief, Rotterdam... Tarabóem-tatarááa... Waar het leven zo krrrachtig in brrui-uischt... Koningin van de Maas... In wier...'

Ja, zo kandie wel weer met die chauvinistische stadsverheerlijking, ja!

Maar over Koningin gesproken... Díe hebben ze dus níet in Canada. Héél in de verte beschouwen ze die halve zool van Engeland nog zo'n beetje als hun symbolisch Opperhoofd. In Britsgrage kringen welteverstaan. God shave the Queen!

Daarom staat ze ook met d'r giechel op hun bankbiljetten. Bij de Hollandse gemeenschap gaat de Juliaan nog immer fier aan kop, met Lippe Bis op één minuut als goede tweede.

Maar een eigen Koningin, dat zoudie wezen. Queen Winnipeg of zo...

Misschien kunnen we een deal maken met die Canadezen. De eerstvolgende keer dat ze ons weer komen bevrijden, kunnen ze die van òns meekrijgen. Inpakken en wegwezen! Doen we 't Wilhelmus er gelijk bij. Alle zestien coupletten. Kan ons het schelen? Anders kommie er nooit vanaf...

Maar prima stad hoor, Toronto. Alleen de Drankwet stamt nog uit de Middeleeuwen. Erfenis van steile Puriteinen, christelijke scherpslijpers en morele herbewapenaars. Om één uur gaan alle kroegen dicht en 's zondags zelfs om èlf. Niet dat iemand zich er wat van aantrekt. Illegaal bruist het uitgaansleven voort. In z.g. 'speakeasies' op zolders van leegstaande fabriekspanden of in kelders onder failliete textiel- of tabakshandels zuipt de Torontoonse scene zich klem. Zoals overal waar aan de drankverstrekking beperkingen zijn opgelegd, werken ze slechts averechts. Er wordt ingenomen in een tempo waar de hoeren schande van spreken. Vaak alleen maar bier, 'shake' in plaatselijke taal, omdat er niks anders wordt getapt. Prohibition blues in een miljoenenstad...

Ik loop er rond omdat ik er moet spreken. Wat mij betreft de beste reden om ergens naar toe te gaan. Zo niet de énige. Ik ga niet voor m'n lol op reis. Kom nou! Ziet ik zo bleek dan? Voor m'n lol naar Canada zeker? Dan gaat ik liever gewoon dood! Ik ga alleen maar ergens heen, als ik er wat te doen heb.

Zo is er ook zo'n Hollander, die wel es ècht wil werken en die gaat naar Canada om houthakker te worden.

Hij trekt de binnenlanden in, door onafzienbare wouden, op zoek naar zo'n houthakkerskamp.

Na lang zoeken vindtie er een en hij gaat naar de baas toe om z'n diensten aan te bieden.

Nou is het, wat je noemt, een gezonde Hollandse jongen, met een paar stevige knuisten aan z'n lijf, en die baas kan altijd wel een mannetje extra gebruiken, dus hij wordt aangenomen. Hij kan gelijk de volgende morgen aan de slag.

De volgende ochtend, vroeg uit de veren, hij zal ze es 'n poepie laten ruiken... Hij krijgt zo'n kettingzaag uitgereikt, plus een blikkie benzine, en die baas wijst hem een stuk bos aan. 'Alsjeblieft, ga daar maar beginnen. Het gemiddelde ligt tussen de vijftien en de twintig bomen per dag.'

Komt die Hollander 's avonds terug in dat kamp, op z'n wenkbrauwen zowat, hélemaal afgeknoedeld, en die baas vraagt hoe het is gegaan?

'Nou baas,' zegt die Hollander, 'ik heb er alles aan gedaan, maar ik kon er maar drie omkrijgen.'

'Da's niet te veel,' zegt die baas, 'maar ja, het was de eerste keer, morgen nog maar 's proberen.'

Volgende dag, zelfde laken een pak. Die Hollander krijgt weer zo'n kettingzaag, plus een blikkie benzine, en hij verdwijnt in het bos.

's Avonds komtie terug, zo mogelijk nóg uitgeputter dan de

dag ervoor, vol-kó-men aan het gas, en die baas vraagt weer hoe het is gegaan?

'Ik weet niet wat het is, baas, ik ben echt tot op de bodem gegaan, maar ik kon er maar vier omkrijgen.'

'Víer bomen op een héle dag?! Da's niet normaal. Er moet wat aan de hand zijn. Weet je wat ik doe? Ik ga morgen met jou dat bos in en dan zullen we wel eens zien wat er gebeurt.'

Zo gezegd, zo gedaan. De volgende morgen gaat die baas met die kettingzaag èn dat blikkie benzine met die Hollander mee dat bos in en ze komen op de plek waar die Hollander aan het werk is en die baas pleurt die benzine in die kettingzaag, trekt aan die starter... Vvvvvvvvvvrrrrrrrroooooooommm! VVVVVVVVVVVRRRRRRRRRROOOOOOOOOOOMMMMMMMM!!!!!

Zegt die Hollander, met z'n hand achter z'n oor: 'Héeeee, wat hoor ik nóu?!'

.........?

...............??

.................?!?

Je zal mij niet horen beweren dat iedereen in Holland 'm onmiddellijk begrijpt, maar die Canadezen sloegen àlles! Er was er helemaal geen één bij die moest lachen! Ze zaten te kijken of ze water zagen branden. En dat zágen ze waarschijnlijk ook. Addenooie! Dat beloofde nog wat voor de rest van de avond...

On with the show!

From the Canadian forests to the Sahara desert in three seconds... One, two, three...

Two Canadians take a walk in the desert. Suddenly one of them is bitten by a snake. In his prick no less. The other one thinks 'Quick! I've got to call a doctor!' And waddayaknow but right in the middle of this vast Sahara desert there's this phonebooth, so he goes in and calls the doctor.

'Yes, hello. Dr. Curare speaking. What seems to be the trouble?'

'Well doc, my friend and I were taking a walk in the desert and all of a sudden he got bitten by a snake, in his prick, and...'

'What sort of snake?'

'A green one with yellow spots or a yellow one with green spots. I'm not sure...'

'O dear! That doesn't sound too good.'

'Is there anything I can do?'

'Yes. Súck it or...'

'Or whàt?'

'He'll be dead in ten minutes.'

So the guy goes back to his friend who's eagerly awaiting him...

'So? What did he say?'

'You'll be dead in ten minutes.'

....

Twee Canadezen lachten. Het klonk niet erg van harte, maar ze lachten. De rest zag nog steeds water branden.

'Aha! De Dood,' filosofeerde ik vrolijk verder, 'één van de meer gewilde onderwerpen vandaag de dag...' Vonden ze het ook zo'n troostrijke gedachte dat niemand eraan ontkomen zou en dat de Dood, als enige, niet om te kopen was? Vroeger of later moesten we er allemaal aan geloven. De een over vijf jaar, de ander over vijftig en weer een ander straks om half tien...

Op dat moment hielden de eerste Canadezen het voor gezien.

Ik keek op de klok. Kwart over negen... Zeker bang dat ze te laat kwamen...!

(Wellicht ten overvloede zij gemeld, dat ik geheel in het Engels optrad, op een enkele Hollandse passage na, terwille van de couleur locale... Aangezien het hier een Nederlands verhaal betreft, is het geheel in het Nederlands geschreven, op een enkele Engelse passage na, terwille van de... u raadt het al.)

Over doodgaan gesproken... Er liggen twee AIDS-patiënten in het ziekenhuis, zegt de een tegen de ander: 'Ik wou da'k kanker had, krijgie tenminste bezoek...'

Er ging een geschokt rabarber door de rijen. Die hakte erin! Het werd zwaar heavy met die AIDS, dat konden ze van mij op een briefie krijgen. In Duitsland hadden ze de eerste al gearresteerd. Nou, als die Moffen eenmaal begonnen, was het eind zoek, dat was bekend. Ze hoefden alleen die rails maar een beetje te smeren en voor je het wist... hup! Rejen ze weer, die treinen, immer gerade aus, richting AIDSwitz!

Ik zag het al helemaal voor me... Eerst kreeg je aanmeldingsplicht, dan een geile A om op je jas te naaien, geel met rose door mekaar, en vervolgens werd je opgehaald en op de trein gezet. Dàaaaaaag AIDS-patiënten!

Hier ging de volgende lichting kas. Die gingen vast een kaartje halen... ''n Enkeltje AIDSwitz, alstublieft!'

Ik vroeg me af, hoe de Paus hier lag?

Uiterst gevoelig, bleek, toen ik Zijne Heiligheid als de verspreider van het AIDS-virus aanwees, vanwege dat gezoen van al die grond in ieder land waar ie kwam. Dat kòn niet gezond wezen...!

Op staande voet verliet het kattenzieke volksdeel het sfeervolle, TL-verlichte schaftlokaal, waar ik in een vlaag van verstandsverbijstering door de Feestcommissie was geprogrammeerd. Had ik het over de Goddelijke Familie Zelf nog geen eens gehad! Díe kwam nou pas...

Verplaatsen wij ons thans in gedachten naar Golgotha... Hoorngeschal... Tataráaaaa! Tromgeroffel... Bommelebommelebom! Afijn, u kent het verhaal, met J. van Nazareth en Petrus in de hoofdrollen, tot en met 's Heeren onsterfelijke woorden vanaf het kruis: 'Ik kan van hieraf je huis zien.' Er daalde een omineuze stilte in de zaal. De stilte van een graf voor meerdere personen. Hadden blikken kunnen doden, ik had ter plekke de moord gestoken. Ik deed alsof m'n neus bloedde. Kennelijk was de Heere ook hier een precair onderwerp...

Ach, die Jezus zelf was best OK. Alleen z'n grondpersoneel beviel me niet. Wat dàt in de loop der jaren al niet in Zijn Naam had misdaan! Vraag maar aan die Indianen... Dan ging ik intussen God effe halen. Ge-zèl-lug, koppie thee derbij... God zat er ècht op te wachten, dat we Hem kwamen roepen. We konden dag en nacht bij Hem terecht. We waren immers Zijn favorieten?

Niet voor niks had Hij ons naar Zijn evenbeeld gemaakt of zag ik dat verkeerd soms?

Soms wèl ja! Het was natuurlijk andersóm! Wij hadden God naar òns evenbeeld geschapen... Een ouwe lul met een baard op een wolk... zoiets konden toch alleen wíj maar verzinnen...?!

Een dame op de tweede rij zag het niet meer zitten. Samen met haar, naar ik aannam, dochter ontvluchtte ze de zaal, onderweg met háár vingers de oren van het kind dichtstoppend, opdat het arme schaap maar niets meer van mijn godslasterlijkheden zou opvangen. Ik zag het zó voor m'n ogen gebeuren. Ik dacht dat ik gek werd. Dat ik dìt nog mee mocht maken! Dat was alléén die trip naar Canada al waard!

Ik had de smaak nu goed te pakken. Twee keer achter mekaar gooide ik 'Python Place' eruit. Deel 4711, jazeker, waarin de Koningin eindelijk krankzinnig werd. Eerst in het Hollands, dan konden ze een beetje wennen aan de klank, en toen nog es in 't Engels. Het was voorbij, eer ze wisten wat ze geraakt had. 'And they all lived heavily ever after...' Of ik niet gewoon een paar gedichten voor kon dragen, riep de een of andere bijgoochem uit de zaal. Ja, wat dachtie dat ik stond te doen dan? Moppen tappen?!?

Maar als ze meer gedichten wouen, konden ze ze krijgen. Wat hadden ze gedacht van dit bijvoorbeeld...?

– As he fell 8 flights
of fall and saw the deep he
saw it all and flew –

Zoals hun ongetwijfeld was ontgaan betrof het hier een haiku van het zuiverste water. Zeventien lettergrepen, verdeeld over drie regels. Vijf in de eerste, zeven in de tweede en nog es vijf in de laatste. Made in Japan. Niet dat het de klap waarmee de persoon in kwestie tegen de grond sloeg ook maar enigszins kon verzachten, maar het wàs een haiku van het zuiverste water. Als ze het een beetje aan de korte kant vonden, hadden ze déze nog niet gehoord...

– (one)
The poem
is an item

(two)
There's no business
like no business

(three)
'Are you happy?'
'Happily not!'

(four)
You can't break a
heart and have it

(five)
Starknaked facts matter
Fate fattens fast

(six)
The devil to pay
the pastures of heaven

(seven)
Fuck sex –

Astanblaft! Zeven gedichten voor de prijs van één. Wie wou beweren dat alle Dutchmen gierig waren? Dutch Schultz was gierig, een echte vrek. Maar die Dutchman had niks met een Hollander te maken. Dutch Schultz was een Jood en dat bracht ons meteen op het volgende onderwerp... Hitler brengt een bezoek aan Auschwitz. Twee rijen levende skeletten vormen de erewacht. Hitler loopt ertussendoor, borst vooruit, en alstie bijna aan het eind is, stapt er een klein jongetje naar voren en zegt: 'Mein Führer, morgen word ik elf jaar.'

Hitler glimlacht... 'Wedden van niet?'

Zeker twintig Canadezen schaterden het uit, terwijl er nog es dertig daarop hardop zaten te grinniken... Ja, leuke mop hè? En zo vreselijk waar!

Het lachen verstomde even snel als dat het was begonnen. Het volgende ogenblik stommelden negen, tien, nee èlf Canadezen de zaal uit. Met die Hitler was het altijd prijs!

Ach, die Hitler was zo kwaad niet...

Nee, alleen z'n broer, díe was woedend.

Hatsekiedee! Een heel regiment marcheerde naar de uitgang.

Die Nase hoch, die Augen festgeschlossen...

Die Nazi's hadden één gebrek... Ze hielden niet van jazz.

'Ik hoop dan ook van harte dat jullie hier geen Nazi's zijn, for that's what we gwine play right now. Yessuh'! We gwine play some real gone redhot nigger music for you whitefolks and I don't mean maybe. Nosuh'! We gwine play some lowdown dirty blues by that rootin' tootin' highfallootin' realdopeshootin' Highpriest op Bop, Thelonious Monk, and may God have mercy on your souls...

Now lemme innerduce the fellers of the bàaaand... On tenor the one and only Gerry the Sax from Rotterdam! A big hand, ladies and gentlemen, a big hand for Gerry the Sax. Op Ger moeten we heel zuinig zijn, want niet alleen heeftie een goed hart; he's also suffering from the Affliction of Krull... more hair on his prick than on his skull!

Than, on double bass – al is het meer double dan bass – none other than... no, not Mahalia Jackson, but... Hermann Goering!! (I do hope you realize that this is the first applause for Hermann after the war...)

Finally, last but not least, messieurs dames, à la batterie... ME!!!

Ladies and gentlemen, I proudly present...... Trio Discretely!!!

O.K. boys, here we go... Ah one... ah two... ah one, two, three, four...'

En daar gingen we, zonder diploma het diepe in.

Plons! Monk's 'Bolivar Blues'. Laat de boeren maar dorsen. Bij vlagen leek het net of het swingde. 'k Zal sterven als het niet waar was!

Na Monk, speciaal om het publiek te zieken, nog een zwaar vermomde versie van Ellington's 'Sophisticated Lady' en tóen... en tóen... en toen kwamen dus níet die grosze Kamele, nein-nein, toen kwam die beer die definitief de deur dicht deed. Persoonlijk vond ik 'm wel toepasselijk. De beer is min of meer Canada's nationale dier. Ik bedoel, ik had óók over die zeehondjes kunnen beginnen, maar ach, die mensen hadden het toch al zo zwaar, als Canadees zijnde. Moest ik ze dan nog een trap nageven? Nergens voor nodig toch? De kans dat ze terug zouen schoppen was trouwens veels te groot, dus niks te zeehondjes, maar een beer. 'n Uitstekend idee!

Dus ik vertellen...

Er was eens een beer, in Canada, ergens vlak in de buurt van Toronto, 'n kwartiertje lopen hóóguit, en die beer moest verschrik-ke-lijk schijten! Hij gaat ergens achter een boom tussen de struiken zitten en begint me daar toch een partij te bóuten......!

UUUUUUUUUUUUUUNNNNNGGGGGHHHHHAAAAAAAHHHHHHPPFFFTTSCHT!!

ZULKE DROLLEN! Niet normaal meer!

Afijn, die beer zit daar zo een tijdje op z'n gemak te schijten, komt er een konijn langshuppelen... hop hop hop... en die ziet die schijtende beer...

UUUUUUUUUNNNNNNGGGGGGHHHHHAAA!! PPPPPPPPPFFFFFFFSSSSSSSCHCHCHCHTTTTOEOEOEOEMMMPHH KLATSCH!!! en die krijgt ook een beetje aandrang en vraagt aan die beer oftie er bezwaar tegen heeft alstie er even bij komt zitten? AAAAAAAAAAAAAARRRRRRRRGHHHHHHFFFFFFFTSSSCH...

'Nee hoor,' zegt die beer, 'azzie maar niet vlak achter me gaat zitten'... UUNGGGGGHAAAAAA!!!

Dus dat konijn gaat zitten... ploep, ploep, ploep... gelijk klaar natuurlijk, maar alstie weer verder wil huppelen, vraagt die beer ineens tussen het schijten door: 'Uhhh zeg konijn... PPPPPPPPPPPPPPSSSSSSSSSSSSCHCHVVVVVDGSHTDFSGGAV-CBXNZWAZZOEOENNGGKLATSCHCH... heb jij nou ook altijd zo'n last dat die stront zo aan je vacht blijft plakken?'

'Nee,' zegt dat konijn, 'ik niet.'

Pakt die beer dat konijn beet en veegt zo z'n reet ermee af!

........?

.................?!

.......?!! ....!!!

Dat deed dus de deur dicht. En masse dromde het volk naar de uitgang. Nou ja, en masse... Wat er op dat moment nog aan volk over was. De diehards zogezegd.

Ze hadden moedig alles doorstaan, maar dít ging te ver! Dit had met enigerlei cultuuruiting níets meer te maken... Dit was alleen maar... ORDINAIRRRR!!! Het was een schande dat zoiets... een... een...

Nou zeg, kalm aan een beetje. Ik wist niet dat ze kwáád werden. 't Was maar een geintje...

Om de donder niet! Misschien dat ze zoiets in Holland leuk vonden (en inderdaad, inderdaad) maar met schijtende beren moest ik hier in Canada niet aankomen. Dat was een belediging van het publiek! 'n Platvloerse, zouteloze, laag-bij-de-grondse...

Ja, hoor es, zó kondie wel weer. Kregen ze de pleuris met die beer!

'That's all folks. An evening of Dutch poetry and fun for degenerates and people with bad taste in general. I hope you liked it and if nót...?! I couldn't care less. For those of you who didn't get enough, tomorrow night, same place, same jokes. As for now... just fuck you all! En trap niet in de stront op weg naar huis... Dàaaaaaaag!!

De tering voor ze en de tyfus erbij!

Maar geweldig land hoor, Canada. Geen kwaad woord over Canada. Keurige mensen, die Canadezen. Kéu-ri-ge mensen! Gevoel voor humor is niet hun sterkste kant, maar ja, je kan niet alles hebben. Humor is kennelijk geen Canadese uitvinding... (Dat lijkt me persoonlijk dé understatement van het jaar, zo niet van de eeuw. Het tegenovergestelde, dus de óverstatement enz. kreeg ik op de buis te zien, rechtstreeks uit Amerika. 'n Uur of drie, doordeweekse middag, 'n quiz voor de grensdebiele meerderheid in de U.S. of A. Op gegeven moment antwoordde een der kandidaten op een vraag van ongeveer navolgende orde: 'Moet een koe a/ wèl of b/ níet tot het pluimvee worden gerekend?' als volgt: 'Aaaaaaaaaaaaahhh...... no.' In de studio brak prompt de pleuris uit. De quizmaster begon als een uitzinnige op en neer te springen onder het slaken van onverstaanbare kreten, waarbij hij de kandidaat gedurig op z'n schouder bleef beuken. Bankbiljetten daalden uit den Hooge neer. De kandidaat in kwestie barstte in snikken uit, maar wou tegelijkertijd ook lachen. Hij was de kluts volledig kwijt, wat geenszins verwonderlijk was, want wat bleek? De brave borst had zo-éven met z'n briljante antwoord een MILJOEN dollars gewonnen! Hij werd er letterlijk door bedolven. Het regende geld! Greenbacks, C-notes, saw-bucks, grands! Het hield niet op! Alsof God de Hemelse Spaarpot over hem leegstortte...

De gelukkige moet zelf ook dat vermoeden hebben gehad, want het enige dat hij uit kon brengen was steeds opnieuw: 'O Gawd! O Gawd, O Gawd!' Een uitzending kortom, die weer menige dolende ziel tot het ware geloof moet hebben gebracht.) Aan de andere kant – wat waar is is waar – zijn die Canadezen dól op ballet!

En dan nu het weer... Ik dacht met betrekking tot Canada onveranderlijk aan sneeuw en ijs. Nou, vergeet het maar! Het zweet stond regelmatig in m'n schoenen. Vijfendertig graden in Toronto! Celsius? Nee, Claudius! Nou goed?

Verzengende wind door geblakerde straten. Queen Street, Church Street, Yonge Street, Spadina Avenue... East, west, uptown, downtown. In gehuurde Cadillac-limo van een metertje of twaalf of met de benenwagen, zweet borrelend in m'n navel. De eeuwige jacht op platen. En passant, in een zijstraat van Yonge Street, een bord met een legendarische naam... Massey Hall!

Daar verbrak Charlie Parker op 15 mei 1953 op een witte plastic alt de Grote Canadese Stilte, bijgestaan door Diz the Wiz, trompet, het pianogenie Bud Powell – vers uit de loonybin –, Charlie 'Fingus' Mingus op contrabas en Max Peuk achter de potten en pannen. The Quintet of the Year, the Century, the Millennium... Wàt een muziek!

In de zaal destijds anderhalve Canadees en een paardenkop, daar de Torontoonse New Jazz Society het zo had weten te regelen, dat het concert gelijktijdig plaatsgreep met het gevecht om de zwaargewichttitel tussen 'Jersey' Joe Walcott en Rocky Marciano.

'It seems likely that several Toronto jazz enthusiasts preferred to stay at home that night to hear the boxing on the radio...'

Inderdaad... de Miskleun van het Jaar.

Negentienhonderddrieënvijftig. Ik was acht. Wist ik veel wie Parker was?

Terwijl Bird de Canadese Stilte verscheurde, sloeg Marciano 'Jersey' Joe aan rafels. In Holland niemand die een flauwe notie had. We hadden wel wat anders aan ons hoofd, zoals het lozen van een surplus aan zout water ten gevolge van de Zondvloed van 1 februari of het uitzwaaien van Ome Piet, die met 'De Waterman' of 'Groote Beer' voorgoed naar Canada vertrok.

Al kwam ik vierendertig jaar te laat voor dat concert, toch kon ik nog een laatste echo door de straat horen waaien, toen ik daar onder dat bord voor de deur van de Massey Hall stond. Heilige grond. Wat had ik graag die Parker een keertje live gehoord! Een gemis dat tot het einde mijner dagen aan me zal blijven knagen.

Gelukkig zijn er platen. Zwáár gescored in Torontoonse tweedehandszaken. Waddachie van vijfentwintig real American 78's – Keystones, Signatures, Musicrafts, Savoy's – met Lester Young, Coleman Hawkins, Ben Webster, Big John Hardee, Vido Musso, Babe Russin, Flip Philips, Georgie Auld (toevallig zelf een Canadees), Wild Bill Moore en Corky Corcoran, om me tot de tenoristen te beperken, voor zegge en schrijve één Canadese dollar oftewel één gulden zestig per stuk?

En dan heb ik het nog geen eens over al die LP's! Ik heb er zelfs eentje van Brubeck gekocht... Op Fantasy, zo'n mooie, doorzichtige, rooie Fantasy uit '54, compleet met hoes èn originele binnenhoes vol kleurenfotootjes van hoezen van àndere platen uit de Fantasy-stal, z.a. 'The Sick Humor of Lenny Bruce', 'The Brew Moore Quintet', 'The Gerry Mulligan Quartet' en tal van schijven van Cal Tjader, alweer die Brubeck en de met theemuts getooide pipe-organeur Korla Pandit ('Plays Music of the Exotic East'). Collector's items bij de vleet. Dik voor mekaar dus, Canada. 'n Prachtig land en gróót! Zo rezen we per trein van Toronto richting Montréal. Dik zes uur sporen, met links en rechts het Canadese platteland. Groen, groen en nog eens groen. Tot aan de horizon. Je zal er maar geboren worden! Het deed me denken aan de Eilanden. Puttershoek, Alblasserwaard... Wijds en toch benepen. Nederlands Hervormd in Gereformeerd Verband. En inderdaad: geen Chinéés te bekennen!

De t van Vondel

Op de vraag, hoe het woord cultuur dient gespeld, luidt het antwoord: met een c, en in sommige gevallen zelfs met een C. Met een k hebben we al eens geprobeerd, in '40-'45, is niet bevallen. Dus met een c. Net zoals vacantie trouwens. Sinds dat met een k wordt geschreven, ben ik er niet meer op geweest. Op vacantie dan. Op de kut wel natuurlijk, die overigens wél met een k dient geschreven. Kut met een c slaat nergens op, althans niet in Nederland. In de filmwereld is het een universeel gebezigde vakterm – CUT! – en verder kan ik mij uit tijden toen de Virginia-tabak hier nog zeer in trek was de kwalificatie 'Navy Cut' nog scherp voor de geest halen. En dat brengt ons weer terug op ons uitgangspunt: immers, een cigaret blijft te prefereren boven een sigaret.

Die spellingvernieuwing is aan mij niet besteed. Spellingvernieling lijkt me hier meer op z'n plaats. Het is het werk van een met religieus fanatisme opererende lobby van van-de-pot-gerukte, christelijke dorpsonderwijzers, die zich sinds jaar en dag beijvert om onze moedertaal van haar fijnere nuances te ontdoen. Alles uit naam der na-ons-komenden, die zich volgens deze lijders aan sociaalpedagofiele beroepsdeformatie niet langer het hoofd zouden mogen breken over huns inziens niet ter zake doende taalverschijnselen, als daar zijn, de lange of de korte ij resp. ei, de sch in woorden als hysterisch en socialistisch, of het juiste gebruik van d, t of dt achter de stam van werkwoorden en aanverwante artikelen. In kringen dezer verblinde dwepers wordt in alle ernst een terugkeer tot een meer middeleeuwse schrijfwijze bepleit, toen de mensen, zoals bekend, op een handjevol monniken en een verdwaalde minnestreel na, nauwelijks twee zinnige woorden achter elkaar konden uitbrengen, laat staan dat ze schrijven konden! Waar draait het op uit, indien deze lieden niet op korte termijn tegen de muur worden gezet...? Op God met een t! Ik zie het al helemaal voor me. GOT. Is er dan niets meer heilig? Met dt zou ik nog een stuk mee kunnen gaan, maar met een t? Over mijn lijkkk, met drie k's. En dat brengt ons automatisch op de Ghysbrecht.

Voor degenen die niet direct verband weten te leggen het volgende... De Ghysbrecht in kwestie is, of liever gezegd was, ene Ghysbrecht van Aemstel, die in het middeleeuwse Aemstelredam (het huidige Amsterdam – red.) een fortuin wist te vergaren met de handel in lompen en vooral ook metalen, dit laatste vanwege de grote populariteit van het harnas in die dagen. Edoch, zoals in deze kringen niet ongebruikelijk, was Ghysbrecht met zijn zakelijk succes alleen niet tevreden. Hij wilde meer van het leven. Hij verzekerde zich voor veel geld van het lidmaatschap van het Vakverbond voor Edelen en wierp zich in de politiek.

Dat was toen al net als nu een slangenkuil van intriges, verraad en achterklap met als uiteindelijk doel het veroveren en exploiteren c.q. misbruiken van de macht. Een kolfje naar Ghysbrechts hand, zo bleek, en al spoedig werd zijn naam gevreesd in Haagse kringen.

Vanzelfsprekend waren de kuiperijen in meerderheid gericht tegen de persoon van het zittende opperhoofd, in dit geval de fotogenieke Floris V, Graaf van Holland en omstreken, die naar de smaak van de toenmalige CDA/ NSB-coalitie op onverantwoorde wijze heulde met het gemene volk, wat onder meer tot uitdrukking kwam in de grafelijke gewoonte om in het voorbijgaan blinden, melaatsen, manken en bejaarden maar één doodschop te verkopen, waar de algemeen geldende norm zeker vier à vijf bedroeg. Dat zette natuurlijk kwaad bloed bij de overige edelen en toen nu op zekere dag deze Floris V, vanwege zijn coulante houding tegenover het grauw, het predicaat 'Der Keerlen God' (of Godt, maar zeker géén Got) kreeg toebedeeld, was met name voor de kleine zelfstandigen onder hen de maat vol. Samen met Herman van Woerden en een of andere doorregen lap van de Veluwe beraamde Ghysbrecht een aanslag op het leven van Floris

v. Ze lokten hem onder valse voorwendselen naar een sedertdien gesloopt kasteel en sneden hem z'n strot af. Floris v door de zijdeur af.

Deze snode daad werd Ghysbrecht door dèn volke niet in dank afgenomen. Dat was al snel in de handel te merken. De bedrijfsresultaten kelderden dramatisch en Ghysbrecht begreep dat het zaak was z'n publieke imago stevig op te vijzelen, wilde hij niet geheel en al op de fles geraken. Er moest een lofdicht op hem geschreven worden, een ode, een epos – kon hem het rotten, hoe het heette, zolang het maar werkte. De vraag was alleen: door wie? Het antwoord lag voor de hand. Door Vondel! Welke andere dichter had het zover geschopt, dat hij op bankbiljetten stond afgebeeld? Weliswaar op de laagste coupures, maar hij stond er toch maar op. Vandaar dat Ghysbrecht naar Antwerpen belde, naar Joost van den Vondel, dewelke aldaar een kousenwinkel dreef. 'Ha die Joost,' sprak Ghysbrecht tot de dichter/winkelier, 'met Ghysbrecht van Aemstel. Alles kits? Wablief? Hard voor weinig? Tja, wie niet? Moet je horen, Joost, ik zit met een probleem. Je weet misschien dat ik onderlaatst met een paar maten die Floris de Zoveelste heb opgeknapt... de Vijfde, precies ja... en joh Joost, je zal het niet willen geloven, maar dat is door een hoop mensen toch verkeerd begrepen. Ik kan dat in de zaak goed merken; ik heb geen stuiver handel meer! Nou had ik zo gedacht, Joost, kan jij niet een of ander lofdicht op mij schrijven, of een toneelstuk of zo? Ik zal je daar goed voor betalen, zwart of wit, je zegt het maar. Ik geef je tien ruggen vooruit. Voel je daar wat voor?'

Mmmmmmmm... ja! Dat deed die Vondel best wel. Tienduizend gulden voorschot was zeker in die tijd een waar fortuin en tja, hij had verder toch weinig te doen. Hij stond daar in die kousenwinkel de godganse dag maar aan z'n pik te trekken en hoe lekker dat op zichzelf ook zijn mocht, het bracht géén brood op de plank! Dus Vondel zei tot Ghysbrecht: 'Awel zunne, da's goei. Ik ben oe man!'

Zo is dus de Ghysbrecht ontstaan, de Ghysbrecht van Aemstel

van Vondel, treurspel in vijf bedrijven, in alexandrijnen geschreven met hier en daar een reine kwint. Als een reclametekst. De opvoering van deze tragedie is, zoals bekend, in de loop der eeuwen uitgegroeid tot een ware traditie, een jaarlijks terugkerend evenement, waarvoor gans Nederland zich in het lang stak – óók zij die géén toegangsbewijs hadden weten te bemachtigen, die gingen in het lang voor de radio zitten – en waaraan eerst in de tot gekmakens toe verheerlijkte jaren zestig door de Actiegroep Tomaat een halt werd toegeroepen, een halt zó wreed, dat het menige prominente acteur en actrice, die zich door de Mof nog niet had laten weerhouden om dóór te spelen in de oorlog, blijvend knakte en een enkeling zelfs een voortijdig graf en/of kaalhoofdigheid bezorgde.

Ik heb de Ghysbrecht nog persoonlijk mogen meemaken. Weliswaar in z'n nadagen, maar tóch... mogen meemaken, waarvoor ik de godheid niet voldoende kan danken, iets waaraan ik in dit verband dan ook zéker niet zal beginnen. Tijdens die nadagen viel de titelrol vaak ten prooi aan Johan Fiolet, een derderangs acteur uit de school van Albert van Dalsum, de grootste exponent van het vochtig spreken hiertelande. Als Johan Fiolet zacht praatte, tegen bijvoorbeeld Ank van der Moer, klonk dat ongeveer als volgt: 'ANNNNKKK! ANNNNKKK! WAAARRR ISSSSCH MIJNNN ZZZZWWWWAAAAARRRDTTT?!!!', waarop de grote diva dan reageerde met een claus als: 'O ziet aan, mijn heer, de vijand naakt ter kimme...' of iets van diergelijke strekking, waarop Johan Fiolet dan op zíjn beurt weer losbrandde met: 'AAAAAAAAAAAARRRGH! WWELKEN VIJANDTTTTSCHCH?!!! OVERRR MIJN LIJKKK!!!' met drie k's en dan zaten de eerste tien, twintig rijen met een régenscherm op in die schouwburg. Waar vind je dat nog vandaag de dag? Daarom, geen kwaad woord over Johan Fiolet.

Nooit zal ik de schoolvoorstelling vergeten van de Ghysbrecht, op een middag in de Rotterdamse schouwburg, met Fiolet als de held en in de regie van een ander begenadigd kunstenaar, die evenmin met een bíjl van het toneel was wég te slaan in die jaren, een man die zelf ook menige doorleefde, tot op het merg uitgebeende Ghysbrecht-vertolking op z'n geweten had, ik bedoel natuurlijk the one and only Han Bentz van den Berg, die immer garant stond voor een 'sobere doch indrukwekkende mise-en-scène', aldus de toneelrecensenten, die toen nog een zekere eruditie uitstraalden.

Op een gegeven moment eindigde een bepaalde scène met een monoloog van Ghysbrecht in de levensbeschouwelijke sfeer. De held stond daarbij geheel alleen op het toneel, in het licht van één enkele volgspot, die doofde met het laatste woord, héél indrukwekkend, inderdaad. Vervolgens was het de bedoeling, dat de held van het gevallen duister gebruik maakte om ongezien neder te knielen, teneinde de volgende scène, bij aangloeiend voetlicht, te beginnen met een gebed tot Diegene, Die volgens velen ergens hoog in de hemelen zetelt – waar Hij, als dat zo is, dan toch wel héél duidelijk van onze poen uit Zijn neus zit te vreten, maar goed, daar wil ik in dit verband niet over vallen.

Monoloog ten einde, doofde het licht, geheel volgens plan. Aardedonker in die schouwburg. Doodse stilte. Héél indrukwekkend. Plotseling klonk uit de richting van het toneel een oorverdovend metaalgekletter en geklingklang, gevolgd door een zware bons met nagalm van ijzer op hout. Vrijwel gelijktijdig schalde een hartgrondig 'GODVERDOMME!!!' door die zaal, waarop het aangloeiend voetlicht een als een hulpeloze kever op z'n rug liggende, met de benen in de lucht spartelende, paarsblauw aanlopende hoofdrolvertolker onthulde, die bij het neerknielen in het donker kennelijk z'n gewicht verkeerd verdeeld had en toen, topzwaar geworden, achterover gepletterd was en nu met geen mogelijkheid meer overeind kon komen, vanwege die verzameling oudroest die hij om zich heen had hangen. Zelden zal er om de Ghysbrecht zó zijn gelachen, als die middag in Rotterdam. En dat was nog niet alles...

In diezelfde voorstelling speelde een jeugdige Ramses Shaffy de rol van Vosmeer de Spie. Deze betrad op een gegeven moment met energieke tred het toneel en begaf zich vastberaden in de richting van een kampvuur, dat iets uit het midden, ja héél geraffineerd, op het voorplan was ontstoken. Het was natuurlijk geen echt vuur, daar zag ook toen al de brandweer nauwlettend op toe, maar het zag er al met al toch heel realistisch uit, met een hoop rook en zo'n stel van die middeleeuwse mergpijpen eromheen, met zo'n vergiet op hun taas en zo'n hellebaard in hun klauwen, die met authentiek tranende ogen vanwege die rook zo links en rechts die zaal in zaten te loeren, en de jeugdige Ramses Shaffy ging daar midden tussen die beurzensnijders op zo'n laag melkkrukkie bij dat vuur zitten, stoer, wijdbeens, in soldateske zit, en begon me daar toch een prevelement tegen die gasten, die er duidelijk ook geen ene tering van begrepen, helemaal op rijm ook nog es een keer... 'Waar werd oprechter trouw / dan tussen man en vrouw / bevrijd ten lange leste / uit mijn benauwde veste // O schone avondster...' Dat gíng maar door!

Ramses ging voor de gelegenheid gekleed in een korte tuniek met vetlederen wambuis, met daaromheen zo'n brede gordel, die motorrijders indertijd wel droegen om hun nieren op hun plaats te houden. Aan die riem hing een uitermate onhandig ogend zwaard. Hóe onhandig bleek, toen hij ineens op dat lage krukje ging zitten, toen zattie zowat met dat gevest in z'n oog. Voorts droeg Ramses daaronder een broek, die hij volgens mij van Danny Kaye had geleend. Die droeg er net zo eentje in 'De Hofnar'. Zo'n ijzeren slobbroek, zo'n metalen skibroek, met van die ringetjes of schubbetjes; een maliënkolder heet zo'n apparaat. En wat Ramses kennelijk niet doorhad, maar wij des te beter op de tweede rij parket, was, dat het kruis van die broek helemaal was uitgescheurd en ruim uitzicht bood op de privé-sector van de acteur, die er niets onder bleek te dragen. Zeker zeven minuten hebben we toen naar het klok-en-hamer-spel van een jeugdige Ramses Shaffy zitten koekeloeren en vanuit díe optiek bezien is het misschien maar een zegen, dat de Ghysbrecht thans niet meer wordt opgevoerd, want ik zou nou toch niet graag meer zeven minuten naar het klok-en-hamer-spel van Ramses Shaffy gaan zitten turen, hóe cultureel dat op zichzelf ook zijn moge.

'Over mijn lijkkk,' om met Johan Fiolet te spreken, die inmiddels wél uit de eerste hand kan weten, of daar in den Hoge inderdaad die ouwe schurk van onze centen uit Zijn neus zit te vreten, terwijl de ganse Schepping hier beneden – volgens velen zelfs de Zijne – van rottigheid in mekaar pleurt. Of uit mekaar, daar wil ik af wezen. Op de vraag, hoe het woord cultuur dient gespeld, luidt mijn antwoord voortaan: 'Met een t.' De t van Vondel.

Hardware

1

'Ha die Kleiberg. Long time no see.'

'Inderdaad nee.'

'Alles goed?'

'Ach, je weet het. Hard voor weinig.'

'Ja, wie niet? Nog steeds in Zandvoort?'

'Ehh in Noordwijk, jazeker.'

'Noordwijk?'

'Noordwijk-Binnen zelfs.'

'Hoe kom ik dan aan Zandvoort?'

'Geen idee.'

'Nou ja, wat maakt het uit, Zandvoort of Noordwijk?'

'Een kilometer of dertig, denk ik.'

'O toch nog wel?'

'Op z'n minst.'

'Rare plaats, Noordwijk.'

'Vind je?'

'Voor een zaak in onze branche wel ja.'

'Het bevalt ons anders prima.'

'Dat moet wel. Hoe lang zitten jullie er al?'

'Zeven jaar.'

'Zéven? Ik dacht pas drie.'

'Ja 't gaat hard.'

''t Vliegt.'

'Vooral de laatste tijd.'

'Heb jij dat nou ook?'

'Wat?'

'Het gevoel dat het steeds harder gaat?'

'Absoluut.'

‘’k Ben blij dat ik niet de enige ben.’
‘Alles gaat sneller. Je ontkomt er niet aan.’
‘Maar ik laat me niet gek maken.’
‘Nee, dan kan je wel inpakken.’
‘Geen paniek luidt m’n devies.’
‘Zo moet je ’t zien.’
‘Maar hard gaat het wel.’
‘Voor je ’t weet ga je met pensioen.’
‘Doe me een lol.’
‘Zit je lekker de hele dag thuis.’
‘Wat je lekker noemt.’
‘Heb je geen hobbies dan?’
‘Ja eentje. M’n werk.’
‘Anders ik wel.’
‘Niks mooiers dan hard werken toch?’
‘Mijn idee.’
‘Maar hard gaat het wel.’
‘Vooral in onze branche.’
‘In onze branche helemaal.’
‘Komt door die automatisering.’
‘Het computertijdperk.’
‘De computer is heilig, maar niet heus.’
‘Breek me de bek niet open.’
‘Het ene systeem is koud in gebruik...’
‘Of het zakie is alweer verouderd.’
‘Hup weg ermee!’
‘Volgende systeem!’
‘’t Is een gebed zonder eind.’
‘’t Is niet meer bij te benen.’
‘Gekkenwerk is het.’
‘Toch kan je niet terug.’
‘Terug kan je nooit. Je moet erin mee.’
‘Wat dacht je dat daarin omging, in die handel?’
‘Miljoenen.’
‘Miljoenen? Miljárden zal je bedoelen.’

‘Toch heb je ze nodig.’
‘Wat? Die miljarden?’
‘Nee, die computers.’
‘Jammer genoeg wel, ja.’
‘Het heeft ook z’n voordelen.’
‘Noem es wat dan?’
‘Informatie, Van Dreutelen, informatie.’
‘Hèhè, ik dacht al, waar blijf je zo lang?’
‘Informatie is macht.’
‘We graven ons eigen graf.’
‘Zo zou ik het niet willen stellen.’
‘Maar ík wel.’
‘Ga je gang. We leven in een vrij land.’
‘Dat hoor je wel meer ja.’
‘Wou je beweren van niet dan?’
‘Ach, wat is vrij?’
‘Je kan hier toch zeggen wat je wil?’
‘Dat zeker. Of er iemand luistert is een tweede.’
‘We leven in het paradijs. Alles mag.’
‘Dus jou bevalt het wel in Zandvoort?’
‘In Noordwijk, ja prima.’
‘Noordwijk?’
‘Noordwijk-Binnen zelfs.’
‘Hoe kom ik dan aan Zandvoort?’
‘Weet ik veel? Niet van mij.’
‘Nou ja, wat maakt het uit, Noordwijk of Zandvoort?’
‘Een kilometer of dertig, zei ik toch.’
‘Echt ver is anders.’
‘Je zal het maar moeten lopen.’
‘Lopen? Wat is dat?’
‘Zo met je ene voet voor de andere, weet je wel.’
‘O dat ja. Vermoeiende bezigheid.’
‘Maar wel populair.’
‘Vooral de laatste tijd.’
‘Er wordt je wat afgelopen.’

‘Hou ’t er over op! Ze lopen zich rot.’
‘En waarom? Lopen is gezond.’
‘Ze doen maar, broekie vol.’
‘Lopen en laten lopen is mijn parool.’
‘Zo is het toch? Lopen is mooi...’
‘Maar laten lopen nog mooier.’
‘Niet dan?’
‘Ja toch?’
‘Dus jij zit goed daar in Zandvoort?’
‘NOORDWIJK!’
‘Noordwijk. Bedoel ik ook.’
‘Hoe kom je dan aan Zandvoort?’
‘Al sla je me dood. Maar jij zit goed?’
‘Ik heb geen klachten.’
‘Lekker aan zee zeker?’
‘Ik zei toch Noordwijk-Binnen?’
‘O dus niet aan zee?’
‘Nee, niet aan zee, nee.’
‘Maar wel in de buurt toch?’
‘Ja, wel in de buurt.’
‘Hoop frisse lucht?’
‘Zal best, maar dat merk je niet.’
‘Niet nee?’
‘Nee, niet als je binnen zit.’
‘Je bedoelt op kantoor?’
‘Waar anders?’
‘Mooi kantoor?’
‘Modern hè, met veel glas.’
‘Jaja. En het licht?’
‘Licht zat.’
‘Niet te hard?’
‘Nee, veel glas maar toch zacht.’
‘Zacht glas als het ware?’
‘Mooie liftschacht ook.’
‘Ook van glas?’

‘Ook van glas, ja.’
‘Doorzichtig?’
‘Je kijkt er dwars doorheen.’
‘En de mensen?’
‘Oók ja. De mensen ook.’
‘Leuke werksfeer dus?’
‘Verdomde leuk.’
‘Belangrijk, de werksfeer.’
‘Ja en het blíjft ook leuk.’
‘Wat wil je nog meer?’
‘Opslag!’
‘Dat spreekt. Altijd.’
‘Je hebt nooit genoeg.’
‘Je komt altijd te kort.’
‘Geld is belangrijk.’
‘Je kan niet zonder.’
‘En het stinkt ook niet.’
‘Geld niet?’
‘Nee toch?’
‘Ik vind het persoonlijk heel lekker ruiken.’
‘Zie je wel?’
‘Sterker nog. Het begint met de dag...’
‘Lekkerder te ruiken!’
‘Ozo! Maar prima sfeertje dus in Zand... ehh wijk?’
‘Eén grote familie eigenlijk.’
‘Kijk eens aan. En het kader?’
‘Het kader kon beter.’
‘Bij ons net zo. Geen kader genoeg.’
‘Er is wel genoeg kader...’
‘Maar geen góed kader.’
‘Juist. En aan slecht kader...’
‘Heb je niks.’
‘Dus het kader kon beter.’
‘Maar verder is de zaak gezond?’
‘We groeien steeds groter.’

'Da's een goed teken.'
'Vindt de gemeente ook.'
'Da's helemaal gunstig.'
'Hoe groter, hoe beter.'
'Vanwege de werkgelegenheid zeker?'
'Wat dacht je?'
'Hoe groot zijn jullie dan?'
'De tweede werkgever van Noordwijk.'
'Is het werkelijk? En nummer één?'
'Ez-Tech natuurlijk.'
'O zit die er ook? Research toch of zo?'
'Zo iets ja, research.'

2

'Zeg Kleiberg, wat ik vragen wou...'
'Zeg het es, Van Dreutelen...'
'Hoe werken jullie nou eigenlijk?'
'Je bedoelt hóe wij werken?'
'Hoe ja.'
'Wij werken heel hard.'
'Ja. Nee. Dat begrijp ik.'
'Wij werken zelfs kéihard.'
'Ongetwijfeld. Maar dat...'
'Bedoel je niet?'
'Nee, ik bedoel, hoe gaan jullie te werk?'
'O dat verschilt.'
'In welk opzicht?'
'De een met de auto, de ander met de bus.'
'Neenee, je begrijpt me verkeerd.'
'Da's dan de tweede keer.'
'Ik zal het anders vragen.'
'Drie keer is scheepsrecht.'
'Wat is jullie werkwijze?'

'Aha! Hoe pakken wij het aan?'
'Werken jullie met tussenpersonen?'
'Nee, geen tussenpersonen.'
'Ook niet in de schadeverzekering?'
'Ook niet in de schadeverzekering.'
'Dus alles vanuit Noordwijk?'
'Noordwijk-Binnen, jazeker.'
'Knap werk, alles vanuit Noordwijk.'
'Tussenpersonen zijn uit de tijd.'
'Best mogelijk.'
'Daarbij zijn ze veel te duur.'
'Zonder meer.'
'Wij werken met regio-agenten.'
'O dat toch wel?'
'Ja je moet wat hebben.'
'Dus toch tussenpersonen?'
'Nee regio-agenten.'
'Je noemt ze alleen anders?'
'Helemaal niet. Regio-agenten zijn géén tussenpersonen.'
'Wat is het verschil dan?'
'Tussenpersonen zijn zelfstandig...'
'En regio-agenten?'
'In vaste dienst.'
'Aha! En hoeveel scheelt dat?'
'Een jas, Van Dreutelen.'
'Hoeveel?'
'Een jás.'
'Jaja. Een slok op een borrel?'
'Nee, een jás.'
'Da's toch hetzelfde?'
'O ja? Moet jij es proberen een jas op te drinken!'
'Die slag is aan jou.'
'Omdat het zo ís.'
'Dus het werkt?'
'Wat werkt?'

'Zonder tussenpersonen?'
'Reken maar van yes.'
'Beter dan mét?'
'Ik schat vijftig procent.'
'Moet je nagaan.'
'En nog sneller óók?'
'Véél sneller. En ja, hoor es ehh...'
'Tijd is geld!'
'Niet dan? Nog steeds toch?'
'Nu meer dan ooit zelfs.'
'Een ijzeren wet.'
'Hard maar waar ja.'
'Hardware!'
'Hardware?'
'Bij wijze van spreken dan.'
'Ik zie geen verband.'
'Laat maar. Is er ook niet.'
'O dus je zei maar wat?'
'Een woordspeling, meer niet.'
'Die is mij dan ontgaan.'
'Ik ga 'm toch heus niet uitleggen.'
'Waarom niet?'
'Dan gaat de lol eraf.'
'Een grap dus?'
'Min of meer wel ja.'
'Ik kan er niet om lachen.'
'Jammer.'
'Voor jou of voor mij?'
'Ligt eraan.'
'Waaraan?'
'Hoe je 't bekijkt.'
'Jij had komiek moeten worden.'
'Ben ik al járen.'
'Je laat het alleen niet merken zeker?'
'Hoe zou ik anders in deze branche zijn beland?'

'Wat is daar dan zo komisch aan?'
'Ja, moet ik het helemaal voor je uitkauwen?'
'Als dát zou kunnen? Maar over humor gesproken...'
'Wat wou je weten?'
'Hoe laat ging die vlucht ook weer?'
'Vijf voor elf. Hoezo?'
'Die vliegt dan net weg. Kijk maar.'
'Ja hoor. Daar gaatie.'
'Mooi gezicht hè?'
'Ik vind het maar matig.'
'Hoe die blijft hangen bedoel ik.'
'Van mij magtie neerstorten.'
'Ik vind het een wonder. Elke keer weer.'
'Ik had er liever in gezeten.'
'Dat is vers twee.'
'Samen met m'n bagage.'
'Verrek! M'n bagage! Ho! Stop!'
'Ik denk niet dat ze je horen.'
'Wat nu zei Pichegru?'
'Pichewie?'
'Gru.'
'O die ja. Prima kerel.'
'Ken je hem dan?'
'Dé man van de Nederdietsche Betongroep toch?'
'Nee, dan bedoel ik een ander.'
'Wat? Nóg een Pichegru?'
'De mijne is dood.'
'De mijne ook. Al jaren.'
'Een eeuw of twee.'
'Zo lang al?'
'Drie kan ook.'
'Ik wist wel dat het hard ging, maar zó hard?'
'O jee, 't vliegt.'
'Dat kunnen wij niet zeggen.'
'Integendeel.'

‘Wij vliegen voor geen meter.’
‘Vandaar de vraag: wat nu?’
‘Goeie vraag: wat nu?’
‘Maar nu het antwoord.’
‘Ik zou zeggen: volgende vlucht.’
‘Vergeet het maar. Helemaal vol.’
‘En de dááropvolgende?’
‘Idem dito.’
‘Maar hoe weet je dat dan?’
‘Omdat ik die zelf eerst wou nemen.’
‘Geen kans?’
‘Geen schijn.’
‘En de dááropvolgende?’
‘Die gaat morgen pas.’
‘Morgen? Uitgesloten.’
‘Ik zou er toch maar vast aan wennen.’
‘Ik moet vandaag nog terug.’
‘Hoe wou je dat doen dan?’
‘Weet ik veel? Ik verzin wel wat.’
‘Wat maakt die ene dag nou uit?’
‘Voor jou niks, voor mij alles.’
‘Zo belangrijk kan het niet zijn.’
‘Dat maak ik zélf wel uit, ja?’
‘O neem me niet kwalijk.’
‘Bovendien, wat moet ik tegen m’n vrouw zeggen?’
‘Gewoon de waarheid.’
‘Dat ik m’n vliegtuig heb gemist?’
‘Ja. Wat anders?’
‘En jij denkt dat ze dat gelooft?’
‘Waarom niet? Het is toch zo?’
‘Je kan wel zien dat jij m’n vrouw niet kent.’
‘Hoho, Kleiberg, hoho.’
‘Wat nou hoho?’
‘Ik heb jouw vrouw wel es ontmoet.’
‘O ja? Wanneer dan?’

'Op die receptie toen, je weet wel.'
'Ik weet van niks. Van wie dan?'
'Van ehh kom hoe heet die firma nou?'
'Welke branche?'
'Brand en molest volgens mij.'
'Bramo BV?'
'Nee.'
'Mobra dan?'
'Nee, ook niet.'
'Bramover?'
'Nee.'
'Verbramo?'
'Ook niet.'
'Verstobramo?'
'Nee. Mobrav... Mobras...'
'Mobrastovast?'
'Ja, die ja. Tienjarig bestaan.'
'Heb jij toen mijn vrouw ontmoet?'
'Tijdens het kouwe buffet.'
'Lijkt me sterk.'
'Ik weet het zeker.'
'Wat weet je zeker?'
'Dat jij toen met een dame was.'
'O met een dame? Dat zou heel best kunnen.'
'Maar niet met je vrouw?'
'Nee. En weet je waarom niet?'
'Geen idee nee.'
'Mijn vrouw ligt al tien jaar in een ijzeren long.'
'Wat zeg je me nou?'
'Hoor je van op hè?'
'In een ijzeren long?'
'Ja. Over hardware gesproken.'
'Maar dat is afschuwelijk.'
'Ach, het kon erger.'
'Erger? Hoe dan?'

'Als ik er zélf in zou liggen.'
'Dat kan je toch niet menen?'
'O nee? Zeker weten.'
'Ik wist niet dat jij zo'n harde was.'
'Het leven is hard, Van Dreutelen.'
'Hard maar waar, ja.'
'Hebbie 'm weer.'
'Wat?'
'Hardware! Snappie 'm nou?'
'Ik kan er nog steeds niet om lachen.'
'Jammer voor jou.'
'Ik dacht voor je vrouw.'
'Laat m'n vrouw erbuiten.'
'Je bent er zelf over begonnen.'
'Da's waar ja. Ga door.'
'Je zal mij er niet meer over horen.'
'Toe nou, Van Dreutelen?'
'Ik kijk wel uit.'
'Is mijn vrouw niet goed genoeg?'
'Je weet wel beter.'
'Zeker vanwege die ijzeren long?'
'Ik vind het verschrikkelijk.'
'Het heeft ook z'n voordelen.'
'Ik wil ze niet weten.'
'O nee? Moet je opletten.'
'Wat ga je doen dan?'
'Geef me je ticket.'
'Waar ga je heen?'
'Naar de balie.'
'Waarvoor?'
'Even wat regelen.'
'Wat valt er te regelen?'
'De terugreis natuurlijk.'
'Alles is vol.'
'Dat zei je ja.'

'Morgenochtend zijn we de eersten.'
'Ik heb het gehoord.'
'Ik heb het toch zeker zelf geprobeerd?'
'Ik nog niet.'
'O en jóu lukt het wel?'
'Met die ijzeren long lul ik ons zo het volgende vliegtuig in.'
'Wedden van niet?'
'Hoeveel?'
'Meiertje?'
'Staat.'

3

'Ben ik weer.'
'Da's ook gauw.'
''t Was zo gebeurd.'
'Ik zei het je toch?'
'Wat heb jij gezegd?'
'Dat het niet lukken zou.'
'O dat? Sloeg dus nergens op.'
'Hoe bedoel je?'
'We vliegen over een uur.'
'Zonder dolle?'
'Alles is geregeld.'
'Geloof ik niet.'
'Hier, je ticket. Kijk zelf maar.'
'Maar dit is...'
'Een enkeltje Business Class. Bezwaren?'
'Ligt eraan hoeveel ik moet bijbetalen.'
'Ik zei toch dat alles geregeld was?'
'Maar wie betaalt dat ticket dan?'
'Je mag drie keer raaien.'
'Al sla je me dood.'
'Het ziekenfonds. Wat dacht je daarvan?'

‘Het zíekenfonds?’
‘Ja, dat is er toch voor?’
‘Niet te geloven! Het ziekenfonds!’
‘Ja, je regelt wat of je regelt niks.’
‘Knap werk, Kleiberg. Petje af.’
‘Hou maar op, dat petje. Geef me die meier maar.’
‘Welke meier?’
‘Van die weddenschap.’
‘O meende je dat dan?’
‘Dacht jij soms dat het een geintje was?’
‘Met zo’n komiek als jij weet je het nooit.’
‘Ik maak geen geintjes over de rug van m’n vrouw.’
‘Maar erop wedden is geen bezwaar?’
‘Zolang het serieus gaat niet.’
‘Maar dat klopt toch van geen kant?’
‘O nee? Hebben we dan niet gewed?’
‘Dat wel, maar...’
‘Heb je zelf geen meier ingezet?’
‘Ook dat, maar...’
‘En heb je soms niet verloren?’
‘Klopt, maar...’
‘O het klopt dus wel?’
‘Zo bekeken wel ja.’
‘Hoe bekeken?’
‘Op z’n hondjes, nou goed?’
‘Daar ben je sowieso een meier aan kwijt.’
‘Toch zit er een luchie aan.’
‘Ik ruik niks.’
‘Ik bedoel moreel gezien.’
‘Knaagt je geweten?’
‘Daar heb je het voor.’
‘Zal best, maar ik stap straks lekker in dat vliegtuig.’
‘Ik dan niet?’
‘Met zó’n geweten? Ik denk het niet.’
‘Verkeerd gedacht.’

'O mag het dan ineens wél?'
'Waarom zou het niet?'
'Je weet hoe ik die tickets heb versierd?'
'Over de rug van je vrouw.'
'Maar nou ruik je dus niks?'
'Dat ligt genuanceerder.'
'Je kan m'n rug op, Van Dreutelen.'
'Niet hier met al die mensen.'
'Maar wel eerst even afrekenen.'
'Nog steeds die meier?'
'Het mag ook een andere zijn.'
'Het zit je wel hoog hè?'
'Tot hier ongeveer.'
'En tot hoever ga je?'
'Wil jij niet weten.'
'Moet je niet zeggen.'
'Kom op met die meier!'
'Rustig een beetje.'
''t Begint me nou te vervelen.'
'Nu pas? Valt me alles mee.'
'Je zoekt toch geen ruzie hè, Van Dreutelen?'
'Ik? Hoe kom je daar nou bij?'
'Nee, want dan kan je 't krijgen.'
'Gaan we dreigen?'
''t Is maar dat je 't weet.'
'Je krijgt je meier heus wel.'
'Je weet alleen nog niet wanneer.'
'Als ik nog een meier heb, tenminste.'
''t Is te hopen van wel.'
'Voor jou ja.'
'Nee, voor jóu.'
'En zo niet, wat dan nog?'
'Dat merk je vanzelf.'
'Je maakt me nieuwsgierig.'
'Schiet nou maar op.'

‘Kalm, ik ben bezig.’
‘Ik tel tot drie.’
‘Je weet hoe dat moet?’
‘Eén...’
‘Heel goed ja.’
‘Twéé...’
‘Oók goed.’
‘Drie!’
‘Die zoeken we op.’
‘Ik zei drie.’
‘Iets met een ie ja.’
‘VAN DREUTELEN!’
‘Hier heb je je meier, maar onder protest.’
‘Zal me een zorg wezen.’
‘Wat doe je nou?’
‘Ik hou die meier tegen het licht.’
‘Waarom?’
‘Om te kijken oftie echt is.’
‘En?’
‘Ik vrees van wel.’
‘Toch hou ik er een vieze smaak aan over.’
‘Laten we wat gaan drinken dan.’
‘Zou dat helpen?’
‘Tegen de dorst wel.’
‘Ik heb geen dorst.’
‘En als ik betaal?’
‘Dat verandert de zaak.’
‘Hoe laat is het nou?’
‘Op mijn horloge tien voor twaalf.’
‘Wat? Zó laat al?’
‘Ja, ’t gaat hard.’
‘’t Vlíegt!’
‘Vooral de laatste tijd.’
‘Heb jij dat nou ook?’
‘Wat?’

‘Het gevoel dat het steeds harder gaat?’
‘Absoluut.’
‘’k Ben blij dat ik niet de enige ben.’
‘Alles gaat sneller.’
‘Je ontkomt er niet aan.’
‘Hard maar waar.’
‘Hebbie ’m weer!’
‘Wat?’
‘Ja, zullen we maar?’

Jagerslatijn

Er zijn lieden, die, als zij een dier in z'n natuurlijke staat aanschouwen, de onbedwingbare lust in zich voelen opwellen om dat beest af te maken. Eigenaardige eigenschap, inderdaad, en ze mogen die mensen wat mij betreft ook onmiddellijk verwerken tot een nieuwe variant kattenvoer – 'Nieuw van Mispoes: Jachtschotel Mét Jager' – maar dat neemt nog niet weg dat ze bestaan en we kunnen dat maar beter als gegeven aanvaarden, willen wij nog tijdens dit leven het verdere verloop van dit verhaal vernemen...

Zo is er een man, hier in Nederland, die z'n hart heeft verpand aan de berenjacht. Die man kan hier natuurlijk moeilijk aan z'n gerief komen. Je kan wel op de Hoge Veluwe met een geweer achter een struik gaan zitten wachten tot er een beer voorbijkomt, maar de kans dát er een voorbijkomt is natuurlijk even gering als op de Binnenweg in Rotterdam, zo niet kleiner. Dus wat doet die man? Hij gaat naar Canada. Canada staat bekend om z'n beren. De beer is daar zowat het nationale dier, zeker als straks al die zeehondjes zijn uitgemoord, dus voor de berenjager is Canada het Beloofde Land.

De man in kwestie komt in Canada aan en gaat daar zo'n bos in. Er zijn natuurlijk meerdere bossen in Canada, om u de waarheid te zeggen stérft het ervan, maar dit bos is gespecialiseerd in beren. 'Groot Berenbos' staat op een bord bij de ingang te lezen en er is ook een kleine zelfstandige, in de persoon van een voormalige Oekraïense kampbewaker, die aan de bosrand zo'n blokhut heeft neergezet, waar je een geweer kan huren, zo'n oud geweer uit de Tweede Wereldoorlog met zo'n kromme loop, en die man gaat daar naar binnen en laat zich zo'n stuk hardware aanmeten. Dan verdwijnt hij in het bos.

Hij loopt door dat bos, links bomen, rechts bomen – want

daar staat het vol mee, die bossen in Canada, met bomen – en hoewel hij an sich tegen bomen niks heeft, beginnen ze hem toch al snel te vervelen. Een paar bomen zijn leuk, maar ze moeten niet aan de gang blijven. Hij is tenslotte niet voor die bomen helemaal naar Canada getogen. Daar weet hij er in Holland ook nog wel een paar van te staan. Nee, bomen zijn mooi, maar béren nog mooier! Vooralsnog valt in geen velden of wegen een beer te bekennen, terwijl hij van de bomen al snel geen bos meer kan zien.

Na verloop van tijd komt hij bij een soort van greppel en hij denkt bij zichzelf: 'Laat ik hier maar gaan liggen, anders loop ik hier morgenochtend nóg tussen die bomen.' Hij gaat in die greppel liggen, takken en bladeren over zich heen; hij stelt zich daar verdekt op, zoals dat heet, en het wachten op een passende beer begint.

Hij heeft geluk, want hij ligt er nauwelijks een kwartier, of uit het struweel tegenover hem komt een práchtexemplaar te voorschijn, zóóóóóó'n knaap van een beer, en dat beest gaat zich, niet beducht op enig gevaar, vlak voor die geweerloop van die man eens op z'n gemak uit staan rekken... 'Oeoeoeoe-aaaaaaaaaaaaaaaahhhhrrggg!'

De berenjager ziet z'n kans schoon. Hij legt aan, mikt zorgvuldig en haalt de trekker over... pang! Strijken die beer. 'Zo,' denkt die man, 'dat gaat makkelijk hier!' Hij op die beer af, met zó'n mes om dat beest te villen, istie vlakbij en ineens... PATS! Grote klauw in z'n nek, brult die beer in z'n oor: 'Zo mannetje, hahaha, en nou ga jij mij lekker pijpen!'

Tja, wat moet je in zo'n geval? Geen mens in de buurt, grote klauw in je nek, grote tanden vlak voor je... Inderdaad ja: pijpen! Er zit niks anders op.

Afijn, die man komt na een half uur met een vuile bek bij die Oekraïener terug en hij gáát me tekeer... 'Vuile CDA'er! NSB'er! Met dat geweer schiet je nog geen runderlap dood! Namaak-Canadees! Geef me een ander geweer of ik spijker je ondersteboven tegen die blokhut aan!'

Die Oekraïener als een speer naar het magazijn, komt terug met een zwaar kaliber, dubbelloops Berendoder, waar van die grote lippenstiften in moeten, en hij zegt tegen die man: 'Misschien heb je hier wat aan.'

Hij met dat geweer dat bos weer in, naar diezelfde greppel, takken en bladeren over zich heen, en na een kwartiertje... ja hoor! Diezelfde beer!

De man mikt nog zorgvuldiger dan de eerste keer en geeft die beer de volle laag uit beide lopen... PANG! PANG! Hij ziet zo de stukken in het rond vliegen en als een gevelde eik stort de beer ter aarde.

'Zo,' denkt de jager, 'da's gelopen! Dat overleeft geen beer!' Hij erop af, met dat mes om dat beest te villen, istie vlakbij en ineens... PATS! Grote klauw in z'n nek, brult die beer in z'n oor: 'Zo mannetje, hahaha, en nou ga jij mij lekker twéé keer pijpen!'

Het duurt ditmaal aanmerkelijk langer dan de eerste keer, want het is een héél karwei om twee keer een beer te pijpen, vooral als het twee keer dezelfde is – dat weten we allemaal, we hebben allemaal wel eens een beer gepijpt tenslotte – dus pas na dik anderhalf uur is die man bij die Oekraïener terug en die krijgt het me daar toch op z'n bróód! Verschrikkelijk!

'God-gloeiende-god-god-verdomde-lou-toffe-teringtouw-tyfus-pest-pokke-pleuris-blafkanker-koleertige-kut-klaver-aas!' (Kennelijk een Rotterdammer, die man...)

Die Oekraïener hollen naar dat magazijn, komt terug met een bazooka, zo'n raketwerper, en zegt tegen die man: 'Probeer het hier eens mee. Dit is het zwaarste dat ik heb.'

Die man met die bazooka dat bos weer in, naar diezelfde greppel, takken en bladeren over zich heen, en na een kwartiertje... ja hoor! Diezelfde beer!

Hij brengt die bazooka in stelling, geeft een ruk aan die trekker... BENGGG! Een knal! Hij schrikt zich te pletter. Hij ziet die beer een eindje de lucht in gaan, hij kan er dwars doorheen kijken, zó'n gat in die beer, en met veel geraas stort het beest een stuk verder ruggelings in het struikgewas.

'Hebbes kreng!' denkt die man en hij erop af, met dat mes, om die beer te villen, istie vlakbij en ineens... PATS! Grote klauw in z'n nek, brult die beer in z'n oor: 'Zo mannetje, ik heb jou door. Jij komt hier helemaal niet om te jagen!'

Protheseus

Zoals bekend moeten wij dichters ons soms in rare bochten wringen om aan geld te komen. Zo bedacht ik ooit de Stichting Rust In Zweden, die de mensen waarschuwde voor het hiertelande steeds verder voortschrijdende crematiegevaar. Door lid te worden van de Stichting Rust In Zweden konden zij, die gevoelens van onbehagen koesterden jegens de lijkverbranding in het algemeen en die van hun eigen lijk in het bijzonder, zich tijdens hun leven reeds verzekeren van hun laatste rustplaats op een van de door de Stichting in het gelijknamige land beheerde elysische velden van Vrede en Rust. Wie het desbetreffende strookje ingevuld terugstuurde, ontving per omgaande de adembenemende catalogus van de Stichting, die in pakkende kleuren een keuze bood uit de verschillende mogelijkheden om na een lang en werkzaam leven het moede hoofd neer te vlijen te midden van Zwedens indrukwekkende natuur, in dit per traditie van oorlogsgevaar gevrijwaarde, Scandinavische land met de hoogste levensstandaard van Europa... Het was natuurlijk de bedoeling om de mensen zover te krijgen dat ze lidmaatschap zouden betalen en dan konden ze verder uiteraard de tering genieten. Dat was de achterliggende gedachte. Om de een of andere reden is dat project indertijd niet doorgegaan, maar nu bedacht ik laatst een ander, nóg meer belovend plan, dat voorziet in de stichting van een reisbureau, dat reizen organiseert voor gezonde mensen naar de Olympische Spelen voor Gehandicapten. Reken maar dat dát lachen is! Natuurlijk, ik weet dat dat niet mag, lachen om de gehandicapte medemensch, dat is niet kies. Nee, dat gebedel op die televisie o.l.v. Mies B., dát is kies! Dat gemeut met zo'n koppie van Douwe Egberts voor die camera... 'Nou, 't zal mij benieuwen wat er gebeurt, als ik een slokje neem...' Dan krijg je een beroerte, dat hebben we gezien. God strafte onmiddellijk in dit geval. Niets weerzinwekkenders dan dat ongemeende, neerbuigende me-de-lij-den, waarmee die invaliden de hele tijd bejegend worden. Je weet niks van mij, maar als ik een invalide tegenover me heb, bezielt mij maar één gedachte: 'Blij dat hij het is en niet ik!' Wie beweert daar anders over te denken liegt dwars door zijn of haar donder heen. Daar zitten die gehandicapten helemaal niet op te wachten, op dat gehuichel, om niet te zeggen dat ze er dóód- en dóódziek van worden. Invaliden zijn niet zielig! Het zijn net zulke teringlijers als wij. En zo willen ze ook behandeld worden. Dus de eerstvolgende keer dat er een achter je rijdt, pletter maar gewoon die deur in z'n gezicht, ja! Dat doe je bij gewone mensen ook en daar zitten die gehandicapten naar te snakken. Dus gewoon... PATS!... die deur dicht en niks te medelijden.

Ik zou trouwens wel eens willen weten wat daar tegen is, zo'n stadion vol met lachende toeschouwers. Dat werkt toch alleen maar prestatieverhogend voor die atleten? Want wat is het alternatief? Wéér datzelfde stelletje familieleden en verplegend personeel, dat met zoooo'n muil zit te griepen... 'Is het nou nog niet afgelopen?' Nee, dan weet ik wel wat beters. Stel je voor! Met z'n allen gezellig met Reisbureau PROTHESEUS geheel verzorgd naar de Olympische Spelen voor Gehandicapten in Oegwambibi of waar ter wereld die spelen ook gehouden mogen worden, nemen we ook zo'n stel van die voetbalvandalen mee, die pletteren af en toe zo'n fragmentatiebom tussen die atleten – kan hun het verrotten, ze zijn toch al invalide – en dan gaan we daar lekker in dat zonnetje zitten genieten van o.a. het hoofdspringen... doink... doink... doink... doink... en wat hebben we nog meer? Het zwemmen is natuurlijk een heel belangrijk onderdeel. Vooral het zwemmen voor epileptici is mateloos interessant, dan kan iedereen z'n vuile was meenemen en erbij gooien, komt er kráákhelder uit... Dan is er verder nog het roeien. Ik vind roeien persoonlijk een stróntvervelende sport om naar te kijken, maar het mond- en voetroeien daarentegen is bijzonder amusant. Zeker als dan die roeispanen in dat verkeerde keelgat schieten. Dat is werkelijk dikke pret. En wat dacht u van het schoonspringen met wagentje en al? De driedubbele Neurenberger áchtersteboven met anderhalve schroef? En dan mogen ze niet spatten bij het neerkomen, doen we één concessie aan die invaliden, doen we het in een zwembad zonder water. Wat valt er nog meer te beleven? Het handbal voor blinden. Die hóren die bal aankomen. Kijk, hier ligt een mooie taak voor het legioen op de tribune. Door het tijdig aanheffen van de leuze: 'H...O... L...L...A...N...D... HOLLAND SPREEKT EEN WOORDJE MEE!!!', kan het op subtiele wijze bijdragen tot het succes van onze blindenhandbalploeg, in die zin, dat dan de tegenstanders die bal niet meer horen, met alle gevolgen van dien. Het spreekt vanzelf, dat een en ander staat of valt met een juiste timing, daar deze tactiek zich anders heel gemakkelijk tégen de eigen favorieten kan keren, in die zin, dat zíj dan die bal niet meer horen, met alle gevolgen van dien. Een gedisciplineerd optreden van het legioen lijkt me in dezen van vitaal belang en misschien dat daar onderweg, in vliegtuig of bus, onder leiding van een van de charmante reisleid(st)ers van PROTHESEUS, iets aan kan worden gedaan.

Een ander hoogtepunt is zonder twijfel het boogschieten voor motorisch gestoorden, al is dat niet geheel zonder risico voor het publiek, daar nooit met zekerheid kan worden voorzien, waar al die pijlen terecht komen. Het is dan ook zeker geen overbodige luxe om vóór uw vertrek via PROTHESEUS een aanvullende reisverzekering af te sluiten, opdat u geheel gedekt van de sportieve capriolen van uw favoriete invaliden zult kunnen genieten.

Er valt veel te genieten. De invalidensport staat op hoog niveau. Zeker in ons land. Wij grossieren in het goud. Dus dat komt er nog eens bij. Niet alleen zit u zich daar op die tribune tranen te lachen om dat gehobbel van die invaliden; u krijgt er ook nog eens -tig keren dat prachtige Wilhelmus bij cadeau, vanwege al die gouden plakken die de onzen gaan behalen. Wat is er mooier dan onze fiere driekleur te zien rijzen aan den hoogsten mast? En wat kan ons het schelen of dat nou voor gewoon of voor schildpadvoetbal is? Met betrekking tot dit laatste dient overigens nog het een en ander rechtgezet. Zo zat ik laatst te kijken naar een partijtje zitvoetbal voor gehandicapten op de tv, was het afgelopen, stonden er toch twee gewoon op en liepen weg! Ja die waren dóóf, werd er nog bijgezegd. Daar kunnen we natuurlijk niet aan beginnen. Vóór de eerste chartervlucht naar de Invalidenspelen vertrekt, eist PROTHESEUS een schriftelijke garantie dat het zit- of schildpadvoetbal uitsluitend voor één- en géénbenigen is. Voor die doven verzinnen we wel wat anders. Er komen niet voor niks ieder jaar nog nieuwe sporten bij, die Olympisch zijn erkend, voor gehandicapten. Ook dit jaar weer. De meest recente Olympisch erkende tak van invalidensport is het z.g. 'ooievaren'. In deze discipline gaat het erom, wie het langste op één been in een teiltje met kokend water kan blijven staan. Het schijnt dat met name de invaliden uit IJsland op dit onderdeel moeilijk te kloppen zijn. Die staan daar natuurlijk de godganse dag in die warme geysers te trainen. Daar kunnen wij met onze Fasto-keukengeisertjes niet tegenop, al was het alleen al omdat het zonder assistentie van een hulpvaardig familielid voor een invalide ondoenlijk is om in een dergelijk apparaat plaats te nemen. In het 'ooievaren' zijn wij Nederlanders dan ook geen hoogvliegers, maar daar staan genoeg andere disciplines tegenover, waarin wij tot de absolute invalide wereldtop behoren. Onze invalide sporters overtreffen onze reguliere atleten verre. Bij de laatsten is het toch nog al te vaak kommer en kwel, dat de klok slaat. En dan die excuses, waarmee men in geval van falen op de proppen meent te moeten komen. Neem bijvoorbeeld Henk Dribbel, onze troef op de steeplechase. 'Ha die Henk, vertel es hoe dat voelt, zo'n achttiende plaats?' 'Ehhhhhh tja, hoe voelt dat, ehhhhh ik bedoel, nou ja ehhh, zéventiende was leuker geweest natuurlijk, maar ja ehhhh, ik bedoel, wat wil je ook met zó'n begeleiding hè?!' 'Hoezo Henk? Leg es uit...' 'Ehhhhhhhhh tja, het begon vanmorgen al bij het ontbijt. De thee was te sterk en er waren géén beschuitjes om te dopen en ja ehhhhhh, ik bedoel maar, een béétje begeleiding zou toch moeten weten dat je Henk Dribbel zonder slappe thee en zonder beschuitjes om te dopen op de steeplechase wel kan vergeten ja! Trouwens, die Marokkaan liep ook ineens véél harder dan afgesproken was, dat kwam er nog es bij. Maar ehhhh uiteindelijk heb ik maar één seconde boven m'n seizoentop gelopen, dus ehhhh, goedbeschouwd heb ik geeneens zo slecht gelopen...' 'Als je 't zo bekijkt niet, Henk, alleen jammer dat die andere zeventien nóg beter liepen dan jij.' Dat was Henk Dribbel, nationaal recordhouder op de steeplechase. En wie hebben we daar? Ria Meut, onze specialiste op de 400 meter achteruitlopen... 'Dag Ria, het kwam er niet helemaal uit hè vandaag?' 'Niet helemaal nee. Tot 300 meter kon ik aardig meekomen, maar toen kreeg ik weer last van die ouwe blessure aan m'n kringspier. Toen was het snel bekeken...' 'Hardnekkige blessure, vind je niet, Ria? Hoe lang speelt die je nou al parten? Tien jaar of zo?' 'Nee négen, dus dat valt wel mee.' Ria Meut, dames en heren, andermaal uitgeschakeld met een onwillige kringspier...

Niets van dit al bij onze invalide sporters. Neem bijvoorbeeld het wagenrennen, vanouds één van de spectaculairste onderdelen bij de Invalidenspelen, Ben Hur in de bocht, waarin we ons met de állerbesten kunnen meten. Voorlopig nog met handgedreven wagentjes, maar als het aan PROTHESEUS ligt, morgen reeds met motortractie. Stelt u zich eens voor! Naast de éénzitters de twéézitters, de vierzitters, de zeszitters, ja áchtzitters zelfs! Brullende racemonsters die, van de laatste technische snufjes voorzien, in vliegende vaart over de baan razen. Komt dat zien! Komt dat zien! Spanning en sensatie! Invaliden tarten de Dood! Bij tienduizenden drommen de nieuwsgierigen in de stadions samen. PROTHESEUS kan ze niet aangevlogen krijgen. Gouden tijden voor de invalidensport! Toekomstmuziek? Nog wel, maar voor je het weet, is het zover. Tot die tijd doen we het gewoon met de hand. Rolstoelracen. Of beter gezegd: rolstoeléren. Die rolstoeleurs hebben héle lange armen. Als die gewoon in die rolstoel zitten en ze laten hun armen zo recht naar beneden hangen, liggen ze vanaf de ellebogen in zo'n gedraaid hoopje op de grond. Dat komt doordat die gasten in het vuur van de strijd vaak vergeten om die wielen los te laten. Dan gaat dat hele zakie mee de rondte in en dat kan uiteindelijk leiden tot héle lange armen. De gemiddelde snelheid bij het rolstoeleren is de laatste jaren met sprongen gestegen. Kwam in de eerste marathon van Rotterdam de eerste rolstoeleur drie weken na de winnaar pas binnen, in de achtste editie was het andere koek. Toen flitste er ineens zo'n rolstoeleur vóór alle anderen als eerste over de streep. Tja, toen was het snel bekeken...

'Hoor es hier, jullie kunnen nou wel meedoen, maar je moet wél je plaats weten, natuurlijk. Godverdomme een beetje de boel verzieken voor al die anderen met je pleuriswagentje. Maak je pleite! Kssst! Rot op! Hier hebbie nog een joetje voor een kunstbeen, maar dan wil ik je hier niet meer zien, begrepen? Kom maar terug als je kan lopen!'

Sindsdien worden va- en invaliden bij de marathon angstvallig gescheiden gehouden. Merkwaardige ontwikkeling trouwens, die popularisering van de marathon. En niet alleen van de marathon, maar van het lopen in het algemeen. We hebben eeuwenlang geprobeerd het lopen tot een minimum te beperken en nu we daar aardig in lijken geslaagd, begint iedereen plots als een kip zonder kop in de rondte te rennen. Al dan niet georganiseerd, er blijft geen vorm van lopen onbeoefend vandaag de dag. Aanlopen, achterlopen, achteruitlopen, aflopen, banklopen, belopen, binnenlopen, boslopen, broekielopen, bijlopen, doodlopen, doorlopen, draflopen, drooglopen, dubbellopen, duurlopen, dwarslopen, estafettelopen, foutlopen, geldlopen, gelijklopen, geweerlopen, handlopen, hardlopen, hoerenlopen, honklopen, hordenlopen, inlopen, klaplopen, koplopen, kroeglopen, kromlopen, kwitantielopen, landlopen, langslopen, leeglopen, loslopen, manklopen, marathonlopen, marslopen, meelopen, mislopen, naaktlopen, nalopen, omlopen, onderlopen, ontlopen, oplopen, overlopen, platlopen, rechtlopen, roedelopen, rondlopen, rotlopen, samenlopen, scheeflopen, stagelopen, steltlopen, strandlopen, stuklopen, tegenlopen, te hoop lopen, te koop lopen, teruglopen, toelopen, traplopen, uiteenlopen, uitlopen, vastlopen, veldlopen, verlopen, vollopen, voorbijlopen, voorlopen, voor lul lopen, vooruitlopen, vrijlopen, wachtlopen, wadlopen, warmlopen, wedlopen, weglopen, wissellopen, woudlopen, zandlopen en zaklopen. Want lopen is gezond. Vraag maar aan Philippides, die ouwe Griek die in vierhonderdzoveel voor Christus de eerste marathon liep en prompt de moord stak. Dacht je, dat als die een auto had gehad, dat ie dan was gaan lópen? Nee, al dat geloop van tegenwoordig heeft verdacht veel weg van een moderne variant van de Sint Vitus-dans, die ooit in de Middeleeuwen het Avondland teisterde en toen hele volksstammen om volstrekt duistere redenen in dansen deed losbreken, tot de uitputtingsdood erop volgde. Die hedendaagse loopgekte is over komen waaien uit – hoe kan het anders? – Amerika en komt voort uit een hoogst ongezonde angst voor de dood. Bang voor de Dood? Dan gaan we toch hardlopen, kannie ons niet inhalen... Typisch Amerikaanse gedachte, die volkomen als kut op Dirk slaat. Hardlopen tegen de dood is een bij voorbaat verloren wedstrijd, neem dat maar van mij aan. En dan die zwakzinnige kledij waarin dat lopen schijnt te moeten plaatsgrijpen. Die jogging- en trainingspakken in gewaagde kleurstellingen, die bodywarmers en sweatshirts, T-shirts en Bermudashorts, die wezenloze plastic windjacks, die van iedereen een mislukt Michelin-mannetje maken en niet te vergeten dat volkomen van-de-pot-gerukte sportschoeisel waarop de mensheid zich massaal meent te moeten verplaatsen. Alles uiteraard met de merken goed leesbaar aan de buitenkant, want we moeten wel kunnen zien, dat de dragers een paar knaken te verteren hebben. Dat het in veel gevallen volstrekt inferieure waar uit Thailand of Taiwan betreft, waar de vrouw van de plaatselijke penosebaas eigenhandig die etiketten op heeft zitten naaien, maakt niet uit, zolang ze maar aan de buitenkant zitten. Doch terzijde.

De invalidensport als publieke vermakelijkheid, ziedaar de tendens voor de toekomst. Niet langer een gebeuren in de marge van de samenleving, omgeven door hoge muren van taboes, maar midden in het volle leven als volksvermaak bij uitstek. Stadions vol dikbetalende toeschouwers, die zich ook nog es een keertje te pletteren lachen om het gebodene, lijken mij een stuk gezonder dan die georganiseerde liefdadigheidsorgies op de tv, waar het volledige vaderlandse kruideniersbestand zich staat te verdringen om in ruil voor enkele seconden gratis reclamezendtijd van z'n diepe begaanheid met de gehandicapte medemens blijk te geven. Om nog maar te zwijgen van die onvermijdelijke stoet van hele en halve psychopaten, die óók ineens zo nodig met hun van mee-eters krioelende, brachycefale puistenkoppen op dat beeldscherm moeten, ongeacht of ze daar nu een geeltje ten bate van de invalidensport voor moeten offeren of zo'n zelfde invalide in stukken hakken, frituren en voor een piek per portie aan de man brengen! En dat durft men dan nog kies te noemen. Weg met de hypocrisis rond de invalidensport! Wie wil lachen gaat z'n gang maar. Lachen is gezond. Beter recht in iemands gezicht dan stiekem achter z'n rug. Als ze maar betalen!

Natuurlijk zal de emancipatie van de invalidensport met de nodige problemen gepaard gaan. Ik denk dan in de eerste plaats aan het dopingprobleem. Doping en sport zijn onverbrekelijk met elkaar verbonden. Het blijft de vraag, wat de een ermee te maken heeft wat een ander bij de uitoefening van zijn of haar beroep – laten we even uitgaan van de beroepssport – slikt, snuift, spuit of in zijn of haar reet steekt. Men vraagt een politicus, bankier of machinebankwerker tenslotte ook niet wat hij geslikt heeft om uit z'n nest te komen. Deed men dat wel, dan zou het antwoord ongetwijfeld luiden: 'Daar heeft u geen moer mee te maken'. En terecht. Atleten echter moeten zich op dit punt van alles laten welgevallen. Koud over de finish staan zij, meer dood dan levend, alweer verplicht in een flesje te wateren ten behoeve van de dopingcontrole. Alsof je zo ooit de doping uit de wereld kan krijgen. Hoe meer controle, hoe meer er gepakt wordt, want naast het gewraakte middel is men dan nog genoodzaakt een tweede te gebruiken, dat de sporen van het eerste weer moet uitwissen. Je maakt mij niet wijs dat dát gezond is! Het dopingprobleem zal als gespreksonderwerp nog menige talkshow op de televisie vullen. Deskundigen pro en contra zullen de al dan niet gewette degens kruisen om uiteindelijk te concluderen dat nadere bestudering van het probleem geen kwaad kan en dat het benoemen van een speciale onderzoekscommissie onder voorzitterschap van een aangetrouwd lid van het Koninklijk Huis als een stap in de goede richting moet worden beschouwd, maar dat een oplossing vooralsnog niet in zicht is, omdat men nu eenmaal niet aan de ene kant kan verlangen, dat iemand de 100 meter in 9 seconden loopt, en aan de andere, dat hij zulks doet op een boterhammetje met kaas. Dat mag misschien de wens zijn van een stelletje slecht opgezette, sinds jaar en dag met anderhalve voet in het graf verwijlende, van hoge bloeddruk, prostaatkanker en pacemakers voorziene sportbestuurderen, wier enige sportieve wapenfeit het in eigen doel slaan van de bal is geweest tijdens de hockey-interland Nederland-Herzegowina, in het seizoen 1903-'04, of het behalen van een gebroken been op het Concours Hippique om de Grote Prijs van Baden-Baden, aan de vooravond van de Frans-Duitsche oorlog van 1870, maar we leven ondertussen in het jaar 2000 en de sportpraktijk heeft zich in gans andere richting ontwikkeld, dan die welke door een wazig clubje voorstanders van het niet minder wazige ideeëngoed van wijlen Baron de Coubertin als juist en heilzaam wordt voorgestaan. Het gaat er in de sport om te wínnen en uitsluitend dáárom neemt men deel. De rest is sentimentele kletspraat. De komende jaren zullen nog meer dan thans reeds het geval is de extrasportieve strijdmethoden hun stempel gaan drukken op de wereld van de topsport. De invalidensport zal daarop geen uitzondering vormen. Integendeel.

Meer nog dan de gewone biedt een invalidensport in ontwikkeling een bij uitstek geschikt werkterrein voor jonge ambitieuze medici en fysiofarmacohaptomologen en -peuten met een hang naar het experiment. Er zullen speciaal ten gerieve van de gehandicapte sportmens specifieke preparaten ontwikkeld worden, speciale anabole stereo-pick up combinaties, die bij de gebruiker de groei van een extra been zullen bewerkstelligen. Normaal gesproken krijg je er tieten van, tenminste als man, vrouwen schijnen die juist te verliezen bij regelmatig gebruik, maar de invalide sportmens krijgt er een been of arm bij, al naar gelang diens specifieke gebrek. In hoeverre dit nog onder de noemer revalidatie zal vallen en waar dan in dezen de grens dient getrokken, zijn vragen, welker beantwoording nog menige voet in de aarde zal vergen. En dan wil ik het over andere, nóg verfijnder technieken en methoden, niet eens hebben. Wij moeten er evenwel voor waken, ons door deze en aanverwante, an sich niet onbelangrijke, bijzaken van ons hoofddoel te laten afbrengen: de bevrijding van de invalidensport uit de kluisters van het taboe en haar bevordering tot publieke vermakelijkheid en toeristische attractie van wereldniveau. Dát is het doel waarnaar Reisbureau PROTHESEUS streeft. Mét winstoogmerk, dat zal ik niet ontkennen, maar dat is tenslotte toch het kerngezonde beginsel, waarop de – althans door ons gevormde – samenleving is gegrond of niet? Vandaar.

Dat brengt ons meteen op het volgende probleem: de sponsoring. Voor de sport is de sponsoring minstens zo belangrijk als de doping. Zonder de doping en de sponsoring kan je de sport wel op je buik schrijven. Bij de huidige stand van zaken is het sponsoren van de invalidensport voor het bedrijfsleven niet bijster aantrekkelijk. Invaliden zijn niet populair bij de consument. Ze zijn ook niet echt impopulair. We doen eigenlijk meer alsof ze niet bestaan. Dat heeft natuurlijk alles te maken met de heersende taboes rond het invalidenwezen. Zijn die eenmaal van de baan, dan zal ook die sponsoring geen problemen opleveren.

Mijn ogen werden op dit punt geopend, toen ik een landbouwtentoonstelling moest openen in de RAI in Amsterdam (waaraan ik overigens één van de hoogtepunten in mijn poëtisch oeuvre te danken heb: een foto midden op de financieel-economische pagina van het AD, waarop ik met een diabolische grijns op het gelaat gezeten ben op een gemotoriseerde grasmaaier, op het punt mij daarmede ter opening van bedoelde tentoonstelling door een uit papier opgetrokken versperring te boren, dit alles onder de kop: 'DICHTER OPENT LANDBOUWTENTOONSTELLING' – ik denk dat slechts weinigen mijner collegae op een dergelijk hoogstandje in poeticis kunnen bogen).

Na de expositie onder grote hilariteit van de voltallig uitgerukte agrarische sector ritueel te hebben geopend, werd ik over het tentoonstellingsterrein rondgeleid door een christelijk ogend Boer & Tuinder, die alles wat ons onder ogen kwam van technisch commentaar voorzag. Hij bezigde daarbij een tongval, die al sedert de Hoeksche en Kabeljauwsche Twisten als levensgevaarlijk is afgeschaft en ik vrees dan ook dat het merendeel zijner woorden m'n ene oor nog niet in was of door het andere alweer naar buiten kwam. Uiteindelijk bereikten wij een tentoonstellingsstand, waar allerhande – dat herkende ik wel – tuingereedschap stond uitgestald. Harken, schoppen, schoffels. Maar wel hele rare: met allerlei, deels kromme, vertakkingen en extra handgrepen op incourante plaatsen. Op mijn vraag wat dit nu wel mocht voorstellen, antwoordde mijn gids, voorzover ik kon opmaken: 'Da's jae tûun'erietschop veur jae 'handicapt'n. Da's jae gouw'n handel. Twie jaer 'led'n vierkacht'n wie nog naks, maer wiet oe, menier Deld'n... D'R KOMM'N D'R JAE STIETS MEER!'

De glimlach die zich bij het uitspreken van deze laatste woorden rond z'n lippen plooide, sprak boekdelen. Hier stond een man die met groot vertrouwen de toekomst tegemoet zag. Bij een gestaag groeiend invalidenbestand kon het in zijn branche niet meer stuk. En zo zijn er meer bedrijven, die hun productie hebben afgestemd op die almaar groeiende gehandicaptenmarkt. Ze zullen alleen niet al te openlijk reclame maken. Veel verder dan wat incidentele advertenties in enkele invalidenorganen komt het in de regel niet. Waarom niet? Omdat zulks niet kies is. Het oude liedje. Men exploiteert andermans leed niet en plein public. Alleen in het geniep. Vermomd als liefdadigheid bijvoorbeeld. Hypocrisis in het kwadraat, waarmee korte metten dient gemaakt.

Zijn de taboes rond het invalidenwezen eenmaal doorbroken, dan zal de invalidensport in een nieuw perspectief worden geplaatst. Er zal een frisse wind opsteken in invalidenland. De stadionpoorten gaan uitnodigend open. Vrolijk schalt de Gehandicaptenmars...

'Ge-han-di-cap-ten
Voorwaarts mars!
Ge-han-di-cap-ten
In de pas!
Ge-han-di-cap-ten
Op een draf!'

Dan zullen de potentiële sponsors van de invalidensport zich plots in rijen van vier op de stoep voor PROTHESEUS verdringen. Eerst de specifieke gehandicaptenbranche, spoedig gevolgd door het reguliere bedrijfsleven. Volle stadions en topprestaties werken als magneten, zowel op de sponsors als op de media. De rollen zullen worden omgedraaid. In plaats van zich door gewiekste tv-producenten als liefdadigheidsobject op het beeldscherm te laten misbruiken, zal de invalidensport diezelfde producenten een gepeperde rekening kunnen presenteren voor het recht de razend populaire invalidensportevenementen over de ganse wereld uit te zenden. Dan zal de invalide medemens eerst werkelijk bevrijd zijn. Draagt het uwe hiertoe bij en verlost de invalidensport van huichelachtig sentiment en loos liefdadigheidsvertoon. Boekt nu reeds bij Reisbureau PROTHESEUS uw geheel verzorgde reis naar de Olympische Spelen voor Gehandicapten en maakt de weg vrij voor een nieuwe tijd!

'Tempo, tempo! Een jaar is te lang. Ze kunnen elk moment de hoek om komen.'

'Ik snap er geen moer van.'

'Hoeft ook niet. Als je maar opschiet.'

'Er wordt vandaag geeneens gespeeld.'

'Kan wezen, maar toch zijn ze er. Deuk heeft ze vanmorgen zelf gezien.'

'Déuk? Dan weet ik wel hoe laat het is. Deuk ziet zo veel. Laatst zagtie Halve...'

'Zool nog lopen...'

'Die al...'

'Drie maanden de pijp uit is. Weet ik, Bazel, weet ik.'

'Godverdomme, Halve Zool is al zo lang de pijp uit, die komt al haast weer terug! Maar Deuk zag hem lopen.'

'Misschien istie eerder teruggekomen. Halve Zool staat voor niks.'

'Da's waar. Maar Deuk ziet spoken, als je 't mij vraagt.'

'Jou wordt niks gevraagd. Alleen om je handen te laten wapperen. Tempo, Bazel, anders is het straks te laat.'

‘Ik zeg toch dat er vandaag niet wordt gespeeld.’

‘Gefeliciteerd. Nog drie.’

‘Ze zijn hier trouwens al geweest dit jaar.’

‘Nou dat hebben we geweten! Hoeveel dooien? Veertig? Zestig?’

‘Drie-en-zeventig, met de hunnen erbij.’

‘’t Is de moeite. En hoeveel invaliden? Hoeveel schade in totaal? Nee, ik neem geen risico. Luiken ervoor en dan als een speer de kelder in, met een fles jajem. Maar eerst die luiken. Kom op, Bazel, pak beet!’

‘Godskolére! Wat zijn die dingen zwaar. Ik til me een breuk.’

‘Niet zeiken, Bazel, je lijkt wel een oud wijf. Omhóóg met die hap!’

‘Ja en dan nog allemaal voor niks ook. Omdat Deuk ze heeft gezien. Lekkere gozer, die Deuk. Laatst zagtie Halve...’

‘Weet ik, Bazel. Hou vast dat ding. Kijk uit! AUAUAUAUAUAU! Boven op m’n poot! Volgens mij deed je dat expres.’

‘Volgens mij staat Deuk zich nou achter één van die ramen aan de overkant de pleuris te lachen, wist je dat?’

‘Ik weet alleen dat jij hier een verschrikkelijke partij staat te ouweteringhoeren en dat we dat helemaal niet kunnen hebben met de hete asem van die gasten in ons nek. Dalijk staan ze voor je neus. Nou dan kan je je lol op!’

‘Onzin! Ik zeg toch dat ze hier al zijn geweest.’

'Daarom juist. We weten wat we van dat tuig kunnen verwachten. Roven en plunderen, moord en doodslag, daar zijn ze pikeur in. Maar míj pakken ze niet. Ik zit straks lekker in de kelder met een stuk in m'n kraag. Kom op, Bazel.'

'Ik weet zeker dat er vandaag niet wordt gespeeld.'

'Zal het morgen wezen, wat maakt het uit?'

'Morgen? Op maandag?'

'Zondag, maandag, woensdag... Wat doet het ertoe welke dag je de moord steekt?'

'Morgen wordt er zeker niet gespeeld. Da's nog nooit gebeurd.'

'Tuurlijk, Bazel. Je hebt volkomen gelijk. Als je maar opschiet.'

'Ik bedoel... Zondags? Ja. Zaterdags? Ja. Woensdag? Ook. Maar op máándag...??'

'Ik zeg toch dat je gelijk hebt, Bazel. Maar eerst effe die luiken ervoor.'

'Waar blijf je als er nou ineens ook al op maandag wordt gespeeld?'

'Helemaal nergens! Zeg ik toch? Alleen jammer dat het vandaag geen maandag is. Hup Bazel, gaatie weer...'

'Allemaal moeite voor niks. Deuk ziet altijd van alles dat er niet is. Laatst zagtie...'

'Halve Zool nog lopen, die al drie maanden de pijp uit is. Hoe vaak moet ik dat nog horen? Ik krijg er een bult van.'

‘’t Is toch zeker zo? Of niet soms? Istie niet dood dan?’

‘Hartstikke dood! Je hebt volkomen gelijk, Bazel. Halve Zool is dood, Deuk is maf en ik ben gek. En daarom pleur ik die luiken ervoor. Omdat ik stapelgek ben. Nog twee, Bazel, dan is het gepiept.’

‘’t Zal tijd worden. Het zweet borrelt in m’n navel. En straks de hele handel er weer af zeker? Nou, dan zoek je maar een ander.’

‘Tuurlijk, Bazel. Wat je zegt. Maar eerst nog effe die twee laatste ervoor. Ene... tweeje... en omhóóg met die hap! Wat zei je Bazel? Een ander?’

‘Ja. Misschien kan je Deuk zo gek krijgen, maar ik pas.’

‘Deuk? Goed idee, Bazel. Wie weet? Maar op jou hoef ik dus niet meer te rekenen? Mij best. Zuip ik die fles toch lekker alleen leeg. Zit ik helemaal niet mee.’

‘Met die fles wil ik je desnoods nog wel helpen, maar...’

‘Niet nodig, Bazel. Ik begrijp het volkomen. Als jij niet gelooft dat Deuk ze heeft gezien, wat zou je dan in die kelder gaan zitten? Ja toch?’

‘Niet dan?’

‘Spreekt vanzelf, Bazel. Jij blijft hier gewoon voor de deur staan. Comité van ontvangst! Jou doen ze toch niks, hè Bazel? Je doet gewoon of je erbij hoort.’

‘Hoho, Boutschefter. Let op je woorden. Je kan veel van me zeggen, maar niet dat ik een verraaier ben. Mijn vader was góed in de oorlog.’

‘Wou je beweren dat de míjne dat niet was?’

‘Als ik Deuk moet geloven...?’

‘Wie gelooft Deuk nou?’

‘Ik kan hem met m’n neus aanwijzen.’

‘Wie? Ik?’

‘Nee. Jíj!’

‘Da’s heel wat anders.’

‘O ja? Moet je me toch es uitleggen.’

‘Ja daar hebben we nou nogal tijd voor. Schiet op! Nog één!’

‘Je lult er overheen. Geef toe.’

‘Niks toe. Daar gaatie... Ene... tweeje...’

‘Tweeënhalf...’

‘Hahahaha.’

‘Leuk hè?’

‘Ik lach me rot. En omhóóg met die hap!’

‘Hèhè, die zit. Dan ga ik nou lekker een vette klets halen, bij Daan. Ga je mee?’

‘Naar Daan? Je lijkt wel gek! Zeker dat geteisem tegemoet?’

‘Dan niet. Dan ga ik alleen.’

‘Je moet doen wat je niet laten kan. Ben je nog niet weg?’

‘Rustig. Ik ga al.’

‘De groeten aan Halve Zool.’

‘Halve Zool is dood.’

‘Ja, daarom juist. Hahahahahaha!’

‘Je moet zo lachen als je begraven wordt.’

‘Nee, als jíj begraven wordt.’

‘Moet je horen, Boutschefter. Ik zeg het nog één keer. Er wordt vandaag níet gespeeld. Als er niet gespeeld wordt, valt er niks te knokken. Als er niks te knokken valt, hebben die gasten hier niks te zoeken. Als ze hier niks te zoeken hebben, komen ze niet. Als ze niet zijn gekomen, zijn ze er niet en hebben wij ons mooi voor lul aan die teringluiken van jou staan vertillen. Kan je ’t volgen?’

‘Helemaal, Bazel, helemaal. En tóch ga ik die kelder in. Je zal mij niet met een bijl in m’n schedel in het stof zien kronkelen. Ik laat me door zo’n darmenschrapper geen roestig mes in m’n lijer douwen. Ik zit in de kelder. Punt uit.’

‘Jij liever dan ik. Wat moet ik zeggen als Daan naar je vraagt? Dat je in de kelder in je broek zit te schijten?’

‘Sinds wanneer vraagt Daan naar mij? Laatie de tering krijgen en jij d’rbij. ’k Mag lijen dat ze jullie te grazen nemen.’

‘Vergeet het maar. Geen voetbal, geen oorlog. Makkelijk zat.

Vraag of Deuk bij je komt zitten om je hand vast te houen. Samen in de kelder. Wie weet komt Halve Zool nog langs...'

'Halve Zool...'

'Is dood. Weet ik, Boutschefter. Anders nog iets?'

'Ja, de vlektyfus!'

'Komt voor mekaar.'

'Je kop eraf met een betonschaar.'

'Ik help jou nog es.'

'Aan het gas zeker?'

'Nee. Uit je lijen.'

Hellehemel

De lezer bevindt zich op een verlaten vlakte. Van een landschap is geen sprake. Er valt niets te herkennen. Bliksemschichten doorklieven het verschiet. Rommel dondert in de verte.

Plotsklaps doemt uit het niets tussen vage slierten rook een scherpgekleed heerschap op van onbestemde leeftijd, wiens coiffure en opmaak sterk doen denken aan Bela Lugosi in zijn onsterfelijke rol van Dracula, of aan Dracula in zijn onsterfelijke rol van Bela Lugosi, daar willen we in de algehele verwarring van het moment even van af wezen. Wie hij ook zijn mag; hij is duidelijk niet gekomen om een potje te biljarten.

Na enige tijd zwijgend in de verkeerde camera te hebben gekeken, neemt de vreemdeling, toch nog onverwacht, het woord...

'Verachte aanwezigen!

U bevindt zich thans in de Hel. Laat u door een geringe temperatuurstijging niet verontrusten. Dat is niets bij straks vergeleken. Wie het benauwd krijgt trekt maar wat uit. Schaamte kennen we hier niet en zo wel dan slaan we dat er wel uit. Voelt u de behoefte spontaan te ontbranden, ga dan gerust uw gang. Dat spaart ons een hoop werk én aanmaakhout. Want ook wij in de Hel moeten op de kleintjes letten. Dat is eigenlijk al sinds die Oliecrisis, die nergens zo hard aankwam als hier, waar wij net een week eerder op oliestook waren overgegaan. Het heeft weinig gescheeld of we waren als zelfstandige onderneming op de fles gegaan. Dankzij een inderhaast gesloten Pact met de Shell in Zuid-Afrika en het vervroegd invoeren van shirtreclame hebben we het hoofd boven de zwavel weten te houden. We draaien nog, al is het op een zacht pitje. De helft van de helse attracties is gesloten. Exploitatie bleek niet langer lonend. De andere helft heeft het moeilijk. U begrijpt dat onder deze omstandigheden gedwongen ontslagen niet konden uitblijven. Tal van geschoolde martelaars zagen zich genoodzaakt hun Hel verder in Zuid-Amerika te zoeken, waar zij overigens door kortschedelige, Nazivriendelijke Doodseskadristen met open armen ontvangen werden. Wie niet werd ontslagen moest anderszins inleveren. Met name het loongebeuren kreeg het zwaar voor z'n kiezen en er kwam een héél nieuw energieplaatje om rond te maken. Waar het voorheen niet op kon in de Hel, gaat alles er nu mondjesmaat. En dan heb ik het over hééële kleine mondjes, van die Christelijke Boeren- en Tuindersmondjes. Een beetje behoorlijke orgie is er tegenwoordig niet meer bij in de Hel. Da's te begrotelijk. Tja, waar ben je dan mee bezig? Het was hier ooit een heksenketel, waarin het continu borrelde en bruiste. Wat zeg ik? Bruischte! Vijfentwintig uur per etmaal ging dat door. Non-stop lachen, gieren, brullen. De ene orgie was nog niet afgelopen of de volgende ging alweer van start. En als ik dan orgie zeg, bedoel ik ook orgie. Met alles erop en eraan. Stront, pis, pek en zwavel, etter, zweet, bloed en tranen. Je kan het zo gek niet verzinnen of het gebeurde hier. Plompzakken, boutscheften, frituren en doorzagen, radbraken, tandhakken, flamberen en poephappen... het is maar een fractie van alle gruwelen die hier in clubverband bedreven werden. Het gekerm en gejammer van de gekwelden en gemartelden was geen moment van de lucht, die hels werd beschenen door op palen gespietste, met kaarsvet bestreken, levende toortsen. Wat een sfeer! Wat een ambiance! En altijd de allerbeste orkesten. Swingbands van honderd man en erger. Een oorverdovende, infernale, kakofonische pletwals van klanken, die door de helse gewelven heen daverde. En die gasten boven in die Hemel maar op die vloeren bonken. Ha! Hemeltergend, bloedstollend, groots en meeslepend was toen het leven in de Hel, die Poel des Verderfs, waarbij Sodom en Gomorra tot onschuldige schoolfeestjes verbleekten. Als ik terugdenk aan die gouden tijden springen de tranen in m'n ogen, want wat is ervan over, als je nu om je heen kijkt...? Niks, niemendal, nada, niente. Nul komma nul. Vergeleken met het aardse bestaan is het in de Hel thans een oase van rust. Denk je eens in – de Hel verworden tot Paradijs. Dieper kan je als Duivel niet zinken. Niet dat ik wil klagen, maar je ontkomt er niet aan je af te vragen, waar het naar toe moet in deze branche... Laat ik één ding vooropstellen: ook al loopt de Hel dan op z'n laatste benen, tien keer liever hier dan in de Hemel. Daar is helemaal geen moer te beleven. Een beetje gefladder van de ene wolk naar de andere. Geklapwiek, maar echt vliegen ho maar. Ik durf te wedden dat driekwart van die engelen nog nooit van vliegen heeft gehoord. Die pletteren als een baksteen naar beneden. Zeker nou met dat gat in die ozonlaag. Als rotte peren storten ze ter aarde, als het gaat waaien. En dat gáát het! Laat dat maar aan ons over. Hahaha! Even met z'n allen één kant op ademen en we hebben al een fikse storm, laat staan als we hier onze winden opsparen. Nee, dat komt wel goed met die gasten in die Hemel. Je zal er maar zitten in zo'n wit hemd met zo'n harp op zo'n wolk. Je moet er niet aan denken. En maar wachten tot je met een Blijde Boodschap naar beneden wordt gestuurd. Nou dat is de afgelopen tweeduizend jaar zegge en schrijve één keer voorgekomen, dus tel uit je winst. Komt nog es bij, dat als er werkelijk wat te regelen valt op aarde, een verschijning of zo, steevast die Maria wordt ingehuurd. Hooguit gaat er een engel mee om te voorkomen dat ze zich wéér door de eerste de beste timmerman met jong laat douwen, maar daar hebbie 't mooi mee gehad. Met je pik spelen is er ook niet bij in de Hemel. Geslachtsdelen dienen direct na betreden bij de garderobe te worden ingeleverd. Die gaan meteen pats! retour naar beneden voor de aanmaak van nieuwe gelovigen. Nee, da's foute boel daar boven in die Hemel. Alles en iedereen bedolven onder een metersdikke laag van verveling. En maar braaf wezen. Braaf en beleefd. Ja en amen zeggen en vooral niet tegenspreken. Het lijkt godverdomme wel een fractievergadering van het CDA daar in die Hemel. Allemaal kerels onder mekaar óók nog es een keer. Geen vrouw te bekennen in die Hemel. Die mogen er helemaal niet in. Wist u dat niet? Nee, er zijn zó veel goeie mannen op aarde, die stuk voor stuk eerder de moord steken, dat er voor vrouwen geen plaats is in de Hemel. Althans voorlopig niet. Maar hoe lang is voorlopig? Een rekbaar begrip, zeker als er in termen van eeuwigheid wordt gedacht. Toegegeven, ze zijn aan 't verbouwen om de opnamecapaciteit te vergroten, maar dat wil tot op heden nog niet erg vlotten, omdat ze geen zwartwerkers kunnen vinden. Nee, nogal logisch: die zitten allemaal hier! Dus op vrouwen moet je niet rekenen in de Hemel. Nou voor God hoef je er ook niet meer heen. Welnee. Die ligt al sinds Zijn val in de Tour van 1911 op de flanken van de Zwitserse franc in coma. Zegt er geen één meer, Onze Vader. Zo kalm als een overledene, 'k zal sterven als het niet waar is. Wat heb je verder nog in de Hemel? Grazige weiden, godbetert! Kom je na een braaf en strontvervelend leven eindelijk met veel hangen en wurgen in die Hemel, kan je gras gaan lopen vreten. Smakelijk eten! En dan ook nog dat engelengezang, stelt ook al geen ene reet voor. Een beetje laf geneuzel tussen dat engelenhaar door. Lekker uithalen is er niet bij; ze zijn als de dood dat de Baas wakker wordt. Nee, dan hebbie óns nog nooit gehoord, het Gemengd Crematorium Koor. O wij zingen zo mooi. En hárd! (Zingt) "'s A-vonds als de zwavel brá-hándt / en maan en sterren aan de Hellehemel staan / dan klinkt bij het laaiend vuur / menig Satans a-von-tuur / 's A-vonds als de zwavel brá-hándt..." Ja en dan komt het. Zeshonderdzesenzestigstemmig digitaal-anaal die ether in gegalmd... "YIPPEE-YA-JEEEEEEEEEE / YIPPEE-YA-JOOOOOOOO HOOOOOOO!!!" O, dat is zo mooi. Wie daar het oog bij droog houdt is het doodmartelen niet waard. Dat snijdt dwars door je ziel heen, hoe zwart die ook wezen mag. "YIPPEE-YA-JOOOOOOHOOOOOOO!!!" De liederlijke paringskreet van Mefistofocles den Booze. Hahahahahahahahahaha! Hihihihihihi! Hahahahahahaha-hahargh-aarrgh-argh-argh-ugge-ugge-ugge-kuch... Dat is – ugge-ugge – wel even iets – aaargh – anders dan dat beleefde gemeut van die engelen hierboven of – ugge – niet soms? Nee, dan is het goed... Wie fladderen er verder nog rond in die Hemel? Wíé zegt u? Onze Lieve wát? Héér??? Nooit van gehoord. De Zoon van God?! Alsof je een emmer leeggooit.

Welke zoon had u gehad willen hebben? Hij heeft er zo veel. Als die allemaal op één dag om hun poen zouen komen, konden ze het hele zootje hierboven gelijk opdoeken. Nee, ik wil namen horen. Námen wil ik. Wablief? Nazi hóé? Nazireet? Von Nazireet zelfs, doe maar duur. Nooit van gehoord, nee, zegt me niks. Of toch? Hou stil... Von Nazireet... wacht effe... hoho... stop... Van Nazareth, bedoelu die soms? In de Hemel? Lijkt me sterk. De enige Van Nazareth die ik ken en dat zou dan J. van Nazareth moeten wezen, die werkt al jaren hier beneden. Voorzover je dat werken wil noemen, tenminste. Hij pacht hier namelijk de toiletten. Dus gratis poepen en piesen is er straks niet bij. Dat houdt die Van Nazareth scherp in de gaten. Om de haverklap gaan die tarieven omhoog. Onder een meier raak je geen Grote Boodschap meer kwijt en voor een Kleine betaal je al heel gauw een geeltje. Nee, die Van Nazareth redt het wel. Die zit de godganse dag met zo'n uzi op schoot naast dat schoteltje en laat een ander het vuile werk doen. Ene Judas of zo. Voor straf, omdat die hem ooit es bij de kit heeft aangegeven. Zo zie je maar, je moet nooit je mond voorbijpraten; voor je 't weet sta je in het Hiernamaals wc's schoon te maken. Want, verachte aanwezigen, de Hel hoort óók tot het Hiernamaals. Men is vaak geneigd dat te vergeten. Bij het woord Hiernamaals denkt iedereen in de eerste plaats aan de Hemel. En dat terwijl er in die hele Hemel geen plee valt te bekennen! In de Hemel moet je 't eeuwig ophouen! Is dát gemeen dan?! Wil ik het over die Amerikanen geeneens hebben. Daar sterft het van in die Hemel. Zitten allemaal bij mekaar in het beste stuk, compleet met SDI en airconditioning. Wat zitten ze daar te doen? Op Bush te wachten. Die kan elke dag komen nou. Het gros van die Yanken is te stom om te dansen. Dat zou er bij mij geeneens in komen. Die denken écht dat de Hemel de hoofdstad van Duitsland is of omgekeerd, daar wil ik afwezen. Maar dat zal die Petrus daarboven een zorg zijn. Die laat iedereen binnen, zolang ze maar betalen. Diens ene hand is helemaal vergroeid van het ophouen. Wij in de Hel nemen geen fooi aan. Wij jatten gelijk alles in ene keer af. Cash! Niks geen creditcards of

Eurocheques, da's allemaal aardse zwendel. Niks plastic geld... zwárt geld! Hoe zwarter, hoe liever... Wie geen zwart geld heeft, moet alsnog naar de Hemel. Een wreed lot, ik weet het, maar we kennen geen genade en zeker niet op financieel gebied. Tot slot nog een opmerking aangaande de duur van uw verblijf alhier. Dat fabeltje dat u eeuwig zou branden, kan u maar beter gelijk vergeten. Was het maar waar, dan had die Oliecrisis hier de boel nooit zo kunnen versjteren. U brandt hooguit een kwartier. Wie langer brandt – wat bij hoge uitzondering wel eens voorkomt – wordt uit het vuur gevist voor een optreden in de Hennie Huisman-show en de maandag daarop tijdens de ochtendspits in de directe omgeving van een benzinepomp als brandende peuk uit een portierraam gepiekt. De grote meerderheid echter brandt slechts een kwartier. Dus dát is het ergste niet. Eenmaal in brand is het einde in zicht. Maar voor het zo ver is! Dáár zit 'm de kneep! Wij van onze kant zullen er alles aan doen om uw lijden zolang mogelijk te rekken. Daar kunt u donder op zeggen. Rest mij nog u het nummer van de brandweer te verstrekken. Niet dat ze komen, als u zou bellen, wij doen dit zuiver en alleen om u te pesten. Het nummer van de brandweer luidt 4045 4045 4045, met het reservegetal 666. Ik herhaal: 4045 4045 4045 met als reservegetal 666. Dat was het, ik zou zeggen, let straks níét op het afstapje en terug naar de studio in Auschwitz.'

Even plotseling als hij zo-even is verschenen gaat het scherpgeklede heerschap van onbestemde leeftijd, wiens coiffure en opmaak ons zo sterk deden denken aan Bela Lugosi in zijn onsterfelijke enz. voor onze verbaasde ogen weer in rook op. Wie of wat hij ook geweest mag zijn, één ding staat onomstotelijk vast: hij heeft géén potje met ons gebiljart!

De kabouterkwestie

1

Er zijn lieden, die rotsvast in kabouters geloven. Moet kunnen, vind ik. Als God mag, dan kabouters ook. De vrijheid van geloof is een groot goed, waarvoor menige voorouder in minder verdraagzame tijden op gruwzame wijze de moord is gestoken en dat is maar goed ook, anders hadden wij het misschien moeten doen.

Daarom: kabouters mogen.

Wat is God trouwens anders dan een grote kabouter? In kabouters geloven wil nog niet zeggen, dat je ze ook ziet. In God gelooft men tenslotte ook zonder Hem ooit te zien. Misschien is geloven wel bij uitstek een kwestie van níét zien.

Er zijn echter ook mensen, die ze wel zien. Kabouters dus. Sommigen maar af en toe en dan nog slechts bij invallend duister en in bosrijke omgeving; anderen voortdurend, op straat, in de tuin, ja zelfs in bed.

Van deze laatsten bevindt het merendeel zich onder behandeling van een zenuwarts, die met meer of minder succes probeert hun de kabouters uit hun hoofd te praten. Het betreft hier in veel gevallen slachtoffers van stress, veroorzaakt door hetzij intermenselijke c.q. huwelijks- en/of relatieproblemen, hetzij ongunstige arbeidsvoorwaarden, al dan niet gepaard gaand met overmatig alcoholgebruik. Deze mensen zien niet zozeer kabouters, als dat zij dénken ze te zien, wat in de praktijk op hetzelfde neerkomt, maar in de grond toch wezenlijk verschilt.

Dan zijn er de mensen die ze wel dégelijk zien. Die zijn al meteen een stuk moeilijker te behandelen, daar een hersenschim zich gemakkelijker laat verjagen dan een wezen met een eigen wil, al zal ik de laatste zijn om te ontkennen dat er uitermate hardnekkige hersenschimmen bestaan.

Ten slotte zijn er dan nog mensen, die ze niet alleen zien, maar er ook mee spreken. Daar kan je als eenvoudig zenuwarts maar beter helemaal niet aan beginnen, tenzij men het risico wil nemen om zélf kabouters te gaan zien.

Zoals bij de meeste geloven vallen ook de – laten we maar zeggen – kabouteranen in verschillende fracties uiteen, die op hun beurt weer in talloze gezindten en sekten verdeeld kunnen worden, die elkander met religieus fanatisme verketteren en bestrijden. Het zou thans te ver voeren hier dieper op in te gaan, maar in hun algemeenheid laten zich drie hoofdstromingen onderscheiden:

a. die welke de kabouter beschouwt als een kracht ten goede;

b. die welke de kabouter beschouwt als een kracht ten kwade;

c. die welke de kabouter beschouwt als een kracht ten goede en ten kwade tegelijkertijd.

Met name deze laatste optie lijkt de laatste tijd veld te winnen onder kabouteranen uit de voormalige Vrije Wereld, wat men hieronder heden ten dage ook moge verstaan.

Ingewijden voorspellen het kaboutergeloof in die landen, die tot voor kort nog schuilgingen achter het IJzeren Gordijn, een gouden toekomst, al zijn er vooralsnog weinig tekenen die in die richting wijzen, een incidenteel geval in den Hoogen Tatra daargelaten.

Als kabouterland bij uitstek gelden nog immer de Britse Eilanden, vanouds een vergaarbekken voor mild tot zwaar gestoorden uit de hogere middenklasse en alles daarboven, het Koninklijk Huis niet uitgezonderd. O zeker, wij mogen het thans weder zo broederlijk vereende Duitse Rijk in dezen niet uitvlakken en dat zullen wij dan ook beslist niet doen, maar op kaboutergebied kan het toch niet in de schaduw staan van het perfide Albion.

Hét kabouterparadijs is natuurlijk het Groene Eiland, Ierland.

Daar lijkt de vraag of er nog kabouters zijn die in mensen geloven, meer op z'n plaats dan andersom. De kabouters marcheren er vrijwel onafgebroken in rijen van vier, al dan niet met hoorngeschal, door bos en veld, langs berg en dal en door de straten van elke zichzelf respecterende gemeente. Meer dan waar ook maakt de kabouter hier deel uit van het dagelijks leven. Elfen idem dito. Heksen? Je hoeft maar even in je handen te klappen, en ze komen bij tientallen uit portieken of eikenhakhout tevoorschijn, al naar gelang de aard van het omringende landschap. Men draait er in Ierland de hand niet voor om. Daar borrelt en bruischt in menige aarden pot nog een duistere brij, die, naar eeuwenoud, mondeling overgeleverd recept bereid, de eventuele consument op slag in een trol of eén aardmannetje kan doen veranderen. Niemand die er vreemd van op zal kijken in dit van oudsher zo rijk met alcoholisten gezegende land. In hoeverre de plaatselijke kabouterdichtheid in rechtstreeks verband kan worden gebracht met het meer dan liberale drankklimaat ter plekke, is volgens mij nog nooit aan enig zwaar wetenschappelijk onderzoek onderworpen en me dunkt, dat hier een terrein braak ligt dat nog menige dissertatie kan gaan opleveren.

Doch terzijde.

Waar sta ikzelve nu in deze kabouterkwestie?

Een goede vraag, welker juiste beantwoording van overheidswege met een halve kip zal worden gehonoreerd.

Verplaatsen wij ons thans in gedachten door ruimte en tijd naar het Engeland van 1964...

2

Twee in verschoten denim gehulde jeugdige delinquenten stappen op het voorlaatste station van de Bakerloo Line uit de ondergrondse, die zich op dat moment al zo'n acht haltes lang bovengronds door buitenwijken en voorsteden van Groot Londen heeft voortgespoed.

De stationsklok wijst tien uur aan. 's Avonds. Het is hartje zomer. Tussen het in overvloed voorhanden geboomte valt de schemer. Op het stationsplein heerst serene rust.

We bevinden ons in Stanmore, een in het graafschap Middlesex gelegen villadorp in de periferie van de Britse hoofdstad. De twee jeugdige reizigers zijn er duidelijk niet inheems. Zij zijn vreemde eenden in de beter gesitueerde bijt.

Ze dragen het haar tot op hun schouders en zijn beiden ongeschoren. Hun ogen gaan schuil achter donkere brillenglazen, ook al is er op dit uur natuurlijk van zonneschijn geen sprake meer. Aan beider schouder bengelt een opgerolde slaapzak. Het is hun enige bagage.

Men kan dergelijke types in het centrum van Londen, op of nabij Trafalgar Square, wel meer tegenkomen, maar hier in het voorname Stanmore baart hun verschijning bij de toevallige passanten die hen onder ogen krijgen nogal wat opzien. De een houdt onwillekeurig z'n pas in, terwijl een ander prompt besluit z'n weg aan de overzijde te vervolgen, waar weer een ander via een etalageruit de vreemdelingen scherp in zich opneemt, teneinde straks in geval van onraad als betrouwbare getuige de gemeenschap ten dienste te kunnen staan.

Wat hebben dergelijke ongure figuren hier te zoeken?

Wat voeren die twee snuiters in hun schild?

Het bewuste tweetal lijkt zich intussen van geen kwaad bewust. Ze nemen lichtelijk verwonderd de omgeving in zich op. Waar zijn ze nou in christusnaam verzeild?

Na enig overleg zetten ze koers naar de dichtstbijzijnde horecafvestiging, op nog geen steenworp afstand van het station, en verdwijnen zonder aarzelen in het als 'saloon' aangemerkte gedeelte.

Drie heren met RAF-snor en 'stiff upper lip' en gehuld in de spreekwoordelijke 'flannels' en 'tweeds', bezien de binnentredenden met bevreemding. Het duo groet beleefd...

De bevreemding neemt toe.

'Two Guinness and cider', luidt de goed-Britse bestelling van de vreemdelingen. De woorden worden met een onmiskenbaar accent uitgesproken.

'Bloody Jerries', denkt de kastelein en door z'n hoofd schieten beelden van de Blitz... Explosies, vallend puin, afgeknelde ledematen... Armen, benen... Eén been in het bijzonder... Zíjn been. Als hij de volle glazen op de bar zet, kan je z'n kunstbeen horen kraken.

De kastelein hoort hun onderling gepraat een minuut of wat aan en besluit dan z'n aanvankelijke conclusie te herzien. Het zijn geen Moffen, maar wat dan wel? Hij heeft dat taaltje meer gehoord... Ehhhh... Hollanders, weet hij ineens.

Hollanders of niet, het blijven rare gasten. Wat zoeken ze hier?

Ze geven zelf al min of meer antwoord op die vraag door naar de Uxbridge Road te vragen. Hoe komen ze daar?

Uxbridge Road? Da's niet zo moeilijk. Tweemaal rechts, dan links en dan nog eens rechts, dat istie. Vijf minuten lopen hooguit. Het ligt er natuurlijk wel aan wáár ze precies moeten wezen, want de Uxbridge Road is lang. Maar het tweetal noemt geen namen.

Ze danken hem voor de gegeven informatie, drinken hun glas leeg, betalen en verdwijnen, wederom na beleefd te hebben gegroet. De kastelein kijkt met één opgetrokken wenkbrauw naar de overige drie klanten...

Wat zullen ze nou krijgen? Zwervers met manieren??

En gevieren geven zij zich over aan speculaties aangaande waar precies en bij wie de twee vreemdelingen moeten wezen op de Uxbridge Road... En wat, kunnen wij er op onze beurt aan toevoegen, heeft dit alles in vredesnaam met kabouters te maken?

3

De twee vreemdelingen volgen de aanwijzingen van de kastelein intussen nauwgezet op. Het is buiten al flink donker geworden.

Ondanks dat houden ze hun zonnebrillen op. Ze bereiken zonder problemen de Uxbridge Road. Links en rechts, achter heggen en struiken royale huizen. Ze liggen stuk voor stuk in ruim bemeten tuinen, tien, twintig meter van de weg of zelfs nog verder. Achter sommige ramen brandt licht. De gazonsproeiers ruisen in de zomeravondstilte. In een verre tuin begint een hond te blaffen. Er heerst een lome, luxueuze rust. Het duo raadpleegt de huisnummers naast de tuinhekken langs de weg. Een statige Bentley komt hun voorbijglijden om honderd meter verder geruisloos rechtsaf in een oprijlaan te verdwijnen.

De vreemdelingen naderen hun bestemming. Daar, dat volgende huis, daar moet het zijn. Van achter de struiken slaan zij het pand enige tijd zwijgend gade. Achter de gordijnen kunnen ze licht zien branden. De bewoners zijn kennelijk thuis. Het tuinhek staat wagenwijd open. Over het grind van de oprijlaan knerpen ze op de monumentale voordeur af. Rondom staat de tuin vol tuinkabouters.

Voor de deur van het huis blijven ze even staan luisteren. Ze kunnen hun eigen hart haast horen kloppen in de doodse stilte die om het huis hangt. Het lijkt van god en alleman verlaten. Toch brandt er licht. Ze aarzelen. Dan stapt een van hen naar voren en trekt aan de bel. Achter de gesloten deur barst een oorverdovend geklingel los, dat tot ver in de omtrek te horen moet zijn. Ze werpen een gehaaste blik over hun schouder. Het duurt eeuwen eer het klokgelui verklonken is. Ze wachten... Maar er gebeurt niets. Ze bellen nog een keer. Geen enkele reactie.

Als ze op het punt staan om onverrichterzake af te druipen, gaat plots het licht aan in de hal. De voordeur gaat open, eerst op een kier, daarna wijder. In de deuropening verschijnt een man in kamerjas met een wit weggetrokken gezicht. Hij kijkt hen aan met een blik, alsoftie zo-even een spook heeft gezien. Over zijn schouder kan het tweetal aan het eind van de gang nog een vrouw ontwaren, die hen eveneens met wijdopengesperde ogen in paniek lijkt aan te staren. Ze vragen zich af wat er gaande is?

Ze groeten beleefd. Dan noemen ze een naam en vragen of de

drager daarvan misschien aanwezig is? Het gezicht van de man in kamerjas ontspant zich onmiddellijk en hij maakt een geruststellend gebaar naar de vrouw in de gang... 'Niks aan de hand...'

Neenee, de persoon in kwestie is niet aanwezig, maar wordt wel ieder moment verwacht. Misschien willen de heren binnen wachten? Hij gaat hun voor naar de kamer. De televisie staat aan. De vrouw des huizes vraagt of ze wat drinken willen. Iets eten wellicht?

Dat blijkt niet tegen dovemansoren gezegd. Even later zitten de twee vreemdelingen aan tafel en doen zich te goed aan spijs en drank. De vrouw des huizes loopt bedrijvig heen en weer. De heer des huizes praat honderduit. Hij is zichtbaar opgelucht. Opgelucht waarover? Is er dan toch wat aan de hand?

De aap komt uit de mouw, als de heer des huizes onthult dat ze zo-even volkomen synchroon aanbelden met iemand in het televisiestuk, waar hij samen met z'n vrouw naar zat te kijken. Wie, zoals zij, het stuk had gevolgd, wist dat degene die daar belde niemand anders dan de moordenaar kon zijn, die de rekening kwam vereffenen. Het geluid van hun eigen deurbel op uitgerekend dát moment had hun dan ook de stuipen op het lijf gejaagd en één ogenblik waren ze ervan overtuigd, dat hun laatste uur geslagen had. Vandaar dat het even duurde, eer er werd opengedaan.

De heer des huizes prijst hun timing. De vrouw des huizes excuseert zich en gaat naar bed. De titel van de tv-thriller luidde 'De Kabouterkwestie'.

4

De jeugdige delinquenten uit de vorige hoofdstukken waren schrijver dezes en diens boezemvriend, die een bezoek aan Engeland en Londen aangrepen om een bevriende dame te gaan begroeten, dewelke in Stanmore als au pair bij een welgestelde familie werkzaam was.

We zouden na onze dramatische entree nog menige nacht en

dag in de riante villa doorbrengen, welks bewoners enkele dagen na 'De Kabouterkwestie' op vakantie naar het continent vertrokken, onder achterlating van hun au pair, die in de tussentijd als huisbewaarder zou fungeren. Ze hadden hun hielen nog niet gelicht, of we stonden alweer voor de deur. Geruime tijd leefden we als God in Frankrijk. De provisiekast was overvol en de drankvoorraad strekte. Hele dagen lagen we lallend voor de televisie of achter in de zonovergoten tuin, die van parkachtige afmetingen was.

Na een dag of tien werden we door de tuinman van de buren ontdekt. Deze alarmeerde z'n werkgever, die ogenblikkelijk de plaatselijke Hermandad verwittigde, die zonder mankeren uitrukte om poolshoogte te gaan nemen. Hoewel de dienstdoende veldwachter door onze au pair op superieure wijze werd afgepoeierd, begrepen we dat onze uren in het luxueuze huis waren geteld. Nog diezelfde avond reisden we naar Londen terug en voegden ons bij het jeugdige wrakhout van de welvaartsmaatschappij, dat daar in een bepaalde hoek van Trafalgar Square placht aan te spoelen.

Zonder vaste verblijfplaats sliepen we, waar het ons uitkwam. Nu eens bij coöperatieve dames in bed, dan weer met tien spuiters op een piepklein kamertje in Jungle W II, of anders zochten we ons heil in zogenoemde 'derelicts', tot sloop gedoemde afbraakpanden, of brachten de nacht door onder de blote hemel, op de enige plek in Londen waar je door de kit met rust gelaten werd: de roemruchte Hampstead Heath.

De Heath is een geval apart. Niet voor niks houden de Druiden daar nog steeds hun geheime samenkomsten onder een stokoude Heilige Eik. Al van voorchristelijke tijden af is de Heath een soort van vrijplaats, die zich onttrekt aan het gezag van de stedelijke autoriteiten. Een toevluchtsoord ook voor allerhande duistere figuren, wier activiteiten het daglicht niet kunnen verdragen of die zich in de bijzondere belangstelling van de justitie mogen verheugen. Beurzensnijers, struikrovers, heksenmeesters en duivelaanbidders; op de Heath weten zij zich buiten de greep van het Gezag. De Heath ligt bezijden de Wet.

Geen wonder dat juist hier met grote regelmaat lugubere vondsten worden gedaan door met name matineuze en nietsvermoedende wandelaars en/of hondenbezitters. Niet zelden door het afwijkend gedrag hunner huisdieren op het spoor gebracht, stuiten zij in het struikgewas op in bruin pakpapier verpakte, met touw of tape omwonden onderdelen van menselijke lichamen, die met een bijl of botte broodzaag van het moederlichaam blijken gescheiden, of op hele of gedeeltelijke slachtoffers van ritueel getinte moord- en martelpraktijken. De gekruisigden, opgespietsten, gevierendeelden en geradbraakten, die in de loop der tijden op de Hampstead Heath zijn aangetroffen lopen in de honderden.

In dit pittoreske stukje Londen nu vonden wij in deze periode regelmatig onze slaapplaats. Het nachtelijk verblijf in enig ander openbaar park in de stad werd door surveillerende dienders onmogelijk gemaakt. Koud was je onder zeil of ze stonden al met zo'n zaklantaarn in je bek te schijnen. Of je maar op wou rotten...

Het nut van deze politiek is mij altoos volstrekt duister gebleven. Iemand die lekker in een park ligt te maffen lijkt mij minder geneigd tot wetsoverschrijding dan iemand die met-de-dood-in-z'n-hart-omdat-tie-ruw-uit-z'n-slaap-is-gehaald door Londens nachtelijke straten dwaalt. Volgens mij hebben we hier te doen met pure pesterij of anders heeft het te maken met de openbare zeden, die ommers voortdurend en met name 's nachts door allerlei pervers en crimineel tuig in publieke parken worden verkracht en bedorven.

Edoch, op Hampstead Heath niets van dit al. Geen gezagdrager die zich 's nachts binnen haar grenzen waagt. Tenminste, in 1964 niet.

Je sliep er, mits droog en zomer, als een vorst. Je rolde er je slaapzak uit aan de voet van zo'n prachtige, eeuwenoude knoest van een eik of beuk of berk of iep of olm of god-mag-weten-watvoor-boom, in het onveranderlijk lange tot zéér lange gras – dat daar dus niet om de haverklap door geestelijk minder bedeelden van de Plantsoenendienst met machinaal geweld gekortwiekt werd. Niets gezonder dan te slapen onder de blote hemel, in de ongerepte schoot van Moeder Natuur.

Zo lagen wij op zekere nacht getweeën uitgeteld in het land van Morpheus' armen, onder zo'n kneiter van een Keltische oelewapper, toen ik wakker werd door iets aan m'n been.

Nu moet men zich een moment trachten in te leven in de positie, dewelke ik in mijn slaapzak innam. Hoe lag ik precies?

Welnu, ik lag op m'n zij, maar zodanig ineengerold, dat ook mijn hoofd zich binnen m'n slaapzak bevond en wel op dusdanige wijze, dat ik, zodra ik m'n ogen opende, rechtstreeks in de richting van m'n voeten die slaapzak inkeek. En dat was dan ook precies wat ik deed, toen ik die nacht gewekt werd door iets aan m'n been.

Wat ik zag, daar beneden in die slaapzak, toen ik m'n ogen opendeed, zal ik niet gauw vergeten. Daar stond, rechtop, op z'n dooie gemak, met een elleboog tegen m'n dijbeen geleund, een helwit wollig wezentje van pakweg twee decimeter hoog me doodleuk middenin m'n muil te kijken! Het leek nog het meest op een bolletje angorawol op pootjes. Nee, beentjes. Armpjes en beentjes had het.

Het wezentje was zó intens wit, dat het licht scheen te geven en het was ook dankzij dit licht, dat ik het überhaupt kon zien daar in die pikdonkere slaapzak in die duistere nacht op Hampstead Heath.

Het was moeilijk te zeggen of het een mannetje of een beestje was dat daar stond, maar dát het er stond, viel niet te ontkennen. Twee felle zwarte kraaloogjes priemden me vanuit het helle wit tegemoet.

Hoewel ik voelde dat het me niet kwaad gezind was, wat het dan ook wezen mocht, schrok ik me toch wel even de ongegeneerd driedubbele uiterst onbeschaafde janpestpleuris van wat ik zag. Ik voelde m'n hart ergens ver achter in m'n keel tegen m'n huig aan bonken en er lag ineens een héle zware steen op m'n maag. Ik kon geen vin verroeren.

Een tijdje lag ik als verlamd. Wat moest ik doen?

'Casper waarschuwen', flitste het door me heen. Dan kon die met eigen ogen aanschouwen, wie of wat ik in m'n slaapzak op bezoek had. Dan zouen we het tenminste samen hebben gezien!

Centimeter voor centimeter stak ik m'n arm naar buiten in de richting waarin ik m'n vriend vermoedde. Ondertussen liet ik m'n nachtelijke bezoeker geen moment uit het oog. Een merkwaardig wezentje! Het scheen uit een andere wereld afkomstig. Onwerkelijk maar wel echt. Het had ook iets karikaturaals. Een tot leven gewekt stripfiguurtje... Het liet ook mij op zijn beurt geen moment uit het oog.

Eindelijk stootte m'n hand buiten de slaapzak op iets, dat weerstand bood. Casper! Ik duwde wat harder.

'Casper! Word wakker! Casper!'

Ik had wel willen schreeuwen, maar ik was als de dood dat het wezentje dan van wieberen zou gaan. Ik duwde nog harder en nóg...

Met een grom schrok hij wakker.

'Hè? Watte? Wie?'

'Hiero! Psssssstt!' siste ik hem toe. 'Moet je kijken in m'n slaapzak... Ongelooflijk!'

'Slaapzak? Slaapzak? Waar dan? Wat?'

'In m'n slaapzak, bij m'n been... Maar voorzichtig, anders gaatie pleite...'

'Wie gaat er pleite? Waar hebbie het over?'

'Kom dan kijken, hiero in m'n slaapzak...'

Ik hoorde hem over het gras naderbij schuiven. Héél voorzichtig hield ik m'n slaapzak voor hem open, opdat hij naar binnen kon kijken.

'Kijk dan, daaro, bij m'n been. Kan je 'm zien?'

Ineens, in een flits, was het bolletje verdwenen. Sneller dan het licht. Ik voelde het alleen nog even, op weg naar buiten, langs m'n wang strijken...

5

Er zijn lieden die rotsvast in kabouters geloven. Ik reken mijzelve niet tot die mensen. Maar lichtgevende bolletjes witte angorawol met zwarte kraaloogjes en héle dunne armpjes en beentjes... dat is een héél andere kwestie!

Boedaseks

Boedapest is een prrachtige stad, maar het 'Bangkok van Europa'...?

Ik bezocht de Hongaarse hoofdstad naar aanleiding van hardnekkige geruchten, als zou het met de seks aldaar grootschalig uit de klauw lopen. Een persoonlijk onderzoek moest uitwijzen, in hoeverre die geruchten met de werkelijkheid overeenstemden.

Om mijn onderzoek te vergemakkelijken bleek ik ondergebracht in een hotel, dat op zeker een dag gaans van het centrum bovenop een berg gelegen was. Hotel Panorama heette het, wat gezien het feit dat ik er voor rekening van de *Revu* verbleef extra reliëf kreeg. Die naam diende ongetwijfeld in verband gebracht met het schitterende uitzicht dat het hotel te bieden had, al bleef dit vanuit mijn kamer aan de achterkant beperkt tot een onduidelijk erfachtig perceel, waarop een 'Thermobil' stond opgesteld, alsmede leeg glaswerk in keurige kratjes, zevenhoog opgetast.

Het weer was fraai, de lucht strakblauw en het geboomte spar. Zoals te doen gebruikelijk bij het betrekken van een verse hotelkamer, inspecteerde ik allereerst de inhoud van de minibar. Mijn oog viel op een flesje (0,35 cl) Egri Bikavèr, Szaraz Vörös, Minöségi Bor, een ten onzent gemeenlijk als 'Stierblut' aangeduide, redelijk droge, rode wijn met een krachtig bouquet en een ietwat nerveuze afdronk. Liggend in een zeer heet bad goot ik het flesje in mijn kraag... Daar knapte een mens van op!

Vervolgens scoorde ik met vaste hand een hole-in-one. Daar knapte een mens nog méér van op! Opmerkelijk kwiek verliet ik daarop m'n kamer en daalde de trap af, naar de receptie. (Na mij eerst te hebben aangekleed, uiteraard. Het geeft geen pas om gelijk de eerste avond van je verblijf al in je blote reet bij de receptie te gaan staan. Na vijf dagen, ala, maar niet gelijk de eerste avond al.)

Taxi bitte! Wat mij betrof kon het onderzoek beginnen...

Dik een uur later kwam er zo'n tweedehands koffiemolen voorrijden, die men allerwegen in die contreien als taxi benut zag. De chauffeur droeg een snor van het type, dat ik onderbewust altijd al met het Hongaarse volk – en dan bedoel ik zeker niet alleen het mannelijke deel – geassocieerd had. Een ietwat melodramatisch ogende, hopeloos verouderde, overhangende begroeiing van de bovenlip, die geneigd was de mond goeddeels aan de waarneming te onttrekken en elke poging tot een serieus gesprek bij voorbaat in vochtig gemompel deed verkommeren...

Ik gebaarde dat ik naar beneden wou, naar de stad, die daar zo prachtig in de diepte ter weerszijden van de Donau lag, een Donau die, gelijk een ieder met een IQ van rond de 3,5 met zijn of haar klompen kan aanvoelen, net zo blauw was als de Maas paars met gele strepen! Nee, áls er ooit al wat blauw is geweest, moet het die Johann Strauss zijn geweest. Stel je voor, dat die man wat eerder door Magere Hein gehaald was geworden geweest, welk een ellende ons dan bespaard zou zijn gebleven! Maar wie zijn wij in Gods ondoorgrondelijk bestel? Wormen, nee, zandvlooien op het grenzeloze strand van Zijn Almacht, gedoemd om tot het Eind der Tijden in driekwartsmaat met die blauwe Donau om de oren geslagen te worden.

Met oorverdovend geraas daalden we de berg af, een spoor van milieubederf achterlatend in de vorm van dikke blauwe wolken langzaamwerkend tweetaktgas, die roerloos op ademhoogte in de Boedapester straten bleven hangen. Middenop een ongetwijfeld naar een martiaal besnorde, nationale vrijheidsdichter van het derde garnituur genoemde boulevard, stapte ik uit. Half op de tast begaf ik mij door de dikke walmen naar de overkant, waar een geheel in de steigers staand, maar daarom nog niet minder imposant gebouw verrees, waarin zowaar het legendarische Café Hungaria v/h New York gevestigd bleek, onder welks dak sedert de eeuwwisseling al zo menige aanslag op de beschaving was uitgebroed... Café New York mocht je absoluut niet missen, had ik in de *Avenue* of een soortgelijke, tot diepe weerzin jegens de bewoners van de hoofdstedelijke grachtengordel stemmende periodiek gelezen. Zonder een bezoek aan Café New York was je helemaal niet in Boedapest geweest, durfde men gerust te stellen.

In de veronderstelling dat het hetzelfde betekende als bij ons, probeerde ik de met een groot bord 'Open' uitgemonsterde deur. Maar daar bleek ik me toch in te hebben vergist. Die deur was met geen tien paarden in beweging te krijgen. Toch zag ik binnen mensen zitten. Kregen ze de tering met hun deur, ik wou naar binnen!

Ik maakte een omtrekkende beweging rond het hele gebouw en wist mij uiteindelijk middels een goedgecamoufleerde zijdeur toegang te verschaffen tot het binnenste van het vermaarde café.

Het interieur overtrof de meest overspannen verwachtingen. Voor mij gaapte een gigantische, geheel vergulde, kathedraalachtige ruimte, met marmeren vloeren op verschillende niveaus en duizelingwekkend hoge, nerveus beschilderde plafonds, geschraagd door immense, gedraaide pilaren, met talloze trappen en portalen, gaanderijen en balkons, loggia's, entresols en beletages, doorkijkjes, spitsbogen, tongewelven en monumentale schoorsteenpartijen, met meer dan manshoge, driftig geornamenteerde spiegels, rijkelijk behangen met gouden slingers en guirlandes, ranken en lianen, kransen en rozetten en beschenen door machtige kristallen luchters en kronen. Ik was één ogenblik met stomheid geslagen. Ik bevond mij in een kruising van een kathedraal, met een paleis, een praalgraf en een 19e-eeuws station, opgetrokken in onvervalste dubbelmonarchistische megalomythomaniakaalklerikaaltriomfallische tragikomiekwagneriaanse cryptomasturbatoirfascistische proto-Jugendstil.

Ergens in de diepte voor mij moduleerde een zigeunerstrijkje, in de klassieke bezetting van viool, altviool, cembalo en basviool, welke laatste consequent werd bestreken in plaats van geplukt. Prompt werd ik bestormd door beelden en herinneringen uit de vroege jaren vijftig, toen de vaderlandse café-restaurantsector ook met een ware zigeunermanie werd bezocht, waaruit lieden als Lajos Veres en Gregor Serban en hun respectieve Paardendieven een ver boven modaal liggend inkomen wisten te peuren. Met echte zigeunermuziek had het intussen maar bar weinig te maken... Echte zigeunermuziek stamt immers uit Roemenië, welke natie de Hongaren liever vandaag dan morgen nog van de aardbodem zouden zien weggevaagd; een sentiment dat door de Roemenen met betrekking tot Hongarije hartgrondig wordt gedeeld en vandaar dan ook, dat het zogenoemde 'zigeunerrepertoire' van Hongaarse strijkjes sinds jaar en dag bestaat uit suikerzoete Weense genrestukjes, die door gewiekste broodcomponisten van Oostenrijks-Hongaarsen bloede op een doordeweekse middag rond de eeuwwisseling in een verloren uurtje in mekaar zijn gerot, in mineur uiteraard, wat zelfs ons 'Ouwe Taaie' nog iets melancholieks verschaft, dat vervolgens door alweder besnorde, tot corpulentie neigende, in rode of blauwe, door tandeloze grootmoeders in naargeestige, tot zelfmoord nodende woonkeukens van tragische huurkazernes, in door claustrofobie en gerontofilie geteisterde voor- en slaapsteden van Boedapest, bij het schamele licht van een armetierig oliepitje, met de hand geborduurde vesten gestoken, meer, doch overwegend minder geschoolde 'Stehgeigers' tot ziekmakens toe wordt uitgemolken, waarbij het hun gewoonte is zich al jammerend en zagend van tafel tot tafel te begeven, vanwaar zij niet dan na ontvangst van de nodige steekpenningen geneigd zijn om weer op te rotten, hetgeen door hun slachtoffers steevast als zijnde een 'typische zigeunertrek' wordt goedgepraat.

Met gemengde gevoelens liet ik mij door een knipmessende ober naar een tafeltje geleiden, in het onmiddellijke bereik van de strijkstokken.

'Kroznja plens?' wilde hij weten, zodra ik gezeten was. 'Plens', gokte ik op goed geluk, waarop hij in de ongetwijfeld zeer uitgestrekte, labyrintische catacomben onder het café verdween om drie dagen later terug te keren met de kaart.

Deze bleek verluchtigd met de handtekeningen van illustere klanten uit het interbellum, toen Boedapest in uitgaande kringen nog hoog tot zéér hoog stond aangeschreven. Na enige studie kon ik die van Josephine Baker thuisbrengen, alsmede die van Sonja Henie, Mistinguette, Maurice Ravel, Harold Lloyd, Emmerich Kálmán en Charles Chaplin en na verloop van tijd ook die van Thomas Mann, Benjamino Gigli, Richard Strauss, Rod La Roque, Emil Jannings, Capablanca, Ronald Colman, Ward Price, Ramsay McDonald en Jimmy Walker. Zonder aarzelen zette ik de mijne ertussen.

Ik moet bekennen dat de pracht en praal van het interieur níét in de kwaliteit van het voedsel werd weerspiegeld. Ik zal daar verder niet over in detail treden, want als ik iets haat, is het wel die culinaire prietpraat met literaire pretenties, die je tegenwoordig bij het openslaan van om het even welk tijdschrift tegemoet kwaakt. Laat ons volstaan met de opmerking, dat het niet te vreten was! Café New York moest het duidelijk hebben van de sfeer. Met die sfeer zat het wel snor en het werd nog eens een stuk besnorder, toen ik nader kennismaakte met twee echtparen uit Rotterdam, van wie een van de heren een broer bleek te zijn van iemand die ik al héél lang kende, nog uit tijden toen er door schuchter bebaarde aankomende dichters en andere kunstartiesten, in morsige, van zware Gauloise-walmen doortrokken bierlokalen, met op de achtergrond cool jazz- of hard bopklanken, nog een stevige pot gedomineerd werd om een klets of een hotdog – die laatste wel met bijbetalen – terwijl de andere heer bij zijn activiteiten als organisator van interscholaire sportevenementen, tussen lang opgedoekte, tot legende geworden, plaatselijke Hoogere Burger Scholen, veelvuldig te maken had gehad met mijn voormalige Engelse leraar, een man wiens naam ik tot mijn laatste snik zal blijven eren en hooghouden, ook al was hij dan voor Feyenoord.

Beide heren bleken hem bepaald stevig te kunnen raken, waarin hun beide echtgenotes hun overigens geen duimbreed toegaven en de stemming kreeg al snel iets joligs, waarbij een met een uienreet van zéér zuiver water toegeruste ober het telkenmale moest ontgelden. De man bleef onverstoorbaar en had tenslotte het laatste woord, toen hij de rekening kwam presenteren, die ook in Hongarije stevig kan oplopen. De forinten vlogen bij duizenden over tafel, van die grote groene flappen, net als bij ons, al zie ik die toch liever, onder ons gezegd en gezwegen.

De Rotterdammers bleken er, in tegenstelling tot de *Revu* ten behoeve van mij, wel degelijk in geslaagd een hotel in het centrum te vinden, Hotel Astoria, met een café-restaurant dat qua interieur met de New York kon wedijveren en in de kelder een complete nachtclub, die van een latere, minder smaakvolle, datum stamde. Nadat de lichtelijk boven hun theewater verkerende dames zich giechelend in hun hotelkamers hadden teruggetrokken, besloten de heren, in het kader van mijn onderzoek naar het recentelijk nogal in opspraak geraakte plaatselijke seksleven, met mij deze gelegenheid aan een nadere inspectie te onderwerpen.

De boven in de lobby als 'flitsend', 'gewaagd' en 'opwindend' aangeprezen floorshow ontpopte zich als zijnde samengesteld uit een geheel gekleed damesballet in de exotische sfeer, een Hongaarse kruising van Anita Meyer met Dolly Parton, wier borstomvang haar ogenblikkelijk in de categorie van Zwaar Lichamelijk Gehandicapten plaatste; vervolgens een plaatselijke Lee Towerskloon, die eens te meer aantoonde, dat de invloed van de sympathieke Zingende Hijskraan uit Rotterdam zich tot ver buiten de gemeentegrenzen deed gelden; alsmede één (1) stripteaseuse, die angstvallig haar nogal royaal uitgevallen broek aanhield; het geheel begeleid en omlijst door Klaas Vaak & De Zandzakken, uw favoriete orkest voor bruiloften, partijen en personeelsavonden.

De club was redelijk tot goed gevuld met allerlei mannen in grijze en grijze pakken, met stropdassen die als een plank naar beneden stonden, want hangen kon je zoiets niet meer noemen. Vrouwen schitterden in afwezigheid, op een handjevol overduidelijke professionals na, die het aanwezige klantenbestand vanachter hun longdrinkglazen met nauw verholen weerzin in zich opnamen. Er maakte zich een diepe droefenis van mij meester, al deden wij er alles aan om de stemming erin te houen. We deinsden er zelfs niet voor terug om op gegeven moment Rocco

Granata's meesterwerkje 'Marina, Marina, Marina' luidkeels én tekstvast mee te zingen, wat een van de grijze pakken ertoe aanzette om bij ons te komen informeren of we soms Italianen waren...

Toch gaven we de moed niet op. We besloten ons lot volledig in handen van het taxiwezen te leggen, in de veronderstelling dat taxichauffeurs, evenals uitsmijters en hotelportiers, van álle aspecten van het grootsteedse leven op de hoogte zouden zijn. Tot ver in de volgende morgen doorkruisten we in steeds weer andere taxi's in alle richtingen de stad, op zoek naar de verborgen en verboden geneugten van Boedapest. Van de Astoria naar de Moulin Rouge en van de Moulin Rouge naar de Place Pigalle en van de Pigalle naar de Tophat en van de Tophat weer naar de Moulin Rouge... Echt opschieten deed het niet. Met gebaren en in een raar mengelmoes van Frans, Duits en Engels trachtten we de ene taxichauffeur na de andere duidelijk te maken, wat voor soort nachtvermaak we zochten.

Eén waarlijk moordende rit bracht ons in een van God en iedere Hongaar verlaten buitenwijk bij een hotel, dat zo op het oog tot de meer ambitieuze architectonische miskleunen van de vroege jaren zestig gerekend moest worden, in welks bar het volgens de zóveelste chauffeur van die nacht een waar Sodom en Gomorra moest wezen.

Ik naar binnen. Daar deelde een portierachtig heerschap mij op de toon van een begrafenisondernemer met aambeien en een zakje onder het hart voor de ontlasting mede, dat beide steden wegens gebrek aan zondaars hun poorten voortijdig hadden gesloten. Ik weer naar buiten.

Geschlossen!

Geschlossen? Onmogelijk, volgens de chauffeur, die op zijn beurt naar binnen ging om te informeren. Twee tellen later kwam hij als een gebroken man weer naar buiten.

'Geschlossen... Geschlossen...' mompelde hij verslagen voor zich heen. 'Was jetzt?'

Dat wilden we nu juist aan hem vragen. Hij woonde hier tenslotte, wij niet. Met enig nadenken kon nie toch nog wel wat anders verzinnen. Ja toch? Of niet soms?

We konden z'n hersens in de dodelijke voorsteedse stilte horen kraken. In diepste concentratie liet hij de kin op de borst zinken. Toen ineens in een flits schoot hem iets te binnen.

Ahaaaaaaa! Dattie daar niet eerder aan had gedacht! En met een bloedgang bracht hij ons vervolgens naar... ja hoor! De Pigalle!

We staken onze teleurstelling niet onder stoelen of banken. Hèhè, origineel hoor, de Pigalle! Moesten we daar nog voor betalen ook?

Was? Hoezo? Vonden we dat ook niks, de Pigalle?

Kut met peren, die Pigalle. Waren we al geweest.

Maar wat zochten de heren dan?

Iets dat verder ging dan de Pigalle.

Nóg verder?.!.?.

Onthutst staarde de man ons aan. Verder dan de Pigalle ging het bij hem kennelijk niet. Misschien dat een van z'n collega's, die in groten getale in hun wagens voor de Pigalle aan hun pik zaten te trekken, ons verder kon helpen, maar hij gaf het op.

Nóg verder dan de Pigalle... Hoofdschuddend verdween hij in de Hongaarse nacht.

Andere taxi!

Zelfde verhaal. Ik begon een beetje de tering in te krijgen. Dit werd te gek! Zaten we godverdomme in 'het Bangkok van Europa', moesten we de hele tijd uitleggen, wat we wilden. SEKS NATUURLIJK! SEKS, SEKS EN NOG EENS SEKS!!! LIVE SHOWS! PEEP DESNOODS! VIBRATORS! HONDEN! POTTEN! KINDEREN! BEJAARDEN VOOR MIJN PART!!! HET KON ONS NIET GEK GENOEG WORDEN! GOOI OP DIE BOEDASEKS!

Ze zaten ons stuk voor stuk aan te kijken of ze water zagen branden. En als je 't mij vroeg, zagen ze dat ook! Misschien was het de taalbarrière, mogelijk, maar volgens mij hadden ze echt geen flauw idee, wat we bedoelden. En waarom niet? Om de simpele reden, dat het er helemaal niet wás. Een paar hoeren misschien, maar daar zaten we toevallig niet op te wachten. Wij zochten het zwaardere werk!

Uiteindelijk verzeilden we bij een chauffeur in de wagen, die kennelijk net aan z'n dienst begonnen was – hij straalde tenminste een verdacht optimisme uit – en die begreep gelijk wat we bedoelden.

AHAAAAAAA! JAJAAAAAAAH! GOIRRRRLZZZZZ!

Nou dan waren we bij hem aan het goede adres. Hij zou ons brengen naar de absolute topzaak op dit gebied in Boedapest. Iets beters vond je in de hele stad niet, dat konden we gerust van hem aannemen. Met gillende banden stoven we weg. Op naar de POPO-BAR!

Met ware doodsverachting joeg hij door Boedapests verlaten straten. In het Oosten begon het al te dagen. Uit de speakers op de hoedenplank knalden discoklanken. Ik was benieuwd.

Met piepende remmen kwamen we tot stilstand voor een geheel verduisterd lokaal. Dat begon erop te lijken. Dat riekte naar de onderwereld, een geheel verduisterd lokaal. Net toen we uitstapten zwaaide de deur open om iemand uit te laten. Vanuit het voorportaal blonken ons enkele gokautomaten tegemoet. Dat wekte vertrouwen. Ook het silhouet van het toezichthoudend personeel was bepaald geruststellend. Twee brachycefale kleerkasten met bloemkooloren en een boksersneus. Precies als thuis in Rotterdam, waren wij het roerend met elkaar eens. Zou het dan toch nog wat worden hier in Boedapest?

Na het voldoen van een toegangsprijs van vierhonderd forint de man, betraden wij door een opbeurend gedessineerd gordijntje de eigenlijke poel des verderfs. Zo te zien waren we de enige zondaars op dat moment. Er was een ruime keus aan zitplaatsen.

We zaten nog niet of we werden topless bediend. Een chick met een witte G-string en een kop alsof ze een jaar naast de ham in de schoorsteen had gehangen nam de bestelling op.

Wit wijntje ging er altijd in. Ik keek om me heen. Aan de bar hing nog een tiental meisjes, gekleed in G-string en witkanten bolerootje. Ze waren stuk voor stuk opvallend jong. Ik schatte er geen een boven de acht. Omstebeurt trad er een naar voren en trok op omslachtige wijze – die ongetwijfeld als uitdagend was bedoeld – het bolerootje uit. Vervolgens gingen ze voor de namaak open haard tegenover ons op de maat van ingeblikte dicsomuzak met hun tieten en hun kont staan schudden. Een stuitende vertoning!

Op gegeven moment schoven er twee dames ongevraagd bij ons aan tafel. De ene een donkerblonde tientonner, waar de honden geen brood van lustten, en die andere zo'n fletsig blond bleekscheterig type met van die vissenogen, dat zó uit de nieuwbouw rond Utrecht of Tilburg leek weggelopen. Zo'n huisvrouwtje uit Nieuwegein, dat er wat bijdeed als haar man naar kantoor was.

Ze vroeg naar m'n naam. Zelf heette ze Eva.

Kwam dát even goed uit! Ik Adolf!

Maar dat ging langs haar heen. Ik vroeg of ze wat drinken wou? Ze keek me aan of ik gek geworden was.

Iets drinken? Nee, niks drinken. Néúken wou ze! Ik toch zeker óók?

Met háár? Ik ging liever gewoon dood...

Ze was gelijk pleite. Vanaf een kruk aan de bar bleef ze me de rest van de tijd dood zitten kijken.

Ondertussen was het wat drukker geworden en het was nu een vrijwel voortdurend geschud van tieten en konten, soms zelfs op schoot of in het gezicht van verschillende heren. Er waren erbij die zich niet konden beheersen en een greep deden naar het gebodene. Ogenblikkelijk trad dan zo'n kleerkast in werking...

Kssssstt! Af! Handen thuis! Op z'n Hongaars uiteraard.

De overtreders begonnen prompt te kwispelen of met een wanhopige blik hun geld na te tellen.

Want zo zat het. Kijken beneden en aankomen boven, na betaling van de nodige fondsen.

Ik hield het zakie scherp in de gaten. Ik zag gedurende mijn verblijf niemand met een dame naar boven gaan.

Mede in verband met mijn studie besloot ik naar de tarieven te informeren.

'Quanta costa?' vroeg ik aan de dichtstbijzijnde kleerkast, want als het moet spreek ik vloeiend Hongaars.

Driehonderd D-mark. Per úúr!

Geen wonder dat er geen klant mee naar boven ging. Met een beetje goeie wil kon je daar bij ons een week van met vakantie met iemand! Volgens mij stonden ze hier mooi voor lul. Geen knoop te verdienen met zulke tarieven...

Verder zat er ook nog een orkestje. Drie man op een podium ter grootte van een flinke zakdoek. Toetseneur, gitarist, drummer. Zij brachten af en toe een voorzichtige bossa nova ten gehore.

Het was allemaal van een terneerdrukkende braafheid.

We probeerden nog wat leven in de brouwerij te brengen door zonder betalen weg te lopen, maar de kleerkast voor het gordijntje had ons door. Betálen! Twaalfhonderd forint.

Ik had alleen maar dollars.

Geen bezwaar... Ter plekke ging hij met een zakcalculator in de slag.

Dat was dan drieeëntwintig dollar. Hij glimlachte triomfantelijk.

Wie was ik om hem tegen te spreken? Ik schatte hem op minimaal twee meter. In de breedte dan.

Knipperend tegen het licht stapten we de ochtend in. Eén nacht Boedapest zat erop. Nog víjf. Ik vreesde het ergste.

Later die dag las ik in de lobby van het hotel de *Daily News*. Vier pagina's geselecteerd wereld- en plaatselijk nieuws in het Engels, speciaal voor toeristen. M'n oog viel onmiddellijk op een artikel op de voorpagina, onder de kop: 'OPERATIE SEKSMARKT'...

Ik las: 'Boedapest – (dn) – De politie zal op korte termijn een einde maken aan de schijnbaar vreedzame coëxistentie van prostituees, een groeiend aantal seksbazen en de politie. Kolonel Dr. Janos Dobos, districtscommandant van de Nationale Politie Commandantur verklaarde op een persconferentie, dat de politie een groei van de seksmarkt niet zou tolereren, alsmede de onbeperkte verkoop van pornografische geschriften en de vrije vestiging van massagesalons en seksshops. Volgens Dobos kon de prostitutie nooit helemaal worden uitgeroeid en het zou ook geen probleem zijn, indien de transacties strikt tussen twee partijen werden afgewikkeld. De problemen ontstonden, wanneer parasieten, die sterke bindingen hadden met de georganiseerde misdaad, zich gingen bezighouden met meisjes en in toenemende mate ook jongens, die zich prostitueerden. Geld, verkregen middels criminele activiteiten, werd witgewassen op de seksmarkt. De politie was vastbesloten om harde maatregelen te nemen tegen de onderwereld en de prostitutie om het tij van de toenemende criminaliteit te keren. Dobos verklaarde, dat de politie niet van plan was om als zedenmeester op te treden, maar de bestaande wetten en regelingen zou naleven...'

Astanblaft! Hoorde je 't ook es van een ander... Wat stond er eigenlijk?

Volgens mij hadden we hier te maken met een boodschap van de kit voor de plaatselijke sekspenose, dat er meer steekpenningen op tafel dienden te komen dan tot nog toe gebruikelijk was. Zo niet, dan brak de pleuris uit.

Met andere woorden: de tarieven in de POPO-bar zouden nog verder omhoog moeten. En dat terwijl er nu al niemand mee naar boven ging. Als het nóg meer moest gaan kosten, konden ze de boel wel opdoeken.

De kit zat in alle gevallen gebeiteld. Of er werd meer smeergeld gevangen of de boel ging op de fles. In het laatste geval stelde men de kennelijk verontruste voormalige partijgangers tevreden, die zich publiekelijk druk maakten over de vloedgolf van verderf en zedeloosheid, dewelke zich als bijverschijnsel van de vrije markteconomie over Hongarije dreigde uit te storten.

Je vroeg je af waar ze zich druk om maakten? Er viel in geen velden of wegen een seksshop te bekennen. Vibrators, kunstlullen, rubber kutten, opblaaspoppen? Vergeet het maar. Als oorbellen vermomde kapotjes ja, tenminste als je de krant mocht geloven. Ik met het uitgeknipte fotootje van het bewuste artikel de hele stad af, want dit wou ik als bewijsstuk A natuurlijk niet missen, maar waar ik ook vroeg of informeerde: men had er nog nooit van gehoord. De onbeperkte verkoop van pornografische geschriften? Waar dan? Af en toe stond er een mannetje op straat met vijf of zes seksblaadjes in de aanbieding. Hé pssst! Misschien zijn wij Hollanders blasé, maar ik kan aan een slechte kleurenfoto van een vrouw die haar spleet toont absoluut geen pornografie ontdekken. Het is mogelijk, dat het bijbehorende verhaal verschrikkelijk geil maakte; dat kon ik natuurlijk niet lezen omdat het in het Hongaars was, dus dat is mogelijk, maar ik denk het eigenlijk niet. Pornofilms? Ja, in het hotel, op de tv. Althans, volgens het programma. Het enige dat ik te zien kreeg was steeds dezelfde mededeling: 'Ende Programm – Nächste Film – Bitte Sieh Anzeiger'. Ik kijken in dat programma. Ja hoor, daar stond het: 16.00 uur of 22.00 uur of 2.00 uur 'Vrolijke Mutsen in Tirol'. Ik die tv weer aan. Stond het weer: 'Ende Programm – Nächste Film – Bitte Sieh Anzeiger'. Ik naar beneden, naar de receptie, vragen hoe dat zat? Zaten we daar met ons pik in ons hand, viel er niks te rukken! Volgens de receptionist was er wat loos met de aanvoer. Volgens mij ook. En niet alleen daarmee. Het enige bloot dat het tv-scherm bood, was het boksen op Eurosport.

Het 'Bangkok van Europa'? Laat me niet lachen. Zeker vanwege die ene keer dat ik op de boulevard langs de Donau werd aangesproken door een hooker uit de Drakenklasse? Wat wou je, in een miljoenenstad? Ik dacht al, waar blijven ze zo lang?

Nee, wat in Boedapest op seksgebied als een 'big deal' wordt beschouwd valt volledig in het niet bij wat we hier in Holland sinds jaar en dag gewend zijn. Bij ons mag écht alles of het wordt goedgepraat. Daarnaast verbleekt alles wat de Hongaarse hoofdstad op immoreel gebied te bieden heeft.

Elke door mij tijdens de rest van mijn verblijf ondernomen sekspeditie leidde onvermijdelijk naar dezelfde plek... jawel hoor, de POPO-BAR!! 'k Mag sterven als het niet waar was. Welke taxichauffeur of hotelportier ik ook te baat nam, het resulteerde onveranderlijk in de POPO-BAR. IK HEB ER AL DIE TIJD GEEN SPOOR VAN ENIG GESLACHTSVERKEER WAARGENOMEN! Helemaal niemand heb ik naar boven zien gaan. Misschien dat men bewust een low profile hield, zolang ik aanwezig was, om zich, zodra ik m'n hielen had gelicht, met man en macht op het voorradige vrouwvlees te storten en een breidelloze orgie aan te richten, waarbij iedereen het met iedereen deed, op stoelen en tafels, de vloer, op de bar en in de gordijnen, maar alweer, ik denk het niet. Wel wist ik in die week een mooie relatie op te bouwen met de drummer van het driemansorkestje, een ouwe nachtclubrot die in z'n gloriejaren nog in een Zweedse big band had gedrumd. Hij zou God op z'n blote knieën danken voor een kans om in Nederland te kunnen spelen, alle genres behalve zigeuner, wat na een weekje Boedapest een ware verademing was.

Voor hen die de Griekse beginselen zijn toegedaan, heb ik slecht nieuws. Er is mij van generlei 'gay scene' iets gebleken. De eerlijkheid gebiedt mij te vermelden, dat ik er niet écht fanatiek naar gezocht heb. Ieder z'n meug, zei de boer, en neukte z'n varken. Niet dan? Ja toch? Op straat was er in elk geval niets van te merken. Ook in het beperkte assortiment seksbladen dat door de straathandel werd aangeboden, heb ik geen specifieke 'heren'bladen kunnen ontdekken. Het was allemaal kut, tiet en kont, wat de klok sloeg, met af en toe zo'n bleke, halfslappe pik ertussen, van een formaat, dat niemand vrolijk kon stemmen, ongeacht welke beginselen men ook mocht zijn toegedaan.

Na heel lang speuren vond ik uiteindelijk toch een man die naar plaatselijke normen voor de titel van 'pornokoning' in aanmerking kwam. Ik moest ervoor naar de rommelmart, die anders dan bij ons niet in het centrum van de stad gesitueerd was, doch ver daarbuiten, in enkele op instorten staande loodsen, langs de autosnelweg. En als ik zeg rommelmart, bedoel ik ook rommelmart! Het was een soort van vuilstortplaats, waar hier en daar een ouwe lul op zat, met voor zich een paar verroeste conservenblikken vol schroefies en moertjes. En drúk dat die gasten het hadden! Hele volksstammen stonden bij ze in de rij. Je kan je afvragen, wat al die Hongaren in jezusnaam met die schroefies en moertjes moesten, maar dat viel buiten het kader van mijn onderzoek. (Toch kroop ook hier het bloed waar het niet gaan kon en in gedachten volgde ik één der kooplustigen naar diens ongetwijfeld armzalige woonstee in een duistere spelonk ergens midden in Pest, alwaar ik na bestijging van een tiental trappen op een zolder belandde, waar deze door mij in gedachten gevolgde ingezetene van Boedapest doende bleek met de constructie ener ingewikkeld ogende seksmachine, die werd aangedreven volgens hetzelfde principe, dat ten onzent in de barre winter van '44 op '45, toen het westen des lands gebukt ging onder honger, koude en terreur en de oude, beproefde medewerkers van het tijdschrift *Denksport* – zij het met welhaast bovenménschelijke inspanning – toch een groot aantal puzzels, problemen en kruiswoordraadsels wisten samen te stellen, veelvuldig in de energiewinning toepassing vond, dat wil zeggen middels fietstrappers, waarbij deze in dit geval niet zozeer de elektriciteitsvoorziening dienden, als wel de machine in staat stelden ieder willekeurig lustobject, of liever nog -subject, terzelfdertijd van voren én van achteren binnen te dringen, waarbij in twijfelgevallen van de terugtraprem gebruik kon worden gemaakt.)

Eén der kramen op die rommelmart werd bezet door een kleine zelfstandige met een pet op en de onvermijdelijke snor voor en gehuld in zo'n tot halverwege de dijen reikende, grijzige stofjas, die men gemeenlijk pleegt te associëren met christelijk gereformeerde winkel- en/of magazijnbedienden in ijzerwarenhandels te Lunteren of Veenendaal-De Klomp, dewelke misschien wel vijf-tien (15) of zelfs twin-tig (20) verschillende seksbladen in de aanbieding had, alsmede anderhalve videoband. Rond deze kraam dromden zo'n veertig à vijftig, al wat ouder wordende en ongetwijfeld onzegbaar eenzame, Magyaren samen, die zwijgend, in droef gepeins verzonken, naar de uitgestalde verlokkingen stonden te staren.

Ik wil met dit alles geenszins beweren, dat Boedapest de moeite van het bezoeken niet waard zou zijn. Integendeel. Boedapest is een prrrrachtige stad, met talrijke kerken, paleizen, kuurbaden, musea én zigeunerstrijkjes, maar wat de seks betreft, lijkt Lunteren mij nog verre superieur. Om van Veenendaal-De Klomp nu maar te zwijgen.

De (H)Aringtwisten

In het heetst der Hoeksche en Kabeljauwsche Twisten, toen wij malkander in deze contreien op historisch verantwoorde wijze met hooiriek en dorsvlegel te lijf gingen en allerwegen pittoreske taferelen van moord en doodslag en andere vormen van volksvermaak, zoals de berenjacht (waarvoor de beren dagelijks vers vanuit Canada werden ingevlogen) en niet te vergeten het hengelen, dat een periode van ongekende bloei doormaakte, aan de bloederige orde van de dag waren, werd op zekere dag met zware bewolking en harde tot stormachtige noordwestenwind door een inwoner van Hoek van Holland, Hendrikus Aring, de haring uitgevonden. Niet als voedsel, maar als wapen in de strijd tegen de Kabeljauwsche erfvijand. Wat wilde namelijk het geval? Het geval wilde dat de zich al sinds mensenheugenis voortslepende strijd tussen beide partijen kortelings een beslissende wending ten gunste van de Kabeljauwers leek te hebben genomen, toen dezen volkomen onverwacht en in flagrante tegenspraak met het Reglement van Orde van de Speciale Commissie Herontwapening der Verenigde Naties, tijdens de eindsprint van de Ronde van Crooswijk een nieuw wapen in de strijd hadden geworpen, waarvan de Hoeken aanvankelijk niet terug hadden. Het betrof hier een partij weliswaar verouderde, maar nog alleszins operationele kabeljauw, waarop de Kabeljauwers door bemiddeling van Prins Bernhard – zoals bekend één van de kopstukken uit de internationale wapenhandel – op slinkse wijze de hand hadden weten te leggen en die zich in z'n gedroogde vorm van stokvis uitstekend als slagwapen liet gebruiken. De Hoeken waren totaal verrast, toen hun opponenten op een geheim teken van hun ploegleider plotsklaps als bezetenen met dit nieuwe wapen om zich heen begonnen te slaan. Het werd een bloedbad dat z'n weerga in de nog prille krijgshistorie der Lage Landen vooralsnog niet kende en volgens de zegevierende Kabeljauwers had het de traditionele twisten voor eens en altijd in hun blijvende voordeel beslecht. Zij zetten hun woorden kracht bij door zich gedurende de maandenlang voortdurende overwinningsfeesten keer op keer op keer op keer op keer op keer op keer op keer op keer op keer in de meest weerzinwekkende en tegennatuurlijke houdingen en standen aan Hoeksche maagden en knapen te vergrijpen, in het bijzijn hunner aaneengeketende, in modder en drek nederknielende ouders, van wie tallozen, door de gruwelen aan hun nageslacht bedreven van hun zinnen beroofd, nog diezelfde avond bij de poort van Maasoord als ongeneeslijk krankzinnig konden worden afgeleverd. Het gekerm en geweeklaag der onschuldige slachtoffers was tot ver na sluitingstijd van de horecaf te horen en in het Bisdom Breda werd reeds met de inzameling van dekens begonnen.

Edoch, de Kabeljauwers hadden buiten de waard gerekend, een waarlijk schitterende rol, die overtuigend gestalte kreeg in de vertolking van eerdergenoemde Hendrikus Aring, een ingezetene van Hoek van Holland, binnen welks muren de vlam van het verzet tegen de wrede overheerscher nimmer doofde. Als Hoek in hart en nieren brak Aring zich in nachtelijke uren voortdurend het hoofd over de vraag, op welke wijze men de gehate vijand alsnog een koekje van eigen deeg zou kunnen presenteren. Al brekend kwam hij tot de slotsom, dat het zaak was om de op het oog verslagen, doch inwendig ongebroken Hoeken op hun beurt van een strikt geheim wapen te voorzien, dat hen in staat moest stellen de Kabeljauwers in een hernieuwd en goedgesponsored treffen vernietigend in de pan te hakken. Zo werd in Arings brein de haring geboren.

Het bleek niet moeilijk om de Kabeljauwers met enkele goedgetimede provocaties uit hun tent te lokken en hen te bewegen tot een strafexpeditie tegen de oproerige Hoeken, die hen rechtstreeks naar het strand van Hoek van Holland voerde. En terwijl zij zich in de duinen aan de vooravond van de slag middels woeste drinkgelagen alvast op hun komende overwinning voorbereidden, stortte de tot de laatste man, vrouw en kind gemobiliseerde bevolking van Hoek van Holland, onder de bezielende leiding van Hendrikus Aring, het toekomstige slagveld vol met een dikke laag haring.

Toen nu de Kabeljauwers op de morgen van de slag, nog halfdronken van de vorige avond, lallend en zwaaiend met hun stokvis het strand opstormden, lagen ze binnen de kortste keren... GLIEP! op hunnen platten bek. En wat ze ook probeerden, in de glibberige laag haring konden zij met geen mogelijkheid meer overeind komen. Voor de Hoeken, voor de gelegenheid voorzien van speciaal schoeisel, was het toen een klein kunstje om de hulpeloze vijand met een al even speciaal mesje tot de laatste man te 'kaken'. Zo en niet anders luidt het ware verhaal over het ontstaan van de haring. Althans deel I.

Deel II. De uitvinding van Hendrikus Aring uit Hoek van Holland maakte Nederland tot een wereldmacht. De haring vormde jarenlang ons meest gevreesde wapen. De wereldeconomie stond of viel met de hier te lande vastgestelde haringprijzen. Ik zal u niet vervelen met langdradige economische verhandelingen, maar dankzij de haring zwaaiden wij Hollanders de scepter over de toenmalige wereld. Toch zal men in de geschiedenisboekjes vergeefs naar de Slag bij Hoek van Holland zoeken. Die is door Lou de Jong onder lawines van niet ter zake doende details en bijkomstigheden bedolven, een en ander in opdracht van Oranje, dat zo een hoofdrol in de ontstaansgeschiedenis van het vaderland voor zich wist op te eisen en in het voorbijgaan meteen de kwalijke rol van de toenmalige Prins Gemaal onder het peperdure Chinese tapijt uit de Pingpingdynastie veegde. Niet dat ik De Jong hiermee aan de schandpaal wil nagelen; daarvoor is hij van te veel nut gebleken tijdens de Bezetting, die van 1940 tot 1945 met groot succes door Radio Oranje werd uitgezonden, terwijl ook zijn rol als Nationaal Geweten in de Affaire-Aantjes – de enige SS'er in de politieke top, die ere-Ariër Van Agt uit de koers had kunnen rijden – tot de hoogtepunten van het naoorlogse theaterseizoen dient gerekend. Desalniettemin blijft het een feit, dat de geschiedenis van de haring op grote schaal is vervalst en dat Hendrikus Aring van zijn rechtmatige plaats in de vaderlandse is beroofd.

Ondertussen legde onze op haringbasis gevestigde hegemonie ons geen windeieren. We liepen binnen. En zoals zo vaak in die gevallen smaakte zulks naar meer. Legaal of illegaal, dat kon de leden van het toenmalige Zakkenvullersgilde niet schelen, zolang er maar meer geld binnenkwam om te tellen, een welhaast tot liturgie verheven bezigheid, die in toenemende mate werd bedreven achter de zich toen nog in uitstekende staat bevindende trapgevels van de thans in z'n geheel op de Monumentenlijst vertoevende binnenstad van Amsterdam, een omhooggevallen zeeroversnest ergens tussen Amstel en IJ, in het hart van het voormalige stamland van – u raadt het al – de snode Kabeljauwers uit deel I van deze geschiedenis. Daarmee was de cirkel rond en kon het spel beginnen...

Onder het goedkeurend oog van een met kilo's boter op het hoofd rondlopende regering begonnen de HH Zakkenvullers op grote schaal met de haringprijzen en de daarmee onverbrekelijk verbonden vangstquota te ritselen. Dat ging jaren goed, totdat op zekere dag een persoon, wiens identiteit om redenen van Staatsveiligheid in de Grote Kerk te Delft voor het nageslacht wordt bewaard, op een cocktailparty ten burele van de Christelijke Maatschappij ter Bevordering van Grafzerken z'n mond voorbijpraatte in het bijzijn van een undercoveragent van de Waarschuwingsdienst voor de Scheepvaart. Binnen de kortste keren stortte het kaartenhuis van Neerlands heerschappij ineen. De met groot materieel uitgerukte hondenbrigade van de FIOD gaf de genadestoot. Hollands Glorie hield uitverkoop. Aartsrivaal Engeland was er als de kippen bij en nam de failliete boedel voor een zacht prijsje over. Naar goedvaderlands gebruik bleven de verantwoordelijke bewindvoerders als evenzovele zakken cement op de hun middels grootscheepse stemfraude toegevallen zetels zitten tot de dood erop volgde. Die van Landbouw en Visserij zat er vanochtend nóg!

Zo verkwanselden wij onze leidende rol in het reilen en zeilen der aardkloot. Onze inhaligheid gepaard aan een overdosis huichelachtigheid en een aan de keuterboer ontleende visie op het universum degradeerden onze ooit zo trotsche natie tot een vergaarbekken van agogen en zware metalen, dat we gedoemd zijn te blijven, ongeacht onze pogingen de wereldleiders naar de mond te praten. Alleen de HH Zakkenvullers gaan onverminderd voort met zakkenvullen, daar zij zich de kunst van het van-twee-walletjes-eten al generaties lang van vader op zoon hebben eigen gemaakt. Hadden ze er nou nog voor gezorgd dat het Nederlands, gelijk het Engels, Spaans en zelfs het Frans, een wereldtaal geworden was, dan hadden wij Nederlandse schrijvers en dichters tenminste nog gebeiteld gezeten. Maar zelfs dat kon er niet af. De enige plek op aarde, buiten de Lage Landen, waar het Nederlands – althans een op de lachspieren werkend derivaat daarvan – nog enige rol van betekenis speelt, is Zuid-Afrika. Nou, daar kunnen we godverdomme trots op zijn! Nee, Nederland zal straks als eerste, in het kader van een Verenigd Europa, vrijwillig de eigen landstaal afschaffen. Op voorstel van de regering en met de zegen van de Staten-Generaal. Omdat het goed is voor de handel en daarenboven een fikse bezuiniging oplevert. Tevens zijn we dan in één klap verlost van al die schrijvers en dichters met hun van-de-pot-gerukte verzinsels over haring. Van de ene dag op de andere zullen zij zijn teruggebracht tot folkloristisch verschijnsel, dat samen met het volksdansen en het vendelzwaaien op sterk water in 's lands musea te kijk kan worden gezet. Tegen die tijd zullen alleen de spellingvernielers naar andere bezigheden om moeten zien, maar verder zal niemand iets merken. De haring blijft onverminderd in trek, ongeacht ras, geloof of huidkleur. De naam Hendrikus Aring zal door de opvolgers van De Jong in de catacomben onder Oorlogsdocumentatie net zo lang worden verdonkeremaand, tot er nooit meer een haan naar kraait.

Dan kan de zaak-Aring voor gesloten worden verklaard. Mits de vlag de grond niet raakt en vóór zonsondergang wordt binnengehaald...

Geheid Deelder

Op zekere dag gewerd mij, via het management, het verzoek om ergens, ruim vergoed, een eerste paal te komen slaan. Het contact werd gelegd door een plat Haags sprekend individu, dat zich aanvankelijk nogal geschokt had betoond over de hoogte van de verlangde vergoeding. Met een 'Ja, dáág, dan kam ik zelf m'n haar wel achterover!' had hij opgehangen. Maar twee dagen later belde hij terug. Het moest er dan toch maar van komen.

Het betrof in dezen een eerste paal voor een gebouw in de moderne kantoorruimtensector, naar ontwerp van een snelrijzende ster aan het plaatselijk architectuurfirmament, met wie ik mij ooit in grijs verleden, op de sedertdien tot drie keer toe gesloten en weer heropende kunstenaarssociëteit, wel eens over de architectonische aberraties van den Führer had verstaan. Het pand was bestemd te verrijzen in de vanwege z'n vermeende goede bereikbaarheid als vestigingsplaats voor bedrijven in de dienstverlenende sector snel aan populariteit winnende Alexanderpolder, met z'n ligging op elf meter beneden de zeespiegel hét absolute dieptepunt van ons land en voor architecten een wel zéér lucratieve locatie, daar al zo al eerst die elf meter dienden volgebouwd, vooraleer met het eigenlijke werk kon worden aangevangen. Ik zeg 'vermeende goede bereikbaarheid', omdat zulks misschien vanuit de rest van het land gezien op mocht gaan, maar zeker niet vanuit de stad, daar men komend uit het centrum, met drie stoplichten tegen, al gauw een uurtje moest uittrekken om de bewuste polder te bereiken. Doch terzijde. Het leek me wel wat, zo'n eerste paal slaan. Had ik nooit eerder gedaan. Er was al wel eens een paard naar me vernoemd en links en rechts wat kinderen, maar een eerste páál... daar was het nog nooit van gekomen.

De plechtigheid was op een opmerkelijk tijdstip gepland:

negen uur 's avonds. Voor mijn gevoel werden eerste palen bij voorkeur 's morgens geslagen, zo rond een uur of elf, of op z'n laatst vroeg in de middag, al was het de vraag in hoeverre ik in dezen door m'n gevoel bedrogen werd, want gezien de aard van de feestelijkheden, waarmee het slaan van eerste palen gemeenlijk ging gepaard, lag het borreluur eigenlijk nog meer voor de hand, tenzij men nadrukkelijk van plan was z'n genodigden een Zeeuwse koffiemaaltijd in de maag te splitsen. Hoe het ook zij; negen uur 's avonds leek me voor het slaan van eerste palen geen gangbare tijd, al was het alleen al vanwege de exorbitant hoge overwerktarieven in de bouw. Had mijn reputatie van 'Nachtburgemeester' hier misschien nog een rol in gespeeld? Het was in ieder geval geen vergissing, want op de fraaigedrukte invitatie die ik kort daarop kreeg thuisgestuurd, stond het nog eens uitdrukkelijk vermeld: aanvang 21 uur.

Achteraf bezien maar goed, want je regende te pletteren die dag. Met bakken kwam het uit de hemel. 's Morgens, 's middags, zonder ophouden. Het was de vraag of er onder zulke omstandigheden 's avonds überhaupt nog wat te slaan zou stáán? De kans leek groter dat die hele paal al ruim vóór negenen uit zichzelf in de blubber was gezakt! Maar tegen de avond werd het droog.

Samen met het management – altijd te porren voor een feessie – toog ik op pad. We waren speciaal voor de gelegenheid gekleed. Geheel in 't zwart, met vadermoordenaars, gehandschoend en met slobkousen, op het hoofd een stijve zwarte hoed, model 'Eden', met harde opgekrulde rand. Twee begrafenisondernemers op weg naar een klant.

Eenmaal in de bewuste polder aangeland, zaten we alras in de problemen. Het opgekregen adres bleek met geen mogelijkheid te vinden. Een en ander mocht misschien kadastraal nauwkeurig staan beschreven, in de praktijk was nergens in de wijde omtrek iets te bespeuren, dat in de verste verten als straat kon worden aangemerkt. Het was één grote modderpoel, waarin geen enkel teken van menselijk leven viel waar te nemen. Het was alsof we op een andere planeet waren beland.

Vruchteloos kruisten we geruime tijd rond over iets dat zelfs in de Middeleeuwen nog niet als weg zou zijn beschouwd. Tot overmaat van ramp begon het weer te regenen. En hóe! Van het ene moment op het andere werden de gordijnen dichtgetrokken. De ruitenwisser kon de plotselinge stortvloed niet verwerken en binnen de kortste keren was het zicht tot nul gereduceerd. We waren genoodzaakt de wagen stil te zetten, daar we anders licht van de weg af hadden kunnen raken en jammerlijk tot over de assen in de ons omringende blubber verzinken. We konden ons tegen die tijd al lang niet meer voorstellen, dat ergens ter wereld met zulk weer nog iemand aan het slaan van eerste palen kon denken en we besloten, zodra het zicht klaarde, deze modderpoel zo snel mogelijk te verlaten en terug te keren naar beschaafder streken.

Plots zette een felle bliksemschicht de wijde omtrek in klaarhelder daglicht... Recht voor ons zagen we een hoge berg oprijzen, van zand of van steen of van klei, en achter die berg stond één moment haarscherp het silhouet van een heistelling tegen de lucht geëtst. Dáár moesten we zijn!

Omzichtig manoeuvreerde ik de limousine om de berg heen en ja hoor! Daar stond onze heistelling met aan de voet zo'n tent van Partycentrum Heimknödel voor het spreekwoordelijke hapje-snapje. Er was gelukkig aanlegsteiger genoeg om zonder problemen de wagen af te kunnen meren en even later roffelden we onder dekking van een inderhaast gegrepen Cultureel Supplement over de stalen platen, die er met vooruitziende blik waren neergelegd, richting tent.

Eenmaal binnen bleek de bar snel gevonden. Eerst even wat drinken, alvorens de situatie nader te evalueren. Een gezond principe, ware het niet dat in dit geval de bar gesloten was. Althans volgens het stroef ogende type, dat erachter stond. Mijn voorzichtige suggestie, als dat zijn aanwezigheid ter plekke, onder bepaalde omstandigheden – die wonderwel met de heersende schenen overeen te stemmen – en in bijzondere gevallen als het onze, misschien wel als bewijs van het tegendeel kon worden uitgelegd, was aan hem verspild. De bar was dicht en daarmee uit. Dat ik binnen afzienbare tijd ter plaatse op moest treden, ja zelfs het ritueel verrichten, waar alles in feite die avond om draaide, kon allemaal best wezen, ik moest dat tenslotte zelf weten, maar het gaf hem nog geen reden om de geldende regels met voeten te treden. De bar was dicht en dat bleeftie, al had hij er in drievoud achter gestaan. Met klachten moesten we bij z'n baas wezen, al had hij persoonlijk niet het geringste vermoeden, waar we die op dat moment zoeken moesten.

Dus, als ik het goed begreep, konden we wat hem betrof de tering genieten?

Nou, de tering, de tering... De tering was misschien wat al te cru ge...

De pleuris dan?

Als de heren het per se zo wilden zien, moesten we dat beslist niet laten, maar de bar bleef dicht tottie van hogerhand te horen kreeg dattie open kon. En of we hem verder maar wilden excuseren; hij had nog een hoop werk te doen.

Het management werd witheet en riep in z'n drift, niet te zullen rusten, eer hij een schop onder z'n reet te pakken had en op staande voet de zak, met z'n kuttengezicht!

Op dat moment meende ik vanuit een ooghoek beweging waar te nemen in de anderszins volledig uitgestorven tent. En inderdaad. Vanuit de schemer in de verste hoek kwam in een merkwaardige, voortwrikkende, halfzijdelingse, krabachtige gang, maar toch ook weer met iets blubberigs, als van een kwal, een wezen op ons af, dat het als Monster in griezelfilms van de onderste plank uitstekend had gedaan. Dichterbijgekomen bleek het zelfs een mens, van vrouwelijke kunne, die rechtstreeks uit het laboratorium van Dr. Mengele leek ontsnapt, met één gelaatshelft waarin alles omhoog wees, terwijl in de andere alles naar beneden hing. Ik kon bij de aanblik een lichte huivering niet onderdrukken.

Na tot op enkele tientallen centimeters te zijn genaderd, begon Het Monster, gehinderd door iets dat met het woord 'spraakgebrek' uiterst terughoudend is omschreven, in volkomen koeterwaals tot ons te spreken, waarbij een voortdurende neiging om tijdens het gesprek onder haar ene oksel door de toestand achter haar rug te observeren niet echt tot een vlot verloop van de conversatie kon bijdragen...

'Aaaaaaaaaaaaargh mier Dieders, vijn dral ban. Nams Inzzzervozzz haddelijk toetsengefroets kwast friebeling kletsen ehhhh beffen gedaasd...'

'Ehhhhhh... insgelijks, maar...'

'Kutjepoep wiedewa zwatel gemoosd...'

'Ongetwijfeld, maar zou ik misschien...'

'Vandaal kroot nams Inzzzervozzz addenooi flitspoten, was?'

'Spreekt vanzelf, maar zou ik misschien wat...'

'Gagelemeut astanblaft kwakkwakkwak...'

'Kwakkwakkwak inderdaad, maar zou ik misschien wat te drinken kunnen krijgen?'

'Baar zuurlijk mier Dieders, geep snikkel voleem...'

'Volgens meneer daar is de bar nog niet open.'

'Wazzemenoe? Geflotsen? (Tegen barkeeper) GIEP MIER DIEDERS NAMS INZZZERVOZZZ OLGANBLIBBERIG PATSOE TRINKEL!!'

De barkeeper vlóóg. Gintonic met ijs in een whiskyglas? Werd aan gewerkt. Plus een wodka bitterlemon voor het management? Kwam eraan. In een vloek en een zucht stonden de gewenste verversingen voor ons neus. Zo mocht ik het zien. Maar het Monster was er nog niet...

'Kubbe gliek meuten draaiboek bezijken, mier Dieders?'

Bij het horen van het woord 'draaiboek' wees ik automatisch richting management. Voor het draaiboek moest ze bij hem wezen. Daar hielden wij artiesten ons niet mee bezig. Ieder het zijne.

Het management was het liefst ter plekke door de grond gezakt. Maar het was al te laat. Energiek greep het Monster hem bij de arm en troonde hem mee de hoek in, waar ze vandaan gekomen was, teneinde het draaiboek voor die avond uitputtend met hem door te spreken. Zonder draaiboek kon je het wel vergeten. Alles lag vast. Stel je voor dat er iets onverwachts zou gebeuren? Dat was het ergste dat je als organisator kon overkomen. Improviseren was prachtig, maar niet op deze avond...

Ik bestelde een verse gintonic. Er was nog geen sterveling te bekennen. Je vroeg je af, hoeveel mensen je kon verwachten met zulk weer? Anderhalve man en een paardenkop, als we geluk hadden. Geen zinnig mens die nu de deur uitging. Half negen. Dat gaf me nog precies een half uur om me vol te laten lopen. Dan zou het geen moer meer uitmaken of er veel of weinig mensen kwamen. Als er nou nog iemand met een blowtje was, zat ik helemaal gebeiteld.

Er tikte iemand op m'n schouder. 'Onze man in Den Haag', wist ik onmiddellijk toen ik me omdraaide. De man, met natgekamd haar en een potlooddun snorretje, was het prototype. Hij stelde zich voor als de man die telefonisch met ons in contact getreden was. Jaja, de man die zo geschrokken was? Hij gaf toe dattie aanvankelijk wat moeite had gehad met de prijs, inderdaad. Als het aan hem gelegen had, was het hele feest niet doorgegaan. Dat mocht ik best weten. Maar het lag niet aan hem. Met name de architect en de uitvoerder van het project hadden op mijn deelname gestaan.

Zelf zattie in de catering, in de ruimste zin van het woord. De catering? Dat kwam goed uit. Misschien kon híj me dan wel wat te blowen bezorgen?

Nou nee, zo ruim moest ik die zin nou ook weer niet zien. Maar dat was een goudmijn, die catering, vooral in deze branche. Poen zat. Stuk voor stuk oplichters, al die bunkerbouwers. Nou hij óók, dus dat kwam prachtig uit. Hahahahaha! Maar wattie zeggen wou...

Ik had ooit es voor de televisie of de radio die mop verteld over die berenjacht in Canada. Nou kwam het sowieso al weinig voor dat iemand met een mop kwam, die hij nog niet kende. Hij beschikte over een ruim arsenaal. Hij had er naar schatting zo'n vijfhonderd paraat, die konnie zo oplepelen, en dan nog es vijfhonderd op de reservebank. Dus op zich was dat al bijzonder geweest, maar wattie écht nog nooit had meegemaakt was, dattie in z'n broek had gezeken van de lach. En niet bij wijze van spreken, nee ECHT! Hij mocht ter plekke doodblijven als het niet waar was! Misschien dat het voor mij niks bijzonders was, maar híj zou het in elk geval van z'n lang-zal-ze-leven niet meer vergeten. Zeker te weten! Dat hadtie toch even willen vertellen, toennie me daar zo zag zitten. Trouwens, over moppen gesproken... Kende ik deze al van Sam en Moos?

Sam ligt in bed en kan maar niet in slaap komen. Hij ligt maar te draaien en te zuchten. Saar wordt er gek van.

'Wat is er? Hebbie zwarigheid?'

'Ja', zegt Sam, 'Moos krijgt nog een meier van me en ik zou bij god niet weten waar ik die vandaan moest halen.'

'Is dat alles? Wacht maar, dat regel ik wel even.'

Saar het bed uit, naar het raam, doet het open en roept naar boven: 'Moos! Moos!'

Verdieping hoger, Moos z'n bed uit, naar het raam, doet het open en roept terug: 'Ja Saar, wat is er?'

'Klopt het dat jij nog een meier van Sam krijgt?'

'Jazeker. Hoezo?'

'Die kan je dan maar beter op je buik schrijven, want hij heeft 'm niet!'

Raam dicht, Saar weer in bed, zegt tegen Sam: 'Slapen jij! Nou ligt híj wakker.'

Hahahahaha. Leuke mop ja. Maar kende hij deze al, van die gozer in die kroeg...?

Komt een gozer in een kroeg, zegt tegen die ober: 'Geef mij een balletje gehakt van je.'

Oké. Die gozer krijgt een bal gehakt en verdwijnt als een speer naar het schijthuis, mét dat balletje gehakt. Komt even later terug, zegt tegen die ober: 'Lekker balletje was dat. Geef me er nog een.'

Oké. Die gozer krijgt z'n tweede bal gehakt en verdwijnt als een speer naar het schijthuis, mét dat balletje gehakt. Komt even later terug, zegt tegen die ober: 'Ohooooooo! Wat een overheerlijk balletje gehakt was dat. Geef me er nog maar een.'

Oké. Die gozer krijgt z'n derde bal gehakt en weer als een speer naar dat schijthuis, mét dat balletje gehakt. Vraagt die ober zich toch af, wat die gozer de hele tijd met die balletjes op dat schijthuis moet? Dus hij wacht tottie er weer op zit, loopt op z'n tenen naar die deur en geeft er een ruk aan. Staat die gozer daar, met z'n broek op z'n enkels en die bal gehakt zo onder z'n hol. Vraagt die ober: 'Joh wat doe jij nou?' Zegt die gozer: 'Ik heb een lintworm, die is zó tam, die eet uit m'n hand.'

Er steeg een vreemd geluid op uit de Hagenees. Een hoog, stuikend geblaf, alsoftie wou starten op een lege accu. Ik begreep dat het zijn manier van lachen was. Even vreesde ik dat hij erin zou blijven, toen het geblaf in een verscheurende hoestbui ontaardde. Hij liep helemaal paars aan en ik bonkte hem enkele malen krachtig op de rug, onderwijl omziend naar het management, voor het geval er een arts diende geconsulteerd. Maar met horten en stoten kwam de Hagenees weer tot zichzelf. Hij wiste de tranen uit z'n ogen, sputterde nog wat na en gaf volmondig toe, ook deze mop nog niet eerder te hebben gehoord. Dat was al de tweede keer dat ik 'm dat flikte. Waar haalde ik 't vandaan?

Die mop? Gewoon, gehoord van iemand anders. In de kroeg of op straat. Zoals dat meestal ging met moppen. In het voorbijgaan. Je liet er wat uit of je deed er wat bij en vertelde ze verder. Je wist eigenlijk nooit wie zo'n mop nou verzon. Zo er al zo iemand bestond. Moppen ontstonden, in de volksmond, wat je je daar ook bij voor moest stellen. Maar dat hoefde ik hém toch niet te vertellen? Ik nam nog een gintonic. Moest hij ook wat drinken soms?

Neenee, hij moest weer aan het werk. Het werd zowaar nog druk óók vanavond.

Ik keek rond. De tent was ongemerkt voor driekwart volgelopen en ik zag bij de ingang nog gestaag nieuwe genodigden binnenkomen. Kwart voor negen. Nog even en we hadden een volle bak. En dat met zulk weer!

Ik vroeg me af waar het management bleef? Zo lang duurde zo'n draaiboekbespreking toch niet? Moest ik het soms persoonlijk uit de klauwen van het Monster gaan verlossen? Maar nee, daar kwam het net, lichtelijk geërgerd, dwars door de menigte, op de bar afstevenen.

En? Wat was er al zo over het verloop van de avond bekokstoofd?

Om negen uur zou het Monster hóógstpersoonlijk de genodigden verwelkomen. Tot half tien. Dat kon dus nog leuk worden.

Dan was het tijd voor het eigenlijke ritueel, waarvoor slechts een kwartier bleek uitgetrokken. Tot kwart voor tien.

Daarna was het aan mij om de aanwezigen met enig verbaal vuurwerk 'op-het-verkeerde-been-te-zetten', zoals dat in organiserende kringen steevast heette. Tot kwart over tien. Dan begon het informele gedeelte. Dat was alles.

Ik begreep dat een draaiboek in dit geval onontbeerlijk was. Dit hadden we zelf absoluut niet kunnen verzinnen. Toch had ik nog één vraag...

Was het Monster écht van plan een half uur lang te spreken, of stond er vóór het ritueel nog ergens een pauze gepland? Daar had het management eerlijk gezegd niet goed hoogte van kunnen krijgen, maar we deden er volgens hem het beste aan, ons in dezen op het ergste voor te bereiden.

Klokslag negen besteeg het Monster het spreekgestoelte. De tent was bomvol. Ze kletste met kracht een geschrift ter dikte van het telefoonboek ener middelgrote provinciestad voor zich op de lessenaar, sloeg de eerste bladzij op en wachtte tot het gehoor de nodige stilte in acht had genomen. Minuten verstreken, zonder dat de genodigden haar zelfs maar óp schenen te merken, liet staan enige aandacht schonken. Ze staarde glazig voor zich uit, als verkeerde ze in trance. Ze kuchte enkele malen nadrukkelijk door de microfoon. De genodigden roezemoesden onverminderd voort, alsof ze er niet stond. De toestand werd gênant. Pas na een minuut of zeven waagde ze 't erop om, nog steeds voor een rumoerig gehoor, van wal te steken. Maar toen was het ook meteen goed raak...

'Verzwachte waanbezigen... Nams Inzzzervozzz karnemelk hotseflots klaarvadsig tiet leuzen vervellen gevoosd kwak zwatel verzakmans en vandaal...'

Ik wist al na tien woorden hoe laat het was. De wraak van het Monster zou vreselijk zijn. Ze zou niet rusten vóór ze dat hele telefoonboek uit had, al zou het tot halftien 's morgens moeten duren! Onstuitbaar oreerde ze voort, zonder dat er een touw aan vast viel te knopen. Het enige herkenbare dat met enige regelmaat uit de woordenbrij opdook was 'Inzzzervozzz', dat bij navraag bleek te staan voor Interforce, de naam van de bij de bouw betrokken projectontwikkelingsmaatschappij. Het was 'Inzzzervozzz' hier en 'Inzzzervozzz' daar, 'Inzzzervozzz' voor en 'Inzzzervozzz' na, 'Inzzzervozzz' zus en 'Inzzzervozzz' zo, 'Inzzzervozzz' laag en 'Inzzzervozzz' hoog. De tijd bleek eens te meer een rekbaar begrip. Minuten werden tot jaren, de jaren tot eeuwen. Tot overmaat van ramp bleek tijdens de toespraak ook de bar nog gesloten! De nood steeg hoog onder het gehoor, maar het Monster kende geen genade. Luider en luider galmde zij voort, alsof er tussen haar en haar gehoor een groeiende afstand lag, die tot elke prijs moest worden overbrugd. Om half tien was zij pas tot de helft van haar telefoonboek gevorderd. Het gehoor stond op instorten. Hoe lang zou dit nog ongestraft door kunnen gaan? Er moest toch een manier zijn om haar het zwijgen op te leggen. Het liefst nog vóór er dooien gingen vallen...

Net toen ik op punt stond met het management in nader overleg te treden over de mogelijkheid om spreekster onopvallend, maar daarom nog niet minder hard, een klap met een rubber hamer toe te dienen, ontruimde het Monster met een krachtig uitgesproken 'Alleveld dáárboem infrasluitelaar Inzzzervozzz klaknams viezetreerd' het spreekgestoelte. In de daaropvolgende run op de bar werden de laatste restjes beschaving klakkeloos overboord gezet. Wat eerste paal slaan?! Wáár...?! Drank moesten ze hebben en een beetje snel...!! Pas na een half uur kon de draad weer worden opgevat. De beurt was aan mij...

Gehuld in een lange matzwartglanzende oliejas en met een witte plastic helm op, waarop in zwart m'n haar geschilderd was, stapte ik in veel te grote laarzen de tent uit naar buiten, waar het zowaar net even droog was. Ik werd opgewacht door een breedgrijnzende man, die zich aan mij kenbaar maakte, als zijnde de heibaas van het project. Hij wou weten of ik 'hem' al had gezien?

'Ehhhhh wie gezien?'

'De páál natuurlijk!'

'Natuurlijk. Nee nog niet.'

Hij wees ergens rechts van mij de hoogte in. Ik keek en zag me daar ineens een páál staan, onder dat blok, niet te geloven, wat een joekel! Over de gehele lengte stond in grote zwarte letters van boven naar beneden te lezen:

G
E
H
E
I
D

D
E
E
L
D
E
R

En? Wat vond ik ervan? Hadden ze speciaal gedaan met het oog op toekomstige archeologen, m'n naam op die paal, aldus de heibaas. Ik drukte hem geroerd de hand. Een en ander getuigde van een historisch besef, dat ik eerlijk gezegd niet zo één, twee, drie in de heibranche voorradig had geacht. Wat moest er gebeuren? Ik stond geheel tot z'n beschikking...

De heibaas verwees mij naar de heimachine, waar een boom van een heier mij in enkele woorden uitlegde, wat me te doen stond. Het kwam erop neer dat ik in totaal twee handels moest verzetten. De ene naar voren en de andere naar achteren.

Tegelijk?

Tegelijk ja.

Wanneer? Nu?

Ja nu!

Sissend en stampend kwam het enorme heiblok tot leven. Twee tellen. Toen viel het weer stil. Vragend keek ik naar de heier. Nóg een keer, gebaarde deze en ten tweeden male verzette ik beide handels. Met hetzelfde resultaat.

Na twee tellen was het weer stil.

En nóg een keer, gelijk er overheen. Drie keer was scheepsrecht, aldus de heier. God zegen de greep!

Ditmaal was het raak. Na het aanvankelijk startkabaal bleef het blok in een gejaagd doch regelmatig tempo doorhameren. Met elke klap verdween de paal, míjn paal, een eindje dieper in de grond.

Na precies zeven minuten was het gepiept. De eerste paal zat erin en een knappe vent die 'm er weer uit zou krijgen. Met veel geknetter ging er zo'n Chinese dijenkletser de lucht in om eventuele boze geesten van de bouwplaats te verjagen, het gebruikelijke teken dat de eerste bouwfase officieel was ingetreden. Op hetzelfde moment begon het weer te regenen. Gehaast dromden de genodigden naar binnen. Hoogste tijd voor het verkeerde been...

Een paar gedichten over Rotterdam leek me de juiste opening in dit gezelschap. Dat had ik goed gezien. Als koek. Vervolgens voerde ik de heren Vergeer, De Roover, Pronk en Den Hoedt ten tonele, in diep gesprek over betonbekisting. Toen kon ik helemaal geen kwaad meer doen. Hét juiste moment dus voor 'Een Korte Weg Tot Succes' met z'n verrassende ontknoping... 'Ik ben per heden lid geworden van de NSB!' Ottóóóóóóóóó!!! In ene klap die hele tent op het verkeerde been!

Tot slot 'Fiscale betrekkingen', welk onderwerp ook menigeen bleek aan te spreken. Het werd nog even spannend, toen ik tijdens dit verhaal plots 'een lodderig paardenoog' te berde bracht. Er ging een lichte schok door de genodigden. Allerwegen zag ik mensen elkaar gniffelend met ellebogen in de maagstreek stoten en één moment leek ieders blik gevestigd op het Monster, dat als enige in die hele tent niets door scheen te hebben...

We hebben na afloop tijdens het informele gedeelte aan de bar nog menig glas op haar gezondheid geheven. Zo ook op die van de architect, op die van Hitler, op die van 'Inzzzervozzz', op die van de Hagenees, op die van Sam, op die van Moos, op de mijne, op die van het management, ja zelfs op die van die NSB'er, die achter de bar stond. We verlieten dan ook na uren pas volkómen kachel Partycentrum Heimknödel en we waren het roerend met elkaar eens, het management en ik, dat er oneindig veel onaangenamer manieren te bedenken waren om vijf ruggen te verdienen, dan het slaan van eerste palen. Amen.

(Hol gelach)

Drie jaar lang was ik student. Althans, stond ik als zodanig ingeschreven bij de Nutsacademie te Rotterdam. Die naam alleen al is genoeg om een ieder, die hem hoort of leest, in hol gelach te doen losbarsten.

Waarom studeren? Goeie vraag. Zolang je op school zat, was er niks aan de hand. Je ging naar school en de dag daarop wéér en de volgende dag wéér. De toekomst lag vast. Geen vuiltje aan de lucht, vooral niet als het je min of meer aangewaaid kwam. Ik hoefde bij wijze van spreken maar even naar een boek te kijken om te weten wat erin stond, hoefde ik het geen eens voor open te doen. Eenmaal aan de A-kant zat ik helemaal gebeiteld.

Na het examen begon de ellende. Ineens kwam je voor het blok te staan. Wat nu? Welke kant wilde je op? Wat was je van plan met je leven? Ik werd er danig door verrast. Gelukkig waren de mogelijkheden beperkt. Je kon gaan werken of studeren. Het leek me geen van tweeën wat, maar ik koos uiteindelijk voor het laatste, omdat daar automatisch uitstel van militaire dienst aan vastzat. Dat gaf wat mij betrof de doorslag. Alles beter dan soldaat.

Studeren dus, maar wát? Alweer zo'n goeie vraag. Met HBS-A lag Economie voor de hand. Gevolgd door een carrière in handel of bankwezen. Doctorandus Deelder in de bocht! Ik moest er niet aan denken. Ik was dichter. Ik had 'On the road' gelezen. Ze konden de pot op met hun bedrijfsleven. Ik ging liever gewoon dood.

Dus géén Economie. Maar wat dan wel? Een taal dan maar, dat had tenminste wat met literatuur te maken. Maar al heette de A-kant in de volksmond dan nog zozeer de talenkant, denk maar niet dat je met een A-diploma zo maar een of andere taal kon gaan studeren, althans niet op universitair niveau. Dan moest je eerst nog even gauw Staatsexamen Grieks en Latijn doen. Grieks en Latijn? Ja dáág! Kregen ze lekker de tering met hun universiteit. Ik zag dat studentengedoe toch al helemaal niet zitten. Dat geslemp en gebral in die van onder tot boven met kots besmeurde, laat 19e-eeuwse burgermanspandjes met sociëteitsvergunning, te midden hordes puisterige, door hoofdroos en zweetvoeten geteisterde, jongliberale hockey- en/of roeifanaten, kon me gestolen worden. Daar miste ik niks aan. Maar hoe zat het met dat uitstel? Daar kwam je alleen als student voor in aanmerking...

Het enige alternatief bleek de MO-studie te zijn. Geen haar op m'n hoofd, die eraan dacht om leraar te worden, maar je was voorlopig wel drie jaar onder de pannen. En dan had je alleen A nog maar. Kon je ook nog B gaan doen. Wéér drie jaar. Tegen die tijd was de dienstplicht al lang en breed afgeschaft. Dus werd het MO. Maar MO wát?

Aanvankelijk voelde ik het meest voor Engels. Daar had mijn voormalige leraar Engels van de HBS alles mee te maken, die er als één der weinigen in was geslaagd om in de afgelopen vijf jaar iets van ware interesse te wekken voor zijn vak en die zich daarnaast óók nog es als een fervent jazzliefhebber geprofileerd had. Dat deed de balans definitief naar zijn kant doorslaan.

Hij toonde zich merkbaar met mijn keuze in z'n sas, want ik kreeg prompt een bloemlezing uit de jongere Britse dichtkunst van hem cadeau, die anno thans nog steeds in mijn boekenkast prijkt, maar niet kon verhinderen dat ik op het allerlaatste moment, op voor hem volstrekt duistere en voor mij niet veel helderder gronden, alsnog besloot van studierichting te veranderen en Nederlands te gaan doen in plaats van Engels.

Nooit zal ik de blik van ontgoocheling in zijn ogen vergeten, toen ik hem van mijn gewijzigde plannen op de hoogte bracht. Néderlands?!? Wat moest ik dáár nou mee?!? Duits... geschiedenis... boekhouden... Fráns desnoods, had hij met enige goede wil nog wel kunnen billijken, maar Néderlands...??? Daar kon en wilde hij niet zomaar zonder meer z'n zegen aan geven. Met een gezicht, als had ik hem persoonlijk groot leed aangedaan, liep hij de gang in.

Zo kon het geschieden, dat ik mij liet inschrijven als student MO-A Nederlands aan de Nutsacademie te Rotterdam... (Hol gelach.)

De eerste twijfels aan de juistheid van mijn keuze rezen al meteen, toen ik de boekenlijst in handen kreeg, waarop de boeken vermeld stonden, die ik speciaal voor mijn studie diende aan te schaffen. Zelden zag ik een grotere verzameling tot zelfmoord nodende titels bijeen dan op díé lijst. Waar was ik aan begonnen?

Eén blik op het studierooster leerde mij vervolgens, dat de literaire aspecten van de taal – toch de grond voor mijn interesse – de minste aandacht zouden krijgen. Grammatica, syntaxis, fonologie en 17e-eeuws bleken stuk voor stuk van oneindig veel meer belang dan de literatuur, die zich maar ternauwernood tegenover een vak als, godbetert, methodiek en pedagogie wist te handhaven. Ik zag de toekomst donker in...

Mijn voorgevoelens werden in de praktijk niet slechts bevestigd, ze werden er veelvoudig door overtroffen. De colleges vonden plaats op de woensdag- en zaterdagmiddag in een verlaten schoolgebouw in een sterk naar de NSB riekend stadsgedeelte en zullen in mijn herinnering altoos verbonden blijven met hevige neerslag, want het regende onafgebroken in die dagen. Elke keer als de blik vol verlangen door het venster naar buiten dwaalde, viel ze op zo'n totáál verregend, van god-en-alleman verlaten schoolplein. Treuriger uitzicht laat zich nauwelijks indenken.

Mijn studiegenoten droegen elk hun steentje tot deze troosteloosheid bij. Ik zat omringd door christelijke dorpsonderwijzers en -onderwijzeressen uit het met kranten dichtgeplakte achterland van Rotterdam, die er van meet af aan geen twijfel over lieten bestaan, het nog zéér ver te willen gaan schoppen in hun vak. Ze legden een ijver aan de dag, die ik met de oorlog uitgestorven waande. Ze hingen aan de lippen der docenten en maakten gedurig aantekeningen met vulpennen in degelijk ogende dictaatcahiers met harde kaften, die evenals zijzelf van ver vóór die oorlog leken te stammen, toen alles en iedereen onder Gods bestier een vaste plaats kende en loos vertier en ijdel vermaak slechts konden voeren tot een voortijdig graf en/of hevig jeukende huiduitslag.

De heren gingen merendeels gekleed in lang geleden door vererving van gestorven verwanten verkregen combinaties, met te lange of te korte pantalons en in de loop der jaren van alle snit ontdane colberts met uitgelubberde zakken, die constant een weeë geur van kamfer verspreidden. Het was alles van een tussen grijs en bruin twijfelende tint, die je nauwelijks nog kleur kon noemen, maar die wel de garantie bood, dat de drager nergens op zou vallen. Ze schenen allen één en dezelfde kapper te bezoeken, een man die het gebruik van de goedvaderlandse bloempot zeker niet schuwde en de ganse clientèle met een onvervalste coupe de gladiool de straat opstuurde. Ze gingen stuk voor stuk gebukt onder een diepe levensernst, als stond het water van het noodlot hun gedurig tot de lippen...

Het vrouwelijk contingent wekte de indruk, voortdurend met een aspirine tussen de knieën geklemd door het leven te gaan, verschanst achter meerdere lagen bomvrij ondergoed en vreugdeloze Keurkoop-creaties uit de Drakenklasse. Ze droegen haar gemoed, voorzover voorradig, in meerderheid op haar rug en toonden een merkwaardige voorkeur voor die soorten permanent, die zich met geen bijl meer tot andere gedachten lieten brengen. Voeg daarbij in driekwart van de gevallen nog een bril, die met moeite de Bezettingstijd had overleefd, en het modebeeld is compleet.

Slechts één dame waagde hier radicaal van af te wijken. Zij ging van top tot teen in 't zwart en met haar lange zwarte sluike haren riep zij onmiddellijk herinneringen op aan de ongekroonde koningin der Parijse existentialisten, Juliette Gréco, met dien verstande dat deze laatste niet kon bogen op het bezit van een raszuivere klompvoet, alsmede een méér dan royaal bemeten reukorgaan, dat voornamelijk uit mee-eters leek te bestaan.

Voorzover de lust tot nadere bestudering onzer moedertaal

mij door m'n medestudenten nog niet geheel was benomen, namen de dienstdoende docenten de rest voor hun rekening. De rij werd geopend door een zoetwatermossel van onbestemd geslacht, die weliswaar gehuld ging in een fleurige japon, doch tevens in bezit bleek van een keurig bijgehouden snor. Onder het mom van professor of zelfs professor doctor deelde hij/zij ons mede voornemens te zijn ons de komende tijd nader bekend te maken met de werking van het strottenhoofd bij de klankvorming en hij/zij stortte zich met zo veel overgave op deze taak, dat hij/zij niet alleen zich/haarzelf volledig scheen te vergeten, maar ook het feit dat hij/zij gezegend was met een bijzonder vochtige spraak, zodat de eerste drie rijen van zijn/haar gehoor een regenscherm van node hadden om de dictaten van ernstige waterschade te vrijwaren. Het was als hadden de buiten heersende weersomstandigheden nu ook greep gekregen op het leven binnen de schoolmuren...

In hoog tempo spetterde de zoetwatermossel voort, gaandeweg een steeds ongezonder belangstelling aan de dag leggend voor het inwendige van de mondholte en de zich aldaar voltrekkende processen. Voeg daarbij een onbedwingbare lust tot plastisch demonstreren van de ter klankvorming te bezigen mondstanden, alsmede van die der overige gelaatsspieren, plus de bijbehorende geluidseffecten, en men zal begrijpen, dat het volgen van een college van deze zoetwatermossel een constant gevecht tegen de slappe lach betekende.

Twee uur duurde deze Stoomcursus Strottenhoofd & Aanverwante Artikelen, waarbij ik mij steeds minder aan de indruk kon onttrekken, dat met name het eigen strottenhoofd van de zoetwatermossel aan een grondige revisie toe was, om van de rest van zijn/haar anatomie nu maar te zwijgen...

Na twee uur werd hij/zij afgelost door een man, die ooit ergens per meter moest zijn aangeschaft. Hoog boven ons en al het aards gewoel verheven, deelde hij mede – hoe kon het anders? – De Groot te heten en te zijn ingehuurd om ons nader in te wijden in de geheimen van het 17e-eeuws, een van lati- en germanismen, angli- en gallicismen vergeven brabbeltaaltje, waar het Zuid-Afrikaans bijzonder helder en logisch bij afsteekt.

Gedurende twee volle eeuwen sloeg de heer De Groot ons naar believen om de oren met Vondel, Vondel, Hooft, Vondel, Hooft, Huygens, Breero, Hooft, Vondel, Hooft, Vondel, Vondel, Cats en ander 17e-eeuws geteisem, een spoor van vernietiging achterlatend, alsmede een groeiend besef van de volkomen zinledigheid van het bestaan in het algemeen en de MO-studie in het bijzonder. Hij hield daarbij een pijp, die niet brandde, wilskrachtig tussen de kaken geklemd, hetgeen de verstaanbaarheid van het door hem gebezigde 17e-eeuws of in 't geheel níét of juist wél ten goede kwam, wie zal het zeggen...?

Na twee uur verdween heer De Groot even plotseling uit het lokaal als hij erin was opgedoken om zich even later in een grotesk opbollende regenjas en met de pijp nog immer vastberaden tussen de kiezen geklemd, op een bovenmaats ogend herenrijwiel, dwars over het verregende schoolplein, tegen de wind in rechtuit de bocht om het hek uit te spoeden, wie wist wel op weg naar een geheim rendez-vous met voornoemde zoetwatermossel, teneinde hem/haar die zo broodnodige revisie van het strottenhoofd toe te dienen, dan wel een cursus 17e-eeuws plompzakken voor gevorderden in een ander, niet minder verlaten schoolgebouw in een ander, mogelijk nóg meer naar de NSB riekend stadsgedeelte...

De Groot had z'n hielen nog niet gelicht, of reeds diende zich zijn opvolger aan, een man van dwergachtige proporties, die wel tien keer uit z'n voorganger had gekund en die zich genoodzaakt zag constant van het podium voor de klas gebruik te maken, teneinde te allen tijde voor een ieder waarneembaar te blijven. Met een verrassend laag stemgeluid voor iemand van zijn lengte, stelde hij zich voor als zijnde Dr. Leuterink, een wijd en zijd gerespecteerd deskundige op het vlak van de vaderlandse literatureluur. Daar hem, in tegenstelling tot z'n voorgangers, maar één uur ter beschikking stond, stortte hij zich zonder verdere plichtplegingen met z'n volle gewicht – hoe betrekkelijk dat in zijn geval ook wezen mocht – op de 'Karel ende Elegast', zoals bekend het eerste geschrift van wat langere adem in onze taal, waar enig touw aan vast valt te knopen. Hij bezigde daarbij een toon, die grond gaf te vermoeden, dat de beide protagonisten van deze middeleeuwse ridderroman tot zijn intieme kennissenkring behoorden. Hij kreeg de lachers bij herhaling op z'n hand met olijke verwijzingen naar het meer of minder foute oorlogsverleden van beide heren en hun zo mogelijk nóg twijfelachtiger driftleven.

Zijn motoriek vergde het uiterste van z'n gehoor. Hij liep tijdens z'n betoog ononderbroken met kleine dribbelpasjes over het podium voor de klas heen en weer, als een pinguïn in hoge nood. Een suggestief beeld, dit laatste, zó suggestief, dat ik op gegeven moment van de weeromstuit moest zeiken als een makke beer en genoodzaakt was het lokaal te verlaten. Op de plee stuitte ik in m'n zak op de peuk van een joint, die ik de avond tevoren halverwege had gedoofd, omdat het me te veel dreigde te worden. Dat kwam nog wel es voor in die dagen. Ik stak prompt de brand in het restant en piekte na enkele diepe halen het smeulende filter in de pot. Op rubberen benen ondernam ik de terugtocht...

Er waren zeker dertig jaar verstreken, eer ik het juiste lokaal had teruggevonden. Ik opende de deur en bleef één moment als aan de grond genageld staan...

Leuterink bleek nog immer druk dribbelend doende, plaats en betekenis van de 'Karel ende Elegast' in het kader van het grotere verband van de literaire traditie van het Avondland, gerelateerd aan de variabele overhead van de afdeling Dameslingerie, voor de toekomstige steunpilaren van het moedertaalonderricht nader te bepalen en hij deed dat in een straf tempo. Men zat zich dan ook collectief een arm uit de kom te schrijven om alles wat Leuterink te berde bracht, ter nadere bestudering vast te leggen. Ik kon in de korte pauzes tussen zijn woorden hun pennen als razend over het papier horen krassen. In een flits doorgrondde ik de volkomen-van-de-pot-gerukte absurditeit van de situatie, waarin ik verzeild was. Wat dééd ik hier in christusnaam en hoe kwam ik hier, eveneens in christusnaam, zo snel mogelijk weer vandaan? Er stond weinig vast in het leven, maar als ik één ding zeker wist, was het wel, dat ík niet voor de MO-studie en andersom de MO-studie niet voor mij geschapen was...

Intussen was ik weer gaan zitten en omdat ik als enige in de klas níét over m'n schrift met aantekeningen gebogen zat, maar gewoon rechtop, met de blik op Leuterink, richtte zich diens aandacht steeds meer op mij. Ik kreeg al snel de indruk, dat hij z'n ganse betoog enkel en alleen voor mij afstak. Hij liet me geen moment meer uit het oog. Zijn borende blik bleef voortdurend op me gericht. Had ik wat van hem an? Het begon me lichtelijk op m'n zenuwen te werken. Ik was er ook van overtuigd, dat de dwerg volledig van m'n gemoedstoestand en hoe ik die bereikt had op de hoogte was. Kwam er dan nooit een einde aan dat uur? De tijd scheen stilgevallen. Om aan zijn brandende blik te ontkomen besloot ik uiteindelijk óók maar wat op een papiertje te schrijven! Wat ik schreef is niet bewaard gebleven, maar met de 'Karel ende Elegast' had het bijzonder weinig te maken...

Eindelijk, na jáаren, verstomde het gebas voor de klas. Leuterink was kennelijk aan het eind van zijn Latijn gekomen. Weliswaar belangrijk later dan ik, maar tóch... Hij trof toebereidselen tot z'n vertrek. Ik tot het mijne. Maar het leed bleek nog niet geleden. Terwijl Leuterink z'n tas nog stond in te pakken, verscheen in de deuropening van het lokaal reeds een volgende vlek in het landschap, een wandelende grijns ditmaal, die mij van meet af aan van weerzin vervulde. Ik raadpleegde het rooster. O god! Een deskundige op het gebied van de methodiek en de pedagogie. Erger kon je ze niet hebben...

De man vond zichzelf onweerstaanbaar grappig en putte zich uit in het maken van dubbelzinnige kwinkslagen richting dames. Nou konden die nog geen lul van een rol drop onderscheiden en ze gaven dan ook totaal geen sjoege, wat zichtbaar aan hem vrat. Naarmate het uur vorderde raakte hij steeds minder op z'n gemak. Hij begon quasi-nonchalant met een hand in z'n zak aan z'n zak te krabbelen, daartoe gedurig door de rechterknie knikkend, en kreeg in toenemende mate te kampen met een hardnekkige zenuwtrek rond de linkermondhoek. Voeg daarbij nog de stompzinnige grijns, waarin hij bleef volharden, en men krijgt enig idee van wat daar voor die klas stond. Een halve zool van het zuiverste water, die te vroeg uit Delta was losgelaten...

De grijns hield een verward betoog, dat voortdurend van de hak op de tak sprong en doorspekt was van een soort van pseudo-wetenschappelijk jargon, dat even vaag als gewichtig klonk. Ik kon en wilde er geen touw aan vastknopen. Ik vroeg me af, hoe gestoord je zelf moest zijn om hier, zoals wij, vrijwillig naar dat geouweteringhoer te gaan zitten luisteren. Hadden we dan écht niks beters te doen??

Een uurlang zeverde hij voort, gedurig allerlei aanloopjes nemend zonder één keer écht te springen. Ten slotte beëindigde hij z'n college met de historische woorden: 'Zo en dan gaan we de volgende keer écht beginnen...'

'Je gaat je gang maar,' dacht ik bij mezelf, 'maar dan wel zonder mij!'

Als ik in die drie jaar, dat ik ingeschreven heb gestaan, in totaal tien colleges heb bezocht is het veel. Ik besloot al snel het verder voor gezien te houden en de stof thuis op eigen gelegenheid uitputtend te bestuderen en te zijner tijd gewoon examen te gaan doen. Een loffelijk streven, ware het niet dat, toen ik naar de exacte examendata ging informeren, deze reeds lang verstreken bleken. Dat betekende meteen de doodssteek voor m'n studentenloopbaan, want kort daarop plofte de envelop met mijn Oproep voor Eerste Oefening thuis op de mat. 's Lands wapenrok wachtte! (Hol gelach...)

Van Volzakken Nederland

Autorijden is te gek. Je mag dat tegenwoordig nauwelijks nog hardop zeggen, maar autorijden is te gek. Ik ben er sinds een jaar of tien volledig aan verslingerd.

M'n rijbewijs had ik al veel eerder. Dat haalde ik meteen toen ik achttien werd. M'n vader betaalde. Je rijbewijs hoorde bij je opvoeding. Kwam het niet gelijk van pas, dan wel later. Dus nam ik tien lessen voor *f* 75,–. In een Simca op gas, wat toen nog iets bijzonders was. Ik leste bij een dame, wat ook niet direct voor de hand lag in die dagen.

We schreven 1962. Er was geen vuiltje aan de lucht. De grote verkeerstoename werd algemeen als een gunstige ontwikkeling gezien. Hoe meer auto's, hoe meer vreugd. Zo dacht men er toen nog over. Zolang de meeste mensen nog zonder zaten, viel er op dit gebied nog een hoop moois te verrichten. Het woord 'milieu' bezigde men slechts met betrekking tot de onderwereld. Het waren gouden tijden voor de autobranche.

Na tien lessen moest ik op voor m'n examen. Afrijden heette dat. Je deed het in de wagen, waarmee je gelest had, met naast je, in plaats van je instructeur of instructrice, een examinator van het CBR, het Centraal Bureau Rijvaardigheid, in mijn geval een kale bebrilde zuurpruim van pensioengerechtigde leeftijd. Zo'n rijexamen duurde een half uur en voltrok zich volledig bínnen de bebouwde kom. De grote weg kwam in het stuk niet voor.

Ik zakte de eerste keer vanwege een ingreep. Eén ingreep en je was de lul. Het gebeurde al na twee minuten. We naderden een kruising, waar zo'n rond wit bord bij stond, met een rooie rand rondom en in een, eveneens rode, omgekeerde driehoek, in zwart, het woordje 'stop'. Ze gelden volgens mij nog steeds, alleen zie je ze nooit meer, omdat tegenwoordig op een béétje kruispunt natuurlijk stoplichten staan om de boel op te houden.

Ik moest op die kruising van die zuurpruim naar rechts, dus ik minderde vaart en keek naar links, of er iets aankwam. Héél in de verte, voor het blote oog nauwelijks waarneembaar, naderde een wagen. Ik had wel víjftig keer rechtsaf gekund en nog terug óók, eer ie zelfs maar bij me in de buurt kwam, dus wat deed ik? Met het oog op het mij achteropkomende verkeer – er zat wel een wagen of vier, vijf achter me – en geheel indachtig Artikel 1 van de Wegenverkeerswet, volgens hetwelk men op zodanige wijze aan het verkeer dient deel te nemen, die de minste hinder oplevert voor de voortgang van dat verkeer, maakte ik aanstalten om zonder verder oponthoud rechtsaf te slaan.

Pats! Ging die zuurpruim ineens bóven op die rem staan! Ik schrok me de tering en ik niet alleen, want die wagen die vlak achter me zat moest alle zeilen bijzetten om een botsing te vermijden...

'Wat doet u nou?' vroeg ik geschrokken aan de zuurpruim.

'Ik rem,' luidde diens antwoord. Alsof ík dat niet wist!

'Ja dat merk ik, maar waaróm?'

'Omdat dat op dat bord staat. Kijk maar...' En hij wees triomfantelijk op het bord met 'STOP'.

'Je stopt toch alleen maar, als er wat aankomt?'

'Fout! Je moet stoppen omdat het op dat bord staat. En trouwens, wat is dát dan?' Hij doelde op de wagen van links, die nú pas de kruising passeerde.

'Ja kunst,' reageerde ik lichtelijk geprikkeld, 'als je maar lang genoeg blijft staan, komt er altijd wel wat aan, maar volgens Artikel 1 van de We...'

'Met Artikel 1 van de Wegenverkeerswet hebben we in dezen niets te maken. Je moet stoppen omdat het op dat bord staat en daarmee basta!' De man was verder niet voor rede vatbaar.

'Dan is dit dus een ingreep,' merkte ik geheel ten overvloede op.

'Inderdaad en niet zo'n kleintje óók,' antwoordde de zuurpruim iets té gretig.

'Met andere woorden: ik ben gezakt?'

'Laten we daar maar van uitgaan, ja.'

'Brengt u die wagen dan even terug, want ík stap uit. Goeiemiddag!'

Verbijsterd bleef de zuurpruim midden op het kruispunt achter, een rijtje ongeduldig toeterende auto's in z'n rug. Kreegtie de tering met z'n ingreep en de tyfus erbij! Koud twee minuten waren we onderweg. Dachtie nou heus dat ik nog een half uur voor lul met hem door die stad ging krauten? Zag ik zo bleek?

M'n instructrice moest wel lachen, toen ze 't hoorde, maar vreesde tegelijk toch represailles. Zou de betrokken examinator – die overigens bij vriend doch vooral vijand als muggenzifter van de ergste soort te boek stond – z'n collega's inlichten over het voorval, dan zou dat mijn kans van slagen bij een volgend examen wel eens aanmerkelijk kunnen verkleinen, aldus haar redenatie. Inderdaad, álstie dat zou doen wél, maar volgens mij hield hij het hele incident liever vóór zich, uit angst voor mogelijk gezichtsverlies bij diezelfde collega's. Hoe het ook zij, ik zou het te zijner tijd wel merken...

Nou, als de examinator bij m'n volgende examen al wat geweten heeft, lietie dat in ieder geval niet blijken, want niet alleen slaagde ik met vlag en wimpel, neen, hij voelde zich na afloop zelfs geroepen om speciaal mijn aanpassingsvermogen te roemen, in het licht van datzelfde Artikel 1 van de Wegenverkeerswet, dat ik de eerste keer tevergeefs te mijner redding had trachten aan te voeren.

Ik ben het zelden zó met iemand eens geweest, als met díe man! Inderdaad nee, met mijn aanpassingsvermogen was helemaal niks mis, netzomin als met Artikel 1 van de Wegenverkeerswet trouwens. Zo had ik m'n rijbewijs dus na twee examens in m'n zak en een knappe vent, die het daar nog uit zou krijgen. Dat het ruim twintig jaar zou duren, eer ik het ook daadwerkelijk ging benutten, kon geen mens voorzien. Ik reed aanvankelijk ook nog wel in de wagen van m'n vader, maar dat bleef toch meer uitzondering dan dat het regel werd. Toen ik eenmaal het huis uit was, reed ik helemaal niet meer...

Ik zat er geen seconde mee. Niet alleen dat ik geen poen had voor een wagen; ik had er ook totaal geen behoefte aan. Ik liep veel in die dagen en maakte bij gelegenheid gebruik van tram, bus of trein. Zelfs in mijn dromen bezat ik geen wagen! Ik liet alleen wél steeds op tijd m'n rijbewijs verlengen, want je wist nooit waar dát nog es goed voor kon zijn...

Sinds een jaartje of tien, twaalf weet ik dat nu dus en ik ben nauwelijks meer achter dat stuur vandaan te branden. Ik vind autorijden helemaal te gek en ik zou m'n wagen voor geen góúd meer willen missen. Zelfs voor het spreekwoordelijke pakje sigaretten stap ik in de wagen. Schijt aan het milieu! Naar en van optredens rij ik ook altijd zelf. Hoe verder, hoe liever. Appingedam? Huppeté! Ik zit al in die wagen... Moeten we een keertje naar Vlaardingen of Maassluis, voel ik me toch een beetje bekocht, want da's véél te dicht bij huis om lekker te kunnen vlammen. Ik zit me op de heenweg vaak al te verheugen op de terugreis, die meestal 's nachts plaatsvindt. 's Nachts rijen heeft een geheel eigen charme. Je hebt het rijk dan zowat alleen. Dan kan je 'm ook stevig op z'n staart trappen. GAS!!! Overdag wil dat er nog wel es aan ontbreken, vanwege de automobiliserende medemensch. Aardige mensen, onder lijn 5. Meut en Treuzel in de bocht...

'Waarom zit die wagen achter ons nou de hele tijd met z'n lichten te knipperen? Zou er wat loos zijn?'

'Ik denk dattie erlangs wil. Hij hep zeker haast.'

'Hij gaat z'n gang maar. Ik laat me niet opjagen door zo'n wegpiraat. Hij douw me bijna van de weg weg.'

'Ja je rij ook al een half uurtje op de linkerbaan hè...'

'Ik heb toch zeker evenveel recht op de weg als hij of niet?'

'Niet azzie vijf-en-zestig rij, dus ik zou toch maar effe opzij gaan of een beetje gas geven, één van de twee.'

'Gas geven?'

'Ja met dat ding daar onder je rechtervoet.'

'Dit hier?'

'Ik zei onder je réchtervoet!'

'O dat kon ik als kind al nooit uit mekaar houen, wissie dat?

Hé waarom staan ze achter ons nou in enen allemaal stil?'

'Omdat ze bóven op mekaar zijn geknald, toen jij ineens op je rem ging staan.'

'Zie je nou wel? Dat krijgie nou van al dat gevlieg. Ik zeg altijd maar zo: hardrijders...'

'Zijn doodrijders. Dan ben je beslist de enige niet...'

Het lijkt het devies van gans autorijdend Nederland. Zachies an, dan breekt het lijntje niet. Het gaspedaal staat hiertelande in een kwade reuk. Vooropgesteld dat men überhaupt van het bestaan ervan af weet. Het rempedaal daarentegen mag zich verheugen in een nooit gekende populariteit. De gevolgen zijn dagelijks op onze autosnelwegen en verkeersknooppunten te constateren: kilometerslange files, zo ver het oog reikt! Als iedereen een beetje gas gaf, had je geen files. Zo simpel ligt het. Maar ze sterven nog liever, dan gas te geven. Ze schijten zo al in hun broek, laat staan als ze boven de honderd kilometer komen...

Er zou op onze auto s n e l wegen, die heten niet voor niks zo, een minimumsnelheid moeten gelden van 120 km per uur. Wie dat niet bij kan benen, neemt verder het fietspad maar of die gaat maar met de trékschuit. Mutsen doen we thuis, maar niet op de grote weg. Wat dat aangaat, spreekt Artikel 1 van de Wegenverkeerswet klare taal: 'op zodanige wijze aan het verkeer (dient) deel te nemen, die de minste hinder oplevert voor de voortgang van dat verkeer...'

Wie hier een mooie taak voor de overheid in meent te zien komt bedrogen uit. De overheid staat hiertelande volledig aan de kant van Meut en Treuzel. Vandaar dat wij hier een maximumsnelheid kennen van 120 km per uur in plaats van een minimumsnelheid. Zogenaamd ter bevordering van die ene heilige koe: de verkeersveiligheid, en ter redding van die andere, nóg heiliger koe: het milieu! Wie niet beter zou weten, zou kunnen denken dat die maximumsnelheid een pure milieumaatregel was. Alsof we door allemaal zachter te gaan rijden hier het milieu nog kunnen redden! Ik durf te beweren, dat het milieu er veel meer bij gebaat zou zijn, als we allemaal een beetje dóór zouden rijden.

Dan ben je namelijk eerder waar je wezen wil en verontreinigt gedurende kortere tijd het milieu, dan wanneer we met z'n allen met een kutgangetje urenlang over die wegen blijven voortsudderen. Komt nog bij dat, als je een beetje dóórrijdt, dat vliegende gas geen kwaad kan. Da's zo ....pffffffffft.......verdwenen. Het is juist dat gemuts in die files, dat stilstaande gas, dat je de das omdoet.

Maar maak dat de overheid maar eens wijs. Volgens de overheid hebben de hardrijders het gedaan. Naast het stijgende aantal verkeersslachtoffers krijgen die nu óók die luchtverontreiniging in de schoenen geschoven. (Het stijgende aantal verkeersslachtoffers... Waar praten we over? Over 1300 man per jaar. Peanuts! Je moet nou eenmaal ergens aan dood, als het je tijd geweest is en aangezien de andere doodsoorzaken, z.a. kanker en hart- en vaatziekten, gedurig overbezet zijn, gaat er ook een stel aan het verkeer te gronde. Zo'n 1300 man per jaar, van wie 68 wegens te hard rijden, dus de rest wegens te zacht rijden, dat zal duidelijk zijn...)

De overheid heeft hier een soort van heksenjacht ontketend op die mensen, die wél weten waar het gaspedaal zit en níét bereid zijn een week vakantie op te nemen, teneinde een bezoek aan Groningen te kunnen brengen. Kabinetten komen en gaan, zonder ook maar éne fuck tot stand te brengen en het enige wapenfeit, waarvoor men zich de eerstkomende vijftig jaar tot gekmakens toe op de borst zal blijven kloppen, is godbetert die maximumsnelheid en de handhaving derzelven... Ja nee, toegegeven, de wereld stortte rond ons in mekaar, waartegen we vanwege de belangen des windhandels niets konden of wilden ondernemen, zoals u zult begrijpen, maar daar staat tegenover, dat we die hardrijders toch maar es even stevig hebben aangepakt...! Gefeliciteerd! Het gaat sindsdien een stuk beter met de wereld, maar niet heus!

Neem de verkeersveiligheid. Daar hebben ze nota bene een hele aparte instelling voor in het leven geroepen, waar die zakkenvuller van een Van Vollenhoven twee keer per jaar de prullenbak komt legen voor een miljoen belastingvrij. Van Vollenhoven of all people! Thuis magtie geen eens op hetzelfde schijthuis als z'n wijf, maar voor ons zallie dat veilige verkeer wel es even regelen...

(Dat is absoluut geen dolletje met dat schijthuis, want dat heb ik toevallig uit zéér betrouwbare bron bínnen de aannemerswereld. Huize Van Vollenhoven is uitgerust met twéé schijthuizen: één voor hém, dat voor 70% geluiddicht is, en één voor háár, dat voor 100% geluiddicht is. Met andere woorden: zij mag hem wél horen, maar hij háár niet. Dit ter illustratie van de verhoudingen binnen het Koninklijk Huis.)

Veilig verkeer... Ga er maar aan staan in het huidige tijdsgewricht. Hoe meer auto's, hoe meer ongelukken. Da's een ijzeren wet. Meden en Perzen. Daar helpt geen moedertjelief aan, dus die Van Vollenhoven helemáál niet, maar om hem daar óók nog een miljoen voor te geven...

De enige manier, waarop we hier mogelijkerwijze nog iets aan de verkeersveiligheid kunnen verbeteren, is om van zeker de helft van het vaderlandse automobilistenbestand op permanente basis het rijbewijs in te trekken. En niet omdat het te hard zou rijden, maar omdat het helemaal niet kan rijden! Wat je hier alleen al in de weekends op de weg kan tegenkomen. Kan doordeweeks een flink deel van het verkeer als zakelijk c.q. noodzakelijk worden beschouwd, in de weekends heeft vrijwel niemand die op de weg zit er ook maar íéts te zoeken. Heel debiel, seniel en infantiel Nederland wordt er dan op uitgestuurd, in de hoop dat de helft niet meer terug zal komen. Het gekruk en gemeut neemt dan welhaast oudtestamentische vormen aan. En wat doet de kit?

Voorzover deze zich niet blijvend heeft verschanst achter treurig stemmende stapels papierwerk aangaande volstrekt onbelangrijke overtredingen van de plaatselijke verordeningen tegen het vrijelijk betreden van openbare groenvoorzieningen, staat ze massaal in het struweel naast onze goeddeels erbarmelijk slechte wegen verdekt opgesteld om overtreders van de ten onzent zalig verklaarde maximumsnelheid te betrappen en op de bon te slingeren, waarbij het feit dat deze overtreders in zeker elf van de tien gevallen 958 keer beter en veiliger rijden dan Meut, Treuzel, Muts, Deukendouwer, Kluns, Kreukel en Kever bij elkaar, op geen enkele wijze in aanmerking mag worden genomen. Als de meerderheid van onze natie achter het stuur in zijn of haar broek zit te schijten, kan de overheid niet dulden dat een minderheid zich daar juist volkomen in z'n element voelt. Daarom zal de strijd tegen de hardrijders met alle ter beschikking staande middelen worden voortgezet, ja zelfs nog verhevigd, en niet eens zozeer ter verhoging van de verkeersveiligheid of ter redding van het milieu, als wel ter genoegdoening van het groeiende leger, met kleine kutautootjes van Japanse makelij toegeruste, levensbedreigende Meuten en Treuzels, die zelf godverdomme hun rijbewijs na 768 vruchteloze lessen en 56 mislukte examenpogingen op Saba hebben gehaald, een eiland ter grootte van een zakdoek, met een totaal wegennet van 3,5 kilometer, waarop je hóóguit 20 km per uur mag rijen en een wagenpark van 14 auto's, waarvan de helft niet tot rijden in staat kan worden geacht. Daar haalt zelfs een zwáár motorisch gestoorde, door acute pleinvrees geteisterde, chronische vallende zieke met de grauwe staar en de ziekte van Parkinson z'n rijbewijs nog! En reken maar dat een hoop dat ook hebben gedaan! Met hele scheepsladingen zijn ze erheen gegaan. Rijbewijstoerisme. Dat hele eiland vrat ervan...

'Zeg Jan, je ken beter voorin gaan zitten azzie mot rijen.'

'Hoezo? Ik zit goed hier...'

'Omdat je dan beter bij dat ehhhh bij dat ehhh nou ja bij dat ding ken...'

'Welk ding bedoelie dan?'

'Dat ronde ding waaraan je mot draaie...'

'Mot ik dan nog erges aan draaien óók?'

'Ja Jan azzie de bocht om wil toch...'

'O bedoelie dàt ding. Heet dat niet het roer of zo?'

'Bijna Jan! Het leg op me tong. Hou stil, jaja, ik weet het al..... het rúúr!'

'O ja het ruur, daar sta me wat van bij, ja...'

Zie je het voor je? En dat is jarenlang met de zegen van de Stichting Van Volzakken Nederland op onze wegen losgelaten.

'Je ken je ogen beter opendoen azzie rij, Merie. Dan zie je meer.'

'Ja daarom juist. Waar mot ik heen?'

'Je ken maar één kant op, Merie. Naar rechts.'

'O hierheen?'

'Ik zei naar RECHTS, Merie!'

'O dat kon ik als kind al nooit uit mekaar houen. Christenezielen, wat was dát?!'

'Twee kippen Merie.'

'Kippen? Wat motte die ook op de weg?'

'Je rij al een tijdje niet meer op de weg, Merie.'

'Je meent het? Wat is dit dan?'

'Een boere-erf of zo...'

'Ga weg! Daar had ik helemaal niks van gezien!'

'Nee, daarom zei ik ook: je ken je ogen beter opendoen azzie rij. Dan zie je meer...'

En maar ouwehoeren over de veiligheid van het verkeer en de fileproblematiek op congressen in binnen- en buitenland, bij voorkeur in de meer exotische streken onzer aardkloot, in luxueuze, van alle moderne snufjes voorziene, vijfsterrenhotels, met een zwembad op iedere kamer en een keur van inheemse schonen ter krikking en ketsing voorhanden, alles uiteraard op kosten van de wegenbelastingbetaler, die terzelfder tijd in een file voor het Prins Clausplein of de Brienenoordbrug, in z'n zesdehands APK-gekeurde hoestbui op wielen, halverwege het bandje met de nieuwste hit van Klaas Vaak en de Zandzakken 'Boem is ho, plons is water' op ellendige wijze de moord steekt wegens gebrek aan asem. Maar goed, zand erover. Na jaren van pappen en nathouen is de Saba-connection thans definitief verbroken. Sneu voor die Sabanen of Sabezen of hoe die gasten daar ook heten mogen. Die liggen nu weer aan de geeuwhonger, net als vroeger. Het zij zo...

Ik heb in de tijd dat ik dagelijks rij de dood al meermalen in de ogen mogen blikken. Volgens mij zijn ze van glas, al zou ik daar geen vergif op in willen nemen, want daarvoor gaat alles veel te snel op die momenten. Wat ik wél zeker weet is, dat ik in geen geval m'n eigen leven in een flits aan me voorbij zag trekken. Dat is ook zo'n cliché, waar ze altijd mee aan komen kakken. Volgens mij is dat verzonnen door een zesderangs romancier met een hang naar het sentimentele, die op z'n onverwarmde vliering in Den Bosch of – nóg erger – Zutphen, na consumptie van twee Zwaren van de Weduwe, tot alles in staat mocht worden geacht, dus zeker tot het uit z'n duim zuigen van een slap verhaaltje over een of andere mafkees, die in z'n stervensuur niks beters weet te verzinnen dan z'n eigen leven in een flits aan zich voorbij te laten trekken. Ik snap niet, hoe men daar elke keer weer mee op de proppen kan komen, waar bij mijn weten nog nooit een dooie is teruggekomen om te zeggen dat het klopt, terwijl zij die beweren ooit iets dergelijks te hebben meegemaakt, kennelijk niet dood zijn en dus ook niet weten waarover ze het hebben. Je eigen leven? In een flits? Rot op! Ik zag geen tering. En daar zat ik ook helemaal niet op te wachten. Ik had wel wat anders te doen.

'O maar dan is er kennelijk geen sprake geweest van acuut levensgevaar,' hoor ik links en rechts al stemmen opgaan. Neenee, dat zal het wezen, geen acuut levensgevaar... Wat dacht u van een klapband bij een snelheid van 170 km per uur, tijdens een inhaalmanoeuvre, in de spits op de brug bij Nijmegen? Zou dat ermee door kunnen qua levensgevaar, dames en heren van de jury? Ik dank u.

Nee, ik zag geen ene moer aan me voorbijtrekken. Gelukkig niet! Wat wou je weten dan? Stel je voor... ineens die band naar god, een donderslag bij heldere hemel... beng!! m'n rechtervoorband, dus ik knalde prompt linksachter bóven op die muts, die ik net aan 't passeren was... BOEMMM!! Door de impact van die botsing werd ik naar links geslingerd tegen die vangrail aan..... PATS!!! En door de impact van díé botsing weer naar rechts, de weg op, waar aan alle kanten de auto's zesdik voorbij kwamen snorren, want in de spits kan het zelfs in zo'n gat als Nijmegen knap druk worden. Wat denk je dat er gebeurt, als je op zo'n moment nog es een beetje op je gemak naar je eigen leven gaat zitten loeren, dat aan je voorbijtrekt?? Precies! Dan kan je 't helemaal wel schudden! Dus zelfs al zou het zo zijn, moet je nog niet kijken!

Ik had wel wat anders te doen. Ik moest die wagen zonder verdere brokken op die vluchtstrook zien te krijgen. Daar had ik m'n handen vol aan. De enige die ik zag, in een flits, was Magere Hein, die nog even vlak voor m'n wagen de weg overstak. Gewoon doorrijen. Nooit remmen. Zeker niet voor hem. Daar loopt dat etter op te wachten. Dat je in paniek boven op je rem gaat staan. Remmen is de zekerste weg naar het houtenjassenpark in zo'n situatie. Dan knallen ze er met z'n allen van achteren bovenop. Dan kunnen ze je van de ruiten krabben!

Dus nóóit remmen! Gas los en uitrijen. En vooral niet denken. Zodra je gaat denken, kom je te laat. Dan raak je gegarandeerd in paniek en tja, wat je dán allemaal aan je voorbij ziet flitsen, is met geen pen te beschrijven, zeker niet door een zesderangs romancier op een onverwarmde vliering in Den Bosch of – nóg erger – Zutphen, die misschien ooit wel es met de Solex tegen een onbeheerde hond of boom is aangereden, maar nog nooit achter het stuur heeft gezeten van een levende auto, op het moment dat die bij een snelheid van 170 km per uur, tijdens een inhaalmanoeuvre, in de spits, op de brug bij Nijmegen een klapband kreeg...

Ander geval. We waren op weg naar Almere, waar ik op moest treden in de Metropole en zoals vaker met artiesten waren we enigszins aan de late kant, dus er moest stevig aan getrokken worden en we doken net die hol af van dat aquaduct, dat tussen Leiden en Amsterdam ligt en ineens...... WHAMMMMMM!!! Knalde die hele motorkap tegen m'n voorruit aan!

Zag ik m'n eigen leven aan me voorbijtrekken? Vergeet het maar. Ik zag geen ene moer! Van het ene moment op het andere was ik m'n hele zicht kwijt. Kon ik in dit geval ook niet penages naar rechts die vluchtstrook op, want die begint pas weer boven aan de hol aan de andere kant, dus ik moest eerst in the blind dat aquaduct onderdoor. En druk op die weg!

Zag ik ineens in een flits onderaan tegen die voorruit die halfronde uitsparing in de motorkap, waar in normale tijden de ruitenwisser zat. Ik gelijk duiken met m'n kop, tot ik het gat op ooghoogte had en ja hoor, als bij toverslag herkreeg ik m'n welhaast panoramische visie op de wereld in het algemeen en de weg in het bijzonder. Loerend door dat gaatje slaagde ik erin, de wagen zonder verdere ongelukken onder dat aquaduct door te loodsen en aan de andere kant veilig op de vluchtstrook te zetten. Ik was zo kalm als ijs. Alsof het me dagelijks overkwam. Motorkap tegen de voorruit? Routineklusje! Ik handelde zonder overleg. Het doen was het denken vooruit. Was ik op m'n rem gaan staan, hadden we het kunnen schudden. We waren met z'n vieren, maar dan waren we álle zes dood geweest.

Wat dacht u ervan? Genoeg levensgevaar? Uitstekelbaars! NEXT! De derde en voorlopig laatste keer dat ik Magere Hein tegenkwam, was op de terugweg uit Zeewolde, ook al in die Flevopolder, waar we even waren gaan checken, of er nog wat over was van die 300 kilo coke, die ze er enkele dagen tevoren in een onbeheerde vrachtwagen op een parkeerterrein hadden aangetroffen.

Verraaien werk natuurlijk. Zoals altijd als de kit wat vindt. Of dacht u soms dat de vondst te danken was aan het briljante speurwerk van inspecteur Vlijmscherp en z'n wakkere kornuiten van de Narcoticabrigade? Het resultaat van een goed geoliede actie in samenwerking met de politiekorpsen uit de omliggende landen? Interpol? Welnee man. Gewoon tipwerk. Af en toe lekt de onderwereld om wat voor reden dan ook wat informatie richting kit, die vervolgens met meer of minder succes zo'n tip natrekt. In het eerste geval staan de kranten daags daarop bol van de door politiewoordvoerders opgelepelde fabeltjes, waarin de heldhaftige en onverschrokken rol van de Sterke Arm breed tot kamerbreed wordt uitgemeten, teneinde het publiek de indruk te verschaffen, dat in de nimmer aflatende strijd tegen de internationaal vertakte drugsmaffia onze wakkere Hermandad een beslissende doorbraak heeft geforceerd, die van nu af aan het tij beslissend ten gunste van de Gerechtigheid zal doen keren. In het tweede geval hoor je niks. Dan is er nog een derde optie, waarbij ze wel degelijk wat vinden, maar je toch niks te horen krijgt. In dat geval willen ze het zelf doorstoten voor de oudedagsvoorziening.

Hoe het ook zij, er was geen gram meer over van die 300 ki. Nog geen lijntje kon eraf voor ons hardwerkende artiesten en onverrichter zake keerden wij terug richting Randstad, gedrieën, het voltallige Trio Me Reet om precies te zijn, 's nachts, dus met gezwinde spoed over het verlaten asfalt zoevend en zoals zo vaak verdiept in spitse conversatie over de meest uiteenlopende onderwerpen, zoals de schier bóvennatuurlijke vermogens van de 1200 cc Yamaha V Max, met z'n 145 pk een motor, die de concurrentie goeddeels tot beleefde rijwielen met hulpmotor doet verbleken, of de door inteelt verkregen moordlust van de grotendeels kortschedelige bewoners van de Balkan, de moordkuil van Europa, of de al dan niet over- of onderschatte capaciteiten van zowel binnen- als buitenlandse coryfeeën uit showbizz, sport en politiek, toen ergens onder – waar anders? – Amsterdam de bassist vanaf z'n plaats achter in de wagen te kennen gaf, dat we volgens hem rechtsaf moesten.

Nu wil het geval dat men achter in zo'n verlengde Prestige limousine toch gauw zo'n kilometer of drie, vier van de weg verwijderd zit en dientengevolge niet tot enigerlei objectieve observatie aangaande de acute verkeerssituatie in staat kan worden geacht. Desalniettemin draaide ik in een min of meer automatische reactie op zijn woorden al aan m'n stuur, eer ik zelf keek. Toen ik dat een split second later wel deed, zag ik onmiddellijk dat we verloren waren. We waren die bocht al voor driekwart voorbij vóór we 'm in gingen. Een crash was onvermijdelijk! Ik riep nog van 'Jongens, daar gaan we!' en knalde vervolgens boven in die bocht in volle vaart tegen de vangrail...... BENG!!!!

De zware Prestige werd als een veertje de lucht in geslingerd, wentelde zich in z'n vlucht, sierlijk als een dolfijn, op z'n rug om

een meter of twintig verder in die bocht met een oorverdovende klap ondersteboven tegen het asfalt te pletteren.......
CRASHHHHH!!! Met het hartverscheurend geluid van metaal over wegdek schoof de wagen op z'n dak nog een meter of tien, vijftien door en ik zag links en rechts een regen van vonken wegspatten en door m'n hoofd speelde maar één gedachte: 'Addenooi! Dalijk vliegtie in brand!' Er hoeft maar wat los te schieten door die klap en dan is verder één druppeltje en één vonkie voldoende om die wagen van het ene moment op het andere in een laaiende fakkel te veranderen, waar je van z'n lang-zal-ze-leven niet meer uitkomt.

Het was duidelijk dat we zo snel mogelijk zo ver mogelijk uit de buurt van die wagen moesten zien te komen. Maar hoe? Zolang ie in beweging was, kon je niks doen. We moesten wachten tottie uitgeschoven was. En dat duurde me toch lang! Dus als er ooit één gelegenheid was om m'n eigen leven in een flits aan me voorbij te zien trekken, was dat deze wel. Zelfs in slow motion was het nog gelukt! Nou, ik zag geen ene moer! Alleen die wagen, die in de brand vloog...

Eindelijk, na járen, lagtie stil. Ik als een speer door een portierraampje naar buiten. Ik kroop min of meer onder de saxofonist door, die ergens boven me in de lucht hing. Ik hoorde hem nog vaag iets mompelen over z'n veiligheidsgordel, die hij niet los kon krijgen. Ben je lekker mee, met zo'n gordel. 't Zal je maar gebeuren, dat net in die paar minuten dat jij met die gordel zit te worstelen, die wagen alsnog in de hens vliegt. Niks voor mij, zo'n gordel. Net als zo'n airbag. 'Heb jij geen airbag?' 'Nee, ik heb geen airbag.' Wil je net pleite door dat raampje en ineens.....PSSSSSSSSCHT! Zit je klem! En het volgende moment gaat die wagen alsnog in vlammen op. Nee, die dingen zijn leuk bij een frontaaltje of meer van dat kruimelwerk, maar bij het echte gróte werk kan je ze missen als kiespijn. Dan moet je namelijk zo snel mogelijk weg zien te komen uit die wagen en daar kan je helemaal geen gordels of airbags of andere wegversperrende voorzieningen bij gebruiken.

Goed, er vlóóg in dit geval dus niks in brand. Waarom niet?

God mag het weten. Het was kennelijk onze tijd nog niet. Ik had alleen een gaatje in m'n pak – erg genoeg overigens – en glassplinters in m'n haar en die saxofonist bloedde een beetje aan z'n pols, ook door zo'n glassplinter, maar in z'n haar hadtie niks, want dat heeftie niet, althans dat trektie naar binnen, en het was eigenlijk alleen die bassist, die met inwendige kneuzingen en naar wat later bleek een gebroken sleutelbeen naar het ziekenhuis moest worden afgevoerd. Nou, waren wij het onmiddellijk met elkaar eens, hadtie z'n muil maar moeten houen!

Zo goed wij ervan afgekomen waren, zo slecht verging het die wagen. In één klap was het sierlijke, elegante voertuig tot een hoop schroot gereduceerd. Alleen die motor was niks mee aan de hand. Die draaide rustig verder. Die ben ik later nog apart af gaan zetten. Die liep nog als een zonnetje! Waren wij uit onze vlucht weer op onze wielen geland, hadden we zonder verder oponthoud de reis kunnen vervolgen...

Volgens de kit, die al na een half uur ter plekke was – we hadden die bassist al bijna begráven – moesten we god op onze blote knieën danken, dat we er zó van afgekomen waren. We waren beslist niet de eersten geweest, die juist in díe bocht op ellendige wijze aan hun eind waren gekomen. Volgens de chauffeur van de bergingswagen moestie elke dag wel een wrak uit die bocht weghalen, een bocht die bij de insiders sinds jaar en dag bekend stond als de 'Dodemansbocht'. Maar in al die jaren was er nog nooit iemand van de Stichting Veilig Van Volzakken Nederland, noch van enige andere verkeersinstantie in Den Haag, geweest om te onderzoeken of er misschien iets niet deugde aan het tracé van die bocht. Die hadden en hebben het natuurlijk veel te druk met het verzinnen van nieuwe draconische maatregelen ter beteugeling van snelheidsovertreders en aanverwante wegpiraten. Vandaar dat de 'Dodemansbocht' tot op de dag van heden onverminderd in bedrijf is en elke dag z'n slachtoffer eist en dat waarschijnlijk nog vele jaren zal blijven doen, geheel in de geest van het streven naar een verhoogde verkeersveiligheid. Ik dank u.

De enige die niet blij was met mijn miraculeus overleven van de crash, was de verzekering, die zich nu genoodzaakt zag om mij de dagwaarde uit te keren van het totaal verwoeste voertuig. Die veertien ruggen bleken de druppel, die hun emmer deed overlopen. Daags na de crash reeds kreeg ik te horen, dat op mijn verdere klandizie geen prijs meer werd gesteld. Na een kleurrijk schadeverleden had ik mij met deze fraaie total loss in één klap de categorie der 'onverzekerbare risico's' binnengereden. Ik kon alleen nog maar bij Terminus terecht, waar je tegen all risk-prijzen een lullig WA-verzekeringetje kan krijgen.

Moet je nagaan! Je kan je overal tegen verzekeren, maar o wee als je ook schade gaat claimen. Dan is het hier te breed en daar te lang en de kleine lettertjes zus en de kleine lettertjes zo en je eigen risico schiet omhoog en je premie wordt verdubbeld of verdrievoudigd. Want dát is natuurlijk de bedoeling niet, dat ze zich écht aan hun overeenkomst moeten gaan houden. Ze zien liever dat je meedoet aan die 'no claim'-onzin, die ze verzonnen hebben. Het enige gevolg is, dat men na het veroorzaken van schade zo hard mogelijk doorrijdt, omdat anders de 'no claim'-status in gevaar dreigt te komen. En die verzekering maar lachen, all the way to the bank. Ik heb aan die onzin nooit meegedaan. Ik heb altijd vrijelijk alle schade geclaimd. Ze zullen aan mij dan ook weinig verdiend hebben. Maar ik was wél een tevreden klant! En wat gebeurt er? Je wordt er gewoon uitgepleurd! Maar ze doen maar, broekie vol.

Ik zou liegen als ik zei dat ik nog lang bij die crash heb stilgestaan. Daags daarna zat ik alweer achter het stuur van een gehuurde Opel Vectra, richting Zwolle. Een Opel Vectra, die met enig aandringen nog dik 180 bleek te lopen. 'G A S!' luidt onverminderd het devies. Ik reed, ik rijd en ik blijf rijden. Schijt aan de verzekering, schijt aan de maximumsnelheid en schijt aan Magere Hein!

Proefkoning

Van VARA-zijde gewerd mij het verzoek om deel te nemen aan een alcoholtest. Als proefkonijn. Onder auspiciën van de Rijksdienst voor het Wegverkeer, beoogde men, voor het oog van de natie en onder streng medisch toezicht de funeste invloed van alcohol op het rijgedrag voor eens en altijd duidelijk aan het licht te brengen.

Behalve een hoofdstedelijke horeca-exploitante en een praktiserend huisarts uit het Utrechtse had men een mij vanuit het Rotterdamse kroegwezen niet geheel onbekend lid van de vaderlandse schaakelite bereid gevonden z'n medewerking aan dit experiment te verlenen. Diep doordrongen van het volksvoorlichtende belang van de zaak, zegde ook ik de mijne toe.

De test werd gehouden op een van staatswege onderhouden circuit in de buurt van Lelystad, midden in het ooit met noeste hand aan de wateren van het IJsselmeer ontworstelde polderland. Daar ik diezelfde avond nog elders in het land verplicht was, liet ik mij op de bewuste dag vergezellen van iemand, die mij bij verregaande onbekwaamheid mijnerzijds heelhuids en tijdig te bestemder plaatse kon afleveren.

Het was een stralende dag, vol van het gekwinkeleer en getjater van talloze vertegenwoordigers van het nationale vogelbestand, dat zich ommers juist in die contreien altoos zo uitbundig en veelsoortig weet te manifesteren. Ondanks het onchristelijk vroege uur hing er iets van belofte in de frisse onbedorven ochtendlucht...

Na de wagen op een pijnlijk net parkeerterreintje tussen twee duidelijke dienstauto's voor de hogere kit te hebben gestald, begaf ik mij te voet naar een laag, geheel uit hout opgetrokken, barakachtig bouwsel van het soort, waarin zich ooit de padvinderij te vergaderen placht en waarin ik thans het operationeel hoofdkwartier vermoedde. Het was er gezellig druk. Hele volksstammen liepen elkaar voortdurend in rijen van vier voor de voeten met kabels en snoeren voor beeld en geluid, als was men collectief ten prooi aan een eigentijdse variant van de sint-vitusdans. Terzijde van het gedrang stonden twee, tot het hogere kader te rekenen, want van veel goudgalon voorziene, gezagsdienaren de bedrijvigheid nauwlettend gade te slaan. Ik zag hun blik bij mijn binnentreden argwanend oplichten. Ze hadden me het liefst ter plekke gearresteerd en aan den lijve op verdovende drugs gevisiteerd.

Zij zagen hun plannen doorkruist door een enthousiast uit de menigte opduikende man, die met uitgestoken hand en een grijns van oor tot oor op mij afgestevend kwam om mij mede namens de gedupeerden van harte welkom te heten en reeds bij voorbaat dank te zeggen voor de te verlenen medewerking. De man, die me vagelijk bekend voorkwam, loodste mij al pratend door de drukte naar een afzonderlijke ruimte, waar de overige deelnemers aan de test reeds bijeen bleken te zitten. Terloops informeerde hij of ik me een eerdere samenwerking voor de tv nog kon herinneren, uit het grijze verleden?

Nou nee, niet direct nee, of wacht es... Was dat toen soms voor dat wezenloze tienerprogramma van de AVRO met die achterlijke naam? Moefblabla of zo??

Precies ja, Moefblabla van de AVRO, van honderd jaar vóór Christus. Dat ik dat nog wíst...!

Wat ik waarschijnlijk niet wist was, dat uitgerekend díé samenwerking hem indertijd de das had omgedaan. Na een knallende ruzie met de redactie van het programma, die zonder enig overleg radicaal de schaar in onze bijdrage had gemeend te moeten zetten, was hem op staande voet de zak uitgereikt, abrupt einde van een tot dan toe veelbelovende AVRO-carrière. Na jarenlange omzwervingen door Omroepland was hij uiteindelijk bij de VARA beland. Zo zag je maar wat je met een paar onbezonnen kreten richting camera in het leven van anderen kon aanrichten...

Een man in een witte jas betrad hierop het vertrek. Hij stelde zich voor als zijnde Dr. Spuit, onder wiens toezicht wij straks geacht werden ons vol te laten lopen. Hij sprak de hoop uit, dat allen met een nuchtere maag waren gearriveerd, daar zulks het dronken worden aanmerkelijk kon bekorten.

Hij ging ons voor naar een terras achter de barak, met uitzicht op de baan. Het was een langgerekt ovaal met hóóg opgaande bochten van ongeveer een kilometer lang. Spuit legde uit, dat we eerst drie rondjes nuchter moesten rijden om zo een maatstaf te bepalen, waaraan onze latere verrichtingen konden worden afgemeten. Er stond ons een ouwe Volvo stationcar ter beschikking, volgestouwd met elektronica, die rechtstreeks in verbinding stond met de computer in het hoofdkwartier, die uit alle binnenkomende gegevens de uitkomst moest berekenen. Voor de bediening reed er speciaal een mannetje mee...

Ik merkte bij het eerste rondje al meteen, dat de Volvo sterk naar links trok, wat met alle apparatuur aan die kant niet verwonderlijk was. Ik meldde m'n bevindingen terstond aan de bijrijder. Nu was ik nog nuchter. Straks zou alles onvermijdelijk als dronkemanspraat worden afgedaan.

Vervolgens kwam de drank uit de kast. Sherry voor de kasteleinse, rooie wijn voor de Utrechtse arts, de schaakmeester hield het op jonge jenever, terwijl ik voor gintonic gekozen had.

Spuit schonk bepaald geen hoerenmaat. Ruim twee delen gin op krap één deeltje tonic... een straffe mix! Er was alleen géén ijs...

Géén ijs?

Géén ijs nee. En níet omdattie het vergeten had, maar op strikt wetenschappelijke gronden. IJs zou de geldigheid van het onderzoek aantasten, waar het al smeltend de verdunning zou veranderen. Dat nu wilde Spuit tot elke prijs vermijden. Vandaar géén ijs...

Hij kon wat mij betrof de pot op met z'n wetenschappelijke gronden. Als de geldigheid van het onderzoek hem zó na aan het hart lag, dat zelfs een beetje ijs taboe was, snapte ik niet wat we met een wagen moesten, die als een gek naar links spoorde. Alsof dát de geldigheid van het onderzoek niet zou aantasten. Dat maakte van die hele test bij voorbaat al een klucht. Daar zou een beetje ijs niks aan veranderen. Gintonic zonder ijs was nu eenmaal niet te zuipen. Laffer vocht dan lauwe gintonic kon ik me nauwelijks voorstellen. Vooral op je nuchtere maag! Bij de gedachte alleen ging ik al haast over m'n nek. Dat kon de bedoeling niet zijn van de test. Dronken worden in het algemeen belang, ala, maar ziék?!? Zonder ijs hoefden ze niet op mij te rekenen. No ice, no dice...

Maar Spuit hield vol, dat hij ijs wetenschappelijk niet kon verantwoorden. Dat die Volvo naar links trok, was zijn afdeling niet. Dat viel buiten zijn competentie. Maar daarbinnen hield hij de wetenschap hóóg. Daar kon geen mens aan tornen...

Dus géén ijs?

Inderdaad nee, géén ijs...

Dan wenste ik hem verder nog een prettige dag, want ik ging kas. De mazzel. Dáág...

Ik was het terras nog niet af of de regisseur hield me staande. Gingen we doen? Afhaken vooraleer we goed en wel begonnen waren? Dat kon ik absoluut niet maken. Hoe moest het dan verder met z'n programma? Het programma stond bij hem vóórop. Daar moest al het andere voor wijken, de wetenschap incluis. Spuit kon hoog of laag springen, maar de dag, dat een beetje ijs een geslaagd programma in de weg kon staan, moest hij persoonlijk nog meemaken. Als ik zonder ijs niet meedee...

...moest er ijs komen! Helemaal mee eens! Nou hoorde Spuit het ook es van een ander. De wetenschap was mooi, zolang ze het programma niet te na kwam. Dan gold er geen pardon. Dus alstie zo vriendelijk wou zijn, alsnóg voor ijs te zorgen, dan konden we eindelijk serieus van start...

Spuit sputterde nog even tegen, maar koos toen toch eieren, of liever gezegd, ijs voor z'n geld. Het drinkgelag kon beginnen.

In straf tempo goot ik drie gintonics in m'n kraag. Mét ijs! Daar knapte je van op! Ik had de derde nog niet op of daar kwam Spuit al met een vierde. Zo mocht ik het zien!

Vervolgens moest ik weer drie rondjes achter het stuur. De Volvo trok nog steeds naar links. Ten bewijze liet ik in een bocht ineens het stuur los. Als een raket schoot de wagen zijdelings omhoog naar de rand van de baan. De bijrijder greep in doodsnood naar het stuur, maar ik bleef hem voor. Hadtie 't nou gezien, die afwijking naar links, of moest ik het nog es doen...?

Luid toeterend scheurden we het terras voorbij. Nou ja, schéúrden... Ik kon planken wat ik wou, maar ik kreeg het kreng geen meter boven de 120. Je wist niks van mij, maar volgens mij was die bak nog afgesteld óók.

De bijrijder informeerde bleekjes of het niet wat zachter kon? Wát?! Nóg zachter?' Deden we soms mee aan de Vierdaagse?!? Ik minderde tot 115. Goed zo? Anders sprong ie er maar uit. Wat een aansteller, die gozer. Die scheet nou al zeven kleuren stront, liet staan straks, als het echt menens werd...

In recordtijd legde ik drie rondjes af. Twee tellen later stond ik weer bij Spuit. Je kreeg een droge strot van dat gerij. Spuit stond al klaar met gintonic nummer vijf. Gretig pakte ik het glas van hem aan. Het getinkel van de ijsblokjes klonk me als muziek in de oren. Het was, wat je noemde, pikstaanderig weer. De zon brandde hoog aan de strakblauwe hemel. Geen wolkje in zicht, geen zuchtje wind. Gulzig zette ik het glas aan de lippen en dronk met grote slokken.

Haaaaaaaaa! Het leven was mooi, maar dat van een proefkonijn nóg mooier...

De middag verliep volgens eenzelfde patroon. Drinken, drank, (ge)dronken, gevolgd door drie rondjes Volvo om de rijvaardigheid te checken.

De stemming op het terras werd gaandeweg luidruchtiger. Kwinkslagen vlogen over en weer en er werd veel en hard gelachen. Slechts even dreigde het in te zakken, toen een zware VARAdelegatie onaangekondigd het terras betrad. Jan Nagel kwam zich met enkele paladijnen persoonlijk van de stand van zaken op de hoogte stellen. Hij had de wind er kennelijk goed onder bij de VARA, want iedereen zweeg ineens als het graf. De stemming kelderde navenant...

'Ahaaaaaaaaaaa!' snerpte ik door een ijzige stilte over het terras richting Jan. 'Wie hebben we daar? De Stalin van de VARA in eigen persoon! Uitkijken jongens, voor je 't weet zit je in Siberië!'

Naast me verslikte de regisseur zich hevig in z'n consumptie. De rest van de crew stond ineens opvallend geïnteresseerd de andere kant op te kijken. Hier en daar klonk gesmoord gegrinnik. Nagels paladijnen keken geschrokken in het rond. Hadden ze dat goed gehoord? De Stalin van de VARA? Zo had nog nooit een sterveling hun Chef durven noemen. Er waren er om heel wat minder de Heuvellaan uitgevlogen!

Stalin zelf stond te meesmuilen als de spreekwoordelijke boer met kiespijn. Z'n ogen spraken boekdelen. Hadden blikken kunnen doden, ik was ter plekke lawaaie gegaan. Ik deed of m'n neus bloedde en proostte nog es nadrukkelijk in zijn richting. Bruusk wendde hij zich af en beende de barak weer binnen, z'n paladijnen op z'n hielen. Had ik wat verkeerds gezegd? Kon Jan niet tegen een geintje dan?

Zolang het over anderen ging wel, aldus de regisseur, maar o wee, als hij zélf het mikpunt was. Dan was z'n gevoel voor humor plotsklaps ver te zoeken.

Typisch een dictator, onze Jan. Die namen zichzelf altijd véél te serieus. Net zoals de kit trouwens...

De twee gezagsdienaren stonden aan de rand van het terras van hun tenen op hun hakken te wippen, met een gezicht of ze net met man en macht een bankstel in hun reet hadden staan stampen. Ik zwaaide. Ze wisten niet hoe gauw ze benen moesten maken...

De test werd intussen steeds zwaarder, in die zin dat er allerlei obstakels op de baan verschenen, op plaatsen waar tevoren nog niets had gestaan. Hekjes, paaltjes, bomen, verkeersborden. Ik reed er steeds vol gas op af om er pas op 't allerlaatst omheen te zwenken.

De bijrijder zweette peentjes. Hij zat constant de gaten in de vloer te trappen. Per rondje werd hij tien jaar ouwer en je vroeg je af oftie niet beter ander werk kon gaan zoeken? Portier van een bejaardentehuis leek me wel wat, of anders iets in de uitvaartverzorging...

Na een ritje of vijf bleek de gin ineens op. Had ik dan die hele fles al in m'n kraag?!?

Niet helemaal, maar wel voor zeven achtste, aldus Spuit. De rest was door Stalin soldaat gemaakt...

Gefeliciteerd! Hoe moest het nou verder met die test? Of waren we er al? Volgens mij begon het net een beetje interessant te worden...

Spuit suggereerde op wat anders over te stappen. Op jenever bijvoorbeeld. Dat scheelde niet zo veel met gin. Althans qua sterkte niet...

Qua sterkte misschien niet, maar daar was alles mee gezegd. Ik vond jenever niet te pruimen. Dat bocht kwam er bij mij niet in...

En whisky?

Whisky idem dito niet. Niet voor niks luidde een oud Schots spreekwoord: 'Whisky op gin slaat als kut op min'. Daar hield ik me aan...

Juist ja. Geen jenever, geen whisky. Wat hadtie nog meer? Port, sherry, wodka, cognac en dan natuurlijk rooie wijn. Die kon hij me persoonlijk aanbevelen. Droog, maar toch verrassend vol en rond op de achtertong en met een ietwat nerveuze afdronk. Daar kon ik op z'n minst toch wel een glas van proberen...? Hoopvol greep hij naar de fles.

Helemaal niet! Niks rooie wijn! Het enige dat wat mij betrof na de gin nog in aanmerking kwam was champagne. Geen dagelijkse VARA-kost, realiseerde ik me ten volle, maar goed genoeg voor de zoon van een voortijdig aan leven en jenever bezweken oudliberale vertegenwoordiger in vleeswaar en conserven. Champagne brut welteverstaan. Demi-sec was goed voor ouwe wijven...

Ik kreeg van onverwachte zijde steun. De schaakmeester bleek het volledig met me eens. De jenever begon hem zo zoetjesaan z'n neus uit te komen en hij was ook wel aan wat anders toe. Champagne moest er komen en liefst een beetje snel. Taittinger, Bollinger, Heidsieck of Pommery, maakte niet uit, zolang ze maar niet met zo'n nagenaste champenoise aan kwamen kakken, want daar waren we toevallig geen van tweeën van gediend...

Spuit stond zenuwachtig aan z'n lip te trekken. Champagne, toe maar! De heren deden niet minder. Daar had de VARA in 't geheel niet op gerekend. Waar haalde hij zo gauw champagne vandaan?

Wat hadtie gedacht van Lelystad? Ik noemde maar een zijstraat. Of hoorde hij tot dat deel van de natie, dat dacht, dat men in Lelystad zodanig op z'n achterhoofd gevallen was, dat men er geen champagne had? In dat geval lietie het maar overvliegen uit Amsterdam. Zolang het er maar kwam! Anders konden ze de rest van die test mooi op hun buik schrijven, om van het programma maar te zwijgen. Dat viel zonder ons met een plons in het water. Onder de ogen van Nagel...

Spuit beloofde te kijken, wattie voor ons kon doen...

Pardon? Voor óns?? Voor het programma zoudie bedoelen. Het programma stond immers vóórop...

In afwachting van de champagne nam ik de gelegenheid te baat om op de plee even snel een hole-in-one te scoren. Voorzover ik al dronken was, was ik op slag weer nuchter.

De arts uit Utrecht had het moeilijk. Tot twee keer toe probeerde hij in z'n achteruit te vertrekken, om later in de rit het spoor helemaal bijster te raken en na het rammen van een aantal obstakels schijnbaar zonder reden de baan te verlaten en over het gras van het middenterrein op het terras af te stomen. De aanwezigen stoven naar alle kanten uiteen in hun haast een goed heenkomen te zoeken, maar wonder boven wonder kwam de Volvo op nog geen meter voor het terras hortend en stotend tot stilstand. Even later kwam de arts als een balletje de wagen uitgestuiterd...

Alles kits?

Met (hik) hém? Uit de (hik) kluts ehhh kunst...

Hij zeeg op de eerste de beste stoel ineen, niet van zins er die dag nog uit op te staan. Spuit probeerde hem nog wel een verse rooie wijn in de maag te splitsen, maar de hardnekkigheid waarmee hij náást het glas bleef grijpen, deed het ergste voor z'n verdere deelname vrezen. Toen hij drie tellen later naar een verre uithoek van Dromenland bleek vertrokken, wisten we het zeker: de drank had een eerste offer geëist! Wie werd het volgende?

De kasteleinse begon ook al scheurtjes te vertonen. Die schatte ik nog goed voor hóóguit één ronde. Het zou wel op een finale met mij en de schaakmeester uitdraaien. Als we vóór die tijd tenminste al niet van dorst waren bezweken! Waar bleef Spuit met de champagne? Straks waren we nog genoodzaakt water te gaan drinken en wat dát voor de geldigheid van het onderzoek zou betekenen, liet zich vooreerst nog niet becijferen!

Maar zoals vaker op het hoogst der nood, was ook hier de redding nabij. De champagne-missie bleek volledig geslaagd. Ze hadden meteen maar zes flessen meegebracht. En dát bij de VARA! Dat moest in de krant...

De champagne dronk als limonade en sorteerde in combinatie met de reeds genoten gin en de zinderende hitte een optimaal effect. De Volvo begon nu ook naar rechts te trekken! 'k Mocht sterven als het niet waar was! Een wagen, die twee kanten tegelijk op spoorde, had ik nog nooit meegemaakt. Ik blééf corrigeren! En heus niet omzat (hik) dronken was. Hooguit een beetje aangeschoten...

De toestand werd kritiek, toen ik in de volgende rit alles dubbel begon te zien. De baan, de strepen op de baan, de obstakels op de baan, ja zelfs de bijrijder had plotseloos twee hoofden! Pas als ik één oog dichtkneep, werd alles weer normaal. Dat bleek vermoeiend rijden. Om de honderd meter moest ik van oog verwisselen, omdat ik anders dreigde te verkrampen. Zo wist ik de steeds talrijker obstakels op de baan nog een tijdlang te ontwijken. Tot ik uiteindelijk toch een paaltje toucheerde. Het lag al, vóór ik het raakte. In een flits doorzag ik de waanzin van de situatie...

Zie oksta nee ora nee optakels waren hemelaal nie écht! Die waren van (hik) schubber of piepruim! En wij maar nardhekkig zoen ozze (hik) wél echt waren en er met (hik) meel voeite omheen zraaie... Wazzeen (hik) onzin! Zat gingme (hik) racidáál azzers anklatschen... Zagtie (hik) hek daaro? Pats! Wek heg! Begrieddewool Tjaard? Zo (hik) dzeje we zat... Gwoon (hik) zegeaan, ja? Naks zuidwijke... Gwoon (hik) boem bóvelop! Kijk stond weer (hik) paal... Beng! Peg waal! Zakkelijk mat. Zo stonzer wats en zo wazzet (hik) weg. Krege ze lekker (hik) tering mezzie manaakopkakels... Mijn (hik) beetzje gekmake? Hahahahaha! Ennik zekers (hik) Zufferdje leze? Borge mrenge! Pleurtzop! Gwoon (hik) bóvelop! Kijk kwam weer (hik) boom... Knal! Beg woom! Hazzie 't (hik) zien? Kozze metze hiel ik van. Ozzeruimd (hik) netjens... Kets! Zat wazzeen (hik) bord. Rech vozze (hik) paap nee raap... Astanblaft! En zat mezzoon (hik) Turkebak zie dwee kanze telegijk (hik) drok... 'k Vonnet krap ehhh knap... Kijk weer (hik) paal... Pats! Gaazu (hik) zaar maar legge... Hazzie 't (hik) zien? Hallooooooooooo! Gingie nog (hik) beetzje...??

De bijrijder zat lijkbleek met wijdopengesperde ogen voor zich uit te staren.

Mooie (hik) dzooie mezze kepegop... Aarzige gozer (hik). Moez alleen (hik) borretje lutse... Boem! Ging weer (hik)hek... Pluts (hik) paal... Beng! Ennozzoon (hik) bord ozze koop zoe... Knal! Hazzie 't (hik) zien? Ene reer kaak! Gwoon boem bóvelop. Leute kets zit... Hatzikke meut... Hééééééé (hik) wazzemedáár?? Nee záár! Za lag (hik) vent ozze weg! Donder zolle! Moez zetuurlijk (hik) vooie doorstelle ov (hik) gwonde... Maakte nie uitz... Effe moed gikke ehhh goed mikke... Pats! Hazzie 't (hik) zien?

Eze glap (hik) kop teraf! Toch al zoot zie vrijer en azzers wastie nou zeminste uizze (hik) lije... Niezan? Zajoch? Ston weer (hik) boom... Klets! En nozzoon (hik) hek... Beng! Pluts (hik) bord... Pats! Eze geer draak... En zat mezzoon (hik) wrat nee brak zie kalle hande (hik) zrok... Zee niemanz me na. Zeker zwete... Kijk zaar! Lag weer (hik) lijk! Haskedietee! Pats! Bolus traf! Hazzie 't (hik) zien? Zaddik hezemaal nie mee... Zo gingzie (hik) hoed...zo gingzie (hik) peter....awweer (hik) miloketer... Wasstonnezenou (hik) tele hijd ze zwaaie ozzat terratz??? Effe drugwaaie... Joehoe-oeoeoeoeoeoeoeoeoeoe! Zijk tan! Honder zande ehhh tande nee hande (hik)...

De bijrijder kreeg een acute hartverzakking en wierp zich andermaal op het stuur...

Hohoho! Krezemenou? Beetzje (hik) hijzebanz zoen? Lévesvergaarlijk! Ksssssssst! Af! Izze (hik) manz... Zachtie doms da'k tronkel wats? Hoe (hik) kwammie zerbij? Nizzan ze hanz. 'k Ging azzeen (hik) zwéér ehhh spéér... Kijk zan! Ston weer (hik) boom... Of wazzet (hik) paal? Kommijn 't vrotte? Azzemaal (hik) héén potz naz... Pats! Hazzie 't (hik) zien? Glijk bovezop! Vie wolgt? Kwam weer (hik) hek.... Beng! Kek veg! Ennozzoon (hik) baal nee paal... Kets! Bakkem peet! Pluts (hik) bord... Knal! Ennaz vlap ozze kuurvijl ehhh vuurpijl nozzoon (hik) lopsticht nee stoplicht... Kets! Leg wicht! Roddop! Niks (hik) stobbe... Gáán mezzie (hik) nabaan!! Kijk pond weer (hik) staal... Pats! Peg waal! Zo ding zat. Himmel grade aus (hik) witz! Zie Nase hoch (hik) zie Augen festgeflotzen ehhh klotzen nee (hik) schlotzen... Zijk tan! Hazzie 't (hik) zien? Azzemaal metz (hik) waggel zie alle kanze (hik) drok... Wákverrek! Kijk kwam nozzoon (hik) bord... Knal! Zag port! Zo zeje we zat... Gwoon eze geer boem bovelop! Hazzie 't (hik) zien? Gwoon (hik) patz en vedders geen (hik) zeik...

Pas na acht rondjes had ik door, dat ik er allang drie had gedaan. Met enig zoeken vond ik de rem... Oggevlatst! Met rokende banden kwam de Volvo tot stilstand. De bijrijder knalde met z'n kop tegen de ruit... Eige zult (hik) zikke dult! Waar wats (hik)

Zzzzzzpuit? Zuidelijk dijt (hik) patsoe trinkel... 'k Stiervanze dorst... Drinke zoddeme (hik) zinke wats (hik) deviets! Azzemaal voor (hik) pogamma... 't Pogamma stonk volop! Héee... Wiezemedáár???

De schaakmeester zat in diepe slaap gedompeld aan een tafeltje op het terras. Eén tafel verder zat de kasteleinse en weer iets verder de Utrechtse arts. Uitgeteld. Afgeserveerd. Ik stond als enige nog overeind...

Za moezzop (hik) trunken wobbel ehhh wortel... Azlobuut! Glaazjen (hik) zjampampel azzijds drin... Maar éérzen (hik) spoel nee... sdoel. 'k Strotte zowatz (hik) mekaar!

Hè (hik) hè... zik dat!

Wizzeze drouwes dazzie (hik) Vovlo na rinks én na lechs zrok? Geletijterkijd?!? 'k Moch hadzikke (hik) voot dalle azzet nie waar wats... Rinks én lechs ozzezzelfze... zzzzz... zzzzz... zzz...

Toen ik weer bijkwam, lag ik achterin m'n eigen wagen, op weg naar god-mocht-weten-wáár-ik-op-moest-treden...? Ik had geen idee, hoe ik er gekomen was? Totááále blackout!

De rest van de reis deed ik verwoede pogingen hernieuwd een hole-in-one te scoren, maar wat ik ook probeerde... ik konnem er niét in krijgen. Kan je nagaan hóé dronken ik was!

Volgens de gegevens van Spuit beliep het alcoholpromillage in m'n bloed op laatst iets van 2,8. Genoeg om een volwassen olifant te vellen. Toch heb ik die avond in Den Bosch normaal opgetreden. Althans volgens getuigen. Niet gering voor iemand, die zelf in Honoloeloe zat...

Apocrief (trioloog)

Drie bebaarde mannen in soepjurken in woestijnachtig landschap rond primus geschaard.

Het zijn Hermanus, Justus en Bartolomeus, drie apostelen in de buitendienst.

Ze verkeren in afwachting van een vierde persoon, die vooralsnog verstek laat gaan.

Justus legt als een volleerd indiaan z'n oor te luisteren op de grond.

B: Broeder Justus, hoort gij al iets komen?

J: Niet te paard in elk geval.

H: En op een ezel?

J: Ik hoor nog geen sprinkhaan. Heb je wel goed met hem afgesproken, Hermanus?

H: Zeker weten. Het is vandaag toch vrijdag?

B: Goeie Vrijdag zelfs.

J: Goeie Vrijdag... Daar was toch wat mee?

H: Een joodse feestdag misschien?

B: Zoiets ja, een joodse feestdag...

J: Heb je wel op deze plek afgesproken, Hermanus?

H: In the middle of nowhere. ..

B: Ja da's hier. Kan niet missen.

H: Goeie plek toch? Hier hebbie de ruimte.

J: O jee, we houen nog over! Nou die Je-weet-wel nog...

B: Ach die komt heus wel. Waarom al die haast? Werk je voor een baas of zo?

J: Werken? Doe me een lol zeg. Ik schrik me de tering!

H: Ik heb niks tegen werken. Ik kan er Uren naar kijken.

J: Ik weet wel wat leukers om m'n tijd mee te verdoen.

H: Postzegels sparen...

J: Bijvoorbeeld.

H: Tuinieren...

J: Ook leuk, tuinieren...

H: Sporten...

J: Precies. De wagenrennen! Daar kunnen ze me 's nachts voor wakker maken.

B: Wat? Zijn er 's nachts óók wagenrennen?

H: Wist je dat niet? Vannacht ook weer, hè Justus?

J: Jazeker. De Grote Prijs van Golgotha.

H: Zie je wel. Rijdt Ben ook?

J: Welke Ben? Hur?

H: Wie anders?

B: Nou, ik kan er nog wel een paar verzinnen... Ben Houpla!

J: Ben Webster...

B: Bennie Jolink!

J: Ben Zedrine niet te vergeten.

H: Ben Zedrine? Ken ik niet. Doetie ook aan sport?

J: Honderd meter prijsneuken met een versierde lul, ja.

H: Kijk es aan. Wie rijen er nog meer behalve Hur?

J: Ehhhhh Zwarte Piet.

H: Ga weg. Die knecht van...?

J: Inderdaad.

B: Nee. Van Sinterklaas.

J: Zeg ik toch.

B: Zei je niét.

J: Zei ik wel.

B: Nietes.

J: Welles.

B: NIETES!

J: WELLES!

H: Orson bedoel je? Prima kerel, Orson Welles...

J: Niks mis mee, met Orson Welles...

B: Jofele peer, Orson Welles. Ik wist alleen niet, dattie aan wagenrennen deed.

H: Ben Hur, Zwarte Piet, Orson Welles... Wie nog meer?

J: Ehhhhhh die ene Griek. Hoe heetie?

H: Socrates?

J: Nee die andere.

B: Sofokles?

J: Nee, veel bekender.

H: Homerus toch niet?

J: Nee man, die is stekeblind!

H: Ik wou net zeggen... die is stekeblind!

J: Het zijn de Invalidenspelen niet. Nee, hoe heet die vrijer nou? Iets met O...O...O...

B: O! Odysseus!

J: Nee, ook niet. Iets met as of nas zit er ook in...

B: Ananas!

H: Is dat een Griek?

B: Nee, een tropische vrucht! Hahaha! Gefopt!

J: Ik kan het honderd keer zeggen...

H: Voorlopig zou één keer genoeg zijn.

J: Ehhhhh... ONASSIS! Dat is hem.

H: Onassis ook? Geen kleine jongens.

J: Het heet niet voor niks de Grote Prijs.

B: Boe laat heb je precies met hem afgesproken, Hermanus?

H: Kwart over de rand.

J: Dat is het al lang.

B: Ik heb het persoonlijk vel over been.

J: Wat? Zo laat al? Hoogste tijd voor de reclame...

Hermanus, Justus en Bartolomeus gaan staan en zingen in close harmony de volgende reclameboodschap:

Bent u aan de diarrhee
Zit u constant op de plee
Slik dan Broekhoest Stopdragees
Of steek er eentje in uw reet

Spuitpoep, racekak, blubberschijt
In een scheet bent u ze kwijt
Dankzij Broekhoest Stopdragees
Verkrijgbaar bij uw apotheek
UW APOTHEEK!!!

H: Daar zijn we weer. Welkom terug bij Hermanus, Justus en Bartolomeus, de drie apostelen in de buitendienst. Waar waren we gebleven?

J: In the middle of nowhere.

B: Benny Goodman!

H: Zei ie wat, Bart?

B: Ik zei Benny Goodman.

H: Nee, dan had ik je toch goed verstaan.

J: Benny Goodman? Waar slaat dat nou op?

B: Die hadden we nog niet in ons rijtje toch?

H: Inderdaad nee. Batman trouwens ook niet.

B: Sorry hoor, maar ik zie even geen verband.

H: Goodman... Batman... Ligt nogal voor de hand, dacht ik.

J: Hermanus, je bent een móórdgozer, maar volgens mij denk je te veel.

H: Zou je denken?

B: Ben Cramer!

J: Ja Bart, 't is wel goed. We hebben er nou wel genoeg, dacht ik zo.

B: Ben Casey!

J: Goed, nog eentje dan.

B: Ben Cartwright!

J: Ik dacht dat ik genoeg had gezegd.

B: Nee, nog ééntje heb je gezegd.

J: Ik dacht dat ik duidelijk genoeg was geweest.

H: Jij moet nodig wat vannx mij zeggen met je ik dacht dit, ik dacht dat...

B: Ja en dan heb ik Uncle Ben nog geen eens gehad.

H: Uncle Ben? Uncle Tom toch?

B: UNCLE BEN'S SAUZEN VAN DE WERELD!

J: Kalm Bart, we hebben net reclame gehad.

B: (*Onverdroten*) En Big Ben natuurlijk! Big Ben Bing Bang...Big Bang Bing Ben!

H: En wat dacht je van Big Ben's Banjo Band?

J: Ga jij nou ook al beginnen? Is er misschien een dokter in de zaal? Het loopt hier duidelijk uit de klauw.

B: Zou je denken?

J: Ik denk niks. Ik kijk wel uit.

H: Ik denk dus ik ben.

J: Ja hoor 't is goed. Jullie zoeken 't maar uit. Ik ben weg!

B: Dag Ben!

H: Ho! Stop! Wacht es even... Waarom bellen we 'm niet gewoon?

J: Wie? Ben?

H: Nee, je-weet-wel...

B: Omdattie niet thuis is.

H: Wie zegt dat?

J: Ik dacht persoonlijk dat het Bart was, maar het kan ook Ben zijn geweest.

B: Hij kan er niet zijn omdattie een afspraak heeft.

J: Met ons ja. Nou zie jij 'm hier?

B: Zien niet nee, maar voelen destemeer. Hij is overal en nergens. Hij is alomtegenwoordig.

J: Met die zachte sector praatjes moet je niet bij mij wezen, Bart. Dat is allemaal propaganda.

H: Wacht es even...wacht es even.. . Alstie alomtegenwoordig is, zoudie, zelfs al zoudie hier zijn – wattie overigens niet is – óók thuis moeten zijn. Ja toch?

B: Ehhhhh in theorie wel, ja.

J: Dan kunnen we 'm dus wel bellen. Als we z'n nummer hebben tenminste.

H: Hebbik... hebbik... Ja hoor, hier staat het, onder de T van Vondel.

J: Waar wachten we dan nog op?

H: Op de PTT. Die moet hier eerst een telefooncel komen plaatsen.

J: Dat belt een stuk makkelijker, ja.

B: Hebbik ook gehoord, ja, hebbik ook gehoord... (*begint driftig in de plooien van z'n gewaad te spitten*)

J: Zonder telefoon zitten we mooi met ons pik in het zand.

B: (*stug doorspittend*) Jullie misschien, maar mij zal je niet met m'n pik in m'n hand zien zitten...

J: In het zand, Bart, in het zand.

H: Beter één pik in je hand, dan tien in het zand, zegt een oud Chinees spreekwoord.

J: Ja, daar hebben we hier veel aan. Hebbie vlooien, Bart?

B: (*haalt enorme, zwaar verouderde walkie-talkie tevoorschijn*) Tataraaa! Wat dachten jullie hiervan?

H: Hé, dat lijkt verdacht veel op het nieuwste type zaktelefoon.

J: Sterker nog, dat is het nieuwste type zaktelefoon.

H: Ik bedoel die waar je kanker van kan krijgen...

J: Da's alleen in de buurt van hoogspanningskabels, dus daar zal je hier weinig kans op maken.

H: Wat moet je met zo'n ding? Wil je altijd overal bereikbaar zijn?

B: Willen is het woord niet. Het is meer een kwestie van moeten, vanwege m'n vrouw...

J: O god, is het weer zover? Jullie liggen ook geen seconde stil, hè?

B: Ik kan er niks aan doen. Ik ben dan zo ver-schrik-ke-lijk...

H: Geil ja. Zeg het maar. Eet je veel eieren?

B: Veel, veel. Wat is veel? Wat voor de één veel is....

J: Is voor de ander weinig. Een heel diepzinnige gedachte, waarop ik dolgraag voort zou willen borduren...

H: Alleen niet nou, want nou gaan we bellen. Hier komt het nummer...

J: Goh kan jij dat zo zonder kunstgebit lezen, Hermanus? Op jouw leeftijd?

H: Hallo! Kijk hem zitten... Opa Dribbel! Let op, Bart, daar gaat-ie... 06 666 666 666 4045 4045 4045 en dan 847653423398675847777 ehhhhh 2314563000798 5342 driemaal 1 en een 3...

B: Is dat alles? Wat een raar kort nummer.

H: Vierenzestig cijfers. Ik kan er niet meer van maken.

Ze wachten op verbinding. Spanning stijgt.

J: Wedden dattie niet thuis is? Om een meier?

H: Quitte of dubbel dattie er wel is?

J: Staat!

Ze krijgen verbinding. Antwoordapparaat.

B: (*herhaalt*) Dit is het telefoonnummer van J. van Nazareth. Wij zijn op het moment niet thuis, maar spreek gerust uw boodschap in en wij bellen u gegarandeerd niet terug...

J: Wij? Wij? Het lijkt de koningin wel. Wij, Beatrix, Koningin der Nederlanden enz. enz. Pluralis majestatis heet dat.

B: Hoeveel?

J: Plu-ra-lis ma-jes-ta-tis...

H: Kan je dat spuiten?

J: Jij wel ja.

H: Je weet toch... Als het oplost in water, kan je 't spuiten. Da's de eerste wet van Hermanus, door proeven op het eigen lichaam bewezen.

B: Ze hadden jou al lang die Nobelprijs moeten geven, wissie dat...

J: Ja, voor schei- of voor geneeskunde, dat maakt in jouw geval niet uit.

H: De vraag is wat ons nu te doen staat?

J: Afrekenen! Ik krijg een meier van je, Hermanus.

H: Streep maar weg tegen die Nobelprijs.

B: Je vraagt ie af, waar ie blijft, de Heer...

J: Volgens mij zitten we hier mooi voor lul.

B: Iets meer vertrouwen in de Heer zou niet misstaan, broeder Justus...

H: Halleluja!

B: Looft den Heer!

J: Voorlopig zie ik niks dat op een heer lijkt, laat staan de Lieve Heer...

B: Maar we weten dat Hij onderweg is.

J: Nee, we weten alleen dattie niet thuis is. Voor hetzelfde geld ligtie Maria Magdalena te kaaien!

H: Dan kunnen we 't wel vergeten. Daar istie wel een middag zoet mee.

J: Of anders die Johannes wel.

B: Wat? Wil je beweren dat de Heer...

H: Niet voor één gat te vangen is!

J: In principe paktie alles waar een gat in zit. Neem die Lazarus, die was al dood!

H: Ja, die ging van schrik weer leven. Want reken maar dat Je-weet-wel flink te keer kan gaan...

J: Ja daar zink jij volledig bij in 't niet, Bartolomeus!

B: Ik kan m'n oren niet geloven. Ik zie de Heer ineens in een heel ander licht.

H: Ja, rood licht zeker?

J: Misschien istie wel opgepakt...

B: Wie? De Heer?

J: Nee, de Dame. Nou goed?

H: Wat een originele gedachte. En waarvoor dan wel?

J: Weet ik veel? Misschien heeftie z'n lul wel aan de nonnetjes laten zien...

H: Dat zou wel een keer tijd worden. Die zijn tenslotte niet voor niks met Hem getrouwd.

B: Al die nonnetjes in al die kloosters... Dat kannie in z'n eentje nooit bijbenen...

H: Zien we hier geen mooie taak voor de HH apostelen weggelegd?

J: Prachtige taak, ja, maar heeftie jullie ooit ergens bijgehaald?

B: Nee. Jou wel?

J: Eén keer. Toennie klem zat.

B: Met z'n arm of z'n been?

J: Met z'n je-weet-wel.

B: 't Is nie waar?!

J: Wel waar!

B: Tussen de deur?

J: Nee, tussen d'r benen!

H: Istie echt zo zwaar geschapen als de bladen beweren?

J: O jee, nog véél zwaarder.

H: In welke orde van zwaarte moeten we het dan zoeken?

J: Ik schat dattie toch gauw een kilo of twee heeft hangen.

B: Twéé kilo?! Niet te gelóven!

H: Logisch dattie dat af en toe toch wel es wil laten zien. Ja toch?

J: Hij laat alleen die kinderen uit de buurt er te veel op rijen.

H: Misschien istie daarom wel opgepakt.

J: Wie weet? Ik kijk bij Hem nergens meer van op.

H: De Heer kennende lultie zich er wel uit.

J: Ja, dat mag met zo'n kneiter geen probleem zijn.

B: Vooropgesteld dàttie gepakt is.

H: En zo ja, door wie?

B: Iemand nog thee?

H: Wordt het zo zoetjesaan geen tijd voor wat pittigers dan zo'n laf bakkie thee?

J: Ik dacht dat je het nooit zou vragen. Wat hebbie allemaal?

H: Allemaal!

J: Nou, een ginnetje met ijs zou er bij mij inglijen als een lul in een weduwvrouw.

H: Eén weduwvrouw voor meneer, wordt aan gewerkt... En wat kan ik voor jou betekenen, Bart?

B: Ik vind het eerlijk gezegd nog een beetje te vroeg. Hebbie niks fris?

H: Het friste dat ik je kan bieden is een Legnertje-met-ijs.

J: Lek-ker Leg-ner! Lek-ker Leg-ner!! LEK-KER LEG-NER!!

B: Ik hou het nog maar even bij een bakkie thee, Hermanus.

H: Iets erin of ernaast? Je zegt het maar. Alles kan.

B: Nou vooruit, één schijfje citroen dan, maar niet verder vertellen...

Hermanus distribueert consumpties. Ze proosten.

H, J en B in koor: LACHAAIEM!!!

Ze drinken.

J: Haaaaaaaa! Dat smaakt naar meer. Doe mij nog een keer hetzelfde, Hermanus...

H: Maar natuurlijk. En jij, Bart? Je weet, op één been kan je niet lopen.

B: Nog eentje dan. Maar dat is echt de laatste.

J: Dat zeggen ze allemaal.

Ze proosten.

H: Halleluja!

B: Looft den Heer!

J: Op z'n je-weet-wel...

Ze drinken.

B: Van mij zou ie nou best wel mogen komen...

J: Ik dacht dat jij zo van wachten hield, Bart...

H: Slopende bezigheid, wachten. Vooral op iemand, die niet komt.

B: Hij komt wel! Je maakt mij niet wijs dat de Heer ons zomaar vergeet.

H: Ik begin er toch wel een hard hoofd in te krijgen...

J: Laten we er in elk geval nog eentje nemen.

H: Helemaal mijn idee. Doe jij nou ook een keertje mee, Bart?

B: Wat kan mij het ook schelen... Doe mij maar een dubbele wodka met ijs!

H: Kijk es aan! Wordt het toch nog gezellig!

B: Weet je wat, Hermanus... Maak er maar een driedubbele van.

J: Je vrouw ziet het toch niet, hè Bart?

B: Nou dat weet ik zo net nog niet, Justus.

H: Zullen we er anders even voor gaan staan?

B: Als jullie dat zouen willen doen... Alleen voor het idee...

Hermanus en Justus gaan breeduit voor Bartolomeus staan en onttrekken hem aan het oog.

H: Zo goed? Of nog wat naar links?

B: Nog een ietsie... Ho! Houen zo!

H: O.K. Op wie drinken we? Op de Heer maar weer?

J: Liever op z'n ouweheer.

H: Dus op Jozef?

B: Nee op z'n broer!

H: Welke broer? Hij heeft er dertien.

J: Véértien!

H: Dertien toch?

J: Véér-tien!!

H: Tinus, Nelis, Pleuris, Tering, Tyfus, Gajes, Cholera, Tuig, Richel, Zijkstraal, Zebedeus, Sigarius en Jatmoos... dertien stuks!

J: Véértien! Je vergeet Vlug-op-de-Kut.

B: Beste paard van stal!

H: Dan drinken we op hem.

In koor:

OP VLUG-OP-DE-KUT!!!

Ze drinken.

J: Zo zit Vlug-op-de-Kut op dansles met een ontzettend lekker stuk. En je weet hoe ie is... Hij rust niet voor ie der in z'n armen heeft... En ja hoor, bij de tango is het zo ver... Hij laat haar alle hoeken van die dansvloer zien en vraagt dan of ze d'r benen een beetje wijd wil doen... Jaja, zegt die chick, en jij 'm er zeker effe vlug in douwen hè... Nee, zegt Vlug-op-de-Kut...

H: Dan kan ik hem er effe uithalen!

J: O dus die kende je al...

B: (*zwaar aangeschoten*) Wa...wad moede me hier eigluk in zie kut (*hik*) woeztijn?

H: Wachten Bart. Op de Heiland.

B: Op ze wát?

J: DE HEILAND!

B: We... welk weiland?

H: Heiland, Bart, met de H...

J: Van Hardhorend!

B: Zegt me niks, nee, de Heiland... De Havilland wel!

H: Van Olivia de filmster zeker?

B: Nee, de bommenwerper!

J: De Verlosser, Bart,

B: Ik wiz nie daddie zo genoemd werd (*hik*) Goeie naam voor een bommenwerper...

H: Jezuschristus!

B: Dáár hebbik wél van gehoord ja...

J: Ga weg.

B: Van de Jezus Christus II tenminste...

J: Oók een bommenwerper?

B: Nee, zo heette de boot van de buurman.

H: De buurman?

B: Jazeker. De Overbuurman om precies te zijn.

H: Hoe heet die overbuurman dan?

B: De overbuurman? God.

H: Wat God? God wie? Piet God? God van Dijk?

B: Nee. Gewoon God.

J: God dat hoor je niet vaak, gewoon God.

B: Spreek vrijmoedig over God, maar misbruik nooit Zijn naam.

H: In dat geval heb ik nog één vraag...

J: Eentje maar?

H: Wat heeft het voor zin om uitgerekend hier in de woestijn op een bóót te gaan zitten wachten?

J: Juist. Typisch tijd voor een commercial break. Tot zo.

De heren gaan weer staan en zingen driestemmig het volgende reclamelied...:

Voelt u zich der dagen zat
Verlangt u naar een donker gat
Wip dan even bij ons langs
En kies bij ons uw EIGEN GRAF
Geheel op maat gegarandeerd
Handgegraven en geveerd
U ligt pas echt op uw gemak
In graven van de JONGSTE DAG
DE JONGSTE DAAAG!!!

H: Hallo, hallo, hallo, hallo....hier hoort u Sp...

Ineens wordt het donker.

H: Wat krijgen we nou?

B: Volgens mij wordt het donker.

H: Op klaarlichte dag?

B: Het weerbericht zit er wel vaker naast.

J: Vind je het gek? Je zal er maar zitten, in De Bilt.

H: Toch blijft het vreemd.

J: Da's heel zwak uitgedrukt, Hermanus.

H: Okay, okay... Ik zal het sterker zeggen. Er klopt geen kloten van.

B: Geen moer.

H: Geen zak.

B: Geen fuck.

H: Geen ruk.

B: Geen klap.

Er klinkt een oorverdovende donderslag.

J: Zei je wat, Bart?

B: Ik heb niks gezegd.

H: De ontketende kracht van Moeder Natuur...

J: Niks te natuur. Dat was de overbuurman van Bart, Die tot ons sprak.

B: Nou je 't zegt... Ergens klonk die klap bekend.

H: Ik kon het alleen niet verstaan.

J: Wees blij. Veel goeds kan het niet geweest zijn.

B: Je vraagt je af wat Hem zo kwaad heeft gemaakt?

H: Vooral vandaag op Goeie Vrijdag.

J: Goeie Vrijdag? Daar was toch wat mee?

H: Een Joodse feestdag toch?

J: Het klonk meer als een Duitse in mijn oren.

H: Wat is het verschil tussen een Duitser en een dildo?

J: Een dildo is geen echte lul!

B: Zo kandie wel weer. Het lijkt wel of jullie wat tegen Duitsers hebben.

H: Jullie is jodenvolk.

B: O dát zal het wezen...

J: Jodelahitler!

Het klaart weer op.

H: Nou klaart het weer op!

B: Die Hitler was de kwaadste niet.

J: Alleen z'n broer... Die was woedend!

H: Broer? Welke broer?

B: Hitler had geen broer. 't Is Jozef niet.

J: Gelukkig niet. Dan was Van Nazareth z'n zoon geweest.

B: Stel je vóór! 't Heeft maar een haartje gescheeld.

H: Het kan raar lopen in het leven.

J: Wat wil je ook met zulke wegen?

H: En hoe sta je tegenover vliegen?

J: Als werkwoord of als insect?

H: Nee, als mensch, met sch.

J: Mensen kunnen niet vliegen en zeker niet met sch.

H: En wat is dat dan? (*wijst in de lucht*) Daar rijdt langs de wolken een boer op zijn fiets...

B: Volgens mij zie je ze vliegen, Hermanus.

H: Dat zeg ik toch. Kijk maar langs m'n vinger, daar...

B: Verrek! Je hebt gelijk! Daar komt iemand als een speer onze kant opgevlogen!

J: Ja, m'n zus Nol met de geitenbenen...

B: Nee hoor, volgens mij is het een kerel!

H: Van Nazareth! Kan niet anders. Die weet als enige, dat wij hier zitten...

B: Zie je wel? Ik wist dat de Heer ons niet zou vergeten... (*begint te roepen en te zwaaien*) Joehoeoeoeoeoeoeoeoe! Hierheen Lieve Heer! Joehoeoeoeoeoeoeoeoeoeoe!!!

J: Sinds wanneer kan Je-weet-wel vliegen dan?

B: De Heer kan alles, dus OOK vliegen!

H: Halleluja!

B: Looft den Heer!

J: Hij heeft wat in z'n mond. Hij blaast erop!

B: Een schalmei! Hoort Hij blaast op Zijn schalmei / Eén Goddelijke tonenrij!

H: Volgens mij is het een saxofoon.

J: Sinds wanneer speelt Je-weet-wel saxofoon?

B: De Heer speelt alles, dus óók saxofoon!

H: Halleluja!

B: Looft den Heer!

H: Hosanna ook, Bart, hosanna OOK....

B: Tuurlijk! Hosanna! Ik wist dat ik wat vergat, maar dat was het... Hosanna! Looft den Heer!

J: Jullie loven maar een eind weg, maar dat is in geen geval de Heer.

B: Hij is het wel.

J: Hij is het niet.

B: Welles.

J: Nietes.

B: WELLES!

H: Wat? Orson? Alweer? Die maakt overuren vandaag...

J: Je kan er bijhalen wie je maar wil, maar dat is niet de Heer!

B: O nee? O nee?

J: NEE! En weet je waarom niet?

H: Nee, vertel...

J: Omdat de Heer NIET KAAL is! Of wel soms?

B: Ehhhh misschien istie net naar de kapper geweest. . .

H: Ja, dattie daarom zo laat is...

J: Ja hoor, 't is goed. De Heer is kaal, speelt saxofoon en heeft sinds kort z'n vliegbrevet... Welterusten, slaap lekker...

B: Is Orson Welles dan kaal?

H: O, ik zie het al! 't Is Gerbriël!

B: Wat? De engel?

H: Nee, de aartsengel!

Saxofoon hoorbaar nader. Dan verschijnt de aartsengel Gerbriël ten tonele. Hij stopt met saxofoneren en begint met luide stem te zingen...

G: DE HEER IS GESTORVEN OP GOLGOTHA HOUZEE!
DE HEER IS GESTORVEN OP GOLGOTHA HOUZEE!
DE HEER IS GESTORVEN OP GOLGOTHA!
VAN JE TSJINGELING TSJINGELING HOPSASA!
DE HEER IS GESTORVEN OP GOLGOTHA ETCETERA!

Gerbriël af. Saxofoon sterft in verte weg.

B: Hoorden jullie wattie zong?

J: Zong er iemand wat dan?

H: Iets over Golgotha, als ik het goed heb verstaan.

J: O dat was natuurlijk reclame voor vanavond, de Grote Prijs...

B: Niks Grote Prijs! DE HEER IS GESTORVEN OP GOLGOTHA! Dat zongie! En het klopt als een bus. Ineens valt alles op z'n plaats... De Heer is gestorven op Golgotha... Ineens weet ik het weer! De Heer is gekruisigd op Golgotha! Vandaag op Goeie Vrijdag! Daarom istie er niet!

H: Zie je wel? Dus toch een Joodse feestdag...

J: De Heer gestorven op Golgotha? Vandaag op Goeie Vrijdag? Ik weet nergens van...

B: Toch is het zo. Het klopt als een bus. Lees de Bijbel er maar op na...

H: De Bijbel moet nog geschreven worden, dus dat zal moeilijk gaan...

B: Toch staat het erin! De Heer is gestorven op Golgotha! Vandaag op Goeie Vrijdag! Heus waar!

J: Ik wil bewijzen zien.

H: Ik ook. Maar hoe krijgen we die?

J: We zouen hem nog een keer kunnen bellen. Dat is het enige dat me nu te binnen schiet...

B: Bellen heeft geen enkele zin. Hij is er toch niet. De Heer hangt te peigeren aan dat kruis op...

H: Golgotha! Ja Bart, we weten het, maar draai toch dat nummer maar...

J: Het zou godverdomme wel de limit zijn, als het zo is! Stiekum achter ons rug om de pijp uitgaan... Zo iets flikkie je vrienden toch niet.

H: Ik wou dat ik het zeker wist...

B: Ik wéét het zeker! Het is zo! De Heer is ge...

J: ...storven op Golgotha. Ja Bart! Draai dat nummer nou maar...

B: Okay, okay, maar je zal het zien. Wat was het nummer ook weer?

H: 06 666 666 666 4045 4045 4045 en dan 8476534233986758477 ehhhh 231 456300007985342 driemaal 1 en een 3. Hebbie dat?

B: Ikke wel. Maar je zal zien dattie... (*krijgt verbinding met antwoordapparaat*) Dit is het telefoonnummer van J. van Nazareth. Wij zijn op het moment niet thuis en dat zal voorlopig wel even zo blijven óók. Tijdens de kruisiging gaat de verkoop gewoon door...

J: Tijdens de kruisiging gaat de ver.... Dus het is godgloeiendegodgodverdomme nog waar óók?! Wat een teringstreek! Zich stiekum laten kruisigen, terwijl wij hier nietsvermoedend aan ons reet zitten te krabben!! Wat een loutoffe jodenstreek! O pardon, 't was eruit voor ik het wist... Wat een luizenstreek! Bedankt hoor, Lieve Heer! Ik heb er geen woorden voor... Na alles wat we voor Hem hebben gedaan! 't Is godgeklaagd!

B: Je wil toch niet beweren, dat de Heer het expres zo geregeld heeft? Dat zou toch te ver gaan. Het is hóóguit een ietwat ongelukkige samenloop van omstandigheden...

J: Je weet niet half hoe ongelukkig! Hermanus, Justus en Bartolomeus, de-drie-apostelen-die-er-niet-bij-zijn-geweest... Da's niet te verkopen!

H: De rest zal wel op de eerste rij hebben gezeten, denk je niet?

J: Die zitten er nóg, met hun uitgestreken gepenkoppen! Petrus, Johannes, Jozef, Maria, nóg een Maria, nóg een Maria, Marcus, Mattheus...noem ze maar op! Voor eeuwig gebeiteld zitten die gasten! Maar wij? Wij kunnen het mooi op ons buik schrijven...

B: Wat kunnen we dan op ons buik schrijven, Justus?

J: Onze plaats in de Bijbel natuurlijk! En daarmee ons deel van de filmrechten!

B: O, zo had ik het nog niet bekeken...

B: Hèhè worrie wakker? Niemand zal zich ons herinneren... Alsof we nooit hebben bestaan...

H: Misschien dat we apocrief nog een kansje maken...

J: Apocrief? Apocrief? Daar kan de schoorsteen niet van roken! Nee, we kunnen het mooi vergeten... Stiekum achter ons rug om de pijp uitgaan... Hij had ons geen grotere kool kunnen stoven! En dat noemt zich dan Lieve Heer... Laat me niet lachen.

B: Toch blijft er één positief aspect aan de zaak. De Heer is gestorven...

J: En wij leven nog. Da's waar.

H: Zullen we er daar dan nog maar eentje op nemen, heren?

B: Halleluja!

H: Looft het leven!

J: Ach, die Van Nazareth kan me eigenlijk geen eens zo veel schelen, maar je zal zien dat die wagenrennen nou ook niet doorgaan...